著　杜忠齐

穿越雅克萨

Однажды в Албазине

九州出版社

JIUZHOUPRESS

图书在版编目（CIP）数据

穿越雅克萨 / 杜忠齐著. -- 北京 ：九州出版社，
2019.4
ISBN 978-7-5108-8022-3

Ⅰ．①穿… Ⅱ．①杜… Ⅲ．①长篇小说－中国－当代

Ⅳ．①I247.5

中国版本图书馆CIP数据核字（2019）第076616号

穿越雅克萨

作　　者	杜忠齐　著
出版发行	九州出版社
地　　址	北京市西城区阜外大街甲 35 号（100037）
发行电话	（010）68992190/3/5/6
网　　址	www.jiuzhoupress.com
电子信箱	jiuzhou@jiuzhoupress.com
印　　刷	三河市东方印刷有限公司
开　　本	787 毫米×1092 毫米　16 开
印　　张	20.5
字　　数	310 千字
版　　次	2019 年 8 月第 1 版
印　　次	2019 年 8 月第 1 次印刷
书　　号	ISBN 978-7-5108-8022-3
定　　价	42.80 元

图为作者的爷爷（右一）、作者的父亲（中）、维克多神父（左）

谨以此书告慰我的父亲和母亲！

11位中国白金网络作家联合倾力推荐

这是一个以真实历史为背景的传奇故事，三百年的时间跨度，从雅克萨到宁古塔再到北京城的传奇迁徙，鲜明的人物，真情的贯穿，让人过目难忘。

——月关

一部穿越330年的东北边疆民族融合史。

——蝴蝶蓝

人生剧场永不落幕，一切如梦似幻。虚虚实实，恒久不灭，让我知道了雅克萨，理解了阿尔巴津这样一群人。

——血红

也许，此书会成为研究阿尔巴津人的"黑匣子"，我喜欢。

——柳下挥

深藏在人类历史中的传奇，需要发掘者，老杜就是这样的人之一。

——无罪

跟随作者的思绪、环环相扣的演绎，仿佛走进"雅克萨时光隧道"。

——跳舞

强烈的画面感，让人置身历史的真实中。

——酒徒

探寻生死、情仇、宝藏、宗教丰富奇幻的传奇，读来令人既心弦激荡又沉思遐想，仿佛如灵与肉的引擎，将我们带进"人性的审判所"。

——天使奥斯卡

以说书的语言，将阿尔巴津的故事娓娓道来。

——流浪的蛤蟆

文字记录历史，历史告诉未来。

——管平潮

这样一段穿越雅克萨的传奇，似乎离我们越来越远，感谢还有人愿意记住她，阅读她，陪伴她。

——苍天白鹤

序一：尘封的记忆需要有人揭开

讨论清代政治，钱穆先生有个观点，就是有清一代有法术而没有制度。制度出于公心，而法术乃出于私心。这个说法是否有简单化之嫌存而不论，但它多少影响了我对清史的兴趣。一个充斥手段、法术乃至阴谋的社会政治，自然不会给后世留有好感。关注清史，特别是康雍两朝史，则出于个人近年学术趋向转移的机缘。清史中著名的雅克萨之战，我是点校整理康熙起居注和圣祖实录时才有系统的了解。而源于雅克萨之战后更为隐秘的家国情怀和民族迁徙的大历史，则是从作者这部《穿越雅克萨》中了解的。

大约四年前的暮春时节，在西山管家岭的农家院落，作者第一次饶有兴致地谈起一个家族的迁徙历史，且有意写一部历史纪实作品。我欣然表示乐意广为推介。在清淡的春光中，在袅袅的笛音里，朋友们种下了一簇幼竹、一株海棠。几年间，石砾满庭的院落，已然呈现出枝繁叶茂的景象。新竹向天挺拔，青葱墨绿；海棠萌芽繁盛，向四周伸展。清明时节再次相聚管家岭，作者展示了四年来的呕心沥血之作，始知《穿越雅克萨》已大功告成矣。

《穿越雅克萨》凝结了作者多年来的研究和思索，是理性和感性、思维与智慧相结合的纪实文学作品。由于特殊的家族血统和历史渊源，作者自幼深托家国情怀，很早就接触这段关乎家族存亡的历史。2013 年，作者作为阿尔巴津后裔第一次回到俄罗斯，所有的沧桑搓成羁绊的思绪，缠绕成作者创作的年轮。作者试图将杂乱不堪的家族枝条理顺，期待枯木逢春。面对这段沉重的家族史，作者把自我的苦与乐灌注在笔尖，与纸和笔相依相伴，搀扶着走过了多少孤寂愤恨的日子，也释放了多少割舍不断的情思。如今有机会把文字变成一颗颗沙砾，铺就在曾经和未来的生活之路上。当我们再次回过头来，会看见那些若隐若现的划痕，再次揭开所有尘封的记忆。

雅克萨是历史上中国东北的边疆古城。从明末开始，中俄围绕该城多次发生纠葛。康熙二十一年（1682）以后，冲突愈演愈烈，终于爆发了前后两次战争，至康熙二十八（1689）年方以签约撤围告终。作为两国之间的战争，雅克萨之战的规模和水准都是较低的，且过程和结果都有一定的偶然性甚至戏剧性。但作为战争的成果，双方签订的《尼布楚条约》，保障了此后170年间两国关系的基本平静。至于十九世纪中叶之后俄国强加给中国的屈辱与苦难，则是治史者所共知的。雅克萨是这段历史的始终见证者。作为杜比宁家族迁徙的历史节点，雅克萨之战无疑承载着十分重要的民族和家国的内涵。他们从遥远的西方穿越西伯利亚，再从雅克萨出发，穿越北地严寒的冬天，来到华夏文明的腹地京都，这无论如何都是一趟壮丽的文明之旅。其间隐藏的东西，非亲身阅读，是难以体会的，我就是在第一时间读完了它。所以《穿越雅克萨》一经上线，迅即得到全媒体网络的高度关注和认可，人们不希望错过由异域到中原的历史穿越和文明之旅，更希望借以感受一个家族的历史和一个国家的命运。一人之心，乃千万人之心。

虽然是学人，但除自己的著述外，还没有给他人写过序跋之类的文字。我与作者相识相知多年，十分了解作者是极有天赋的，而如此短暂的时间完成这样精彩的穿越，则又是始料未及的。欣闻作者穿越还会有第二次、第三次，我将继续予以推介，希望有这样的机会。

离微斋主
己亥暮春于京西离微斋

序二：走过广袤的草原和森林

幼时读庄子《逍遥游》，"北冥有鱼，其名为鲲，鲲之大不知其几千里也；化而为鸟，其名为鹏，鹏之背不知其几千里也；怒而飞，其翼若垂天之云"，老师谓北冥即汉朝时的北海，当年苏武在那里牧羊，现称贝加尔湖。

后来知道，贝加尔湖就在亚欧大草原上。从东亚到东欧，那茂密广深的原始森林，茫茫无际的雪域草原，几千年来不时有马背上的人们结队穿过。

坐在办公室，经常凝视着世界地图，梳理匈奴人、鲜卑人、突厥人、契丹人、蒙古人跃马亚欧草原的厚重画面，静思东西方交流互动融合从未停滞的深沉历史。一直很向往北海，很向往贝加尔湖，很想去亚欧大草原走一遭。

一年前，作者不经意地讲起他们家族的故事，我猛地打了一个激灵，眼前突然浮现出亚欧草原金戈铁马的逼真场景，更想起读书时历史课老师讲述雅克萨之战和《尼布楚条约》的情景。

在无数个工作之余的夜晚，我倾听着作者讲述他们阿尔巴津人怎样从静静的顿河走过茫茫的亚欧草原，穿过晶莹的贝加尔湖畔和浓密茂深的大兴安岭原始森林，最后来到了北京，至今 330 多年的历程。作者那典型的中国人的脸充满着传奇的深沉，那黑色的眼瞳饱含着深沉的思索。我们经常越聊越兴奋，越聊越感慨，多次聊到深夜，就怕话题中断。

三年的时间，对于创作一部小说来说不算短，但是对于梳理一段家族史乃至民族融合史来说并不算长。

作者很有心，细细描述了那段隐秘、复杂的历史。故事虽是虚构，有心的读者却可以透过这些个故事，了解那段发生在东北边疆充满传奇与血泪的真实历史。小说中带着宝藏西来的哥萨克人不会想到结拜兄弟将反目成仇，不会预见到自己在战争中会命若浮萍，更难以料想自己会融入一个古老的国度并成为它的子民。

从清初到民国，从边疆到北京，一代代摆脱了战争绑架的哥萨克人顺从着自己内心的善良，被这片土地上爱好和平的人们接纳，最终融入了这片土地和在这片土地生活了数千年的民族。被诅咒的财富也成为他们与东北人民并肩抵御日寇的见证与助力。如此现实意义，也便深烙在读者心里了。

《穿越雅克萨》故事惊心动魄，气度恢宏，时间跨越了中国的整个近现代史。它的全景性和史诗性，浓缩了几个家族在历史变迁中的艰辛生存和发展，描绘了一个族群于环境变化中的信仰坚守与血脉融合。

用文字写好一个族群漫长岁月里的艰难求索，说清一群鲜活生命有过的挣扎与坚持，是需要文学和历史功力的。小说凝聚了庞大的生命力，以凝重、浑厚又冷静的表述，表现了独特的民族思维和心理习惯，使读者自然地走进作者构建的异样文化体验之中，这种文学张力和辐射力带来的阅读乐趣，是非常难得的。

世界从来就不是平静的，东西之间一直在交流，一直在融汇。几千年长河中一段段悲壮历程，都化成历史大剧的一幕一幕。当今的世界，已成为一个地球村，一个大市场，经济社会的融合发展无时不有时时有，无处不在处处在。新时代，新世界，新思维，新理念，已所不欲勿施于人将成常态，融合发展共同进步必为自然。

今月曾经照古人。作者多年伏案写作的办公室外悬挂着的那轮明月，曾悬挂于雅克萨的上空。我与作者在烟草香弥漫的办公室热烈谈论的那些夜晚，那轮明月也依然悬挂窗外……

王明鉴

2019 年立夏

1

山林中，一条崎岖的山路旁，一名身穿皮袍的索伦部男人咽了一口唾沫，回头看了看身后抱着孩子的少妇以及围在少妇身旁的一对老夫妇做了个安抚的手势。几人面带惊恐，向男人嘟囔着什么，少妇上前，一面亲吻啼哭的孩子，一面拉了拉男人的袖口。男人摇了摇头，挣脱女人的手，向前走了几步。

男人对面，是一个骑着马的少年。那少年穿着红色的长袍，歪戴着一顶白色的羊羔皮帽子，腰上挎着马刀，手里提着一支长矛。那长矛对于少年而言，显然是长了一点。少年的眼珠和鄂伦部男人一样是黑色的，但皮肤却白了许多，且鼻梁高挺，嘴角上翘，仿佛带着一丝嘲笑的表情。

少年抬起马鞭，指了指男人身上的皮袍："有皮货吗？"

男人略显错愕，没想到少年会说他们索伦部的语言。但那略带卷舌，发音古怪的索伦部语显然让男人吓得不轻，只见他脸色大变，连连摇头。

少年有些不耐烦地扯开了衣领，露出了挂在脖子上的十字架。

男人看到十字架，两眼发直，抬起一只手颤颤巍巍地指着，嘴里却激动得说不出话来。

少年见男人如此，直接跳下马来，将长矛插在土地上，径直向男人走来。

少年从胸前掏出十字架，放在嘴边亲吻了一下，高举着走近男人："上帝啊，拯救这些没有信仰的野蛮人吧。"

男人仍旧指着十字架，说出了憋了很久的一个词："魔鬼！"

少年脸色一变："你说什么？"

"魔鬼！"

少年大怒，抽出雪亮的马刀，逼近男人："你这无知的野蛮人，叫谁魔鬼！"

忽然男人身后传来女人的尖叫声："米热特日格！米热特日格！"

少年听出女人是在叫："马车！马车！"

另一名和那少年相同服饰和肤色的青年人拉出了一辆藏在山林中的马车，青年人轻轻地拍了拍马的脖颈，然后拉住笼头，从衣兜里掏出一块黑面包，喂给马儿:"吃吧,这可是我最后一块干粮。"青年对马儿低语着,仿佛是在和自己的兄弟说话。马儿似乎也听懂了他的话,安静地嚼着他手里的黑面包。

青年和马车堵住了索伦部人们的退路,青年得意地望着逃窜无路的人们,对着少妇吹起了口哨。

男人转头,脸上的神情由恐惧变为愤怒。

少年指着车上的狍子皮和鹿皮:"你不是说没有皮货吗?那是什么?你这个满嘴谎话的骗子!"

男人张口,向少年的十字架吐了一口唾沫。少年躲避不及,十字架上满是男人的口水。

男人抽出腰间的匕首,扑向少年:"魔鬼!"

少年大怒,扬起马刀砍向男人,男人被少年砍中了脖颈,当场毙命,鲜血溅了少年满脸。

老者见状,哭喊着"克库"冲向青年,青年则毫不在意地抽出马刀,砍死了老人。

老妇见状,哭喊着扑向青年,也被青年一刀砍倒。

少妇吓得抱着孩子瘫坐在地上,傻呆呆地望着地上的三具尸体,孩子则在她的怀中哭号着。

青年漫不经心地在老者身上的鹿皮衣上蹭着马刀上的血,问道:"叶梅连,他们在喊什么?"

那个叫作叶梅连的少年抹了一把脸上的血,恨恨地答道:"儿子!"

青年嘿嘿一笑:"叶梅连,你跟你父亲在这里才住几年,就已经学会他们的蛮语啦。我看再不用多久,你就变得和他们一样了!"

叶梅连瞪了青年一眼:"米哈伊尔,不要说疯话,我是侍奉上帝和沙皇陛下的哥萨克,从出生到死去都是!"

叶梅连收起马刀,抬起袖子,郑重地将十字架上的口水擦干净。

米哈伊尔瞥了一眼瘫坐在地上的少妇,恋恋不舍地收回眼光,跳上马车,一边翻捡着一边啧啧称奇:"瞧瞧,瞧瞧,这帮家伙是要去哪?这车上装着满满当当的腊肉,还有黏米糕。这些足够他们一路走到莫斯科啦!我们的队伍马上就断粮了，待会儿把这一车吃的运到营地，中尉大人一定会高兴的……"

叶梅连不屑地说："米哈伊尔，你成天琢磨着怎么向瓦西里拍马屁，哪像个哥萨克！"

米哈伊尔无奈地说："我有什么办法？要加入中尉大人麾下，就得熬过七年考察期。"

叶梅连冷哼一声："我父亲曾经说，按照老哥萨克的规矩，只要你自认是一名自由的人，信奉上帝，会划十字，就足够成为一名哥萨克了，哪有那些臭规矩！"

"中尉大人说，那样只会——那个词儿叫什么来着——哦对，鱼龙混杂。他说真正的哥萨克势必得经得起考验。"米哈伊尔边说边在车上拿起一个巨大的鹿皮囊，打开塞子，嗅了嗅，大声惊呼："酒！是酒！"他急不可耐地将皮囊口对准嘴，喝了一大口。

叶梅连听说有酒，两眼放光，不由得向米哈伊尔走去。

米哈伊尔又喝了一大口，将皮囊递给叶梅连，笑道："小人儿，你可悠着点，这帮野蛮人的酒，劲儿可挺大。"

米哈伊尔说得不错，他跳下马车的时候险些摔倒，走路的步伐也有点摇摇晃晃。

米哈伊尔走到少妇身边，瞄着少妇，要从她怀里抢过孩子扔在一边。

少妇清醒了过来，努力拉扯着孩子，不让米哈伊尔夺走他。两人撕扯在一起。

叶梅连喝了一口酒，笑道："米哈伊尔，亏你还自称哥萨克，连个女人都制服不了！"

米哈伊尔显然受了叶梅连话的刺激，手上用了力气。在撕扯中，孩子的哭号声更大了。

忽然一个威严的声音响起："米哈伊尔·贺洛斯托夫！住手！"

米哈伊尔听了那声音，吓得松开了手，少妇马上将孩子紧紧抱在怀里。

2

一名哥萨克首领带着一队人马从山路远处走来。

米哈伊尔顺从地站在一边，低头道："中尉大人。"

那名叫作瓦西里的首领长得很威严，的确配得上中尉——也就是百夫长这个称号。他精瘦的脸上棱角分明，唇上蓄着浓密的黑色胡须，眼神凌厉，头发几近剃光，只留一撮黑色的长发垂到耳后。

瓦西里看着地上的三具尸体和那名少妇，皱起了眉头。

不远处的叶梅连并不理会他，依旧在马车上饮酒，瓦西里大步上前，一把夺下了叶梅连手中的鹿皮囊："这到底是怎么回事！"

米哈伊尔小声道："这些野蛮人侮辱十字架……"

瓦西里盯着叶梅连："你还不是哥萨克，这没你说话的份儿！"

瓦西里说话的声音并不很高，却让米哈伊尔乖乖闭嘴。

叶梅连冷哼一声："瓦西里叔叔，米哈伊尔是数一数二的哥萨克勇士，为什么还要考察七年？"

瓦西里的声音沉稳中透着威严："叶梅连，你父亲迪米特里·罗曼诺夫平时对自己的首领也是这么说话吗？"

叶梅连梗了梗脖子，最终还是万分不愿意地低下了头。

瓦西里继续道："叶梅连，虽然你受你父亲的委派，带着罗曼诺夫家的哥萨克随我出发，可你还不是罗曼诺夫家的统领！"

叶梅连抬起头，恨恨地说："中尉大人，那个野蛮人侮辱了我的十字架，侮辱了上帝。"

瓦西里背后响起一片咒骂声。瓦西里知道，如果有人胆敢在哥萨克面前侮辱上帝或者神圣的十字架，就像偷了哥萨克的马匹或者马刀，简直是十恶不赦的罪行。无论这个男人出于什么理由，只要他侮辱了神圣的十字架，那他的死就是理所应当了。

瓦西里指着老夫妇的尸体："那他们呢？"

叶梅连有些激动："按照我们哥萨克的规矩，抢劫是天经地义的！自从我们出了尼布楚，一路上就缺少补给，已经快断粮了，抢劫了他们的粮食补充给养，没什么不对！"

瓦西里痛心地望着尸体："那是你们罗曼诺夫家的规矩，不是我们杜比宁家的规矩。我们哥萨克是自由的人，正是因为不甘愿受人欺压，才成为哥萨克的，怎么能反过来欺压那些受苦的人？况且你想抢劫，又何必杀了他们？"

瓦西里还要说下去，却听见身后的几位统领在窃窃私语，显然几位统领对瓦西里指责哥萨克的老规矩很是不满。瓦西里眼中闪过无奈的神情。

叶梅连仿佛是受到了鼓动："中尉大人，来的路上我就跟您说过，这些野蛮人最是可恶，我和父亲驻守在这里的时候，他们不但不卖给我们粮食，还时常偷袭我们，抢劫我们的马匹和钱。"

瓦西里略一沉吟，缓缓道："叶梅连，不管怎么说，我们从遥远的俄罗斯赶来，并不是跟这些人打仗的。我听从了你父亲，也就是我义兄迪米特里·罗曼诺夫的召唤，带领大家到这里来，是要收买土地，建立自己的农庄。这些人以后就是我们的邻居，和他们打交道，怎么能动不动就抽出马刀呢？况且我们这一支哥萨克曾经立下规矩，不能随便杀人！你现在的行为，已经是破戒了！"

叶梅连瞪圆了眼睛："中尉大人，难道你要为了这么几个野蛮人惩罚我？就因为我像斯捷潘·拉辛那样抢劫？"

瓦西里望着眼前的叶梅连，没想到他会如此倔强，不但公开顶撞作为首领的自己，还提起了那位哥萨克人们心中神圣的英雄斯捷潘。瓦西里心中的担忧又增加了一层，他知道，叶梅连这股子倔强劲，还有他所深深认同的哥萨克传统，一定来自迪米特里，那个曾经和他并肩作战的义兄。他和义兄已经分别了十年，两人的心意也不再相通却是背道而驰了。

叶梅连走到马车前，将马车中的腊肉和黏米糕扔在地上。

叶梅连指着粮食道："我们就要断粮了，如果没有这些粮食，我们怎么活下去？"

瓦西里忽然脸色大变，上前将叶梅连推到一边，自己在马车上翻找着。

米哈伊尔凑到叶梅连身旁，小声道："刚才还一副义正词严的模样，一见到吃的，就什么风度也不顾了，你看他那贪婪的样子，跟他所不齿的强盗也没两样。"

叶梅连轻蔑道："他要是能当强盗，我倒佩服他是个真正的哥萨克。"

忽然，瓦西里在车底扯出一面旗帜，展示给众人看。

那旗帜红色的底子，上面绣着一圈祥云，祥云中间，是一只张牙舞爪的金黄色的龙。

众人倒吸一口冷气。

叶梅连更是吓得脸色惨白："是中国人！"

忽然一支羽箭射来，瓦西里侧身躲过。羽箭接二连三地射来，几名哥萨克被射杀。

喊杀声四起，从森林中涌出了许多穿着清军号坎的士兵，他们左手持圆形盾牌，右手高举大刀，呼喊着向哥萨克们冲来。

原本冷静的瓦西里见到同胞被杀，不由得大怒，抽出马刀高喊："共生死，共奋斗！"

他身旁的哥萨克都抽出了马刀，兴奋地大喊："这样哥萨克荣誉才不会丢！"

哥萨克们从胸前掏出十字架，亲吻后，举刀扑向清军。

哥萨克英勇，清军人多势众，一时间双方混战在一起，不分胜负。

叶梅连虽然年纪尚轻，但继承了他父亲的勇猛。他和其他哥萨克一样，以一敌二，两名清军士兵以盾牌做掩护交替进攻，叶梅连只凭一把马刀抵挡，险象环生。

瓦西里看到叶梅连身处危险，想要前去救援，却被几名清军士兵缠住，无法脱身。

哥萨克们的状况都和瓦西里差不多，以寡敌众，渐渐落了下风。

瓦西里挥刀逼走近身的一名清军士兵，一把拽过腰间的牛角号角，大声吹了起来。远处，号角声响起，瓦西里脸上露出笑容。

3

忽然响起的号角声让清军士兵们脸上显现出惊慌之色，哥萨克们听了号角声，则士气大振。一小队哥萨克在一名统领的率领下，从清军士兵身后杀出，原本人数占优的清军反被哥萨克们两面夹击。

瓦西里砍倒了一名清军士兵，满意地点点头，大喊："弗拉基米尔·哈巴罗夫，你来得正是时候！"

那名叫做弗拉基米尔的统领得意地大喊："中尉大人，这伙中国人完蛋了！"

随着弗拉基米尔砍杀过来的哥萨克们放声大笑。清军士兵们显然没见过这种视战争如游戏的人，虽然还在战斗，但气势已经减弱了不少。反观哥萨克们却越战越勇，只一小会儿的功夫，这一队清军便已经被击溃，三名残存的清军士兵利用盾牌相互掩护，被哥萨克们团团围住。

瓦西里拉过叶梅连，见鲜血溅了他满身，忙上下检查起来。

叶梅连忙说："中尉大人，我没事，真的没事。"

瓦西里并不理会叶梅连，直到他全部检查完了，才算放心。他拍了拍叶梅连的肩膀："和你父亲一样勇敢，也一样狡猾，是个真正的哥萨克。"

叶梅连听了瓦西里的称赞，大笑。

瓦西里向那三名清军努了努嘴："叶梅连，跟他们喊话，要他们投降。"

叶梅连点头，对三名清军用蹩脚的满语喊道："放下武器，投降！"

三名清军互相交换着眼神，其中两人不约而同地向一名小头目点了点头。

小头目向地上吐了口唾沫，用刀身拍了拍盾牌，表示拒不投降，其他两名清军照做。

哥萨克们见到清军并不投降，纷纷赞许地点头，将马刀放低，刀尖冲着地面，向清军们表示敬意。

瓦西里上前一步道："谁愿意和我一起并肩作战，和这三位勇士交手？"

哥萨克们纷纷高喊愿意，没有一个落后。

瓦西里望着兴奋的哥萨克们，点点头："米哈伊尔！阿列克谢！"

米哈伊尔得意地瞥了叶梅连一眼，上前站在瓦西里身边。而另一名叫作阿列克谢的勇士拎着马刀，一声不吭地站到瓦西里身边。

哥萨克们望着阿列克谢，纷纷点头。他们知道，中尉大人向这三位中国士兵表现出了十足的尊重，居然选中了他们这一支哥萨克中最勇猛，也是最虔诚的战士阿列克谢·雅克甫列夫。

阿列克谢和米哈伊尔望着瓦西里，瓦西里对阿列克谢道："阿列克谢，用你的十字架吧。"

阿列克谢点头，从胸口掏出了一个硕大的，镶嵌着宝石的金色十字架。哥萨克们为阿列克谢的精美十字架发出惊呼。他们知道，阿列克谢尚未成婚，他的全部财产，就是这个十字架，他的每一次收入，都花在了十字架上面。阿列克谢倾其所有，将他全部的财产都献给了上帝。

阿列克谢亲吻了十字架，然后将十字架举起。瓦西里上前，亲吻了十字架，又亲吻了一下阿列克谢握着十字架的手。接着是米哈伊尔，依次亲吻了十字架和阿列克谢的手。

瓦西里对二人低语后，高举马刀，三人怒吼着冲向清军士兵。那三名士兵，则握紧了盾牌和大刀，紧张地望着三人。

三人迫近清军，清军头目大喊口令，盾牌举起。瓦西里高喊一声，三人的马刀忽然抛起，等三人再握住马刀，马刀的刀刃已经向上，带有弧度的刀尖则由正常持刀时的上挑变为下坠。三柄马刀凭借着弧度，避开盾牌，刺进了三名清军组成的战阵。三名清军的脖颈被刺中，倒地身亡。

瓦西里等人对着三名清军的尸体肃立，刀尖向下。哥萨克爆发出一阵"乌拉""乌拉"的欢呼。

远处传来阵阵沉闷的雷声，哥萨克们停止了欢呼，代之而起的是一阵窃窃私语。

瓦西里望着晴朗无云的天空，皱了皱眉头，低声自语："这不是雷声，是炮声。"

瓦西里对众人道："在旁边的山林里把我们的兄弟埋葬了吧。还有这些中国人，他们是勇士，别让他们曝尸荒野。掩埋过尸体后由弗拉基米尔带队，寻找一处隐蔽的地方宿营，派出哨兵，小心防范，这些中国人可不好对付。"

瓦西里又叫来了弗拉基米尔，嘱咐道："不到万不得已，千万不要和中国人接战，今天死的人已经够多了！"

弗拉基米尔向各个统领分派了要干的活计后，被瓦西里拉到一边。

瓦西里："弗拉基米尔，你要帮阿列克谢守卫好那辆大车，那辆大车可装着我们的全部家当。"

弗拉基米尔指着队伍后面的一辆大车，轻声对瓦西里道："中尉大人，你放心，我特意分派了两名哥萨克守着。这两个人都是好小伙，虽然喜欢酒，但从来不在当守卫的时候乱喝。"

瓦西里点点头，赞许道："弗拉基米尔，这些天多亏了你和你的游骑兵护卫，让我们避开了不少麻烦。"

瓦西里对叶梅连道："叶梅连，你跟我走一趟。"

叶梅连指着马车："那这粮食怎么办？"

瓦西里沉声道："按照哥萨克的老规矩平分。"

瓦西里身后响起一阵欢呼。

瓦西里挥挥手，继续道："罗曼诺夫和贺洛斯托夫两家原本可以多分一份。但因为你们随便开了杀戒，所以多分的也就没有了。"

叶梅连连忙表示同意："平分！平分！哥萨克兄弟之间就应该平分！"

哥萨克们又是一阵欢呼。

叶梅连和米哈伊尔相视而笑。

米哈伊尔忽然大叫："不好！"

瓦西里问道："米哈伊尔，怎么了？"

米哈伊尔指着一块空地："我们刚才只顾着跟中国人打仗，没顾得上管她，那个索伦部女人跑啦！"

米哈伊尔抽出马刀，对瓦西里道："中尉大人，我这就去追上她。"

瓦西里拦住了米哈伊尔："算了，米哈伊尔，你又何必为难一个女人，况且她还带着孩子！"

"中尉大人，你误会了，我可不是要去杀她，我是……"

叶梅连马上接话道："他是看上那个蛮族女人，要抢来当老婆！"

叶梅连的话在哥萨克中激起一阵狂野的笑。米哈伊尔的脸腾地红了。

米哈伊尔大声争辩："你们笑什么！就好像你们从来没抢过土耳其女人一样！"

哥萨克们笑得更响亮了。

瓦西里叹气："米哈伊尔，现在可不是一心想着女人的时候，更何况我们刚刚杀了她的族人，放过这个可怜的女人吧！"

<h2 style="text-align:center">4</h2>

山路上，瓦西里与叶梅连并肩走着："叶梅连，这里只有你我了，说吧，到底是怎么回事。迪米特里和我说，这里是一片无主的沃野，只要付给土著索伦部一笔钱，就能买下这片土地，我们这一支哥萨克就可以在这里建立自己的农庄，不用向任何贵族老爷交地租，也不用向沙皇效忠。可这里怎么会有中国人的军队？这片土地到底是谁的？"

叶梅连愣了一下，接口道："瓦西里叔叔，我和父亲来的时候，这里的确是无主的土地，并没有中国人，只有索伦部蛮族。"

"这么说，这些中国人是突然间冒出来的？"

叶梅连沉默不语。

瓦西里瞥了叶梅连一眼："你父亲迪米特里一向精明强干，怎么可能连土地是谁的都搞不清？你们之所以招引来中国人，恐怕是因为在这里恢复了烧杀劫掠的老传统了吧？"

"瓦西里叔叔，当初你和我父亲可是纵横南俄的哥萨克，如今怎么畏首畏尾的像个……"

瓦西里叹道："你是想说像个娘们是吧？"

叶梅连咬了咬牙，下定决心道："还是个犹太娘们！"

瓦西里大笑。见瓦西里笑了，叶梅连也跟着笑了起来。

瓦西里笑够了，收起笑容，认真道："叶梅连，我们哥萨克之所以有抢劫的传统，并不是因为这件事天经地义，而是因为我们哥萨克人只知道骑马作战，为沙皇卖命，没有别的方法养活自己。可事实证明，沙皇的恩赐根本靠不住，哥萨克要获得真正的自由，只有拥有自己的土地，并且在这土地上勤劳耕作，收获粮食。只有这样才不会仰人鼻息，才能获得梦寐以求的自由。"

"可我父亲说……"

"我知道，你父亲向来瞧不起农民，瞧不起买卖人，更瞧不起读书人。他只想当个老哥萨克。在十年前我和你父亲分手的时候，我们曾经有过一次长谈。他看不惯我一心想过安稳生活的软弱，我也看不惯他只知道哥萨克的老传统，一味只知道杀戮和劫掠，还迷信那帮混蛋沙皇中终究会出一位好人。"

叶梅连听到"混蛋沙皇"这个词，刚要和瓦西里争论，却被瓦西里摆手制止："年轻人，不要心急，让我把话说完。无论我和迪米特里之间有多大分歧，但你要记住一点，我们都是哥萨克，向往自由和平等的哥萨克。"

叶梅连听了瓦西里的话，点了点头。

瓦西里又说："小叶梅连，你知道你的名字从何而来吗？"

叶梅连摇头。

瓦西里叹气道："哎，这个谜题还是等我们见到了迪米特里，让他亲自和你说吧。"

叶梅连刚想追问，却见山坡下已经闪出一座巨大的城市，他兴奋地拉住瓦西里，大声道："瓦西里叔叔，这就是我们的目的地阿尔巴津！"

山坡上，瓦西里带着叶梅连伏在草地上，望着下面的场景。纵然是瓦西里这样一位曾经带哥萨克兄弟东征西讨，敢和沙皇大军对垒的军人，也被眼前的景象所震慑。

高坡下，是一座宏伟的城市，这座城市呈正方形，围墙是用草土、黏土和植物根修成的土墙，底宽四俄丈，高三俄丈。四面都用木材筑有四棱突出形式的炮垒。围绕土墙掘有壕沟，壕沟里满是污浊的泥水。此外，在陆地一侧，还竖起一道直抵江边的木栅。堡内隐约可见修建了粮仓、火药库、军需仓库和数十所居民住房。

叶梅连指着城市道："中尉大人，这就是阿尔巴津城，中国人叫它雅克萨。"

瓦西里点头："这座城堡完全是按照我们哥萨克的塞契城寨修建的，看得出，这出自迪米特里之手。中国人要攻破他设计的堡垒，恐怕没有那么容易。"

叶梅连指着远处道："这些中国人真是傻瓜，居然想用弓箭打下阿尔巴津城。"

瓦西里顺着手指的方向望去，他看到在阿尔巴津城外，中国军队围绕城堡筑起一整套土墙，从陆地方面围成三个半圆形，紧压城市。从河的那一面，在岛屿上修建起一座有堡壕卫护的堡垒。不少中国士兵不时探出头，用弓箭向城墙上驻守的俄国士兵射击。

瓦西里摇头："中国人绝不会这么蠢，难道他们是为了吸引守军的注意，另有行动？"

瓦西里话音刚落，远处就响起了隆隆的炮声。瓦西里脸色一变。果然，另一侧的中国军队从土墙上居高临下，用巨大的火炮以极其猛烈的火力轰击城堡。随着火炮的轰击，城墙被不断打出一个个深坑，个别炮弹打在炮垒上，炸起一片木屑。守军这才恍然大悟，纷纷转换方向，举枪向火炮射击，但中国人早已将火炮推到了土墙后。守军的铅弹徒劳无功地打在土墙上。

瓦西里喃喃自语道："中国人的火炮太可怕了。他们声东击西的手段更可怕。"

一向嘴硬逞强的叶梅连看见中国人大炮的威力，也不禁目瞪口呆。

瓦西里摇摇头："迪米特里这家伙，到底做了什么，招惹了这么可怕的敌手。"

5

哥萨克宿营地，在篝火旁，哥萨克们一边大口喝着劫掠来的米酒，一边纵情高歌起舞。

而在篝火的一隅，瓦西里面色阴沉，指着地上用草棍、石子还有画在土地上的线条构成的攻防形势图，和几位统领小声讨论着："大概的形势就是这样的。

原本我们是来收购土地，可如今整个阿尔巴津城让中国人围了个水泄不通。这里到底发生了什么，我并不清楚。可城中不但有我的义兄迪米特里，还有近百个哥萨克兄弟，我们不能见死不救，这不是我们哥萨克的行事作风！"

众统领听了瓦西里的话，纷纷涨红了脸点头。阿列克谢并不说话，只将插进刀鞘的马刀重重顿在地上。

瓦西里拍了拍阿列克谢的肩膀道："阿列克谢，这一次恐怕你没机会上阵了。"

阿列克谢有些意外地看着瓦西里。

瓦西里对众位统领道："以我的判断，在阿尔巴津外围围城的中国军队足有上万人。我们哥萨克虽然勇敢，但以卵击石可不是我们干的事。"

刚才还很兴奋的统领们，听了瓦西里的话，脸上都浮现出忧色。

瓦西里道："我准备和叶梅连潜进阿尔巴津去，见见迪米特里。"

在一旁获准旁听会议的叶梅连听瓦西里提出要和他进城，忙道："我知道阿尔巴津城有个水道，顺着江水潜进去没问题！"因为太过兴奋，叶梅连的音调提高了很多。瓦西里不得不做了个噤声的手势，叶梅连急忙捂住了嘴四下张望。所幸其他哥萨克们都沉醉在米酒和歌声中，并没有在意这一头的会议。

瓦西里继续说："我要搞清楚到底是怎么回事，看看能否和中国人讲和。毕竟我们来是为了买地，而不是打仗。"

瓦西里能看出来，他一说到讲和，众位统领都很失望，但却没有人提出异议。他知道，哥萨克人从不畏惧战争，因为对他们而言，在战斗中死去是一种极大的荣誉。但哥萨克们并不是一味送死的莽夫。瓦西里忽然想起了自己和迪米特里在南俄大草原与沙皇军队周旋的岁月。那时候，瓦西里勇敢，迪米特里狡猾，他们兄弟二人，一正一奇，打得前来进剿的沙皇军队连连受挫，带队的大尉更是中了迪米特里的埋伏，落得个身首异处的下场。沙皇军队的军人们一面吐着口水咒骂哥萨克是和鞑靼人勾结的魔鬼，一面胆战心惊地从原路撤退。

篝火中爆起一簇火花，瓦西里从回忆中惊醒。他对陷入重围的义兄更加担忧，恨不得早点见到他。不过瓦西里知道，自己还肩负着另一项使命，那就是兑现他对这一支哥萨克兄弟的诺言，给他们每人一块土地，让他们得到每一个哥萨克都梦寐以求的自由。

瓦西里努力让自己镇定下来，瞄了一眼停在他们身后的那辆大车，对众位统领道："在这之前，我们还有一件事要做。你们先去睡一会儿，等午夜时分，其他兄弟都睡了再出发。"

午夜，清冷的月光照在山林里，瓦西里带着米哈伊尔、弗拉基米尔、阿列克谢还有叶梅连走出山林。

瓦西里对众人道："这些财富是我们多年征战积攒下来的，原本要用来购买土地，如今战况不明，我们就只能先掩埋起来，以待来日取回。"

米哈伊尔看看四周道："中尉大人选了个好地方，如果没有人引路，恐怕谁也找不到这地方。"

瓦西里点头道："所以请各位统领回去后守口如瓶，不要向其他人轻易透露。我们哥萨克都是英勇的战士，可未必是什么道德高尚的君子。"

弗拉基米尔笑道："可不是，这帮家伙见了酒就没命，除了马和马刀，什么都能拿出来换酒喝。让他们知道了这里有一大笔财宝，能买来数不尽的伏特加，还不把整个山林挖个空！"

阿列克谢冷哼了一声，弗拉基米尔凑上去，亲昵地拍了拍他的肩膀。

弗拉基米尔安抚道："得了，我的好阿列克谢，我可不是在说你。我知道，你一路上都忠诚地守护着这一车财宝，你是个值得信赖的人。而且你和其他哥萨克也不一样，你就是卖了马和马刀换酒喝，也不会舍弃了你的宝贝十字架。"

阿列克谢满意地嗯了一声，算是对弗拉基米尔的话表示赞同。

弗拉基米尔向众人眨眨眼睛："你们看，我们的好阿列克谢连马和马刀都可以不要。要我说，干脆让他去当教士得啦！"

众人大笑。

叶梅连走近瓦西里："瓦西里叔叔，藏宝的地点我可以告诉父亲吗？"

瓦西里点头："当然，这笔财宝是我们五个家族共同积攒下的，其中也有你们罗曼诺夫家一份。今晚要你来，就是让你代替你的父亲。我们哥萨克平等的传统可不能丢。"

叶梅连听了瓦西里的话，一愣。

瓦西里摸着叶梅连的头："我说过，我和你父亲虽然很多想法都针锋相对，但我们都认同哥萨克应该是自由的，也应该是平等的。"

远处隐约传来枪炮声。阿尔巴津城的攻防战并没有因为昼夜交替而停歇。这更增加了瓦西里的担忧。

瓦西里站住，对众位统领道："我打算在明天拂晓以前进城！"

弗拉基米尔问："中尉大人，不是说好了后天晚上的吗？"

瓦西里回答："弗拉基米尔，当年我和迪米特里率众参加攻打察里津时，你也在。那时候我们也是这样昼夜不停地骚扰守城的军队。"

弗拉基米尔接口道："对！我记得这还是迪米特里出的鬼主意。守城的士兵很快就被我们昼夜不停的进攻拖垮了，后来他们累得甚至无法提起火枪向下射击，要不是苏沃洛夫那只老狗咬住我们不放，我们早就攻下察里津啦……"

弗拉基米尔看到瓦西里眼中满是哀伤的神色，不敢继续说了。不过他知道，瓦西里说的是对的，他要是想救迪米特里，就得赶在守军意志崩溃前赶快进入阿尔巴津城去。

瓦西里打起精神："中国人是可怕的对手，他们不会轻易让我和叶梅连进城的，所以我们必须先打疼他们。"

弗拉基米尔眼睛一亮："怎么，中尉大人，你已经有了计划？"

"计划谈不上，不过我有一些想法，要和大家商量商量。"

一旁的阿列克谢摇了摇头。

瓦西里笑了："阿列克谢，我们哥萨克可不能只有黑熊的勇猛，还要有毒蛇的狡猾才行。"

瓦西里抬头望着周遭茂密的树林，又看了看身边高大的阿列克谢："阿列克谢，我向你道歉，你要跟我们一起去阿尔巴津。"

阿列克谢听了瓦西里的话，兴奋地拍了拍腰间的马刀。

瓦西里摇了摇头："不过马刀可派不上用场。我知道你在成为一名哥萨克勇士之前，曾经是个出色的木匠，是吧？"

阿列克谢被瓦西里问得一愣，诸人也不解地望着瓦西里。

6

拂晓的河面上，升腾着白色的雾气，响了一夜的枪炮声也停了下来。即便是想用骚扰战术拖垮守军的中国人，也要休息片刻，让他们听腻了枪炮声的耳朵享受一下此刻山林中的莺莺鸟鸣。

雾气中，几艘用树干砍削而成的独木舟顺流而下，向远处的阿尔巴津城驶去。为首的独木舟上，坐着弗拉基米尔，他身后有两名哥萨克正划桨前行。弗拉基米尔忽然回头，伸出双臂，对划桨的两人做着上扬的手势，两人停下桨，不明所以地望着弗拉基米尔。弗拉基米尔回身抢过一支船桨，猛力地在水中划着，发出哗啦哗啦的划水声，之后将船桨扔还，两名哥萨克马上学着弗拉基米尔的样子奋力划水，一时间水花翻涌，水声不断响起。

忽然从雾中钻出几支箭矢擦着弗拉基米尔身旁飞过，射入水面和独木舟。水上传来一阵铜锣声和呼喝之声。弗拉基米尔这才看清，对面是一艘清军的木船。

原本静谧的清晨，忽然变得嘈杂起来。土墙后的清军又开始炮轰阿尔巴津城。水面上，另有一艘清军的木船绕到弗拉基米尔侧后方准备对哥萨克人的船队形成夹击。显然，这一支由七八艘独木舟组成的小型船队引起了清军的重视。

先前，清军已经收到消息，说在阿尔巴津附近出现了一支俄国人的援军。这支援军虽然人数不多，却全歼了一支清军小队。要知道，这个小队可是清军特意从归降的台湾郑氏那里抽调的王牌军，军中都是训练有素的战士，战斗力十分强悍，曾经在澎湖让清军大吃苦头。这支清军小队的覆灭，让清军对俄国援军重视起来。假如守军真的继续这么坚守下去，坚持到俄国人的援军抵达，胜负真的难以预料。于是清军的最高统领彭春一面命令加紧攻城，一面命令封锁水路与陆路，确保守军得不到任何物资与人员补给，迫使他们投降。于是哥萨克们在水路遭遇清军水师，也就成为必然了。

弗拉基米尔忙下令弃船。他和身后的两名哥萨克跳下独木舟，一面躲避着射来的箭矢，一面向岸边游去。清军见他们并没有游向阿尔巴津城，也就对他们失去了兴趣。清军将船开到独木舟附近，兵勇们抛出拖着绳索的铁钩钩住独木舟，拉向己方。几名兵勇跳下水去，攀上独木舟，发现这些独木舟都用草绳串联着，除了为首的，其余的独木舟上的人影，不过是用青草和树枝扎成的草人罢了。而独木舟上看似鼓鼓囊囊的麻袋中，塞的也不过是一团团的杂草。兵勇们不明就里，连水师的官佐们也摸不清这些俄国人到底耍的什么花招，只好命令兵勇们将独木舟拖回港口，禀明彭统领。

已经上岸的弗拉基米尔见清军水师的两艘木船围着独木舟，不禁大笑。他对身边的两名哥萨克道："这些中国人肯定想不到，我们不过是引来狗熊的蜂蜜罢了。"

两人显然没听懂弗拉基米尔在说些什么。

弗拉基米尔望着两名一脸懵懂的哥萨克，笑道："得了，别费脑筋想了，估计你们想破头也不会明白。咱们赶快回营地去吧。想来这会儿米哈伊尔已经命人准备好热乎乎的肉粥和米酒了。"

听到肉粥和米酒，两名哥萨克眼里放光，急忙跟着弗拉基米尔往回走去。

弗拉基米尔转头，看着雾霭中的阿尔巴津城，嘟囔着："中尉大人这会儿应该快进城了吧？"

正如弗拉基米尔所料，这时瓦西里和叶梅连已经游到了阿尔巴津城城下。刚才弗拉基米尔带着独木舟队故意吸引清军水师的注意，瓦西里和叶梅连就趁着雾霭下水，从另一个方向游了过去。他们一路上小心翼翼，穿过了清军的防区。幸好清军水师们只顾着拦截他们的草人船队，并没有注意到向阿尔巴津城潜游过去的两人。

叶梅连一面踩着水一面对瓦西里道："瓦西里叔叔，果然如你所料，这些中国人只顾着拦截弗拉基米尔他们，没有注意我们。"

瓦西里一面观察着远处的清军战船一面道："这全靠了阿列克谢的好手艺，能够在一天之内造出这么多独木舟。还有胆大心细的弗拉基米尔。"

叶梅连骄傲地说："还有你我的好水性。"

瓦西里看到清军的船队开始向回开，对叶梅连道："小叶梅连，先不要夸海口。你说的那个水道不但曲折，而且还有暗流，咱们可得小心点才行。"

叶梅连哼了一声，脸上露出不屑的表情："这条水道我已经走熟了，不知道瓦西里叔叔能不能跟得上我。我听父亲说起过您的水性……"

瓦西里笑道："那咱们就比比看吧。"

二人说着，深吸一口气，潜进了水中。

浑身湿透的瓦西里身姿轻巧地攀上岸，回身看了一眼趴在边上大口喘气地叶梅连，瓦西里轻笑着向年轻人伸出手，叶梅连略显沮丧地任由瓦西里将自己拖拽上来。

在叶梅连的指引下，两人向阿尔巴津城守军的最高指挥官——军区督军阿列克谢·托尔布津上校的办公地走去。

瓦西里走在城内泥泞的土地上，看见伤兵们就躺在泥地里，痛苦地哀号。军医们因为缺少药品，束手无策，只得召唤来教堂的司祭和副司祭来为伤兵们祝福。魔鬼带来战争的伤痛，只有上帝亲自降临才能对付。司祭起到的作用实在有限，他前脚刚走，伤兵们便忍不住伤痛又哀号起来。在这时，军医们提供给伤兵的，只有热水。

叶梅连忽然站住，浑身不住地颤抖。

瓦西里走到叶梅连身边，关切地问道："叶梅连，你这是怎么了？"

叶梅连指着不远处嘈杂的人群，脸色煞白，嘴唇哆嗦，一句话也说不出。

7

瓦西里顺着叶梅连手指的方向望去，看见几名穿着制服的俄军士兵正在泥地上肢解一匹死去的战马，而一旁站着几名哥萨克，并不阻止他们，只是默默地看着。马匹的鲜血流淌一地，混合在浑浊的泥水里，任由俄军士兵们肆意践踏。

瓦西里明白了叶梅连为何会如此气愤。对于哥萨克而言，马匹就是他们的战友、亲人，甚至妻子。哥萨克人宁可自己饿死，也要将最后一点口粮留给马匹。可这些哥萨克竟然眼睁睁地看着自己的马匹被人杀掉。

瓦西里刚要发声制止，叶梅连已经一个箭步冲了上去，将士兵们一一推开。

一名高大的士兵见来者是一个哥萨克少年，便一把将叶梅连推倒在泥地里，其他士兵们见到叶梅连的狼狈样子，哄堂大笑。

叶梅连挣扎着从泥地里站起，嚯的抽出了马刀，大喊："你们这帮混蛋！谁允许你们杀哥萨克的马？"

一名俄军士兵道："小人儿，你去问问你的哥萨克兄弟。"

叶梅连听了士兵的话，愣了一下，将目光转向旁边的哥萨克，发现他们都羞愧地低下了头，不敢看叶梅连。

士兵继续道："是他们求着我们杀马的。你以为我们愿意干这种屠夫的活儿？还不是因为你的兄弟们许诺把马的内脏分给我们！"

叶梅连得知了真相，更加觉得羞愤难当，他上前一步，站在马匹前，刀尖对着俄军士兵们："谁要是敢说这种话，他就不配当哥萨克！"

士兵笑道："怎么，小人儿，看你这样子，连男人还不是呢，竟要跟我们逞强？"

瓦西里大步上前，挡在叶梅连和士兵之间。

瓦西里盯着叶梅连："叶梅连，收起刀，我们来这里可不是要跟自己人动武的。"

叶梅连向地上吐了一口唾沫："呸，谁跟他们是自己人，一群吃内脏的猪！"

士兵们听了叶梅连的话，脸上的表情从嘲笑变为愤怒，纷纷抽出了刀。

瓦西里对士兵们道："收起刀！你们对一个小孩子出手，不觉得羞耻吗？"

士兵道："这小人儿说得不错，内脏真不是人吃的，就连马肉也都太老啦。我看他细皮嫩肉的，味道一定比肥羊还好！"

士兵们眼中露出凶光，瓦西里意识到，他们并非是信口胡说，而是认真的。

瓦西里拔出了自己的马刀，冷冷道："我是瓦西里·杜比宁中尉，曾在彼得三世麾下效命。如果你们谁自觉能胜过我，就放胆上来！"

士兵们听到瓦西里的名字，面露惊恐，不禁向后退了一步。

士兵们面面相觑，谁也不敢上前，小声嘟囔着："瓦西里，他是那个勇士瓦西里。"

那名高大的士兵道："看你们吓成这个样子，像个娘们！什么中尉，什么勇士，不过是跟随叛匪普加乔夫抢劫的哥萨克强盗罢了！那个普加乔夫冒用彼得三世的名字，早就在红场被砍了头啦……"

士兵话还没说完，就被人一刀劈倒，脖颈处鲜血喷涌，想要挣扎着爬起，却只能动弹几下，终于还是死在了泥地里，他的鲜血和马血还有泥水混合在了一起。

士兵们和哥萨克们发出一阵惊呼。

叶梅连与瓦西里面面相觑。

一个哥萨克首领将手中马刀上的鲜血甩干净，又上前在那名士兵的军服上蹭了蹭。

那首领漫不经心道："谁要是再敢对瓦西里大人不敬，这就是下场。"

叶梅连眼前一亮，扑向哥萨克首领，高喊："父亲！"

那名首领一把抱住了叶梅连，亲昵地摸了摸他的头："好啊，叶梅连！没想到一年不见，你又长高了，都敢对沙皇陛下的勇士们拔刀了。"

首领在说到勇士们这个词的时候，特意加重了语气，一脸嘲弄地看向那些士兵。他的脸色苍白，黑眼珠黑头发，嘴角上翘，简直和叶梅连一模一样。他正是叶梅连的父亲，中尉迪米特里·罗曼诺夫。

瓦西里上前："迪米特里义兄。"

迪米特里放开叶梅连，看着瓦西里笑着伸出了手，两个人的手紧紧握在一起，拥抱，他们亲昵地拍着彼此的肩膀。

迪米特里："抱歉了，瓦西里兄弟，我原本是要叫你来过好日子的，没想到却让你掺和到这些是非中。"

"这到底是怎么回事！"一名俄军军官带着几名随从走来，看着倒在地上的俄军士兵，大喊道。

迪米特里瞥了一眼那具尸体，漫不经心地对军官说："督军大人，这家伙胆敢侮辱我的兄弟瓦西里，还侮辱我们哥萨克，我就一刀砍死了他。"

瓦西里见来人就是阿列克谢·托尔布津，不由得暗暗观察起这位军官来。托尔布津上校皮肤白皙，蓄着威严的大胡子，蓝色的眼珠略显凸出，无论盯着谁，都带着一股凶狠劲儿，他那硕大的鹰钩鼻子，更凸显了这股凶狠。上校大人军容严正，军服整洁，连肩上的流苏都闪着金色的光芒，浑身上下除了脚上的马靴因为行走沾了一些泥水外，全都一尘不染，仿佛他现在不是站在遍地伤兵和烂泥的阿尔巴津城中，而是站在莫斯科红场，接受沙皇的检阅。这位军官老爷像锡兵一样的精致，让瓦西里对这位托尔布津上校的印象大打折扣。这不是打仗的样子，不是在战场上与部下一起冲锋陷阵，在营地里与部下一起喝着伏特加的勇士该有的样子。

一名参与肢解马匹的士兵上前向托尔布津上校报告，想凑近他耳语，他看着这名浑身血污泥水的臭烘烘的士兵，本能地向后躲了一下。士兵报告完，托尔布津上校做了个手势，士兵闪到一边肃立，他一抖肩，披在肩头的大衣滑落，跟在他身后，军装一样整洁的副官忙上前，动作娴熟地将大衣接住。

托尔布津上校走到迪米特里面前，二人近得几乎鼻尖顶住了鼻尖。高出迪米特里半头的托尔布津上校低头盯着迪米特里，仿佛是一只猎鹰盯着它的猎物。

托尔布津上校一字一句地道："罗曼诺夫中尉，请你记住，我才是这里的最高长官，只有我才能决定阿尔巴津城内每个人的生与死。"

迪米特里并没有因为上校的凝视而退缩，他脸上的那副嘲弄表情没受一点影响。他小声向上校大人嘟囔了几句，托尔布津上校勃然变色。

8

托尔布津上校与迪米特里互相瞪视着。在二人无声的对峙中，围绕着二人的哥萨克与俄军士兵也默默看着彼此，手都放在了刀柄上。托尔布津上校因愤怒而呼吸急促，呼出的热气喷了迪米特里一脸。迪米特里把脸侧到一边，避开那混合着伏特加和洋葱味的热气。

迪米特里咬了咬嘴唇："上校大人，我还得跟我的好兄弟聊聊城外的情况呢，您有事就说。"

托尔布津上校铁青着脸，看着周围远多于俄军士兵数倍的哥萨克们，强忍住怒火道："罗曼诺夫中尉，你这种随意处决士兵的行为十分恶劣，我希望你今后能够收敛住你的坏脾气。你今天的行为我将记录在案。在解了阿尔巴津之围后，我会将这些上报莫斯科！"

迪米特里耸耸肩："悉听尊便！"

"如果今后再犯，别怪我不客气。"

"那是当然，您是督军嘛，自然可以随意处置我。"

托尔布津上校瞥了一眼瓦西里，仿佛是要找个别的什么话题，摆脱眼前的难堪："给这个人找一套体面点的干衣服，带他来见我！我要知道城外中国人的情况！"

几名士兵看着死去的同伴，心有不甘，想上前理论。上校皱着眉道："把这个冒失鬼拖走埋了吧。以后不要再和这帮哥萨克鬼混在一起，记住，你们是沙皇陛下的士兵！"

托尔布津上校说罢，一面小声咒骂着，一面大步离去。他的副官捧着大衣紧紧地跟在他身后。

迪米特里对几名哥萨克道："既然马已经死了，就把肉割下来用盐腌了吧。不过这肉要和兄弟们平分，谁要是敢多留一份，我就砍了他的脑袋！"

几名哥萨克听了迪米特里的话，抽出身上的马刀，上前分割马肉。

叶梅连要上前阻止，迪米特里道："叶梅连，快跟我走，这里不是说话的地方！"

一向桀骜不驯的叶梅连听了父亲的话，丝毫没有提出抗议，顺从地走向了远处的木屋。

迪米特里拍着瓦西里的肩膀道："好兄弟，我就知道你一定会想方设法潜进城里的，你怎么可能会对自己的义兄见死不救呢？"

瓦西里有些沉重地说："迪米特里，我有太多的问题想问你。"

迪米特里拍着他的肩膀道："不急，去我那里，我还剩了一些茶。"

迪米特里在说到茶的时候，故意压低了声音，不让周围的人听到。

瓦西里还是忍不住问道："你刚才和上校说了什么，让他这么轻易地放过你？要知道在他们的军队里，砍杀同胞可是重罪。"

"我只是跟他说，我的哥萨克比起他的军队人数要多得多。"

瓦西里一愣，然后担忧地摇头："你们和军队的关系这么紧张吗？"

迪米特里满不在乎地说："那又怎样？我承认他督军的身份，是看沙皇陛下的面子。毕竟我来到这个荒芜的城市，是要给哥萨克找一块好居所，而不是给贵族老爷当跟班！"

城下响起一阵炮声，一颗炮弹击中了木墙，木屑四溅。

迪米特里吼道："懒鬼们！中国人又在进攻了，快拿起你们的火枪上墙。干掉一个中国炮手，我就赏他一瓶伏特加！"

哥萨克们听了迪米特里的话，抄起火枪兴奋地高喊着爬上木墙，不顾炮火向下射击。

瓦西里似乎被密集的炮击唬住了，不由自主地缩了缩脖子。迪米特里毫不在意，拍了拍瓦西里的肩膀："亲爱的瓦西里，中国人的大炮可比我们围攻察里津那时猛烈多了，不过在这个鬼地方待得久了，你也就适应了。走吧，咱们好好谈谈。"

木屋内，迪米特里和瓦西里坐在火炉旁，门外传来一阵阵枪炮声和守军的咒骂声。迪米特里为瓦西里的木杯里倒了一杯茶。迪米特里看了一眼那茶水，只有淡淡的红色。迪米特里看见瓦西里盯着木杯，小声道："瓦西里，不要怪我待客不周，我们这里已经断粮了，茶更是稀罕物。"

瓦西里轻轻摇头："迪米特里，我听叶梅连说，这里原本是无主的土地，怎么会有这么多中国人？你给我的信中，可不是这么说的。"

迪米特里给自己倒了一杯茶，一饮而尽："瓦西里，在我们来的时候，这里的确是无主的土地，既没有城市，也没有驻军，只有那些索伦部蛮人狩猎捕鱼。阿尔巴津城只是几个简单的帐篷，外加一圈木板篱笆。如今这座城市，是我们亲手修建的！"

瓦西里看了迪米特里一眼："迪米特里，还是和我说实话吧。我们这一队哥萨克从尼布楚出发后，一路上没有获得任何帮助。我们所遇到的土著们，都对我们避之不及，不愿和我们交易。你知道，我们这次是听了你的话来收购土地的，所以我们并不缺钱，但无论我们花多少钱都买不到吃的。很多土著称我们是魔鬼，城外的中国人更是巴不得置我们于死地。这可不是战争，我亲爱的迪米特里。你我经历的战争可不少，但哪次是这样的？这是复仇，必须用你死我活来了结的复仇。迪米特里，你们在这里究竟做了些什么，引起这样的仇恨？"

迪米特里刚才脸上还带着满不在乎的笑意，听了瓦西里的问话，收起了笑容。

迪米特里盯着瓦西里的脸："瓦西里，你真的想知道？"

瓦西里很少见迪米特里如此认真，回答道："迪米特里，我真的想知道。我想要知道这真相，并不是用来满足我的好奇心，而是想知道有没有化解仇恨的方法，和城外的中国人讲和。"

迪米特里看了看瓦西里，无奈地苦笑。他走到房间的角落，拿出一瓶伏特加，打开瓶塞，一口气喝下了半瓶。

迪米特里用袖口抹了抹沾着伏特加的胡须，将酒瓶递给了瓦西里："喝一口吧，瓦西里兄弟。我实在不愿意提起这段往事，所以要喝点伏特加，我建议你也喝点，否则你根本就听不下去啦。"

瓦西里看着有些异样的迪米特里，半信半疑地接过酒瓶，喝下了一大口。

迪米特里坐在火炉前，望着里面变幻不定的火焰，幽幽开始了讲述。

9

木屋中，迪米特里低沉的声音伴随着屋外的枪炮声响起："早在五十年前，沙皇陛下就开始派人来探索这片丰饶的土地了。雅库茨克城的历任长官都奉了沙皇陛下的命令不断派出探险队，沿阿穆尔河探索，开拓土地。而历次探险队的主要成员，都是我们英勇的哥萨克。"

瓦西里听了迪米特里的话，心中暗暗思忖着，原来在五十年前，哥萨克就来到了这片土地，如此说来，中国人围攻雅克萨城，全无道理。

迪米特里继续道："在这五十年中，雅库茨克先后派出了九支探险队，不但了解整个阿穆尔河两岸的情况，还屡次击败了那些野蛮的民族。要知道，他们可不是能坐下来心平气和谈判的文明人。为了让这些野蛮人不再骚扰沙皇陛下的探险队，第五支探险队的首领瓦西里·波雅科夫狠狠地教训了他们。他的确也没有辜负瓦西里这个名字，他的胆大妄为，你我恐怕永远也比不了。"

迪米特里看了看瓦西里，瓦西里感觉有些胆战心惊。因为他知道，迪米特里一向骄傲，能被他称颂"胆大妄为"四个字，这位波雅科夫先生一定做出了惊天动地的大事。

迪米特里接着道："那一年夏天，波雅科夫带着远征队出发，麾下共有132名队员，其中有112人是我们英勇的哥萨克。他们每人配发一支步枪，还有一门铁炮和100发炮弹。"

迪米特里叹了口气："波雅科夫远征队顺着阿尔丹河和其他几条流经西伯利亚的河流探索。尽管他们英勇无畏，但也敌不过捉摸不定的天气和大河无情的巨浪，在勒拿河与阿穆尔河的交汇处，探险队损失了两艘船，留下一部分人就地过冬。波雅科夫带领其余的人继续向南行进，冬季时抵达了精奇里江流域，进入了蛮族人的部落。

"瓦西里，我得承认，虽然这些蛮族人都蛮横无理，不敬上帝，但他们的眼光的确很好。他们选中的地方不但肥沃，而且满地野兽，那些蛮族个个身穿貂皮，牲畜满地，甚至还开辟出田地种了麦子。"话语间，迪米特里的眼里有些发光。

"一开始，波雅科夫主动拿出花呢布料等东西和蛮族人交换食物，一切进行都很顺利，波雅科夫一度认为和这些蛮族是可以讲道理的。可没想到这一切只是波雅科夫的一厢情愿。当波雅科夫宣布这片无主的土地归属沙皇陛下，并提出只要蛮族向沙皇陛下进贡纳税，就可以成为沙皇陛下的臣民这个美好的建议时，这些蛮族居然拒绝了波雅科夫的好意，声称他们只向女真皇帝，也就是现在的中国人皇帝进贡。"迪米特里加重语气道："这简直是岂有此理！"

迪米特里告诉瓦西里，蛮族们就在他们首领的带领下，将探险队赶出村庄，不再卖给探险队吃的。要知道，如果他们真的这么干了，这支探险队就得饿死在这片土地上。波雅科夫原本就对蛮族人不识抬举的行为感到恼火，他们居然还要把他的探险队员们赶到绝境，这让波雅科夫怒不可遏。于是他带领哥萨克洗劫了蛮族人的村庄，并抓住了几个蛮族人的首领，以示惩处。

"假如我是波雅科夫的话，抓了几个蛮族首领后，一定会砍了他们的脑袋，挂在蛮族人的木屋上，让他们看看，我们哥萨克可不是好招惹的。但波雅科夫真是个足智多谋的家伙，他竟然用这几名蛮族人首领换了一大批燕麦和牲畜，补充给养。而且波雅科夫还带着队员们住在了村外的几个木屋里，想寻找机会和这些蛮族人讲和。谁知道这些蛮族人生性凶残，骨子里压根就没有跟人和平相处的念头。他们趁着探险队修整的机会，找来了大批帮手，偷袭探险队。波雅科夫带着哥萨克们用火枪奋力反击，坚持到了深夜，最终寡不敌众撤走。那一战，探险队被打死了九个人，伤了五十多人。"此时，迪米特里有些忧伤。

他接着道："波雅科夫率队撤离的时候已经是初冬，他们无法按原路返回，只好在当地建立了一个宿冬营地。当严寒到来，探险队缺乏粮草，再加上蛮族人像疯子一样不断袭击宿营地，探险队很快陷入了生存危机。"

迪米特里从头上摘下帽子说："波雅科夫只好命令队员们分头出去找吃的。他们先是捕猎，但寒冬里猎物太少了。他们不得不吃被冻死的动物尸体，后来，动物的尸体也被吃得一干二净了。冻饿交加，再加上蛮族人的不断袭扰，让波雅科夫做出了一个大胆的决定。正是这个决定，让探险队挺到了来年春天。瓦西里，你绝对想不到，这个波雅科夫简直就是天才！"

说到这，迪米特里忽然停住，举起酒瓶喝了一大口。瓦西里看到他咕噜一声咽下了酒，努力让自己镇定下来。

迪米特里过了一会儿，才缓缓道："瓦西里，不是我想卖关子。只是我需要一点伏特加来让自己镇定下来。因为波雅科夫要干的事，简直太耸人听闻啦！他要哥萨克们挖出蛮族人墓地中的尸体，就当着蛮族人的面，分食了。根据探险日志的记录，那一个冬天，他们吃了五十个蛮族死人！从此以后，蛮族人被吓坏了，再也不敢骚扰他们，还送给波雅科夫和他们的队员一个称呼——吃人恶魔。"

瓦西里听了迪米特里的话，不由得"啊！"了一声，倒吸一口冷气。

10

迪米特里盯着瓦西里，脸上露出一丝笑意："果然！你也被吓到了。我第一次听说的时候，表情跟你现在一模一样。"

瓦西里在胸前划了个十字架，摇头道："迪米特里，你不该这样。我们哥萨克都是上帝的仆人，应该有怜悯之心。像波雅科夫那样……无论出于什么理由，做出这种事，上帝都不会原谅他的。"

迪米特里冷哼一声："你现在就觉得波雅科夫该下地狱了？更精彩的还在后边呢。"

迪米特里继续道："蛮族人停止了攻击，这确实让探险队得以喘息。可就在春天要来的时候，波雅科夫和他的队员们又一次断粮了。当时整个蛮族人的墓地都被这帮大胆的哥萨克挖空了。为了活下去，波雅科夫下令，把受伤死去的哥萨克的尸体也挖出来……"

瓦西里惊叫："我的上帝啊！"他不由得站了起来，朝着远处教堂上硕大的十字架划着十字："请您宽恕这个哥萨克吧。"

迪米特里继续道："到了春天，整个探险队算上波雅科夫，只剩下五十个人。好在这时候之前留守的队员带着粮食找了过来。波雅科夫和这些队员会合后，并没有回去，而是继续向前探索。真是一条好汉！刚刚捡了一条命，居然还想着为沙皇陛下开疆拓土。带着吃人魔鬼这个摄人的恶名，波雅科夫探险队一路向东，虽然蛮族人也在沿途袭击，但都不敢和探险队有过多的接触，他们怕被波雅科夫捉了去吃掉。就这样，英勇无畏，胆大包天的波雅科夫探险队一路到了阿穆尔河的入海口。在那里，波雅科夫整理了搜集到的信息，又登上海船，回到了俄罗斯。当他到达莫斯科，向沙皇陛下禀报整个经过的时候，已经是三年之后了。可惜的是，莫斯科那些贵族老爷听说了波雅科夫的所作所为都被吓坏了，居然将他审讯一番后判了徒刑。"

瓦西里看着愤愤不平的迪米特里，一句"只服徒刑太便宜了这个恶魔"始终没有说出口。他恍然发现，波雅科夫这个亵渎上帝的狂徒，在迪米特里心中，竟已成了哥萨克人的英雄。瓦西里叹了口气转换了话题："迪米特里，你说了这么多，和如今的围城之战有什么关系？"

迪米特里正沉浸在愤怒中，被瓦西里的一句话拉回到了现实："别急，马上就说到我们的阿尔巴津城了。在波雅科夫后，雅库茨克城的长官哈巴罗夫又组织了许多次探险远征。正是因为波雅科夫留下的恶名，才使得之后的哥萨克探险队通行无阻。但这恶名也种下了恶果。蛮族们纷纷从中立转向了中国皇帝一边，他们臣服于中国皇帝，并请求他派兵消灭探险队。得知这一情况后，探险队奉哈巴罗夫大人之命，攻击了蛮族的村庄，杀掉所有能拿起弓箭和梭镖的男人，抢走了他们的皮毛粮食，将他们的女人据为己有。可这样的警告非但没有起到震慑作用，还惹怒了中国皇帝，两年前他派兵进攻阿尔巴津城。我们的好上校托尔布津——一个满脑子都是探险发财梦的贵族老爷，就在那时被任命为阿尔巴津督军，率领着他麾下的俄罗斯士兵还有我们这一队哥萨克，重回阿尔巴津驻守。"

迪米特里拿起帽子重新戴好："托尔布津上校是个历史迷，储存在雅库茨克和尼布楚图书馆里的笔记和图书，他几乎读了个遍。当他了解了波雅科夫的所作所为后，大为欣赏，于是就想出了借我们这些哥萨克重振吃人魔鬼的名声，吓阻蛮族和中国军队，征服整个阿穆尔河两岸的绝妙主意。"

瓦西里惊恐道："什么，迪米特里，你也要学那个波雅科夫去吃人？"

迪米特里上下打量着瓦西里："瓦西里，你把我当成什么人了！我只是把几件哥萨克的衣服借给了托尔布津上校。他命令几名流放犯，也就是他的俄罗斯士兵——别吃惊，我的瓦西里，要不然你以为除了哥萨克外，谁还会来这种地方——穿上哥萨克的衣服，连同一队带着火枪大炮的士兵，大摇大摆地来到一处蛮族人聚居的村落，用枪炮逼住蛮族人，抓了个蛮族小孩，当着整村人的面，杀了那孩子，又架起了大锅……"

瓦西里脸色惨白，打断了迪米特里的叙述："上帝啊！迪米特里，别往下说了！"

迪米特里见瓦西里瞪大了眼睛，呼吸急促，便不再说话，递上了酒瓶。瓦西里瞪着迪米特里，接过酒瓶，喝了一大口。

迪米特里见瓦西里逐渐镇定下来，继续道："于是，整个村庄的人都不说话了，也没有人哭泣，都呆呆地看着他们。我原以为托尔布津上校这招会管用，没想到弄巧成拙。原本对我们重新驻守雅克萨敢怒不敢言的蛮族人，显然是被激怒了。他们放火烧光了我们种在城外的麦子，搬走了自己村庄里的每一粒粮食，直接运到了附近的中国军队营地里，并向中国军队请求，一定要消灭我们这些魔鬼。之后的事你就都知道了。中国皇帝被我们吃人的暴行彻底激怒，派兵围住了阿尔巴津。"

瓦西里绝望地问："那你当初让我们来雅克萨是……"

"那时我站在城墙上向下望去，城外是一片一片丰茂的麦田。在那一刻，我想起了你，我的好兄弟瓦西里。我想，假如瓦西里在这里，一定会感慨'多好的田地！多好的麦子！'我知道在你哥萨克的胸膛里，蹦跳着一颗农夫的心。你最向往的生活就是有一片自己的土地，亲自开垦，亲自播种，亲自除草，亲自施肥，亲自收割，不用向谁交税。这里，我们的阿尔巴津有你梦寐以求的一切，我自然要把你叫来！"

迪米特里说到这里，紧紧地捏住瓦西里的双肩。瓦西里显然被自己的义兄所感动，眼圈有些发红。

迪米特里忽然向瓦西里眨了眨眼睛："当然，我这么做，还有另外一个理由。"

11

迪米特里继续道："跟你说实话，瓦西里，你和我曾是并肩作战的兄弟。要你们来，是因为我知道你们是天不怕地不怕勇猛的哥萨克。有你们在，这里就由不得我们的好上校托尔布津，整天在办公室里指手画脚、胡说八道，而是要听我们这些哥萨克的了。"

瓦西里一愣，转而无奈道："迪米特里，你这个狡猾的狐狸，你是要借我们这支哥萨克的威名来夺取指挥权。"

迪米特里大笑："还是你最了解我。"

迪米特里忽然停住了笑，指着外面对瓦西里道："托尔布津根本不懂如何指挥，如果他能听从我的建议，我们就不会被困在这座死城里了。自从托尔布津假扮吃人恶魔的那套玩砸了，吓得蛮族们纷纷带着粮食撤退，我就曾建议他撤离。因为我知道，不到万不得已，这些蛮族是舍不得离开他们辛苦开垦的土地的。他们之所以离开，一定是抱定了复仇的决心，很快就会找那些中国军队回来。我们的守军虽然有八百多人，但里边大多数是刚刚释放被迫穿上军装的流放犯。真正能够用来作战的，只有我们这一百多个哥萨克。但瓦西里，你是知道的，我们哥萨克可不擅长守城，我们都是骑马奔驰的战士。"

迪米特里双眼紧盯瓦西里："因为托尔布津是这里的最高指挥官，所以他要坚守，我也没有办法。更何况我已经派出叶梅连去通知你们，我也怕你们来了之后被中国人包围，于是决定守在这里。但让我没法忍受的是，那个愚蠢的上校居然又拒绝了我向尼布楚请求增援的建议。他大言不惭地说，雅克萨是你迪米特里主持建造的，你们哥萨克总说自己建造的塞契是最坚固的，那些只知道使用弓箭的中国人一定会束手无策，任我们屠杀的。你瞧，我好心帮他们建筑堡垒，谁知道最终却给自己建了一座监狱。"

瓦西里道："迪米特里，这么死守下去不是办法。我们来的时候遭遇了一小股中国军队，说实话，他们很难对付，不仅训练有素，而且很勇敢，和我们哥萨克一样视死如归。再加上他们有狡猾的战术和威力巨大的火炮，这个阿尔巴津城迟早是要失守的。你下一步准备怎么办？"

"瓦西里，现在能够做的，只有放弃抵抗，想办法逃出去。但这件事需要你的帮助，也需要托尔布津上校配合。"迪米特里凑近，小声对瓦西里说着什么。瓦西里先是皱眉，然后脸色渐渐凝重，沉默不语。

迪米特里幽幽道："瓦西里，我知道我的计划是一次冒险，也会让你和你的哥萨克身陷险境，但这或许是挽救城中这些人唯一的办法了。你知道，我们在这片土地上做了这么多见不得人的事情，不依照我的计划来，中国人一定不会放过我们。"

瓦西里张口，却没说话，而是用低沉的嗓音唱起了一支歌谣：

啊，还没到夜里，还没到夜里呢……

我已微微小憩了片刻

我已微微小憩了片刻

我做了一个梦

我已微微小憩了片刻

我做了一个梦……

听到熟悉的旋律响起，迪米特里也不禁动容，跟着吟唱道：

我做了一个梦

梦见我的那匹黑马

突然兴奋起来，疯狂跳跃

在我身下顽皮得忘乎所以

它兴奋起来，疯狂跳跃

在我身下顽皮得忘乎所以……

二人忘情地搂着肩膀，合唱道：

那聪明的大尉，

他最善于解梦：

"啊，将会掉落，"他说，

"你那勇猛的头颅！

啊，将会掉落，"他说，

你那勇猛的头颅！

那阵阵怪异的风

从东方吹来

它掀掉了我黑色的帽子

从我勇猛的头颅

它掀掉了我黑色的帽子

从我勇猛的头颅

二人唱罢，已经是热泪盈眶。

迪米特里道："《斯捷潘·拉辛之梦》，这是当年我们追随普加乔夫大人讨伐沙皇大军时最爱唱的一首歌。"

瓦西里点头道："当初在萨尔尼科夫战败后，普加乔夫大人要我们俩带着剩下的哥萨克兄弟撤走，等待时机东山再起，继续为哥萨克的自由平等而战。临别时，他就为我们唱起了这支歌谣。"

迪米特里叹气道："没想到普加乔夫大人最后和斯捷潘·拉辛一样，被沙皇砍了脑袋。从此以后，哥萨克就群龙无首，再也没法和沙皇大军对抗啦。就连你我也被迫分兵……"

瓦西里深吸一口气："迪米特里，那些让人伤心的往事就不要再提了。我愿意参加你的计划，让我们这两支分别已久的哥萨克再一次携手作战吧。这次我们不是为了沙皇，也不是为了别人，是为了自己，为了我们的兄弟。"

迪米特里伸出手，和瓦西里握在一起："对，为了我们的兄弟。"

瓦西里正站在托尔布津上校的办公室外面，等待召见。此刻他心中所凝结的情绪，既有失落，又有兴奋。失落是因为，他不远千里，带着普加乔夫义军中最后一支不肯归降的小队辗转来到遥远的东方，是为了获得土地和梦想中的自由。可如今看来，这一切都是那么遥远又不切实际。而兴奋是因为，十年之后，他能再次见到义兄迪米特里，两支分别了十年的哥萨克队伍又能重聚，像张开的手掌又一次握紧了拳头。一想到久别重逢的哥萨克兄弟们又要并肩作战，瓦西里禁不住热血沸腾。

办公室里传来的激烈争吵声打断了瓦西里的畅想。那是迪米特里和上校。两个人激动的情绪就像是强弓，把利箭一般的言语射向对方。也许是弓的挽力太过巨大，使得利箭射中了二人之后，余势未减，又穿透了办公室厚厚的木门，直冲向门后的瓦西里。

瓦西里听见托尔布津大骂"杂种"，迪米特里回之以"懦夫"，不由得摇头苦笑。瓦西里心想，要让对军事没有一点经验，却刚愎自用，还有强烈荣誉感的托尔布津放弃抵抗准备撤退，绝非易事。而且迪米特里也绝非是温文尔雅，善于说服人的那种人。

忽然一声巨响从办公室内传来。瓦西里一惊，猛地冲进去，看见天花板被一颗炮弹打穿，办公室里一片狼藉。

瓦西里失声大喊："迪米特里！"

12

迪米特里从角落里走出来，拍拍身上的尘土，抬头看了一下天花板上的大洞，又看了看躲在办公桌下威仪全无的托尔布津上校，向瓦西里挤了挤眼睛。

迪米特里："看来上帝还要让我这个哥萨克继续待在人间。不知中国人施了什么魔法，居然让大炮打到了这里。"

迪米特里故意提高声音道："上校大人，我的计划，现在您同意吗？"

托尔布津被压在办公桌下，狼狈不堪。他挣扎着想要爬出来，但因为有落下的木料阻挡，怎么也爬不出来。

托尔布津在办公桌下声音发颤地说："可以，我同意，全凭你的安排！只要你能马上让我离开这个鬼地方！"

迪米特里把胳膊抱在胸前，饶有趣味地望着依旧在办公桌下挣扎的托尔布津。

迪米特里："上校大人，既然你给了我授权，承蒙您的信任，我一定让你和士兵们完完整整地离开这里。"

瓦西里实在不忍让托尔布津继续如此徒劳地挣扎，走过去要救他出来。迪米特里拉住瓦西里，脸上挂着嘲讽的笑。瓦西里轻轻摇头，挣脱了迪米特里的手，上前搬开木料，伸手把上校扶了出来。上校脸色苍白地抬头看了看屋顶硕大的空洞，抬手不断在胸前划着十字，显然是惊魂未定。瓦西里想上前拍拍上校的肩膀，安慰他一下，但看到上校肩头金光闪闪的肩章，最终将手收了回来。

瓦西里轻声道："上校大人，你去外面看看吧，我来的时候看到很多伤兵正在忍受疼痛，或许督军大人亲自去慰问一下他们，他们会很高兴的。"

托尔布津听了瓦西里的话，略微镇定了一些，惨白的脸上恢复了一些血色。总算是恢复了一些长官的威仪。

上校："对，我得去看看那些可怜的士兵，为了沙皇陛下，他们和该死的中国人作战，受了伤，现在最需要的就是安慰。"

上校伸出双手，先和瓦西里握了握手，不住叨念着："谢谢！谢谢！"

上校又和迪米特里握了握手，神经质地叨念着："谢谢！谢谢！"

上校叨念着谁也听不懂的词句，走出了办公室。

迪米特里望着上校的背影，冷笑道："锡兵长官的心刚碰上点硝烟战火，就被融化啦。我每日里在城墙上监督守城，他却在这舒舒服服地喝酒读书。早知道他是这种软蛋，当初就该让他第一个上城墙。他早一刻被中国人打死，我就可以早一刻带着士兵们撤离。那些可怜的伤兵，现在最缺的不是安慰，是药品！"

瓦西里弯下腰，将被震落到地的书籍一本一本捡起来，拂去上面的尘土，又放在书架上摆好。

深夜，在阿尔巴津城的大堂内，迪米特里、瓦西里、叶梅连以及几位城内哥萨克的统领，连同其他哥萨克，围坐在大堂内的长条桌前。每人面前只有一碗几乎可以望到碗底的清汤，还有半杯伏特加。

坐在主位的迪米特里带领众人做了祈祷后，大家开始用餐。因为晚餐非常简单，所以没花多少时间哥萨克们就吃完了。

迪米特里站起，看着围坐在桌前的众人，缓缓道："如今阿尔巴津城的情形，大家也都看到了，中国人派重兵围住了城市，还有大炮每日不断轰击，而我们的补给已经耗尽。要向尼布楚求救，再等他们派兵增援，已经来不及了。之前上校联络了一支商队去为我们采购粮食，但他们拿走了定金之后就再也没回来。事到如今，咱们只能自己想办法啦。"

哥萨克们都沉默了。

迪米特里："不过，正在这个时候，我的好兄弟，瓦西里来到阿尔巴津啦。有他，和我迪米特里一块在这里，咱们就一定有办法突围。"

哥萨克们都将目光投向了瓦西里。迪米特里拉起坐在身边的瓦西里，举起了酒杯。瓦西里会意，也端着杯子站了起来。

瓦西里："诸位兄弟，估计你们中的大部分人都认识我。"

席间的哥萨克都拿起酒杯，顿在桌上，一同呼喊着："勇士瓦西里！勇士瓦西里！"

迪米特里高呼："彼得三世的尖刀，所向无敌！"

哥萨克们兴奋地高喊："乌拉！"

瓦西里做了个安静的手势，哥萨克们安静了下来。

瓦西里："我和义兄迪米特里，自从十年前分手后，就再没相见。这十年来，我无时无刻不在想念他，也想念他麾下的哥萨克兄弟们。这一次我们在阿尔巴津城重逢，是这十年来我最高兴的一件事。"

哥萨克们又发出一阵"乌拉"的欢呼声。

瓦西里："足智多谋的迪米特里已经做出了详尽的计划，他的智慧我一向信服，所以我会依照他的计划，今晚出城，和留在城外的哥萨克兄弟设法帮你们撤出这座城市。"

瓦西里高呼："智者迪米特里！"

哥萨克们跟着高呼："普加乔夫的智囊，最善使计！"

瓦西里："既然大家信得过我和迪米特里，就请回去安心休息，养精蓄锐，准备和我们一起撤出城去！"

哥萨克们兴奋地大喊："乌拉！"

迪米特里带头，将杯中的伏特加一饮而尽。哥萨克们也随之喝干了杯中的伏特加。

迪米特里对众位统领道："你们回去做好准备，替兄弟们带上剩下的干粮，等待我的命令，不要让一个人掉队。"

统领们纷纷称是，带领着麾下的哥萨克们走出大堂。

迪米特里叫住一个胡子已经花白的统领："你去帮帮我们的好上校，让那些士兵做好准备，和我们一起撤退。"

统领一愣，迪米特里拍了拍他的肩膀："虽然这些家伙都是些流放犯，但毕竟是沙皇陛下的士兵，不能让他们落入敌手。"

迪米特里看了看左右，轻声道："另外，我还需要上校替我做一件事，你得替我看住他。"

统领会意，笑着点了点头，转身离去。

一时间，大堂里只剩下了迪米特里、瓦西里和叶梅连。

迪米特里怜爱地摸了摸叶梅连的头："叶梅连，今夜你得和瓦西里再潜出城去，因为你熟悉水道，而且听得懂中国话，瓦西里需要你的帮助。"

叶梅连点了点头："父亲，您放心。我已经不是小孩了，我是一名真正的哥萨克。"

瓦西里摇了摇头："这么逞强，和你父亲年轻时候一样。"

叶梅连忽然对迪米特里问道："父亲，我的名字到底是什么意思？"

迪米特里一愣。

13

瓦西里向迪米特里点了点头，迪米特里会意，幽幽道："叶梅连，是彼得三世陛下的名字。"

瓦西里插嘴道："彼得三世这个名头，实际是我们哥萨克一位伟大的首领起事时冒用的，他的真名叫做叶梅连·普加乔夫。"

迪米特里点头，继续道："我和瓦西里在十几年前，曾经追随在他的麾下起事，发誓要建立一个我们哥萨克人自己的国家，让所有的哥萨克都能享有自由和平等。谁知我们最终败给了沙皇陛下的将军们。普加乔夫大人为了留下最后的火种，让我和瓦西里带领剩下的哥萨克突围。再之后，我要投降沙皇陛下，瓦西里和我的意见不同，于是我们就分了兵。我一直忘不了普加乔夫大人，于是给你起了他的名字，叶梅连。"

叶梅连听了迪米特里的话，兴奋地大叫："原来我的名字来自普加乔夫！等我回去了，一定要告诉米哈伊尔，那个家伙一定会羡慕死的。"

迪米特里慈爱地看着叶梅连，摇头嘟囔着："哪里是什么哥萨克勇士，还是个孩子。"

瓦西里对叶梅连道："叶梅连，去睡一会儿吧，等出发的时候我会叫醒你的。"

迪米特里向叶梅连挥挥手，叶梅连走出了大堂。

迪米特里见叶梅连走出大堂，拿出了一个鹿皮囊，对瓦西里道："瓦西里，时隔多年，我想这件东西是该交给你了。"

瓦西里见到那个袋子上熟悉的花纹，心脏不禁狂跳起来，颤声道："这，这难道是……"

迪米特里点点头，打开袋子，从里面小心翼翼地拿出了一个金色的权杖。迪米特里将权杖递给瓦西里，瓦西里郑重地伸出双手，接过权杖，仔细端详着。那权杖并不十分大，外表镀有黄金，但原本光滑的杖柄上却依稀可见几条刀痕，杖柄上有个小小的基座，基座四周镶嵌有绿松石，但其中两颗已经遗失不见，只剩下嵌孔和嵌孔周围明显的刀痕，显然是被兵器砍掉了。基座顶上，镶嵌着一颗光彩夺目的红宝石，在摇曳的烛光下泛着深红色的光芒，仿佛是用鲜血浇灌。圆形的红宝石上有一块残缺，从那里延伸出一条明显的裂缝，像一道黑色的闪电，穿透整颗宝石。

瓦西里盯着那条裂缝，惊呼："这是普加乔夫大人的权杖！"

迪米特里点点头："普加乔夫大人是我们哥萨克一致推选的阿塔曼，这权杖就是证明。这权杖原本属于伟大的斯捷潘·拉辛。拉辛正是在盛怒之下用它敲碎了阿斯特拉罕守将的脑袋，红宝石上才留下了这道裂痕。在他临死前，曾经声言，这个伴随他征战一生的权杖，只能交给全体哥萨克选举的阿塔曼。那些由沙皇委派的家伙，都是软蛋，不配当阿塔曼，哥萨克人也不该听从他们的号令。"

瓦西里抚摸着遍布权杖的刀痕，不禁感慨道："我们哥萨克人从出生就开始在马上征战，首领的权杖就应该是这个样子。"

瓦西里从权杖上收回目光，对迪米特里道："普加乔夫大人生前十分珍视这个权杖，它是怎么到了你的手里？当初我怎么一点儿都不知道。"

迪米特里望着远处的烛光，幽幽道："这是普加乔夫大人亲手交给我的。他在将权杖交给我的时候，什么都没有说，但我明白，他不过是要我替他保管，有朝一日，将它交给能够带领哥萨克为自由而战的阿塔曼。说实话，瓦西里，你比我更有资格拿着它。我看得出来，你不像我那样愿意效忠沙皇陛下，你是一个真正自由的哥萨克。另外，我的计划并非完美无缺，我怕……"

瓦西里厉声制止迪米特里："够了！别说这种丧气话！你把权杖拿回去，等出了城随便你怎么处置！"

迪米特里："得了，瓦西里！事到如今，丧气话说不说又有什么要紧！你勇猛，又一向冷静，假如你认为我的计划没有一点风险，为什么在我提出让叶梅连和你一起走的时候，你并不反对？要知道在阿尔巴津城，会说中国话的人，可不止他一个。"

瓦西里被迪米特里说得哑口无言。

迪米特里拍了拍瓦西里的肩膀，苦笑道："把权杖收好，别让别人看见。要知道，处心积虑想得到它的可大有人在。而且它会帮你的。"

瓦西里："迪米特里，你要干嘛去？"

迪米特里："去找我们的好上校聊聊。你也去睡吧，后半夜还有的忙呢。"

迪米特里走出了大堂，只剩下瓦西里一人。瓦西里望着长条桌，刚才这里还满满地围坐着哥萨克，人声鼎沸，喧哗异常，可如今这里只剩下他一人。一阵夜风袭来，大堂中烛火摇曳，留在桌上的木碗和木杯影子不断晃动，仿佛是有看不见的手在不断挪动它们。瓦西里觉得是那些死去的哥萨克和死在哥萨克刀下的蛮族人进入了大堂，他感到后背一阵阵发凉。他收好了权杖，快步走出这座陷入死寂的大堂。瓦西里不住在胸前划着十字，努力让自己镇定下来。他虽然不太迷信所谓的预兆，但在今夜，他却不得不向上帝祈求，希望上帝能够驱除一阵阵涌上他心头的不祥预感。

如果瓦西里睿智一点，能够穿透迷雾看清楚未来，他就不会收下那个权杖，那个刻满了杀戮、死亡与背叛的权杖。但瓦西里正如那些历史中不断反叛又不断被镇压的哥萨克一样，走上了一条宿命之路。或许，这就是一名哥萨克该有的命运，谁都无法逃脱。

14

深夜，瓦西里和叶梅连在水道入口旁等待。迪米特里提着两个硕大的油布包匆匆走来。他将油布包递给了叶梅连和瓦西里，二人接过，小心地装进背包里。

迪米特里道："瓦西里，这里面有你需要的一切，尤其是其中的那封信，千万别弄丢了，那是我逼着上校写的，费了好大的功夫。"

瓦西里点点头。

迪米特里伸出手，要和瓦西里握手，瓦西里却上前，紧紧抱住义兄。迪米特里一愣，也抱住了瓦西里。

瓦西里小声道："义兄，保重，我在城外等你！"

迪米特里一时竟然有些哽咽，一句话也说不出。

瓦西里松开了迪米特里，叶梅连也上前抱住了迪米特里。

迪米特里用力在叶梅连稍显瘦弱的后背上用力拍了拍，叶梅连松开了迪米特里。

迪米特里看了看二人，从腰间抽出火枪，举起，向天空射击。

随着一声枪响，火枪的射击声响彻整个阿尔巴津城。

城墙上，哥萨克们一面大声咒骂着，一面向下面的清军射击。

一小队哥萨克骑着马，在城门处集结。迪米特里接过统领递上来的缰绳，翻身上马，向门口的守卫示意。两名士兵战战兢兢地打开了城门。

迪米特里抽出马刀，高喊道："共生死，共奋斗！"

跟在他身后的哥萨克骑兵也都抽出了马刀，高高举起，大喊："哥萨克的荣誉不能丢！"

在吼声中，这十名哥萨克催马冲出了城。

瓦西里努力收回目光，拉了拉身边望着父亲背影恋恋不舍的叶梅连："走吧，叶梅连，你父亲处心积虑安排了这次突击，就是要掩护你我离开，别辜负了他的苦心。"

叶梅连点了点头，但依旧不愿离去。

"叶梅连，永远不要忘记，你是一名勇敢的哥萨克！"瓦西里的声音中多了几许威严。叶梅连不得不收回目光，抬手抹了抹眼睛。

瓦西里轻声安慰道："放心吧，你父亲足智多谋，绝不会遇到危险的。"

叶梅连点了点头，和瓦西里一步步走进了水道，最终水没过了二人脖颈，二人深吸一口气，潜进了水中。

不远处，在教堂的塔楼上，穿着睡衣的上校和随从看着下面激烈的战斗，喃喃自语道："这群哥萨克疯子。"

城外，哥萨克秘密宿营地。瓦西里和叶梅连穿着内衣，用麻布擦干身体。一旁的弗拉基米尔对瓦西里道："中尉大人，中国人的全部精神都集中在阿尔巴津城，所以我们这一处营地还算是安全。黄昏的时候，曾经有个中国探子出现在营地附近，被米哈伊尔带人引开啦。"

瓦西里满意地点点头，米哈伊尔打开油布包，拿出一套军装，不禁吹了个口哨："哎哟，这是哪位贵族老爷的军装，真是整洁漂亮。我们的中尉大人穿上以后，保管比莫斯科的那些大官儿们都神气呢。"

瓦西里拿过军装，穿在了身上。

米哈伊尔对几位统领道："怎么样，我没说错吧？"

几位统领都夸张地鼓掌吹口哨。

瓦西里："得了，你们这帮家伙！我们还有许多正事要忙呢！你们先看看，这身军装有什么问题没有？"

几名统领都点点头，表示军装很合身。瓦西里转身，看见换了一身副官军装的叶梅连走来，递给他一面白蓝红三色的国旗，还有一面白旗。

众位统领先是对英俊的叶梅连发出声声赞叹，又对两面旗帜报以不屑一顾。

弗拉基米尔向地上吐了一口唾沫："我们这支哥萨克出生入死，可从来没打过这种旗子。"

瓦西里拍了拍弗拉基米尔的肩膀："现在我们可不是哥萨克了，而是沙皇陛下的特使。"

众统领听了他的话，大笑不止。

阿列克谢独自赶着一辆马车走来，瓦西里上前，看到马车上放着一口不大的木箱。

瓦西里点头道："阿列克谢，抱歉让你一个人去取这些东西。因为你是我最信赖的哥萨克，所以不得不如此了。"

阿列克谢挥了挥手，瓦西里明白他的意思是不要客气，这不过是举手之劳。

弗拉基米尔端详着箱子："中尉大人，这箱子有点小啊，就凭这么点东西，咱们能救出城里的哥萨克吗？"

叶梅连抢先答道："这些可不是赎金，而是赠礼。"

瓦西里满意地点点头："叶梅连说得对，我们这一趟，要给中国人送去的不是珠宝，而是信件。"

瓦西里看着已经泛白的天际，对众位统领道："我和叶梅连、米哈伊尔带着几个兄弟去，剩下的人守好营地。"

众统领称是。瓦西里接过叶梅连递过的帽子，仔细地戴在头上，对叶梅连和米哈伊尔道："走吧，我们去见中国将军。"

清晨，清军大营，清军的最高统帅、正红旗一等公、都统彭春刚刚起来洗漱，副都统何祐进来禀报，说是罗刹的特使前来求和，正在军营外等候。

彭春刚洗过了脸，从侍从手中接过麻布，蒙在脸上，仰面敷了一会儿，然后仔细擦净了他那副英武的胡须，最后才缓缓擦干了手。

彭春对一脸焦急的何祐道："何副都统，你怎么没有一点儿沉稳劲？如今这雅克萨城旦夕可下，着急的该是他们！"

彭春说罢，将麻布递给侍从，又从侍从手中接过一柄精致的象牙小梳子，对着镜子仔细梳起胡须来。

彭春："先带他们在我们大营里四处转转，尤其是炮营，还有林兴珠将军的盾牌营。对了，要盾牌营把昨天准备的柴草都堆出来。"

何祐听彭春如是说，脸上的神色由焦急变为兴奋，行礼道："属下明白，属下这就去安排！"

彭春嘴角牵动一下，露出一丝笑容，挥挥手，何祐领命走出了大营。

15

彭春心中腾起一阵欣慰。这次出征雅克萨，皇上特意要他带上何佑和林兴珠，并嘱咐他，此二人虽是郑氏降将，但忠勇异常，手下的盾牌兵骁勇善战，一定会助他一臂之力。一开始彭春还不甚放心，生怕这两名将领心怀异志。没想到此二人听说是要北上打罗刹人，主动要求打头阵。经过一番长谈，彭春才知道，台湾受红毛之害甚苦，二人虽追随郑氏做过明臣，但在抵抗外敌这件事上，却与彭春这样的旗人同仇敌忾。而且他二人降清后长期驻守关外，早就对罗刹人屡侵边境，屠杀边民的恶行愤恨不已。彭春与这二人接触久了，甚至生出了相见恨晚之感。当然，身为三军统帅，彭春不能将这种情绪表露得太过明显，但自从围城以来，重要的任务都是先交给盾牌兵。

瓦西里带着叶梅连走在军营中，副都统何佑陪同他们，侃侃而谈。瓦西里表现得很沉稳，但心中却愈加紧张，他知道，中国将军闭门不见，而派了副将带他参观大炮和柴草，要向他传达一个明确的信息：中国军队已经做好了攻城的准备。无论这次和谈是否成功，他们都会采取行动。瓦西里不得不承认，中国将军的确很有办法。如今阿尔巴津城上的守军已经虚弱不堪，再这样下去，等到守军筋疲力尽之时，他就会派人将柴草运到城下点燃。到时，大半由木材建筑的阿尔巴津将在火海中变成灰烬。

此时紧张的又何止是瓦西里，叶梅连的翻译已经出错了好几次。瓦西里知道，聪明的叶梅连也猜出了中国人的意图。

好不容易熬到巡视完毕，何将军才带着他们来到大寨，参见穿着一套红色布甲的主帅彭春。

彭春问瓦西里此来是何目的。瓦西里答道："我是由沙皇陛下派出的特使，希望能与贵方平等谈判，确定国界，和平往来，从此刀兵不兴。"

叶梅连担任翻译，刚说了几句蹩脚的满语，就引来彭春的大笑。彭春招手，对身旁的小校道："佟贵，他们那个通译小孩儿说不清我们的话，还是你来吧。"

那名叫做佟贵的小校得令，先是将瓦西里所言用官话复述了一遍，然后又字正腔圆地用俄语对瓦西里道:"将军大人嫌你们的通译中国话说不清楚,要我担任翻译。"

瓦西里和叶梅连感到很意外,没想到中国人当中还有俄语说得这么好的人。

彭春等将领看到瓦西里和叶梅连惊讶的样子,哈哈大笑。

彭春忽然止住了笑声,指着佟贵对瓦西里道:"特使大人,这个小校原是住在黑龙江畔桂古达尔村寨的索伦部,三十四年前,正是你们罗刹人,来到桂古达尔村寨,杀光了那里的男人,强抢了那里的女人;他们的头人被你们的首领活活掐死,连孩子也被你们一一摔死。三座大寨,一千多人,全部被你们杀光。他因为年幼,被父亲挡在身下,才大难不死,被我们随后赶到的军士所救。如今你们居然还有脸来为雅克萨城中的那几百罗刹人前来求和?那一千多名索伦部,还有这五十余年来惨死在尔等刀下的边民,就白死了吗!"

彭春一连串的质问又被佟贵转译成俄语,瓦西里看着眼前这名强压怒火的清军小校,听着他努力维持平静的语调,心中大惊。瓦西里心中不断盘旋着一个疑问:"在这持续不断的五十年探险中,到底是蛮族先袭击了探险队,还是探险队先袭击了蛮族?"

瓦西里强装镇定,答道:"将军阁下所说,都是陈年往事。如此论及,贵方固然有死伤,我方亦有死伤。如此仇杀不止,边疆将永无宁日。我国沙皇陛下为了止戈息兵,特派我等前来讲和,并有雅库茨克城总督大人写下的亲笔信,着我交给将军阁下。另外,总督大人还专门为诸位将军备下礼品,以表诚意。"

彭春一挑眉毛:"哦?他远在雅库茨克城的总督居然知道我?我率军前来,可还不到一月呢!"

瓦西里心知自己失言,忙道:"总督大人只说将信交给中国军队的统帅将军,至于是哪位将军,他并没有说。"

彭春冷笑:"看来你们这位总督大人也是个没主意的人。"

随侍彭春左右的众将听彭春如是说,都笑了。

瓦西里向叶梅连使了眼色,叶梅连吩咐米哈伊尔抬上木箱打开,露出装在其中的珠宝金银,又郑重地拿出国书和信件,交给佟贵。佟贵冷哼一声,一把抢过书信,呈给彭春。

彭春只瞥了木箱一眼，便不再看它，而是要佟贵将文书中所写一一翻译给他听。佟贵刚翻译了一半，彭春就挥手打断了他的话。

彭春道："书信中所言者，和贵使前述差不多，无非是但愿休兵、和平相处之意。这些本帅已经知悉。"

瓦西里见彭春并不直说是战是和，不由得追问道："那请问将军，何时能解了阿尔巴津之围？"

彭春挥手："是战是和，还需我等仔细商议，贵使先请到一旁暂歇。商议过后再延请贵使前来。"

瓦西里还要说话，却见彭春端起了面前的茶碗，又轻轻放下。佟贵眉毛一立，用俄语沉声道："送客！"

瓦西里无奈，只得带着叶梅连等人随彭春的亲兵离去，帐内诸将，甚至是佟贵这样的小校，无一人起身相送。

一旁的林兴珠见瓦西里走远，向彭春问道："大帅，这等罗刹人，毫无廉耻，不给他们教训，他们便得寸进尺。这雅克萨城，屡建屡毁，屡毁屡建。今次若允了他们的求和，待他日大军离去，他们又会卷土重来，贻害边民！"

彭春无奈道："此等道理，本帅又何尝不知，但圣上有好生之德，在我大军临出发之前曾传喻诸军，'此战兵凶战危，朕以仁治天下，向来不嗜杀。以我们兵马的精强，器械的坚利，罗刹军肯定不敌我们，必然会献地归诚。到时候勿要妄杀一人，让降卒回归故土，以示我天朝怀柔之意。'如今这罗刹使臣前来求和，本帅再不相允，岂不是抗旨不遵？"

林兴珠叹道："真是便宜他们了！"

彭春一笑："林将军，那倒未必。"

16

彭春捋着胡须道："皇上只说议和，却未说逞凶。"

林兴珠："大帅的意思是？"

彭春："据我所知，这些罗刹人并非铁板一块，除去正式的兵士和官佐外，另有叫作哥萨克的乡勇跟随。罗刹兵士并不足惧，倒是这哥萨克，骁勇异常。但他们皆为自行招募，且桀骜不驯，只有他们的首领方可节制。佟贵，本帅所说可是属实？"

佟贵道："大帅明察，以小的从前假扮边民到罗刹人各处营地探查的结果看，罗刹军中当是如此。"

彭春点头："我们只需将那雅克萨城中的罗刹官佐与哥萨克首领除去，所余之人尽数放归。本帅要以放归者之口广而告之：再有率众犯我大清边疆者，必杀之无赦。如此这般，即便那罗刹人再如何反复，也得掂量掂量，项上人头可保否。"

何祐听了彭春的话，拍手叫好，其他诸将也纷纷附和。

彭春颇显得意地微笑颔首，但他看到一旁的林兴珠皱眉思索着，便问道："林将军，本帅之计有何不妥吗？"

林兴珠道："大帅是否还曾记得前日属下被全歼的那一小队盾牌兵？"

林兴珠提起盾牌兵，原本还在叫好的诸将都不作声了。彭春脸色微微一变。

林兴珠："属下的盾牌兵，虽不敢说是百战百胜，但也是久历战阵。加之他们阵法娴熟，十人一队，互为攻守，极难对付。可这一小队盾牌兵却被人全歼了，实在匪夷所思。属下曾经亲自去查验过，死去的兵士身上多为刀伤，那刀的形制与雅克萨城中哥萨克所使马刀相同。而那雅克萨城早已被我们围得如铁桶一般，城中哥萨克绝无可能逃出。属下猜测，这伙哥萨克应该是外来的，很有可能就是这个使臣率领的。"

彭春听了林兴珠的话，不由得心中暗暗赞叹，这林兴珠虽是武将，却心细异常，又极为体恤部属，所以才会有此发现。

彭春点头："林将军所言甚是。刚才我观那特使瓦西里，走路自带一股趄趄之气，不似一般文官。若真如林将军所猜测，这特使是率军前来，那么他们这次来，就是抱着两样心思。若有机可乘，便偷袭我军，里应外合，解了雅克萨之围。若无机可乘，便递交国书，议和罢兵，保全城中守军的性命。"

林兴珠："属下所思虑者，尽为大帅所言。"

彭春冷笑："哪有这么便宜的事！"

何祐向林兴珠使了个眼色，彭春看在眼里道："何将军，有何话就直说。"

何祐道："属下和林将军曾私下参详过此事，属下也觉得蹊跷，便派出了几名得力的探子四下打探。果然打探到一处哥萨克人的秘密营地，并与哥萨克的哨兵偶遇……"

彭春摇头："不可打草惊蛇。"

何祐："大帅，属下知道事关重大，所以特意嘱咐过探子们要小心谨慎。那哥萨克当真狡猾，发现了探子后，竟然朝着相反的方向引开了探子。我们的探子将计就计，随着被他引开，却将营地的所在暗暗记下，回来告知了下属。"

彭春点头："好！何将军果然调教属下有方。"

何祐："属下原本准备今天亲自带人前去查探然后报告大帅的，谁知这罗刹特使先一步到了。"

彭春笑道："既然何将军有这个心思，那就亲自带队去一趟吧。记住，偷偷地去，先将营地围住，待我军令行事。"

何祐称是，当即离开大帐，点齐兵马出发。

林兴珠："大帅，您这是要断了那特使的退路？"

彭春捋着胡须道："无论议和与否，本帅都要走这一步棋，卧榻之侧岂容他人酣睡？"

众将们纷纷点头称是。

侍立一旁的佟贵道："大帅，已是晌午了……"

彭春道："都散了吧，各自回营用饭，和谈之事下午再行商议。"

众将向彭春行了礼，纷纷离去。

彭春见身边的佟贵不断向外张望，笑道："佟贵，东张西望的看什么呢？"

佟贵有些不好意思地答道："安布伦说中午要给我送些她做的图胡烈。"

彭春："安布伦是个好妻子，不但给你生了一个儿子，还随着你出生入死，一起探查罗刹人的军情。更难得的是，知道你喜欢吃图胡烈，无论再怎么艰难，也要让你吃一口热乎的，你可要好好待她。"

佟贵听了彭春的话，感激地答道："谨遵大帅军令。"

彭春大笑："这是你的家事，我的军令可管不到。"

佟贵："大帅当年收留佟贵，如同再造父母，我佟贵的家事，大帅一样管得。"

彭春欣慰地点头："你有这份孝心甚好。不过你也要多关照安布伦，不要让她再去联络族人送来粮食了。上一次他们一行遭遇罗刹人，是何等危险？如若不是那罗刹首领良知未泯，她早就……"

彭春止住话头，只是说："还是多多小心为是。"随即挥了挥手。佟贵，躬身施礼，退出了大帐。

在一处离营门不远处的帐篷内，瓦西里、叶梅连和米哈伊尔三人在焦急地等待着中国将军的传唤。在帐篷门口，站着两名将军的亲兵。他们称自己是奉了将军的命令，前来保护和侍奉特使的。但瓦西里清楚，这是中国将军不放心他们，特地派人来监视。

瓦西里等人从营地出发以来，滴水未进，他们的水囊都在马匹的鞍袋里，而马匹早就被清军士兵牵走看管起来。瓦西里实在口渴难耐，便托叶梅连向两名亲兵要一些水。其中一名脸色阴沉地离开，不一会儿端来一个托盘，上面放着一个茶壶和几个茶碗。叶梅连忙不迭地倒了一杯茶，递给瓦西里，瓦西里刚喝了一口，就全吐在了地上——那茶居然是用冷水冲泡的，茶水中的茶叶都是干瘪的，尚未泡开。两名亲兵见到瓦西里的窘态大笑不止。叶梅连和米哈伊尔勃然大怒，要上前理论，却被瓦西里制止。瓦西里知道，如今可不是逞能的时候。惹恼了这些中国人，非但他们三个性命难保，更会牵连到城中被围的几百名士兵。

瓦西里安抚了二人两句，亲兵们见他们一味容忍退让，不便发作，也就不再理会。瓦西里正等得心焦，忽听门口的亲兵吹起口哨来，循声望去，见佟贵一脸绯红地向营地外走去。而营外则有一名穿着皮袍，抱着婴孩的索伦部女子，拎着一个篮子在等着他。

亲兵喊道："佟贵，下回让你媳妇也给我们爷们做点图胡烈吃！"

瓦西里看到那女子的容貌，不禁大惊失色。

17

正在此时，一名火头军拎着两个食盒走进帐篷，对把守的亲兵道："大帅特意嘱咐灶上，送了热汤面给他们吃。说我天朝上国乃礼仪之邦，虽是两军对垒，但也不能慢待了使节。"

一名亲兵冷哼道："我等还没吃饭呢，他们这些罗刹人反倒吃得上这热汤面。"

火头军将食盒放在帐篷进深处的木墩上，端出了三碗汤面和两碟白斩鸡。瓦西里忙招呼叶梅连和米哈伊尔过来吃饭。那火头军见三人如此猴急，无奈地摇了摇头，拎着食盒走出了帐篷。

火头军对一名亲兵道："这帮罗刹人好生没规矩，个个如饿鬼一般。"

亲兵："您老还不知道吧？他们管自己的家乡叫饿国。"

火头军摇头："你这是编了瞎话哄骗老儿的吧，老话讲儿不嫌母丑，狗不嫌家贫，哪有这么称呼自己家乡的。"

亲兵："我哪能唬您，这都是佟贵跟我说的。"

火头军瞥了一眼帐篷中埋头大吃的三人，叹气道："难怪他们不远千里来占我们的地方，这饿肚子的滋味可实在是难受。"

亲兵看了看帐篷，凑上前低声问道："咱们的粮食快吃光了吧？再这么打下去，会不会也饿肚子？"

火头军："这种动摇军心的话你可不好胡说，小心大帅听见砍了你的脑袋！"

亲兵吓得一缩头。

火头军："不过你小子放心好了，前些日大帅已经向一队商队买了粮食，再加上周围索伦部主动送来的麦子，再吃上个把月不成问题！而且瑷珲的粮队也就快到了。"

亲兵："那就好，那就好。"

正当二人闲聊之时，帐篷内，瓦西里对围上来的二人小声道："装作吃饭的样子，不要向外面看，不要露出脸。"

叶梅连一面笨拙地用筷子卷起面条，一面道："中尉大人，这是怎么了？"

瓦西里："索伦部女人……前日逃走的那个索伦部女人，正在营外！看起来她是那名通译的妻子！"

叶梅连听了这话，吓得脸色惨白，他看了看身边的米哈伊尔，米哈伊尔虽然佯装镇定，可拿筷子的手却控制不住地抖了一下，筷子掉在地上。

瓦西里帮他捡起了筷子，塞回到他手里，小声道："这名通译非常仇视我们，所幸不知道我们就是劫持了他妻子的人，这件事千万不能让他知晓！"

米哈伊尔和叶梅连轻轻点头。

午饭后不久，瓦西里等人就被请进了大帐。彭春和众将都在。

这次，是林兴珠先开了腔："奉大帅军令，告知贵使我方的议和条件。首先，双方罢兵停火。"

待听过了佟贵的翻译，瓦西里点头道："这是自然，我们双方的人死伤已经够多了。"

林兴珠并不理会瓦西里，继续道："其次，驻守雅克萨城之罗刹官佐兵丁，一律放下武器，走出雅克萨，由我方暂与安置。"

瓦西里脸色发白："这是要我们投降吗？"

林兴珠白了瓦西里一眼，显然对他屡次插话非常不满。

林兴珠加重了语气："最后，率兵前来犯我疆土之首恶，督军托尔布津及乡勇头领罗曼诺夫，必须交予我方处置。"

瓦西里大叫："不！"

林兴珠厉声道："大帅的大帐，岂容尔等喧哗！"

瓦西里顾不上林兴珠的威胁，高喊："将军，您的条件实在太苛刻了！我是来谈判的，不是来投降的！而且托尔布津和罗曼诺夫是沙皇陛下委派的官员，怎能交给您随意处置……"

彭春挥手打断了瓦西里的申辩，喊道："何祐！"

何祐全身戎装，从帐外走进来，向彭春躬身施礼："属下在！"

彭春："何将军，把那东西给贵使看看。"

何祐从随从手中接过一个布包，交给了瓦西里。瓦西里看到布包的红色布料正是哥萨克常穿的布袍的料子，上面还沾着暗红色的血迹。瓦西里努力控制着颤抖的双手，解开了布包，见里面是两个血迹斑斑的橡木十字架。

愤怒与恐慌仿佛是两把马刀，在瓦西里的心上戳着，砍着。瓦西里一时间不知该说些什么，不停颤抖地叨念着："你们！你们！"

何祐向彭春禀报："大帅，他们的营地已经被属下围住。有两名哥萨克探兵负隅顽抗，被属下的藤牌兵取了性命。"

彭春点头，转而对瓦西里道："贵使心怀不端，说是来议和，为何还带了一百多名哥萨克乡勇来？本帅得知你们如此，索性就来个将计就计，趁着你们吃午饭的功夫派人围了你们的营地。刚才林将军所说各条，贵使如果不答应，别怪本帅无情，下令剿灭了那一百乡勇！"

瓦西里一脸震惊地站在那里，叶梅连恼怒地抽出随身的匕首，可匕首还未离鞘，他的脖子上就已经被架上了亲兵的腰刀。在他身旁的米哈伊尔略一犹豫，也已是被制住。

彭春："贵使，本帅原本不必这么麻烦。你从也罢，不从也罢，只需本帅一声令下，那雅克萨城和城中守军就会被我的红衣大炮轰作齑粉。你若识大体，答应了议和的条款，就去雅克萨城下劝降，尚可保全尔等性命。如果不答应，那就亲眼看着你的同胞灰飞烟灭吧！"

瓦西里冷汗直流，他盯着手上的十字架，仿佛看到在大炮的轰鸣声中，堆在雅克萨城下的柴火被点燃，烈焰瞬间变成魔鬼践踏全城，吞噬了迪米特里和他的哥萨克兄弟。而营地中留守的弗拉基米尔、阿列克谢和其他战士们则在与盾牌兵的苦战中被杀。不知不觉间，瓦西里手心中的汗水已经浸透了红色的棉布，棉布上的血迹混合着汗水，滴落在土地上，发出低沉的嘀嗒声。瓦西里觉得自己的心在滴血。

最终瓦西里轻声叨念着："上帝啊，原谅我吧。"

瓦西里抬起头，声音虚弱地答道："让我去雅克萨吧。"

18

瓦西里站在清军建筑的土墙上，望着远处的阿尔巴津城，原本雄伟的建筑，如今已经千疮百孔，驻守在城头的哥萨克战士稀稀落落，士气低迷，疲惫不堪。

在刚刚发起的进攻中，清军利用缴获的火枪和大炮掩护盾牌兵突到城下，兵士们将背负的柴草堆在城根，泼上火油。只要下令点火，整个阿尔巴津城顷刻间就会被火海吞没。

不远处几个清军士兵正准备用火把点燃箭镞，瓦西里大吼着跑去阻拦，被跟在身边的几个兵士一把摁住。林兴珠缓缓走近瓦西里，轻蔑地看着眼前这个哥萨克，下令停止攻击。火把被熄灭了，又一轮炮击后，盾牌兵们撤回到了土墙后。阿尔巴津城头的守军们所剩的弹药已经不多，也不敢再开枪胡乱射击。刚刚还在激斗的战场，一眨眼的工夫就安静了下来，只有若干鹰鹫和成群的乌鸦在天空盘旋，等待时机，啄食丢在战场上的尸体。林兴珠没有再看瓦西里一眼，但瓦西里已经明白，如今留给他和迪米特里的路只有一条。

瓦西里向身边的米哈伊尔点了点头，米哈伊尔向城头用力挥舞了几下手中的三色国旗，然后又从脸色苍白的叶梅连手中接过白旗，用力挥舞。

瓦西里对着城头大喊："托尔布津督军，罗曼诺夫中尉，我是沙皇陛下的特使杜比宁中尉。中国将军彭春已经保证了守军的安全，只要你们放下武器，走出阿尔巴津城，就能安全回到尼布楚！"

瓦西里如是喊了三次，城头的守军找来了托尔布津和迪米特里，二人听到瓦西里的喊话，激烈争执着，最终迪米特里命令两名哥萨克架走了托尔布津。迪米特里站在城头高喊："杜比宁特使，我是哥萨克中尉迪米特里·罗曼诺夫，我全权负责阿尔巴津城的防务，我愿意接受条件议和。"

林兴珠鄙夷道："达成了合议，贵使便可回国去向沙皇交差了。你可以说是你救了全雅克萨的俄国士兵。"

瓦西里努力保持镇定，对林兴珠道："请贵方务必遵守诺言。"

林兴珠傲然道："我天朝上国岂能如尔等一般反复无常，言而无信！可我要警告贵使，你去和城内的守军说清楚，投降后最好要守规矩，如有异动，别怪我们不客气。"

林兴珠说罢，便不再理会瓦西里，带着属下将领边讨论接收事宜边离去。

叶梅连凑到瓦西里身旁道："瓦西里叔叔……"

"叶梅连，别说了。我会想办法救出你父亲的，请你相信我，不要轻举妄动……"

叶梅连还要申辩，被身旁的亲兵推了一把，他和米哈伊尔被亲兵押走，只剩下瓦西里一人。

佟贵走上前，对瓦西里道："贵使，大帅找我来为你翻译。你的两个随从得回到营地，向你带来的一队哥萨克宣达大帅的军令，免得他们妄动刀兵，成了我们的刀下之鬼。"

瓦西里虽然感到愤怒，却也无可奈何。他只怪自己小看了清军的统帅彭春和他手下的将军们，他们诡计多端，比毒蛇还要狡诈。而他与迪米特里的计策，几乎全部落空，自己带领一小队哥萨克与城内部队里应外合的出逃计划也已成泡影。他虽然对叶梅连信誓旦旦地担保，但此时此刻，他心中已经阵脚大乱，他唯有暗暗向上帝祈祷，希望足智多谋的迪米特里能够设法逃脱。

瓦西里对佟贵道："我要去见见城中的守军。"

阿尔巴津城旁的索伦部村落如今已经人去屋空，恰好成为清军安置城中战俘的营地。清军们只用了半天时间，就迅速在营地内建立了三个简陋的塔楼，并在上面部署了火枪手。火枪手们俯视着整个战俘营，还有兵丁在内不断巡视，俘虏们的一举一动尽在清军的掌握中。

营地里，哥萨克和俄军分据东西两侧，泾渭分明。哥萨克们以迪米特里为首，并不十分慌张，淡定地聊着天。而俄军们则聚拢在上校周围，紧张地观察着守卫们，不时窃窃私语。

迪米特里对身边的花白胡子统领低语道："之前交代的家伙，都准备好了吧？"

花白胡子统领一叉腰："都备好了，就等你的号令。"

迪米特里眯着眼睛盯着不远处的托尔布津上校道："就等晚饭后吧，怎么也得让可怜的上校吃饱了再上路啊。"

花白胡子统领瞟了上校一眼道："哼，这条懦夫的贱命总算能派上用场啦。"

"托尔布津上校，罗曼诺夫中尉，有人要见你们！"佟贵的喊声响起，上校一哆嗦，下意识地站了起来。副官要跟随，却被一旁的清军守卫挡住。

佟贵："二位官长去就行了，随从还是免了吧。"

上校无奈地跟着佟贵和一脸无所谓的迪米特里走出了大寨。

大寨外的小屋内，瓦西里刚刚向迪米特里和上校宣布了彭春的议和条件，上校当时就吓得晕了过去。两名守卫只得将他架走。迪米特里却依然镇定道："上帝要我死在中国人手里，说明他听到了我的祷告，给了我赎罪的机会，我就听从他的安排吧。"

瓦西里惭愧地望着迪米特里："义兄，你慨然赴死，城里的哥萨克们都会感激你的英勇。仁慈的主啊，请宽恕我的无能，如果有一点办法我也想救下你的命……"

迪米特里向瓦西里张开双臂道："瓦西里，不要自责，你已经做得很好了，能让跟随我出生入死的一百多名哥萨克兄弟保住性命，我也就安心了。拥抱一下吧，我的兄弟，让我们就此别过。转告叶梅连，不要悲伤，我会在阿穆尔河岸守望着他。"

19

瓦西里走出了小屋，夏日午后的阳光猛地照在脸上，让他觉得一阵眩晕。如果以一人之命可以换来和平，那么这种牺牲是值得的。可怎么对可怜的叶梅连解释呢？

叶梅连正在帐内焦急地踱步，身体虽在移动，眼睛却一直盯着帐外，见到瓦西里回来，一个箭步冲到门口拉住他的胳膊："瓦西里叔叔，我父亲说什么了？"

　　瓦西里看着叶梅连，嘴唇动了动，却什么也说不出来。只能徒然地摇头叹息。叶梅连霎时明白了一切，他双膝跪地，掩面痛哭起来。

　　米哈伊尔一手抚上叶梅连的肩膀，安慰着，一边仰望天空，在胸口划起了十字。

　　叶梅连抱着瓦西里的大腿，仰起满是泪水的脸，哀求道："瓦西里叔叔，无所不能的勇士瓦西里，求求您救救我父亲，您已经救下了那么多人，难道就不能想办法救救父亲吗？"

　　瓦西里也跪下去，拥抱叶梅连，像哄孩子般轻拍叶梅连的后背，任叶梅连的泪水打湿他的肩头。瓦西里的心被叶梅连刺痛，涌起巨大的悲伤，他压抑着眼泪在叶梅连耳边轻声说："好孩子，你父亲不会有事的，我会尽全力救他，哪怕用我的命去换他的命……"瓦西里在心中想着，如果上帝非要一个人的生命去献祭，那应该是我。对，是我！就算是为了叶梅连也该这样。瓦西里继续说道："孩子，这里并非久留之所，既然双方已经议和，你也没必要继续待在这危险的地方了，和米哈伊尔一起回营地去吧。"

　　"不，我不走，我要见父亲！"

　　"叶梅连，你想见父亲，日后有的是机会，我说过，不会让他死的。现在，和米哈伊尔走吧，回营地去和我们的族人待在一起。"

　　在瓦西里的示意下，米哈伊尔扶起叶梅连走出帐篷。

　　独自留下的瓦西里努力整理着纷乱的思路，他要用自己换回迪米特里。他现在必须找到一个理由，说服彭春。

　　此刻，彭春正有自己的事要做。他的军队赢得了艰苦的雅克萨战役，守住了大清国的北疆，他要亲手写下报捷的奏章，由轻骑一路送到京城——这是皇上给予他的密奏特权，是许多将军们梦寐以求的信任与殊荣。

　　此外，战事即止，战后的民政也是彭春必须要考量的事。他命前来投军的索伦部兵士分散通知逃走的索伦部民众，要他们回到雅克萨，重新开始耕作狩猎的传统生活。只要有这些忠于皇上的边民在，就证明这里是大清的疆土。此役，大清国威大展，索伦部边民无不忠心臣服，倘使以有过从军经历的退伍回乡的边民组建乡勇，配以缴获的火枪，再加军纪管束，定会让罗刹人不敢再来挑衅滋事。

至于受伤患病的罗刹兵士，也需要妥善安置。原本这些俘虏的生死无须彭春操心，但当今皇上性格宽厚，如果军中善待俘虏、救死扶伤之事迹传到皇上的耳中，定会龙颜大悦。

如此种种，虽有帐下将校操办，但免不了要彭春规划布置。一时间彭春忙碌异常，根本顾不上面见瓦西里。

瓦西里数次请求参见都不被允许，只好在自己的帐篷里枯坐着，手里抓着随身的小皮囊，那里面装着能够救出的迪米特里的关键。

终于，佟贵走进帐篷，告诉瓦西里，大帅同意在用晚饭的这一点时间召见他。瓦西里兴冲冲地站起，跟随佟贵走出了帐篷。

大帐内，彭春正在吃着晚饭。瓦西里跟随着佟贵走了进来。彭春喝了一口粥，并不看瓦西里："贵使，你的使命已经完成，还要参见本帅，到底所为何事？难道你还怕我不遵守议和条件，杀了那些俘虏不成！"

瓦西里摘下身上背着的小皮囊，拿在手里，一旁的佟贵紧张了起来。彭春抬眼看着，示意佟贵不要慌张。

瓦西里道："我相信将军是珍视荣誉的人，一定会信守诺言，放回阿尔巴津城投降的士兵。"

彭春笑了笑："我大清乃天朝上国，用你们罗刹人的心思揣度就太放肆了。要杀你们这些散兵游勇，还用费这些周章吗。"

"既然彭将军信守诺言，那就请按照已经商妥的议和条件，放掉大寨里的哥萨克和俄国士兵吧，包括托尔布津督军和罗曼诺夫中尉。"

彭春露出怒意："议和条件里，这二人可是要交由我们处置的。"

瓦西里争辩道："将军的意思，是要处置我军的指挥官，而我才是雅克萨城的最高指挥官。这就是证据。"

瓦西里一边说着，一边拿起手中的皮囊。佟贵看着彭春的眼色，上前接过，捧给彭春。

　　彭春之前就注意到了瓦西里手中的东西，他倒不担心罗刹人行刺，毕竟蛮族士兵都做了俘虏被他牢牢控制，这人还不至于愚蠢到要上百同胞给他当陪葬的地步，所以佟贵要上前阻拦时，被他止住了。

　　如今彭春仔细看了看佟贵呈上来的东西，是个做工极其精美的皮囊。在彭春的示意下，佟贵将皮囊慢慢打开……

　　里面的东西露出头来，那是伟大的斯捷潘·拉辛的权杖。

　　或许是这权杖传奇的经历赋予了它不同的气息，彭春接过权杖，感到这物非同凡响，自有一股杀伐血腥之气。彭春借着烛光仔细观察着权杖，发现了权杖上的刀痕，脸上的表情从赞许变为肃穆。

　　瓦西里郑重道："这是哥萨克首领阿塔曼历代相传的权杖，能使所有哥萨克听其号令。"

　　彭春听了瓦西里的话，似有所悟，盯着权杖沉默不语。

　　瓦西里对彭春道："我想将军阁下也知道，历次在阿穆尔河流域探险的主力都是哥萨克。只要您能够命令哥萨克，实际上就阻止了整个探险活动。"

　　瓦西里的话，在佟贵的心中掀起一阵波澜。

20

　　佟贵压抑着心中的怒火，结结巴巴地将瓦西里的意思翻译给彭春听。彭春注意到了佟贵的异常，他意识到瓦西里用自己和权杖交换托尔布津和罗曼诺夫性命的提议深深刺激了与罗刹人有不共戴天之仇恨的佟贵，毕竟优待俘虏、释放降兵就已经让佟贵十分不满了。

　　佟贵翻译完瓦西里的话之后，情绪激动地进言道："大人，这瓦西里就是个骗子！自大军前来，往来攻守，托尔布津和罗曼诺夫才是实际的指挥者。大人万不可听信这罗刹鬼的谗言！"

　　彭春道："此事本帅自有主张，无须尔等多言。佟贵，你累了，回去歇着吧，去换张通译来。"

　　佟贵并没有离去，而是继续道："大人，罗刹人诡计多端，大人若中了他的计策，放虎归山，他日必留后患啊大人！"

彭春拍了一下桌子，提高了声音，这一次声音中充满了统帅的威严："佟贵，退下！"

佟贵咬牙切齿地瞪着瓦西里，他眼中仿佛喷出怒火，就要烧到瓦西里身上。他向彭春深施一礼，转身大步离去。

前来替换佟贵的张通译一身行商的打扮，脸上始终挂着笑意，眼神中透着一股精明劲。他本是商队的通译，因在关外四处行商，所以满语、汉语、蒙古语、朝鲜语、俄语、索伦语，都很熟练。彭春大军从商队贩粮，张通译负责押运。彭春见其伶俐，懂得的话又多，便将他暂留军中效命。

张通译将瓦西里的意思一句不漏地转达给彭春。彭春对瓦西里的提议颇感兴趣，命二人回帐篷暂候。瓦西里觉得事情出现了转机，一颗悬着的心才稍稍放下。

帐篷内，张通译用流利的俄语向瓦西里打听从尼布楚一路而来的路线，说是想禀明掌柜，开辟一条新的商路，瓦西里对张通译这种见缝插针的生意经叹为观止。但是瓦西里正惦记着迪米特里和自己的生死，故而只是有一搭没一搭地应付着。张通译看出瓦西里心事重重，已无意再与他交流，便识趣地自行离开。

见四周无人，瓦西里从胸口解下橡木十字架和圣像，恭敬地摆在一个木箱上，双膝跪地虔诚地向上帝祷祝，希望仁慈的上帝能完成他以己命换兄命的心愿，并为这片土地带来和平。

正当瓦西里祈祷之时，一定无法料到，看似风平浪静的清军大营，已经暗潮涌动。

佟贵正怒气冲冲地走在大营中，他看到一队索伦战士哭着脱去了自己身上的号坎。

佟贵走上前，问领队的小校："你们这是要干吗？"

小校道："大帅已传下将令，雅克萨城既克，我等索伦部将士全体退伍，解甲归田，聚集流散的索伦部民众，驻屯雅克萨。"

佟贵简直不敢相信自己的耳朵："什么？我们跟随大军征讨了许久，最终却落得这么个下场？"

索伦战士们听了佟贵的话，都纷纷举手抹去泪水，有些战士甚至开始小声啜泣起来。

小校见战士们如此，将佟贵拉到一边小声道："佟大哥，别说他们不愿意，即便是我们这些校尉也不愿意，可大帅的军令如山，谁敢抵抗？我们这些索伦人为了报仇加入大军，无论是刺探军情还是提供军粮，我们都是冲锋在前。谁知道城破还不过半日，大帅就忘了我们了。"

佟贵望着脱光了上身的战士们，那些健壮的脊背上，大多布满了刀伤枪伤，那都是与罗刹人交战时留下的伤痕。佟贵气血上涌，脑中轰的一声，不禁对小校脱口而出："罗刹人用奸计蛊惑大帅，他不但打算赦免了那些吃人恶魔，连两个为首作恶的，可能也要一并放掉！"

小校傻呆呆地望着佟贵："佟大哥，不会吧！大帅这是咋想的！"

佟贵咬牙道："我刚从大帐中出来，大帅正准备找林将军密谈呢！"

佟贵指了指不远处的大帐，小校望去，见门口站着几名亲兵在聊天，摇头道："果然，大帐门口的正是林将军的亲兵！"

小校转身对众战士道："大帅当初说要为我们索伦部报仇，看来咱们是指望不上他啦！"

战士们听了小校的话，爆发出一阵骚动。

佟贵望着骚动的战士们，终于下定了决心，他对小校道："既然你们已经脱了号坎，那便不再是大帅的兵了。不是大帅的兵，那大帅的军令就管不着咱们了。"

小校一愣："佟大哥，你这话什么意思？"

佟贵摘下了自己的顶戴，摆在地上，然后跪下，重重地向顶戴磕了三个头："大帅，佟贵的命是你给的，但我爹娘和族人都惨死在罗刹人手下，我佟贵如不手刃仇人，便不配为人了！"

佟贵说罢起身，脱下了官服。

小校连忙制止："佟大哥，万万不可，你一直跟在大帅左右，在军中前程似锦，不会被遣散回家，何必如此。"

佟贵推开小校道:"只要大仇得报,别说前程,就是脑袋我都可以不要!"
小校忽然上前,堵住了佟贵的嘴。

21

几名士兵押着两名哥萨克伤兵向大帐走去,小校向佟贵示意,佟贵便不再挣扎。二人和其他索伦部战士一起看着伤兵被押进了大帐。

小校放开了佟贵,摘下顶戴,脱去官服,道:"佟大哥,既然如此,我们爷们愿意随你去报仇!"

众战士点头,用低沉的嗓音吼道:"我们也愿意!"

佟贵看了一圈众人,低声招呼道:"好兄弟,你们分头出营,雅克萨城外的索伦大寨以东二里半有一片树林,半个时辰后我们在那会合。"

索伦大寨以东二里的树林中,穿着清军号坎的士兵们在佟贵的率领下,手持刀枪,潜伏在树林中。忽然两声夜枭的叫声响起,佟贵也以两声鸟叫回应,小校带着两名兵士从夜色中向佟贵走来。

小校道:"佟大哥,我已经联系上了守卫的宋哨官,他听了我们的想法,说是愿意帮忙。还跟我交代了晚上守卫的情况。"

佟贵点头:"宋大哥和我是生死之交,有他当内应,只要我们手脚利索点,大事可成。"

佟贵在与小校商议了一番后,便对属下的士兵一一做了布置。

佟贵望着远处索伦大寨幽幽的火光道:"兄弟们,跟我去杀罗刹鬼!"

大寨的空场内,哥萨克和俄军分列两队,等待清军们分配食物。

迪米特里身旁的白胡子统领对他大声道:"中尉大人,寨中的巡队不见了。"

迪米特里早就发现,不但寨中的巡队已经不见,而且塔楼上的火枪手,已经换成了弓箭手。迪米特里意识到,他等的机会来了。他对花白胡子统领道:"看来,托尔布津上校没机会吃饭了。吩咐下去,准备动手!"

同时，另一队中，副官对托尔布津道："长官，他们把我们围住了。"

托尔布津划着十字："上帝啊，他们这是要……"

托尔布津的话还未说完，为首的清军军官已经拔出了刀，狞笑道："兄弟们，杀光这帮罗刹鬼！"

迪米特里一下认出了那个军官，大呼："这家伙是索伦部的通译，他们是来杀我们的！哥萨克们，拿出武器，跟我冲！"

迪米特里话音刚落，周围的清军们纷纷举起刀枪，向战俘们大肆砍杀起来。哥萨克们听到号令，从腰里掏出暗藏的匕首，与清军混战在一起，迪米特里逮住逃窜的托尔布津上校，将他当作人盾挡在身前，其余哥萨克们也纷纷以俄军士兵为人盾边应战边向大寨外冲去。一时间整个大寨乱作一团，喊杀声和求救声混在一起，冲破了夏夜的宁静。

22

大帐内，彭春正与林兴珠商议瓦西里进献权杖一事，一名小校慌张地闯入了大帐。

"报将军，林副都统，不好了……"

林兴珠认出这小校正是麾下的军官，沉声道："主帅帐中肆意喧哗，好没规矩！"

彭春见这小校神情慌张，便道："有何事，快说！"

小校上气不接下气地说："佟贵带着一队退伍的索伦兵，假扮官军，去关押俘房的大寨，制住了守军，对罗刹俘房连砍带杀，谁知罗刹人竟暗藏凶器，与索伦兵混战之后逃走了……"

彭春听了小校的话，愤怒地站起："什么？佟贵竟如此胆大妄为？"

林兴珠："大帅，我这就带人去抓捕索伦兵，追回俘房。"

彭春挥了挥手，林兴珠施礼离去。

林兴珠将要走出大帐之时，彭春忽然道："兴珠，那些罗刹俘房不必理会，只将那些索伦兵和佟贵拿住即可。不可擅杀，留与我处置。"

林兴珠一愣，答道："是！"

林兴珠退出大帐，听到彭春厉声吩咐："速命瓦西里前来见我！"林兴珠瞬间明白了彭春如此安排的用意，将军是要逼瓦西里去抓罗刹人，并借此事试试瓦西里权杖的威力。

深夜，雅克萨西北的一处山林，一队清军士兵冲了进来，将藏身其中的托尔布津等人围在中间，一名士兵举着火把将瑟瑟发抖的托尔布津上校的副官拖出来，推到带队的将领面前，将领挥挥手说道："怎么就这么点人，其余的人藏哪儿去了？雅克萨督军在哪儿？"张通译苦着脸走出来，抱怨道："大人，小的只是个商队的翻译，可没想过要随军，黑灯瞎火地跑出这么远，我这身体可吃不消啊。"将军一瞪眼，黑着的脸在火光摇曳下更显可怕，张通译缩了下脖子，顺从地翻译起来。

"他说，在这儿的都是俄军士兵。迪米特里将他们骗在此处藏身，说要带人去引开追兵，没想到是将他们当饵吸引清军，他和哥萨克们好趁机逃跑。可怜的上校被迪米特里挟持了……"

将领听后轻蔑道："弃车保帅，真是好手段啊。所有人分散，给我仔细搜，别让这帮哥萨克跑了！"

"将军，这样干没用。"副官听到清军队伍中传来熟悉的母语，不禁睁大眼睛看去，只见暗中闪出一个人影，道："迪米特里素来狡猾，你们找不到他的，还是交给我吧，我知道他在哪儿。"

副官看清了说话的人，愕然道："瓦西里！你，你竟然帮助敌人抓捕我们，你这个背信弃义的叛徒！"

瓦西里并不狡辩，只是凄然地看了副官一眼，继续道："跟我来吧。"

清军将领留下一队人原地看守，领着剩下的兵跟上了瓦西里。

多年并肩作战的经验告诉瓦西里迪米特里就在附近，在暗中观察着他们的动静，伺机而动。是树上？还是落叶堆里？或者废弃的捕兽陷坑里？清军将领紧紧盯着手拿火把上照下照的瓦西里，就像他会突然消失似的。只见瓦西里来到一颗低矮的灌木旁，伸手一拨，灌木倒下，腾地从地上的落叶堆里窜上两个人来把清军将领吓了一跳，本能地将手覆上刀柄。瓦西里举着火把一照，正是迪米特里和托尔布津上校。

迪米特里将托尔布津挡在身前用匕首逼住，托尔布津用颤抖的声音对瓦西里喊道："救命，救救我……"

迪米特里低声咒骂了一句："闭嘴！"同时加重了手上的力道，托尔布津脖子上登时流下鲜血，上校不再开口，绝望地看着瓦西里。

迪米特里道："只有你能找到我，我的兄弟。"他看了一眼瓦西里身后的清军队伍，讥讽地说："怎么，伟大的勇士瓦西里也当起带路狗了吗？"

瓦西里道："这不是我的本意，我的兄弟。可清军主帅以营地里全部哥萨克的性命威胁我，我只能从命。"

"哦？认命可不像你的作风。瓦西里，告诉我，你来到底要做什么？如果是劝降就省了吧，你知道，我们哥萨克只会力战而死不会投降的。"

瓦西里叹息一声，道："所以接受议和只是你放出的假象，你原本就打算逃走对不对？"

"对！"托尔布津抢白道："迪米特里早就让他的手下藏好了兵器，就算清军没有围攻我们，他们也会找机会对我的兵寻衅滋事，等闹起来了再趁乱逃跑。"

迪米特里给了上校一肘，上校口鼻喷血，迪米特里道："再多话就杀了你！"

上校呜咽着点点头。

迪米特里道："我很抱歉欺骗了你，我的兄弟，但我也是迫不得已。"

"迫不得已？迪米特里，你这样做，想没想过我和降兵营地里那些同胞的处境。即使我愿意为你献出生命，但我们的族人是无辜的，你为了自己活着，就可以将他们的生命置于危险中吗？"

"你是大使，中国人最讲礼仪，彭春不会杀你的。我就不一样了，如果我不逃跑，必死无疑。至于营地里的人，他们都是使团成员，彭春不是说过会放了他们吗？"

"我的上帝！迪米特里，所以你从一开始，从叫我们来阿尔巴津城开始就计划好一切了，就打定主意让我们做人质来解围城之困，是吗？"

迪米特里默不作声地看这瓦西里。

"哦，我早该想到的，智者迪米特里，怎么会制定出一个失败了的计划，"瓦西里苦笑着说："亏我还想用自己的命去交换你的！"

清军将领见瓦西里和迪米特里两人说起来没完，催促张通译道："你告诉瓦西里，让他赶紧把权杖拿出来，将这些野蛮人带回大寨去。"张通译朝着两人的方向大声喊去。

"权杖！"迪米特里惊讶地看着瓦西里低声道："他们怎么知道权杖的事？瓦西里，除了你，我没跟任何人提起过权杖！"

"是我主动告诉彭春将军的。"

迪米特里愤怒了："瓦西里！权杖是我们哥萨克珍视的圣物，你怎么能……"

"我是为了救你的命！以哥萨克首领之名替你顶罪，替你去死！"

迪米特里震惊了。瓦西里继续道："可没想到……所以彭春让我来，是想以权杖之威让你们臣服……"

迪米特里豁然明白了，"那么你要怎么做呢？瓦西里，我的好兄弟，难道要以权杖号令我们去受死吗？这就是一个真正的阿塔曼要做的吗？"

瓦西里犹豫着："我不想让你们死，可我也不能放弃营地里的同胞。"

迪米特里想了想，把托尔布津往前推了推："听我说，我的好兄弟，别把权杖拿出来，放我们走吧……你把托尔布津带回去，他才是阿尔巴津城的指挥官。至于你，既然彭春已经知道了权杖的事，就不会轻易放过你。瓦西里，反正你是走不了了，不能把我也困死在这里，你我兄弟二人总得逃出去一个呀！"

瓦西里看着迪米特里，突然冒出一个想法，权杖会不会也是迪米特里故意留给他的？就为了指认自己才是真正的哥萨克首领？瓦西里的脊背冒出一股寒意，眼前这位十年没见的义兄，已经完全变成自己不了解的人了。

迪米特里继续道："依我的意思，你带托尔布津回去稳住中国人，我会尽快带着我的人赶到尼布楚搬救兵，用不了多久，我就能杀回阿尔巴津，把你们全都救出来。"

瓦西里冷静地说："事到如今，我还怎么相信你？"

"就算你不相信我，也该想想叶梅连，他还在营地里，我怎么能丢下他不管呢？"

"就算我想放了你，中国人也不会答应的。在我们说话的时候，他们已经悄悄包围这里了。"

听了瓦西里的话，迪米特里翘起嘴角冷笑起来："我的好兄弟，你应该知道，不管中国人的军队做了什么布置，都已经暴露在哥萨克的监视之下了。我们先来，你们后到；我们在暗，你们在明。只要我下令，我手下的哥萨克们会从各种意想不到的地方出现，实施攻击，到时候，就算是你，也难以活命。"

瓦西里当然知道迪米特里的本事，当年正是因为有迪米特里断后，他才能带领一支队伍顺利逃出沙皇军队的包围圈，他更加知道，自己的生命无法成为身后清军的护身符。

瓦西里发现自己没有选择的余地了。从来到阿尔巴津开始，他就觉得自己一直被一只无形的大手推动着，走向未知的地方。他总是想尽力救下所有人，到头来却发现，他谁也救不了，就连自己都救不了。

瓦西里咬咬牙，捞起瘫软在地上的托尔布津，向清军将领走去。"为什么还不拿出权杖？"将领问道："你那套关于权杖的说辞，是哄骗将军的吧？"

瓦西里拍拍托尔布津道："这位就是阿尔巴津的最高指挥官，是彭春将军要追回的人。"

将领示意手下人将托尔布津拖下去，又指着迪米特里问道："那个人呢？"

"放他走。"

"什么！"将领愤怒地大喊着："你别忘了，那营地里你的人都被我们包围了，就是待宰的羔羊的兵！"

"放他走吧。"瓦西里的声音透着疲惫，"不放他走，我们谁也走不了。我们已经进了迪米特里布下的陷阱，暗处藏满了搭好弓箭的哥萨克。你把我和托尔布津带回去交给彭春，我自有办法让你交差。"

将领没等张通译把瓦西里的话翻译完，扬手一挥，示意进攻。可没等清兵开始动作，黑暗中便射出了无数羽箭。羽箭从四面八方飞来，清军士兵们无从防范，相继中箭倒地。

瓦西里对着将领吼道:"快撤退,快撤退……"说完夹起抱头哭喊的张通译,又拉过将领的马缰绳跑进了黑暗中。

清军大营中,主帅彭春将军坐在上首逼视着跪在地上请罪的属下。

"属下无能,令敌首迪米特里逃脱,请将军治罪!"

彭春并不答话。将领继续道:"然……然……属下余部之所以能撤回,多亏贵使瓦西里引路,还望将军对贵使从轻发落。"

彭春啪地拍了下椅子,将站在一旁,惊魂未定的张通译吓得一跳。

彭春喝道:"来人,将他们二人押入大牢!"

将领被带了下去,瓦西里却挣扎着说道:"将军,我还有话要说。"说完以祈求的眼神看着张通译,张通译明白瓦西里想让他顶着彭春的怒气进行翻译,为着瓦西里救自己一命的人情,张通译只能无奈地点点头。

彭春怒道:"贵使能言善辩,我可不敢再听。"

瓦西里急忙道:"权杖之事,并非谎言。我身为哥萨克的阿塔曼怎么能把追随自己的手下带回来送死,将军也是带兵之人,应该理解我的心情。我不能抓捕逃走的同胞,也无法看着营地里的族人受苦,唯有牺牲我自己,以求两全。将军,我听说大清皇帝的心如上帝般仁慈,我自愿请降,以俘虏的身份,带着权杖,跟随将军进北京城面圣,还请将军应允。"

张通译几乎和瓦西里同时收声,几乎做到了同声传译,张通译翻译过后,小心地抬起袖子,擦拭着头上的汗水。

彭春听到瓦西里提到进京献俘,心中一动。抬手示意兵士放开瓦西里。

彭春慢慢地踱着步子,许久不言。

"报……"传令兵的喊声打破了这短暂的平静,"禀将军,林副都统回营了,请求觐见。"

彭春走回椅子旁坐下,道:"贵使,你和张通译先回帐内休息吧,此事稍后再议。"接着他又命令道:"请林将军。"

昨日还显得有些嘈杂的索伦大寨,现在安静异常。在林兴珠的引领下,彭春来到大寨前，借着已经渐渐显露出的晨光，他看到被清军团团围住的寨中尸首横陈，被捉的索伦兵被剥去了清军的号坎，反剪双手，光着脊背跪在一旁。尽管每个索伦兵身后都有两名清军看押，但他们一个个都挺直了腰杆，脸上皆是满不在乎的表情。在大寨的正中，两名小校手持索伦人特有的铁刀，与围着他们的清军对峙着。而佟贵正在费力地将战死的索伦兵的尸体抱起拖到一侧，整齐地排好。

发白的天际忽然传来一阵沉闷的雷声，接着雨就如瓢泼一般下了起来。佟贵仿佛对这突如其来的大雨视而不见，他依然抱着同胞的尸体拖拽着。大雨将他浑身淋了个透，雨水顺着头发流过他的额头，他的脸颊，他的下巴，他的脖颈。雨水冲刷着佟贵脸上和身上的血迹，最终汇入地上殷红的水流中。那混着鲜血的泥水从大寨内向外流淌、蔓延，一直蔓延到了彭春的脚下。

彭春的一名亲兵不知从何处找来了一把油纸伞，撑开举到彭春头顶，却被彭春一把推开。

浑身湿透的彭春高喊："佟贵！"

23

大雨还在下着，在场的人都已经被淋透，但所有人都没有理会这场大雨。

佟贵对彭春的呼唤充耳不闻，他一面费力地搬运着尸体，一面用索伦语唱了起来：

我们索伦人，

世代游猎在山中，

把蓝天当被盖，

黑地当床铺，

儿子爸爸和爷爷，

他们的日子都相同！

佟贵的歌声伴着淅淅沥沥的雨声，显得格外苍凉。

不知是谁先起的头，跪在泥水中的索伦兵们开始和着佟贵的歌声一起高唱了起来：

登高山，

过河川，

走草滩，

撅下映山红枝当马鞭！

生时自由，

死了也没什么稀罕，

魂灵归于山林，

归于慈悲的宝日坎！

就在这歌声中，佟贵终于将所有索伦兵的尸体都安放好，向他们施以五体投地的叩拜大礼。

佟贵叩拜完，才转身向彭春拱手道："大帅，当初是您救了小的一命，又提拔小的在帐下效命，是小的再生父母。佟贵本该鞍前马后伺候大帅，但自古忠孝难两全。族人惨死在罗刹人刀下，我与这些罗刹鬼不共戴天！这血海深仇不报，佟贵与禽兽何异？"

包围着佟贵的清军们听了佟贵的话，不自觉地将手中的刀枪放低。彭春看得出来，虽然佟贵他们违抗了军令，犯下滔天大罪，但在他们曾经的同袍看来，他们并没做错什么。

佟贵继续道："小的自知违令杀降，罪孽深重，也不忍连累大帅和军中同胞，所以甘愿自裁谢罪，一切罪责，由我一人承担。只愿大帅能够放过我的索伦兄弟，给他们留一条生路！"

佟贵说罢，抄起插在地上的铁刀，横在了脖颈上。

远处忽然传来一声女人的呼喊："佟贵！要走我们一起走！"

紧接着是一阵孩子的啼哭声。

佟贵听了那喊声，先是一愣，待看清向他跑来的女人正是他的妻子安布伦时，恼怒地大喊："安布伦，回去！"

安布伦并不答话，她冲过清军的包围圈，直奔佟贵而来。那些清军士兵显然被安布伦一心求死的信念所震撼，没有加以阻拦，自觉闪出了一条路来。

安布伦冲到佟贵面前，抱着孩子跪下，对佟贵道："佟贵，先送我和孩子走，然后你再来和我们团圆。"

佟贵握着刀的手颤抖着。

安布伦吼道："怎么？心软了？你还是不是索伦部的男人！"

佟贵看着裹在鹿皮中的孩子，孩子大声啼哭着，伸出双手，努力抓挠着，仿佛在恳求父亲像往常一样，亲昵地抱着他，喂给他肉干，哼起索伦歌谣。

彭春大喝一声："佟贵！尔等已经犯下大错，如不束手就擒，那就是错上加错了！"

佟贵仿佛听出了彭春话中的弦外之音，终于扔掉了手中的铁刀，他小声对安布伦道："我还未死，你和孩子要好好活着。"

安布伦听了这话，原本绝望的眼中闪过了些许希望。

佟贵绕过安布伦，向前走了几步，跪下来。

林兴珠挥手，士兵们上前，按住了佟贵和另两名小校。

彭春道："把这些索伦部众收押，等待发落！"

彭春说罢，转身向清军大营走去。

林兴珠听了彭春的话，走上前，对佟贵小声道："佟贵，大帅称你们是索伦部众，而不是乱兵，这就说明他不会用军法处置你们，你们兴许能保住性命。"

佟贵一时间百感交集，竟忘了向彭春谢恩。

林兴珠看了看佟贵等被收押的索伦兵，又看了看大寨内的屠场，叹了口气，摇摇头，也转身离去。

安布伦向上天祷祝着："多谢宝日坎救下了佟贵的性命，请您继续保佑他吧。"

安布伦反复念出这几句祝词，神色虔诚。或许是她的诚意感动了索伦部的神祇宝日坎，大雨竟然停了。乌云散尽，一轮红日升了起来。

这一场风波之后，在彭春与林兴珠之间爆发了罕见的分歧。彭春自觉勒令索伦兵退伍的命令太过草率，加之自己在处理罗刹降兵的问题上一直犹豫不决，以至酿下惨祸。羞愧的彭春要将此事写进交给皇上的密折，据实禀报。而林兴珠却劝阻了彭春。林兴珠向彭春分析了雅克萨之战后的形势，并劝彭春接受瓦西里的建议：彭春已经奉皇命接受了罗刹人的乞降，顺利攻克了雅克萨城。还遵循皇上的圣谕，慈悲为怀，"释放"了四百余名罗刹降兵。另有百余名罗刹降兵不愿回乡，"自愿"跟随彭春回到京城，接受天朝上国的教化。而为了便于抵御罗刹人的蚕食，彭春令属下的索伦兵退伍回乡，组织乡勇，驻屯雅克萨。这一切看起来都毫无破绽，既能让彭春摆脱了战胜却要受罚的命运，也能保全佟贵和众索伦兵的性命，又使皇上龙颜大悦，何乐而不为？

耿直的彭春认为林兴珠这是在欺君罔上，林兴珠却拿出了一份文书交给彭春。彭春读罢，方知林兴珠如此做，并非只为保全他彭春，乃是更有深远的考虑。那份文书是雅克萨周边索伦部部众的请愿书，他们恳请彭春能够免除佟贵等人的死罪。在他们看来，佟贵等人为族人报仇，理应获得宝日坎的奖赏，而非尊严全无地被处斩。他们为了能够救下这些复仇的英雄，甚至承诺永远臣服于大清，替大清驻守边疆。如果彭春据实奏报，佟贵的脑袋实难保得住，到时如果这里战事再起，群情激奋的索伦部虽说不会投向罗刹，但也不会如今次般出人出力配合大军征战了。自己这一战非但没有替皇上解除边患，反倒种下了不安的种子，又是何苦来哉？兹事体大，不由得彭春不细细考量，慎重行事。

就这样，都统彭春将自己关在大帐里整整一天一夜，终于艰难地战胜了自己一向以来的耿直，决定撒下这个弥天大谎。不过，在他动笔写下奏章之前，还有一件事要做，就是说服瓦西里，要他带领全部族人一起投降，并作为俘虏，前往京城。

24

瓦西里被带进大帐，看见彭春端坐在大帐正中，穿着便装的佟贵戴着手铐脚镣侍立一旁。除他三人之外，帐中再无旁人，瓦西里意识到，决定营中哥萨克命运的时候到了。

彭春瞥了一眼瓦西里，缓缓道："贵使，既然降兵已经逃走，我亦无意追责，只是有些事望你知晓，免得你管中窥豹，只见一斑。佟贵，把你经历的，一五一十告诉贵使，让他知道，迪米特里和那些哥萨克究竟犯下过怎样的滔天大罪。"

接下来佟贵的讲述，完全扭转了瓦西里的想法。佟贵告诉瓦西里，这五十年来，由哥萨克组成的探险队屡屡进犯边疆，一路烧杀抢掠。对于不向他们屈服的部落，一律屠杀殆尽。这些哥萨克既无荣誉也无良知更无慈悲，在他们眼里，只有两种行为值得赞扬，那就是抢劫和杀戮。在这些哥萨克探险队中，吃人恶魔波雅科夫绝不是什么特别的例外。虽然其他哥萨克没有像他那样吃人，但也绝不是什么为了考察和绘制地图而来的探险队。他们是成群结队的魔鬼，是以沙皇之名而来的强盗。在整个黑龙江两岸，哥萨克这三个字就是魔鬼与强盗的代称。无论是索伦部还是其他部落，都被哥萨克劫掠过，屠杀过。

佟贵见瓦西里被他的话所震惊，继续道："你的义兄迪米特里绝非什么善类。他们刚到雅克萨的时候，为了修筑木城，派兵将我们索伦部男女老少团团围住，当着大家的面活活吃掉了一个婴孩，强征男人充当苦役，还抢走女人充当娼妓。如果不是大帅带兵赶到，解救了索伦部的男女老少，哥萨克和罗刹兵早就将他们抢进城去充当口粮了！这是你们的降兵亲口交代的！"

佟贵将一份供状扔到瓦西里面前，瓦西里捡起供状仔细阅读，上面是中文和俄文两种记录，还有受审士兵的签名和手印。正如佟贵所说，在清军到来之时，雅克萨周围的索伦部已经坚壁清野，迪米特里向上校建议，将索伦部中的女人和孩子押进城中，以备"不时之需"。瓦西里看到这里，拿着供状的手颤抖着。

彭春道："贵使，这就是你们哥萨克做下的兽行。你来议和时，我还同意将降兵释放，是我天朝皇帝慈悲之心，不愿将尔等赶尽杀绝。但你得寸进尺，想以权杖为筹码让我释放托尔布津和罗曼诺夫两个匪首，这才让佟贵他们这些索伦人有如此激烈之举。而且现在看来，两个匪首也并非真心议和，竟私藏兵器伺机逃匿。如果我再将你们释放，势必会激起索伦部民变，到时本帅可保证不了你们的安全。

"说老实话，如果本帅不是身负皇命，早就将你们这班哥萨克交给索伦部了！要知道正是因为你从中阻拦，才让那两名作恶多端的敌酋全身而退！"

彭春说罢，大帐内安静异常，能听到的，只有瓦西里和佟贵粗重的呼吸声。

良久，瓦西里才抬头，眼中满是愧疚。瓦西里哑着嗓子对彭春道："将军阁下，我想借您的佩刀一用。"

彭春一愣，转而从腰间抽出佩刀，满不在乎地交给了瓦西里。

瓦西里从怀中掏出了权杖，放在地上，忽然举刀猛地向权杖劈去，上面镶嵌的红宝石被劈下。

瓦西里将刀递给一旁的佟贵："我不再是哥萨克了，只是一个罪人，任由你们处置。"

彭春见瓦西里真心臣服，缓声道："贵使，我已决定接受你的请降，我希望将你和营地中的百余名俘虏一起带往京城，以当今圣上的仁德，他会赦免你们的。"

瓦西里茫然地看着彭春："百余名俘虏？"

"正是，你和你的族人都将跟随军队一起进京。"

"不！"瓦西里突然激动起来，"我们百余人乃外交使节，并非士兵，更不能做俘虏。要进京我一人就够了，请放过我的族人吧。"

彭春板起面孔道："贵使，我对你和你的族人，已经很是宽宏大量了。如今你要做的，不是请求更多的恩赦，而是告知你的族人做好准备，我们这一两日就要启程。"

瓦西里懊丧地揉着头发。

佟贵奉命跟着瓦西里回到营地，见瓦西里回来，叶梅连第一个冲了上来。

"瓦西里叔叔，你可回来了，我父亲他……"

瓦西里竖起手指压住叶梅连的嘴，叶梅连看到佟贵，知趣地不作声了。瓦西里低声说："放心吧，迪米特里没事，他已经逃走了。"

叶梅连欣喜地抱住了瓦西里。瓦西里拉开叶梅连，示意大家聚拢过来。他要告知族人进京献俘的事，却不知道如何开口。

佟贵见瓦西里说来说去说不到重点，抢白道："奉彭将军令，前来告知各位，尔等哥萨克犯我疆土，害我子民，其罪昭昭。然尔等之首领，诚心请降，率罪民，以俘虏之身进京，亲面圣上，以赎尔等之罪。令尔等收拾行装，即日启程。"

佟贵的话在哥萨克中激起一阵骚动，米哈伊尔挥拳向佟贵冲去，被清兵用刀拦住。叶梅连大喊道："谁是俘虏？我们哥萨克宁可战死，也不投降，我们决不做俘虏！"弗拉基米尔也拍着胸脯附和："我们不当俘虏，有种来和我打一场啊，看看谁胜谁负。"阿列克谢在旁边丝丝地喘着粗气。

叶梅连扬起手臂招呼道："同胞们，英勇的哥萨克们，这个孱弱的中国人称我们是俘虏，你们同意吗？"

"不同意。不同意……"

"那就让我们拿起武器，为哥萨克的名誉而战！共生死，共奋斗！"叶梅连说着，冲向围挡的清兵，弗拉基米尔和阿列克谢也向清兵冲去。但盾牌兵们撑起盾牌，将他们团团围住，赤手空拳的哥萨克们，即便再勇猛，一时间也是束手无策。

瓦西里忽然闻到了一股浓烈的焦油味。

瓦西里这才发现林兴珠手执火把站在不远处，他脚下是一堆干柴，焦油味就是从那里散发出来的，瓦西里顺着柴火堆望去，哥萨克们已经被围成一圈的干柴包在了里面，清军正不断地往干柴上倒火油。瓦西里的脑子嗡地一下，突然一片空白。

瓦西里盯着林兴珠，林兴珠也举着火把看着他，他知道，林兴珠在等待，等待他的决定。

叶梅连低声道："下命令吧，我们哥萨克没有懦夫，战死是我们的荣誉。"

瓦西里虚弱地摇摇头，在这一刻，他不能为了虚无的荣誉而耗尽一百多条真实的生命。他示意叶梅连将他腰间的皮囊拿给他。

瓦西里挺直身子，高举右臂，他弯动手指慢慢褪去皮囊，露出一只金色的权杖，在阳光下熠熠发光，映衬得红宝石掉落后留下的凹陷愈加幽黑。

叶梅连惊讶地睁大了眼睛："这……这难道是……"

米哈伊尔率先叫了起来："这是伟大的斯捷潘·拉辛的权杖！"

"斯捷潘·拉辛？""是哥萨克人的阿塔曼！""不是在普加乔夫那儿吗？怎么会出现在这儿？"

哥萨克们因震惊而爆发出一系列疑问。

瓦西里没有理会。他庄严地宣布："我以斯捷潘·拉辛之名，普加乔夫之名，要你们，所有人听我号令。"

在场的哥萨克一时间全部安静下来，阿列克谢第一个跪了下去，接着是弗拉基米尔，米哈伊尔，等等等等，所有人都跪了下去，只剩下目瞪口呆的叶梅连，米哈伊尔朝叶梅连膝盖窝处打了一下，叶梅连也跪了下来。

瓦西里继续说道："我要你们放弃抵抗，服从彭春将军的安排……"

叶梅连惊讶地蹦起来："什么！"

"我要带领你们一起去北京城。"瓦西里此刻已经泪流满面。

25

一支长长的队伍走在泥泞的驿路上。为首的，是骑在马上的宋哨官。他那一晚守备不利，被佟贵等人劫持，坐视降兵被杀，彭春将他做降职处置，从军中调到瑷珲的草料场。于是他和他的手下，就成了这支队伍的护卫和押运人。

在宋哨官和几十名清军步军后，便是一百余名步行的哥萨克。在瓦西里彻底向彭春屈服后，群龙无首的他们便被清军们押解，开始了前往瑷珲的漫漫路途。原本骄傲的哥萨克们成了俘虏，在这一路上屡屡受到沿途部族的鄙视和奚落。随行的张通译向他们一一解说，他们渐渐明白，在这块土地上，哥萨克的名声是多么不堪。哥萨克们无奈地接受了自己的命运，因为他们知道，如果自己脱离了队伍逃走，等待他们的，很有可能是周边这些部族的猎叉和弓箭。

在这些日子里，张通译和哥萨克们混得很熟，尤其是叶梅连。虽然叶梅连还很担忧父亲的安危，但毕竟是少年心性。一路上旅途寂寞，全靠张通译那一肚子说不完的奇怪传说和山林密话解闷。于是叶梅连竟和张通译成了无话不说的好朋友。叶梅连一次不知怎么的，和张通译互相攀比起财富来。张通译说他的商队是黑龙江畔的第一富豪，叶梅连少年的好胜心被激起，炫耀起他们从俄罗斯带来的大笔财富。张通译自然不会相信这个毛头小子所说的话，叶梅连为了证明自己所言非虚，和张通译说起过他们藏在山林中的那笔财宝。不过还没等叶梅连说完，便被阿列克谢拉到了一边。张通译见阿列克谢怀疑的表情，无奈悻悻而去。

走在哥萨克后面的，则是佟贵、安步伦一家，以及另外几名为首的索伦小校和他们的家眷。彭春审时度势，依照索伦部之请，赦免了杀降的索伦兵，但将佟贵他们这几个首脑连同家眷流放宁古塔。佟贵明白，大帅彭春的队伍一向军纪严明，他们公然违抗军令，这回能够捡回一条性命已属不易。他们虽然名义上和哥萨克一样是流放犯，但这一路上却受到了宋哨官等守卫的照料，还屡受各个部族的礼遇，仿佛不是去流放，而是凯旋的英雄荣归故里。

在索伦流放犯后，是一些平民。他们是前几日开始跟随队伍前行的。据他们说，附近一直都游荡着一支马匪。由于这些马匪来去如风，当地的部落也拿他们没有办法，这些平民实在不堪其扰，希望能跟随队伍一起前往有清军驻守的瑷珲，在那里开始新的生活。原本宋哨官不想带上他们，但却禁不住他们的苦苦哀求，最终决定保护他们同行。

平民之后跟着十几名押队的兵卒。在他们后面，则是整支队伍最为奇特的部分。一名蓬头垢面，只穿着衬衣的哥萨克，背负着一个足有半人高的松木十字架，步履维艰地走着。任谁也不会想到，这名满面污浊，胡须蓬松，驼背弓腰如同老头的哥萨克，正是一个月前意气风发而来，为哥萨克寻找自由土地的瓦西里。

那天瓦西里从彭春的大帐中出来后，便一言不发，他将哥萨克们交给了弗拉基米尔，自己则向张通译借了斧头，在清兵的监视下砍伐了一棵粗壮的松树，然后亲手制成了一个巨大的十字架。从他们一行启程以来，他便一直背负着十字架前行。在这期间，米哈伊尔还有弗拉基米尔都曾经劝过他，但他置若罔闻。就这样，沉重的十字架将他的肩头磨出了水泡，水泡被磨破成了老茧。而瓦西里也被这十字架压弯了腰。整支队伍因为瓦西里，而不得不放慢了速度，宋哨官对他无可奈何，因为他是彭春特意交代要好生照料的"敌酋"。沿途的部族们没法理解瓦西里的行为，认为这是哥萨克魔鬼在施行什么巫法，于是每到一处，瓦西里不但会被孩子们嘲笑，还招来不少唾骂。但他并不在乎，仿佛什么事都没发生过。

宋哨官放眼四望，这条驿路一边是河，一边是山，前后无人烟。这里虽然离瑷珲城已经不远，但形势险峻，绝非久留之地。他心想，如果再不加快速度，恐怕今晚就得露营了。自从他接收了那批难民后，就尽量不在荒野露营，他甚至在白天行进的时候会暗暗派出一两个游动哨。宋哨官知道，他们这支队伍虽然有兵丁押送，但要对付来去如风的马贼，这些只配有腰刀的步卒根本派不上什么用场。宋哨官忙召唤张通译，要他和哥萨克交涉，让哥萨克出人帮助瓦西里抬他那个该死的十字架，以提高整个队伍的行进速度。但无论如何呼唤，却都不见张通译答应。

忽然呼喝声响起，宋哨官见不远处尘土腾起，马蹄声由远及近，宋哨官暗叫不好，真是怕什么来什么，他们到底还是遭遇上了马贼。宋哨官大声招呼兵丁们把随队的几辆大车围成方阵，准备防御。还未等他吩咐完，竟在队伍内响起一声枪响，宋哨官头部中弹，落马而亡。队伍中顿时大乱。手持火枪的张通译趁机夺了宋哨官的马，策马奔向前来的马贼。人们这才恍然大悟，这张通译和马贼有勾连，正是他趁乱杀了为首的宋哨官。

正在危难时，佟贵捡起了腰刀，振臂一呼，带领着兵丁和索伦小校们摆好了大车，布置好方阵，与对面的马贼形成了对峙之势。因为佟贵曾在彭春的帐下听命，又在刚才组织有方，于是群龙无首的兵丁们便推举他为首领。佟贵当仁不让，立刻组织起防御。虽然他们只有腰刀，但在佟贵的调配下，依托大车，居然打退了马贼的三次冲击。但清军也在这三次防御中损失惨重。如今能够拿起刀战斗的清军士兵，连同索伦部人，只剩下三十多人，其中还要分出十余个去看押哥萨克，形势危急。那些难民们被庇护在方阵中心，近在眼前的惨烈战斗吓坏了他们，很多人不禁哭泣起来。背着孩子的安布伦大声呵斥着他们，可哭声反而更大了。一时间，哭声响彻方阵，就连一向英勇善战的佟贵，握着刀柄的手，也开始微微颤抖起来。

26

马贼的首领见到方阵中士气低迷，不禁哈哈大笑，他和身旁的张通译大声讨论着，张通译不住点头，带了一支人马离去。

安布伦小声对佟贵道："张通译带人走了，我怕他们会两面夹击。"

佟贵点了点头道："安布伦，你说的对，几次正面强攻不下，他们一定是要改变策略。我们人少，要提防他们从后面的攻击。"

安布伦："佟贵，正面由你们男人负责，背后交给我们。"

安布伦说罢，挺着腰刀对难民们道："你们都是吃过马贼苦头的，应该知道，忍气吞声都是死路一条，拼死一搏，或许还有生路！"

难民中的男人们看到安布伦一介女流居然手持利刃，气势逼人，不禁被她的话鼓动，拿起身边的锄头、镰刀、木棒等等一切可以充当武器的东西，握在手里，跟随安布伦走到方阵的后部。

哥萨克们见此情景，不由得骚动起来，他们的临时首领弗拉基米尔安抚了一下众人，对佟贵道："佟贵，给我们自由，给我们武器，我们愿意帮助你们抵挡马贼。"

佟贵瞥了一眼弗拉基米尔手上的手铐，冷冷道："我只怕放了你们这帮野兽，你们会和马贼里应外合。那个平日里和你们要好的张通译不正是马贼的内应吗，谁知你们是不是和他们一伙的！"

弗拉基米尔正欲分辩，却被两名兵士拖回了队伍中。十几名兵丁持刀警惕地望着哥萨克们，哥萨克们只得枯坐在地上。不远处，瓦西里将十字架立在地上，跪在十字架前不住地祷告着，眼中流淌着热泪。

佟贵大声道："安布伦，你不愧是索伦部的女人，我佟贵的妻子！"

在后方的安布伦骄傲地挺起刀回应："让这些马贼见识见识我们索伦部的战士！"

安布伦话音刚落，马贼们便从正面发起了冲锋。马贼们纵马向方阵奔驰而来，穿过原本就摆放稀疏的大车间的缝隙，突入到方阵中，挥刀猛砍，那马刀的刀刃如同马鞭一般抽打在防御者身上，带起一阵阵血花。佟贵带着兵丁们砍杀着突入阵中的骑兵，但他们只有腰刀，要对付骑兵实在太过勉强。

战事正在胶着中，忽然侧翼响起马蹄声，果然如安布伦所料，张通译带着一队马贼趁乱从侧翼突入阵中。安布伦带着难民们上前迎战，不少难民们都惨死在马刀之下。

在一阵混战之后，马贼首领大声呼喝，马贼们纵马退出了方阵，第四次攻击终告结束。方阵中已经是陈尸累累，忽然安布伦的喊声响起："佟贵！"

佟贵倒在血泊中，浑身上下一片血污，四五处刀伤同时向外汩汩流出鲜血，他脸色惨白，显然是在混战中受了重伤。安布伦跪在地上，抱起虚弱的佟贵。佟贵已然说不出话来，眼睛望着不远处，被一个难民女子抱在手中的儿子。那名女子连忙将孩子抱来，佟贵费力地抬起手，摸了摸孩子的头。安布伦在佟贵面前痛哭不止。

这时，正在祷告的瓦西里站起身，走到佟贵面前，伸出双手对佟贵道："我愿意替哥萨克向你们赎罪。"

瓦西里眼中含着热泪，神色坚定。他在胸前划了十字，对佟贵继续道："我向上帝发誓，会誓死保卫你的妻儿，还有这些无辜的可怜人。"

佟贵看着面容憔悴但神色坚定的瓦西里，眼中闪过犹豫之色，但最终点了点头。一旁的兵士在宋哨官的腰间解下一大串钥匙，给瓦西里和哥萨克们解开手铐。

瓦西里望着哥萨克们，清了清嗓子，向他们喊道："同生死，共奋斗！"
哥萨克们沉默着。

瓦西里望了望他们，喊道："以上帝的名义，我们用自己和马贼的鲜血为哥萨克这三个字洗清罪孽吧！我们拯救了这些无辜的人，上帝会宽恕我们的！"

瓦西里继续大喊："同生死，共奋斗！"
弗拉基米尔大喊："哥萨克的荣誉不能丢！"

接着是米哈伊尔，接着是全体哥萨克，甚至是这一路上一直对瓦西里报以冷眼的叶梅连，也高呼起来。

瓦西里弯腰拿起佟贵的腰刀，佟贵想要努力说什么，瓦西里却摇了摇头。

瓦西里对佟贵道："佟贵，哥萨克不都是你们曾看到的那样。"
远处，马蹄声又起。
瓦西里手握腰刀，大喊："来吧！"
在那一刻，瓦西里威风凛凛。那个路上一直背负着十字架，满面憔悴污浊的沉默之人，仿佛在此刻获得了重生。

马贼又一次退走了，但这一次仿佛格外地漫长。在这场血腥的混战中，哥萨克损失惨重，英勇的战士几乎损失殆尽，其中包括米哈伊尔和弗拉基米尔。

伤势过重的佟贵终于死去，安布伦手持腰刀，像疯了一样砍杀着闯进来的马贼们。安布伦的疯狂举动给了马贼以可乘之机，一名马贼瞅准了她的破绽，纵马而来，高高举起了马刀。就在马刀即将劈下的时候，瓦西里从侧面扑来，将那名马贼拉下了马，一刀结果了他的性命。但在这同时，瓦西里也被另一名马贼砍断了左臂。只剩一只胳膊的瓦西里倒在血泊中，血流不止。被这一幕震惊得目瞪口呆的安布伦丢下腰刀，撕下瓦西里衬衫的下摆，为瓦西里包扎伤口，终于止住了鲜血。

阿列克谢和其他哥萨克并肩守在他们前面两辆大车间的缝隙后。马贼们开始冲锋，两名马贼轻易穿过了缝隙，纵马挺枪向阿列克谢刺来。阿列克谢刚要侧身避开，但他身后响起了老弱难民惊慌失措的尖叫声，最终阿列克谢选择了站在原地。阿列克谢挺刀劈向刺来的两柄长枪，但长枪来势太盛，荡开了他的刀，深深刺入了阿列克谢魁梧的身躯。巨人阿列克谢被刺中后，不但没有后退，反而大喝一声，抓住两杆长枪，将持枪的两名马贼硬生生甩下了马。阿列克谢再也支持不住，仰面倒了下去。大胆的张通译趁乱纵马驰来，跳下马，抢走了阿列克谢脖颈上金光闪闪的十字架。等到叶梅连带人来增援时，张通译已经带着其他人逃之夭夭。

马贼们也在这次进攻中损失惨重。马贼的首领显然被哥萨克们激怒了，没有选择撤退，而是留了下来。叶梅连知道，这伙马贼已经决定要不顾一切，彻底杀光他们。

瓦西里和阿列克谢并排躺着，和他们躺在一起的，还有几名身负重伤的哥萨克，两名难民女子在照顾着他们。在生命的最后时刻，虚弱的阿列克谢伸出双手，不断在胸前摸找着。瓦西里费力地从自己胸口拽出了自己的橡木十字架，放到了阿列克谢的胸前。阿列克谢摸到了十字架，将它小心翼翼地捧到嘴边，深深地吻了一下十字架，轻轻道："上帝啊！"说了这三个字，阿列克谢说便微笑着离开了这人世。看到这一幕，不只是瓦西里和重伤的哥萨克，就连在一旁的难民女子也流下了泪水。那几名因为阿列克谢誓死不退而得以生还的难民更是跪在阿列克谢面前大哭不止。

悲伤的瓦西里努力让自己镇定下来，他抹去了泪水，想要叫来叶梅连，嘱咐他准备防御马贼的下一次进攻。但他看到叶梅连已经担负起了一个首领的责任。他带着残存的哥萨克们在那个巨大的松木十字架前祷告完，拿起腰刀，和安布伦以及还能拿起武器的难民们站在一起，准备再一次抗击马贼。瓦西里喃喃自语道："迪米特里，叶梅连已经是个合格的哥萨克。"

忽然，瓦西里听到一阵密集的火枪声，对面的马贼纷纷中枪，马贼首领慌忙下令撤退。方阵的后方响起密集的马蹄声。安布伦兴奋地大喊："是瑷珲的守军！"

瓦西里终于支撑不住，眼前一黑，晕了过去。

27

瑷珲城外，独臂的瓦西里在阿列克谢坟前，为他斟了一杯酒。瓦西里站起，在阿列克谢的坟墓后，是成排的以十字架为墓碑的坟墓，这里躺着瓦西里战死在瑷珲城外的哥萨克兄弟们。每个墓碑前，都有一个装满了酒的酒杯。

瓦西里为自己倒了一杯酒，举起酒杯，对着死去的哥萨克兄弟们道："兄弟们，我来看你们了。"

瓦西里将酒一饮而尽，坐了下来，对长眠在那里的阿列克谢道："阿列克谢，时间过得真是飞快啊。一转眼，那场惊心动魄的大战已经过去一年啦。这一年发生了太多太多的事情。瑷珲城外一战，让我们这支哥萨克损失惨重。彭春将军收到消息后，不得不下令要我们暂时在瑷珲城中修整。因为被保护的难民们和幸存士兵们的请求，他对我们这些哥萨克大有改观，为此专门向清朝皇帝写了奏章，称赞我们的忠义。这封密折引得皇帝大为感慨，专门下旨要瑷珲的官吏对我们多加照顾，还破例下旨将我们编入八旗。所以，如今我们已经成了清朝的八旗兵了。我知道，你可能觉得这样有点突然，我也是这么觉得的。

原本我是想推辞的，却被彭春手下的林兴珠将军阻止了，他说，这是天大的恩典，推辞就是对皇帝的大不敬。既然是这样，我就不冒险挑战皇帝的权威了。毕竟对我们这些俘虏来说，能在那场大战中得以幸存，已经是上帝的眷顾了，我还有什么不知足的呢？我想，假以时日，我有幸能见到皇帝陛下，到时一定会替兄弟们争取到回家的机会。你要相信我，阿列克谢。"

瓦西里又转向弗拉基米尔的墓碑道："当然，刚才这些事，有些是安布伦告诉我的。在我重伤的时候，是安布伦一直在照顾我。我知道，安布伦这么做，是出于报恩。我曾经劝过她，不要再来照顾我了，这在瑷珲城中的中国人看来，是不合适的。但勇敢的安布伦并不接受我的建议，依旧如故，我拿她也没有办法。我和安布伦的关系，就成了瑷珲城内的谈资。弗拉基米尔，安布伦可以不听那些流言蜚语，但我不能不顾忌她的名声。再说那时她们母子即将被发配到苦寒的宁古塔，我便动了要娶她为妻的心思。弗拉基米尔，我并不是要占安布伦的便宜，这一点我可以向上帝发誓。经历过这些事，我已经对什么事都看淡了，只想将余生献给上帝。可安布伦年幼的儿子实在不能去宁古塔受苦，如果安布伦嫁给我，就可以带着儿子跟我一起去往京城，在那里安布伦的儿子能够接受良好的教育，过上衣食无忧的生活。在我跟安布伦表白了心思之后，安布伦失踪了三天，在第四天的早晨，她终于来见我了，同意了我的请求。但她也提出，她永远不会和哥萨克有什么床笫之欢。这正合我的心意，我当下就同意啦。于是，我们这两个劫后余生的苦人，外加那个叫佟福的小人儿，就这么组成了一个家。"

瓦西里看了看另一侧米哈伊尔的墓碑，苦笑道："米哈伊尔，让我想不到的是，我和安布伦的这个权宜之计，却在瑷珲城里掀起了一阵结婚的风潮。在瓦西里和安布伦之后，那些和我们哥萨克同生死，最后幸存的难民女子们，也陆陆续续地和哥萨克们成了婚。这件事被皇帝陛下得知后，索性将难民女子和一批死囚的妻子赐给了我们，于是这些单身汉们都在瑷珲成了家。假如你还活着，也会有自己的妻子的。成了家的哥萨克兄弟们渐渐学会了汉语，接受了中国人的风俗，从前整日漂泊的他们，如今也适应了平淡的日子。如今假如有兄弟来看你们，冷不丁冒出几句中国话，你们可千万别奇怪。"

瓦西里又转向弗拉基米尔："弗拉基米尔，最近一直有一件事让我放心不下。我们原本要和彭春大军一起南下去京城的，可却因为阿尔巴津战事又起，而被滞留在了瑷珲城。我听说，不甘失败的上校逃回尼布楚后，又纠集了上千人的队伍。更让我难过的是，义兄迪米特里又一次掺和了进来，他在尼布楚招募了将近二百名哥萨克，随着上校卷土重来。他们重新占领了雅克萨，再次修筑城池，并囤积了大量的弹药给养。闻听他们背信弃义，彭春将军大怒，在皇帝陛下的命令下率领大军重回阿尔巴津，于是惨烈的围城战又开始了。只是这一次彭春没有手下留情，城内的守军死伤惨重。弗拉基米尔，我听到这个消息后，非常难过。我们哥萨克的血又一次平白无故地流尽了。我不明白迪米特里为什么还要回到阿尔巴津，为什么还要替沙皇和他的军官卖命，难道他嫌沾到自己手上的中国人的血还不够多吗？

"弗拉基米尔，尽管这些事发生在遥远的阿尔巴津，但我们在瑷珲，还是受到了影响。我最近发现周围的人们对我们这些哥萨克都开始指指点点起来。我明白，虽然我们这些哥萨克都编入了八旗，成为了清朝皇帝的子民，可要真正赢得百姓的信任，却并不容易。弗拉基米尔，说真的，我觉得那阿尔巴津不是一座城，而是一个魔鬼，无论我和兄弟们走到哪里，它总是会找上我们。"

瓦西里对三个墓碑道："这些事，我不知道该对谁说。你们三个统领都在这里安息了，叶梅连和我日益疏远。我知道，他依然对我当初和彭春将军约定城下之盟的事耿耿于怀。我也没法把这些担忧说给安布伦，因为我不想用这些事去勾起安布伦的惨痛记忆，更何况我们并不是真正的夫妻。我们应该怎么说呢？应该算是相依为命的朋友吧。于是我今天来看你们了，我想借着扫墓的机会，把心中的疑虑和担忧，都说给你们听。阿列克谢，你是我们中间最虔诚的一个，你一定会为我向上帝祷告的，对吗？"

瓦西里说完了，他感觉自己的心中轻松了许多。一个在他心中一直摇摆不定的想法，终于也被确定了下来。瓦西里站起，满意地看着兄弟们的墓碑，缓缓道："我知道我该去干些什么了。我为我的命运找到了一个完美的归宿。"

瓦西里说罢，向坟场的另一边走去，那里埋着佟贵等死难者。瓦西里走到佟贵的坟前，对跪在那里的安布伦道："安布伦，回家吧。"安布伦点点头，轻声用索伦语对佟贵的坟茔嘱咐了几句，站起身来。

安布伦看了看瓦西里，道："我怎么觉得你今天有点不一样？"

瓦西里微笑着说："安布伦，我想通了一件事。"

安布伦轻轻地点头。

瓦西里继续道："安布伦，给我准备点吃的吧，再找几件换洗的衣服。"

安布伦惊奇地问道："怎么，你要出远门？"

瓦西里点头道："对，去雅克萨。"

安布伦的身子哆嗦了一下，她努力控制住自己的情绪，但声音中还是带了些许颤抖。

安布伦："瓦西里，你非得要去吗？"

瓦西里："安布伦，我非去不可，这或许是我为我的兄弟做的最后一件事了。"

安布伦："瓦西里，你已经为你的哥萨克做得够多了……"

安布伦欲言又止，她咬了咬自己的嘴唇，最终下定了决心："这一次你能不能为了我和佟福留下来！"

瓦西里眼眶红润："安布伦……"

安布伦："瓦西里，你是个好人。尽管我的族人和丈夫因你们哥萨克而死，但这些事跟你并没有什么关系。你却做了你能做的一切，保护我和佟福，你遵守了那天在瑷珲城外对佟贵的誓言。现在，我作为妻子，请求你能够留下，不要回到雅克萨去！"

瓦西里抬起胳膊，轻轻搂住安布伦，安布伦并没有拒绝。

瓦西里："安布伦，我这次去，不单单是为了兄弟们，也是为了你，为了佟福。如果能用我一个人的性命换取中国人对我们这支哥萨克的信任，那也就等于挽救了你们啊。"

安布伦轻轻挣脱了瓦西里的怀抱："我知道了。"

28

回到瑷珲的家中后，瓦西里告诉安布伦，自己要在第二天晚上宴请城中哥萨克的几位统领。或许因为自己的原因，这一年来，瓦西里几乎从没让其他哥萨克来过家中，所以安布伦没有多问，她知道瓦西里肯定有重要的事情。于是，第二天一大早安布伦便开始忙碌起来，先是在家中为瓦西里准备了一桌丰盛的晚宴，其中有索伦人的传统小吃，也有她和瓦西里学会的哥萨克菜。她还去城中最好的烧锅坊买来了上好的高粱酒。瓦西里对安布伦盛情感激不已。

是夜，瓦西里把哈巴罗夫、雅克甫列夫、贺洛斯托夫、罗曼诺夫几家的统领都请了来，再加上他自己这个杜比宁家的统领，五家统领全部到齐。安布伦几乎从不与其他哥萨克往来，在灶下和佟福吃过了饭，就带着佟福去了屋后的园子。安布伦一面吸着旱烟，一面透过头上的葡萄架，手指着天上的星星，讲着索伦人关于宝日坎的古老传说。但刚刚牙牙学语的佟福仿佛对仁慈的宝日坎并没表现出多大的兴趣，而是指着葡萄架上小小的青色葡萄，流着口水，啊啊地叫着。

屋内，晚宴已经接近了尾声，五个人围坐在木桌前沉默不语。阿巴罗夫、雅克甫列夫和贺洛斯托夫三家的统领都是在原来的首领阵亡后选出的，瓦西里对他们并不熟悉。作为这支哥萨克的首领，自从他们在瑷珲生活之后，瓦西里做得还多的，只是代表残存的哥萨克们与朝廷交涉，对于他们已经安定的生活并不多加干涉。罗曼诺夫家选出的首领是叶梅连。这一年来，梅连性情大变，从原来那个爱说爱闹，天不怕地不怕的少年，变成了一个整日一言不发的青年，他那阴沉的目光让许多老哥萨克都不寒而栗。瓦西里觉得，叶梅连变成这样，是因为在瑷珲城外经历了那场生死大战，他在那场大战中失去了自己最亲密的好友米哈伊尔。瓦西里曾经试着要给叶梅连说一门亲事，却被叶梅连严词拒绝，从那以后，叶梅连就再也没登过瓦西里的家门。

最终还是瓦西里打破了沉默。他给各位统领斟满了酒，然后举起了酒杯："各位统领，我已经向彭春大将军禀明，明早就要离开瑷珲前往阿尔巴津城了，所以在今晚，特意将各位找来，交代一些事情。"

众位统领听了瓦西里的话，面面相觑。瓦西里早就预料到他们会如此，并不解释，而是将杯子中的酒一饮而尽。

各位统领见瓦西里如此，也跟着喝下了杯中的酒。

叶梅连喝完了酒，将酒杯重重地顿在木桌上。

叶梅连斜着眼睛对瓦西里道："佐领大人，您为了朝廷，可真是尽心尽力啊！"

叶梅连此语一出，其他三位统领都听出了他的弦外之音。自从皇帝降旨将他们编入八旗后，就赐予了瓦西里这个哥萨克首领一个八旗佐领的官职。但私下里，他们还是更愿意以哥萨克的身份称呼瓦西里"中尉大人"。叶梅连这么称呼瓦西里，分明是讥讽他贪恋官职，主动为朝廷效命的谄媚劲儿。

瓦西里当然听出了叶梅连的讥讽，他并不在意，而是对几名统领道："托尔布津上校和我的义兄迪米特里重回阿尔巴津了。"

几位统领听到瓦西里的话仿佛又回到当时中国围城的阿尔巴津，面色凝重，沉默不语。叶梅连也愣在那，只是口中喃喃重复："父亲、父亲。"

瓦西里继续道："彭春大人又带着大军围住了城池，情况与一年前几乎一样。他本要命我们剩下的这四十多人前往阿尔巴津劝降，但我拒绝了他的命令。我们现在的生活来之不易，我不想让早已经厌倦了漂泊和战争，已经在这成家立业的兄弟们再陷入无休止的争端。所以我提出由我代替大家，只身前往。彭春大人同意了。"

瓦西里站起身，走到叶梅连面前道："叶梅连，我知道你这一年来，一直对当初我与中国人议和耿耿于怀。我只想对你说，我是为了拯救哥萨克兄弟的生命，为此我愿意做任何事，就是冒着生命的危险，背负懦夫叛徒的骂名，我也在所不惜。"

瓦西里顿了顿，继续道："叶梅连，我知道你一定很想与我同去阿尔巴津，见你一直惦念的父亲。你是一名勇敢的哥萨克战士，一年前你就已经证明了这一点，但这毕竟是战争，所以这次我不会带你到阿尔巴津。但我向你保证，一定把你父亲带回来，而且这里的哥萨克也需要有人照应，我要把他们交给你。"

叶梅连的眼里噙着泪水。瓦西里拍了拍他的肩膀，道："我一定把他带回来。"

瓦西里从旁边的柜子中拿出了一个布袋，放在桌子中央。

瓦西里对首领们道："无论被中国皇帝封赏了什么官职，我们身上永远流淌着自由的哥萨克的血。我们不能忘记哥萨克的传统。从前哥萨克为了提倡平等，有一袋子的规矩，大家还记得吧。"

贺洛斯托夫统领接口道："从前的哥萨克，每当作战时，都会把身上最珍贵的东西装进一个布袋。战斗以后，生还者平分财务，然后负责照顾死者的家属……"

瓦西里摆了摆手，对统领们道："这袋子里装着的，是我们共同的财富，如今每个人都各取一样吧。"

众位统领们虽然感到诧异，但最终还是依次从布袋中拿出了一样东西：哈巴罗夫家拿出了一支号角、雅克甫列夫家摸出了权杖上的红宝石，贺洛斯托夫家拿出的是那半截权杖，叶梅连从布袋中掏出了一张没有文字的羊皮地图，而瓦西里最后在布袋中拿出了自己的橡木十字架。

瓦西里对众人道："这五样东西合在一起，能够指引你们找到当初我们埋藏在阿尔巴津城附近的财宝。等到战争结束之后，我们就要找出财富，让这里的哥萨克远离无止境的战斗和漂泊，过上安宁、自由的生活。"

统领们默默地看着自己手中的东西，那里面凝结着几个家族的荣誉，也记录着他们颠沛流离的生活。

忽然，瓦西里高声唱起了《斯捷潘·拉辛之梦》，其他统领们也跟着吟唱了起来。

唱到最后，瓦西里对众人道："兄弟们，记住这首歌！"

29

晚宴就这样在歌声中结束了。瓦西里亲自将众人送出了住处。

叶梅连最后和瓦西里道别，悄声对瓦西里道："中尉大人，我要和你一起去。"

瓦西里摇了摇头："叶梅连，我曾经答应过迪米特里，要好好照顾你。我绝不允许你再去冒险。而且你去了，也于事无补，只会让你的父亲担心。"

叶梅连还要说话，瓦西里阻止了他："别说了，叶梅连。我也答应你，我会带你的父亲回来的。你现在是这一支哥萨克的代理中尉了，要扛起责任，不能再像孩子一样任性。"

叶梅连不再说话，瓦西里抬手想要摸摸他的头，但他忽然意识到，不能再像对待一个孩子那样对待叶梅连了，于是挥了挥手道："去吧。"

瓦西里回到屋中，见安布伦抱着已经熟睡的佟福向里走。

瓦西里对安布伦道："林兴珠将军已经答应了我，无论这一次我能否回来，他都会护送你和佟福回到京城的。他会像照顾亲人一样地照顾你们。"

安布伦咬了咬嘴唇，并不答话，只是抱着佟福回到了自己的屋中。

瓦西里轻轻叹气，回到自己的卧室，和衣躺在了土炕上。

忽然，瓦西里看见安布伦走进了屋子。

安布伦站在门口，轻声问道："不去行吗？"

瓦西里："不行。"

安布伦走上前，躺在了瓦西里的旁边。

瓦西里听到安布伦在小声哭泣着。

瓦西里侧过身，要安慰安布伦，话未出口，却被安布伦紧紧抱住。

安布伦："瓦西里，我的丈夫，临走之前为我留下一个孩子吧。"

瓦西里的耳边忽然响起了脚步声，他睁开眼睛，从回忆中回到了现实。他看到，一名已经瘦得脱了相的哥萨克向他走来。

哥萨克有气无力地轻声道："中尉大人，督军要见您。"

瓦西里点了点头，站起身，随他走进了阿尔巴津城中的教堂。

那一日瓦西里只身从瑷珲出发，用了不到一个月赶到阿尔巴津城下，去见了彭春和林兴珠、何祐。此时的彭春怒不可遏，他大声指责说迪米特里·罗曼诺夫简直是魔鬼，他在三个月前的一次大胆突袭中，将阿尔巴津城周边的尚未撤离的居民和一支商队全部抓进了城作为人质。皇上对归降后生活在瑷珲的哥萨克很满意，仍让彭春抱持慈悲之心，教化罗刹蛮族。这让彭春束手束脚，于是万般无奈的他除了围城，能做的只有招来哥萨克降兵，进城去劝说迪米特里投降。但如今，彭春的理智已经被没完没了的围城战磨得所剩无几。彭春决定，如果瓦西里劝降不成，就算拼着顶戴花翎不要，他也要强行攻取雅克萨。听了彭春的话，瓦西里镇定地告诉他，他会进城劝说迪米特里投降。林兴珠问瓦西里有几成把握，瓦西里惨然一笑，说为了拯救城中的人们，他如今必须要有十成把握。

深夜，林兴珠亲自将瓦西里送出了大营，瓦西里暗暗嘱咐了林兴珠几句，便消失在夜色中。

瓦西里循着从前的水道潜入城内，发现城中能够战斗的，只有五十多人，而上校托尔布津早就被迪米特里开枪杀死。如今上校的尸体就悬挂在城中小广场的绞刑架上，据说那些叫嚣着要为上校报仇的俄军士兵，见到迪米特里亲手将上校的尸体吊起后，就彻底放弃了哗变的念头。而在之后的守卫战中，这些士兵被编成若干小组，让迪米特里派往最危险的木墙上，逐一战死。从此，迪米特里成为了这座城市中名副其实的独裁者。

瓦西里走进寂静的教堂，教堂中，唯有前厅点着几支蜡烛，迪米特里正坐在高高悬挂的圣像下，好整以暇地用小刀从一块熟肉上切下一小片塞进嘴里。

引路的哥萨克恭敬地对迪米特里道："督军大人，信使带到了。"

哥萨克说罢，紧紧地盯着迪米特里手中的肉，偷偷咽了口口水。但那声音太大，甚至站在一旁的瓦西里都听得一清二楚。

迪米特里站起身，将那块熟肉扔给哥萨克，张开双臂，对瓦西里道："瓦西里，我的好兄弟，你怎么来了！"

瓦西里并不答话，迪米特里发觉了异样，一把抓住了瓦西里的空袖管。

瓦西里浑不在意地道："在瑷珲城外遇到一群马贼，不少好兄弟都死在了马贼的刀下，我算是幸运的。你的叶梅连是好样的，在我倒下之后带领兄弟们杀了不少马贼。"

迪米特里点了点头："叶梅连没有愧对他这个名字。"

那哥萨克趁着二人说话的空当，顾不上面子，捡起熟肉塞进嘴里狠狠咬下一块儿，大嚼起来。迪米特里拥抱过瓦西里后，一脚将那哥萨克踢倒，喝道："混蛋！连这点体面都不顾了吗？滚出去，别在这里像野狗一样！"

哥萨克喉咙里呜咽着，不舍得将嘴里的肉吐出来，弯着腰囫囵给迪米特里鞠了个躬，就抱着熟肉连滚带爬地跑出教堂。教堂外，响起了一阵抢夺熟肉的争执与打斗声。

迪米特里不以为意，对瓦西里咧嘴笑了笑："抱歉，瓦西里，让你看了笑话。这一次可比上次围城艰苦多了。如今在这城中，活着的人都成了恶狗啦。"瓦西里觉得，迪米特里那笑容与其说是笑，倒不如说是在哭。

瓦西里对迪米特里道："义兄，你如愿以偿成了督军，感觉如何？"

迪米特里："托尔布津那个混蛋，有了援军之后就又开始对我们哥萨克指手画脚，甚至还威胁我。于是我就在中国人攻城的时候，照着他的脑袋来了那么一下。我们威风凛凛的上校大人，从此就再也说不出话啦。哈哈哈……"

瓦西里望着面前狂笑不止的迪米特里，原本压抑在心中的愤怒却被同情所替代，他难过地说："迪米特里，叶梅连现在很好，无论你做过什么，都放下武器打开城门吧，难道你不想再见见你的小叶梅连吗？"

迪米特里止住了笑，望着瓦西里，忧郁地摇了摇头："亲爱的瓦西里，我回不了头了，回不了头了！"

迪米特里忽然放声大哭，他指着身后悬挂的圣像道："谁也宽恕不了我的罪孽了，瓦西里，即便是她也不行！"

瓦西里见迪米特里如是说，不禁伸手在胸前划着十字："上帝啊。"

迪米特里忽然拔出了佩刀，扔给了瓦西里。

瓦西里接住了刀，诧异地望着迪米特里。

迪米特里伸开双臂，对瓦西里道："兄弟，杀了我吧。死在你手里，总比让我落到中国人手里要好得多。"

瓦西里："迪米特里，你不要胡说八道！我是来带你去见叶梅连的！"

迪米特里盯着瓦西里："瓦西里，我早就该死了！你还不知道吧，当初我和上校前来，一路上率领着哥萨克烧杀抢掠，罪孽深重。"

迪米特里说着，向瓦西里走去。

迪米特里："还有，当初那个索伦部小孩是我亲手掐死扔进大锅里的，因为托尔布津那个混蛋说我是个懦夫，跟真正的哥萨克波雅科夫根本没法比！"

瓦西里听了迪米特里的话，不由得瞪圆了眼睛，不自觉地握紧了马刀。

迪米特里："瓦西里，还有个秘密，埋藏在我心中很久了，我这就说给你听。"

迪米特里说着，已经走近了瓦西里，近到他的胸膛已经抵住了刀尖。

迪米特里："当初你我和普加乔夫大人被沙皇的军队团团包围，你以为我们是靠什么脱身的？"

瓦西里没想到迪米特里会提到普加乔夫大人，心里一下绷紧。

迪米特里拍着自己的胸膛："是我，和沙皇陛下的军官们秘密达成了协议，只要我将普加乔夫大人献给他们，他们就会放了你我，还有这两支哥萨克。是我出卖了普加乔夫大人啊，我的好瓦西里！"

瓦西里大怒："迪米特里·罗曼诺夫，你这个可耻的叛徒！"

瓦西里眼前迪米特里的身影一闪，他本能地挺起了马刀，而迪米特里迎上了马刀，马刀深深地刺进了他的胸膛。

迪米特里抱住了瓦西里，低声道："瓦西里，我错了，我不该相信那个混蛋沙皇，不该相信这些狗杂种，他们保证过，要给我们哥萨克自由的……"

迪米特里话还没说完，就已经咽气了。

瓦西里拔出马刀，跪下将迪米特里抱住。教堂外传来了喊杀声，他知道，那是林兴珠带人顺着他指明的水道潜进了城。

瓦西里望着怀中的迪米特里，哼起了《斯捷潘·拉辛之梦》。

30

晨光中，雅克萨城千疮百孔的木门被打开，林兴珠派人押着城中仅存的五十余名守军走出了城门，这些人中有一半，已经虚弱地走不动路，需要他人搀扶。彭春率领军队，开进了这座城市。

彭春走在泥泞的城中广场上，忽然一阵呻吟声引起了他的注意，他与身旁的林兴珠等人顺着声音找去，见在教堂旁的坟地中，竖立着十几个十字架，每个十字架上都钉着一名中国人，有些人已经死去，身上被割得血肉模糊，那惨状，就连久经战阵的彭春，都不禁一凛。

呻吟声又起，彭春忙命人放倒十字架，将上面还活着的人救下。兵丁们手忙脚乱地忙活着，弄疼了幸存者们，他们又是一阵呻吟。

何祐对彭春小声道："大帅，这些都是那罗曼诺夫抓捕的百姓和商队，他们的肉都被城中的守军给……"

何祐说不下去了，不禁浑身发抖，甚至开始呕吐起来。他的话虽然没说完，但在场的人都听懂了。

林兴珠对彭春道："大帅，杜比宁就在里面，还有敌酋罗曼诺夫。"

彭春摇头，对一旁的军官道："死难的百姓好好安葬，活着的一定要好生照料，他们都是我大清的子民！"

彭春等人在林兴珠的引领下，走进了教堂，他看到，瓦西里抱着迪米特里坐在圣像下，一动不动。

彭春诧异地望着林兴珠，林兴珠哑着嗓子禀报道："属下带人杀进这洋庙的时候，发现杜佐领已经自尽，看情形，他是手刃了敌酋罗曼诺夫，却自觉杀了义兄，羞愤自刎的。"

彭春长叹一声，郑重地摘下了头盔，向瓦西里的遗体鞠躬三次。他身后的军官们，也都学着他的样子，向瓦西里鞠躬。

彭春："杜佐领大义无损，小节有亏，他是一条响当当的汉子，我彭春会向皇上奏明，为他请功。"

一旁的林兴珠道："属下愿附议！"然后是何祐和众将官，他们都大声喊着，愿意为杜佐领请功。

几个月后，傲慢的沙皇终于派出使臣，要与中国人在尼布楚签订和约。在雅克萨周围发生的战事，终于可以告一段落。彭春也命令大军开拔。他们收容的那些百姓也都养好了伤，在分发了路费后被遣散。谁也没注意，被遣散的众人中，就有从前在军中效命的张通译。

张通译得知自己和马匪们已经被官府通缉，从前混迹商队中做马匪内应的活计没法再做，他只好带上这些年积聚的金银细软，一路逃到朝鲜，并登上了一艘在对马海峡往来的商船。他准备回到自己的家乡北九州，买一艘渔船，从此与黑潮为伴，远离刀尖舐血的日子。

可是做了半生马贼的他没想到，自己却登上了一艘贼船。当海盗们操着带有九州腔调的日语喝令船客交出财产时，遮遮掩掩的张通译却引起了他们的注意。在撕扯中，张通译的包袱被扯开，他半生的积蓄，包括那个金色的十字架，一并落入了水中。恼怒的海盗向张通译举起了刀，张通译露出了谄媚的笑容，用一口流利的北九州方言对海盗们说："我也是北九州人，老乡，我带你们去一个遍地黄金的地方！"

那十字架向下坠着，一群小鱼急忙躲避它，却被后来居上的大鱼一口吞了进去。大鱼满意地游走，却没注意，刚才吞下的小鱼中，还混着一块硕大的金属。

经过漫漫旅途，哥萨克们挈妇将雏，拖带着他们在瑷珲城积攒下来的家当，来到了京城西北的怀来县。在怀来县一个叫作常寨子的小村庄，他们住了下来，准备换上皇上赐给他们的礼服，再由礼部派来的官员教授给他们基本的礼仪。尤其是四位统领和以统领之职暂时代理佐领职务的叶梅连，更是要代表哥萨克们面圣。他们的礼仪课程更加繁复。

叶梅连主动提出，作为第一任佐领，瓦西里为朝廷攻下雅克萨立下汗马功劳，以身殉国，他的遗孀安布伦理应代替瓦西里去面圣，还要受到封赏，成为诰命夫人。一路护送哥萨克回京的林兴珠听了叶梅连的想法，大为赞赏，代替没有权力上折奏事的叶梅连写了折子递了上去。皇上看了叶梅连的建议，百感交集，更是为叶梅连不忘旧情，抚恤忠良家眷的行为倍感欣慰。不但追封了瓦西里，封赏了安布伦，还下旨称赞叶梅连，晋升他为正式的佐领。而安布伦也真的成为了诰命夫人，还要和几位统领及叶梅连一起去面圣了。当安布伦得知这个消息后，抚摸着微微隆起的小腹，向林兴珠请求，要他为这个尚未出生的孩子命名。林兴珠提笔写了两个名字，和安布伦说，如果是男孩，就叫杜庸，如果是女孩，就叫杜嫦。安布伦不解其意，问林兴珠这两个名字代表什么含义。林兴珠沉默半晌才悠悠对安布伦说，或许对于杜家的孩子，能过上庸常的太平岁月才是上天赐予他们最大的福气。安布伦听了林兴珠的话，轻轻点头，深以为然。

在常寨子修整的日子里，佟福和村子里的孩子玩在了一起，成天在周围的大山与窑洞中探险。到处疯跑的佟福搞得安布伦很是头痛，总是在傍晚的时候要找上小半个时辰才能找到他。

忽然有一天，没等安布伦去找，佟福就脸色惨白地跑了回来。安布伦发现了佟福的异样，问他发生了什么，他却怎么也不肯说。最终安布伦连哄常吓，终于问出来真相。佟福这一天出去和小伙伴们疯玩，在村外的窑洞中撞见叶梅连正在和几名罗曼诺夫家的哥萨克秘密交谈着。叶梅连发现了佟福，威逼佟福不许说出今天见到的一切。安布伦听了佟福在抽泣中说出的遭遇，嘱咐佟福不要再向别人乱说，尤其要小心罗曼诺夫家的人。安布伦这才意识到，自己成为了叶梅连的一枚棋子。

五年后，安布伦领着五岁的杜庸和六岁的佟福连同其他哥萨克和他们的亲眷们，站在一座修缮一新的教堂外，等待着皇帝派来的特使宣读圣旨。这座教堂，被当地人称为罗刹庙，或者北馆。可安布伦知道，它原本不是什么教堂，只是一座破败的关帝庙。而皇帝陛下在接到了彭春等将领联名上奏的奏折后，感慨杜比宁的忠义，特意将这座关帝庙赐给了进京的哥萨克们，让他们兴建自己的教堂。林兴珠对安布伦解释道，这关帝代表忠诚和义气，皇帝将这座庙赐给哥萨克们，其中有表彰瓦西里的深意。但安布伦对这些并不在乎，她只知道，那个在出走最后一刻她才真心爱上的男人，已经永远不会回来了。那个男人留给她的，只有那名叫做杜庸的少年。

　　如今哥萨克人们已经都拥有了自己的汉名，在皇帝的御笔下杜比宁、哈巴罗夫、雅克甫列夫、贺洛斯托夫、罗曼诺夫都被改成了杜、何、姚、贺、罗这五个姓氏。哥萨克这个名称也被继任为佐领的叶梅连改为了阿尔巴津，于是他们都自称为阿尔巴津人。

　　最近渤海的渔民捕获了一条大鱼，在大鱼腹中居然发现了一个金色的十字架。消息传到京城，皇帝认为这是阿尔巴津人的忠义感动了上天，上天将这样的圣物赐给他们，所以特意降旨，要地方官吏们五百里加急，将十字架送到京城，赐给阿尔巴津人们。今天，阿尔巴津人被召集到北馆，正是来接受这个皇帝赐予的圣物。

　　充当皇帝特使的建义侯林兴珠示意大家安静，郑重地宣读过圣旨后，林兴珠亲手打开了精美的锦盒，将锦盒中的十字架捧出，展示给众人看。阿尔巴津人们发现，这十字架正是当年在瑷珲城外，阿列克谢丢失的那个，不禁惊呼起来，纷纷在胸前划起了十字。而佐领叶梅连，在有模有样地带领众人跪拜谢恩后，从林兴珠手中接过了十字架，郑重地送进了教堂。在他身后，阿尔巴津人们跟随着他，鱼贯而入。

　　牵着母亲手的杜庸问道："娘，咱们什么时候能回家？我想吃后院的葡萄。"

　　安布伦道："庸儿，按照阿尔巴津人的老礼，要吃葡萄，就必须在葡萄架下赞颂自己祖上的英勇，你能做到吗？"

　　杜庸用力点了点头，答道："能！庸儿会讲父亲在罗刹国征战的故事！"

　　安布伦满意地点了点头，摸了摸杜庸的头："走吧，娘带你们做礼拜去。"

　　走在前面不远处的叶梅连听到了母子的对话，脸上露出了愤恨的表情，他对身旁五岁的儿子小声道："杜家是什么人？"

　　叶梅连的儿子不假思索地答道："杜家是我们的仇人！"

　　叶梅连满意地点点头，脸上的愤恨消失不见，取而代之的是一脸的虔诚。

　　叶梅连手捧十字架，对教堂正中的圣像小声祷告着："上帝啊，请保佑我们罗曼诺夫家，能够达成复仇的心愿，能够实现寻找自由的理想！"

31

日升月落，斗转星移，无论昼与夜如何转换，喇嘛庙都静静地矗立在那里，二百多年来，它仿佛是住在它周围的这支旗人的守护神。虽然随着时间的流逝，它显出了破败之相，但它依然屹立不倒，仿佛是一名老勇士，虽已卸甲，但依然挎着剑挺立，守护着它的子民。

就这样，喇嘛庙渐渐成了生活在它周围的人们与已经褪色的光荣岁月之间唯一的联系。生活在这里的人们已经忘记了自己的祖上曾是哥萨克，但依旧会去喇嘛庙拜佛，虽然他们不明白为什么自己拜的佛会那么怪模怪样，但这并不妨碍他们的虔诚。渐渐地，每当遇到人生大事，便去喇嘛庙中拜佛祈福，成了这些人们的习惯。喇嘛庙也因此见证了胡家圈胡同中旗人五大家族的悲欢离合。

它曾看见，在乾隆朝，姚家的儿子金榜题名，不但入选翰林院，还被皇帝钦点为南书房行走，伴侍皇帝左右。

它曾看见，在嘉庆朝，杜家的儿子因家道中落，备受欺凌，最终向好友借了银钱，来向佛爷祈求这一次去江南能够出人头地。后来这个青年果然成了有名的丝绸商人，荣归故里。

它曾看见，在道光朝，几名罗家的后生深夜来访，一声不吭，默默拜过佛爷后就背着包袱远赴关外。然后他们空手而归，又在深夜前来，跪在佛爷面前痛哭流涕，说自己是不肖子孙。

它曾看见，在咸丰朝，何家的族长身穿戎装，带领何家子弟前来向佛爷拜别。但他们那一去，就再也不曾回来，全部战死在了京郊的八里桥。

它曾看见，在同治朝，贺家的长者笑着接过一名乡绅双手奉上的地契，这代表着在京郊，一大片沃野良田将成为贺家的田产。

转眼间，已经到了光绪朝，不知这喇嘛庙，又将会见证什么。

32

庚子年前的两年间，大清国宫廷内乱，引得八国联军加强了对中国的瓜分步伐。1900 年 6 月 11 日，也就是庚子年的五月十五，杜喜礼一大早遛过了鸟，来到东直门内的一处茶馆。他刚一进门，一个伶俐的伙计便接过了鸟笼子，小心地交给一名专门负责伺候鸟的小学徒。

杜喜礼看着小学徒眼生，便随口问起怎么换了人。伙计解释说，原来那个学徒前几日偷偷跑出了城，跟着几个山东同乡去参加了义和拳。柜上只好又找来一个叫小顺子的小学徒来顶他的职。前年山东遭了大旱，小顺子的父母连同两个弟弟，全都饿死在了路上，他和姐姐也走散了。掌柜的见他可怜，收留在了茶馆。杜喜礼听了小顺子的遭遇，叹了口气，他又看到这小顺子小心翼翼将鸟笼挂上杆子，不但伶俐，而且用心，不禁暗暗点头。杜喜礼见小顺子脚上的布鞋已是破旧不堪，便塞给伙计几个大钱，要他寻个空给小顺子买双新布鞋。他还嘱咐伙计今后他来，鸟就交给这个小顺子。小顺子如果在吃穿上短了钱款，就从柜上支取，记在他的账上。听了杜喜礼的话，伙计忙搜来小顺子，要小顺子给杜喜礼叩头。

小顺子给杜喜礼叩了三个响头，头嗑在青砖上空空作响。杜喜礼听声音知道这小顺子是个实诚孩子，忙叫伙计扶他起来，让他不必再叩头，该忙什么忙什么去。

杜喜礼吩咐伙计找来掌柜的，拉着掌柜的进了雅间，密谈起来。

杜喜礼道："孙掌柜的，我今早出去遛鸟，见到陆陆续续有义和拳进城。我怕这'扶清灭洋'会殃及我这'洋庙'，打算借您在海淀的库房一用，把我的存货都送到乡下去。"

孙掌柜一惊："有这么邪乎？"孙掌柜眯起小眼睛道："这列强欺我天国太甚，义和团拔电杆、毁铁路、烧教堂何错之有？和我们老百姓没关系。"

杜喜礼摇头道："到时候这京城不一定会成啥样呢，小心点总没坏处。"

孙掌柜听了杜喜礼的话，不住地点头："杜二爷见微知著，这番见识我孙某是没有的。"

杜喜礼拱手道："您太客气了，你我是多年的交情，不讲谢字。"

孙掌柜拉住杜喜礼："杜二爷，您就在这坐着，我给您上一壶好茶。"

杜喜礼摆手道："得了，我啊，喝茶坐不惯雅间，还是到大堂，跟老少爷们聊聊天自在。"

孙掌柜道："难得您做这么大买卖还没架子。"

杜喜礼寒暄着进了大堂，不少玩鸟的茶客见是杜喜礼来了，都起身和他拱手打着招呼。杜喜礼微笑着向众茶客拱手回礼。

杜喜礼忽然看见了坐在一旁正在低头喝茶的老者，走过去向老者施礼道："林先生。"

那名林先生放下茶碗，从身上摸出三个大子，扔在桌上。老者起身并不看杜喜礼，目视前方，向杜喜礼拱了拱手，冷冷道："杜爷可是折煞小老儿了。您可是在旗的，还是上三旗，我林某不过是个说书老儿罢了。怪只怪我林某无能，屡试不中，只好混迹市井，靠着给各位老少爷们讲古混口饭吃，辱没门庭，辱没门庭啊！"

林先生说罢，向诸位茶客拱拱手，走出了大堂。

众茶客见这林先生如此，都有些纳闷，其中一人啧啧称奇："我们杜爷可是东直门有名的大善人，怎么这位林先生这等无礼？"

杜喜礼无奈地摇头叹气。一名茶客上前，小声道："杜爷，我听说这位林先生的祖上，是位将军，还封过侯？"众茶客听说这位落魄的说书先生是侯爵之后，都不禁好奇地凑了上来，准备听听这位林先生的来历。

杜喜礼在茶客的注视下，在椅子上坐下，缓缓道："此话不假，这位林先生若论起来，是圣祖康熙爷时候，建义侯的后人。这位建义侯而梁公，于我杜家有恩，当初我们杜家先祖的尸骨，还是由而梁公一路从关外送到京师的。不过这林先生家是建义侯的旁支，到了他父亲那一代，早就没了祖上的显赫，只是在京郊小有田产，勉强糊口而已。他父亲一心想让他考取功名，变卖家产，延请名师。怎奈这位林老先生实在是走背运，考到五十多岁，还只是个老童生。家父念他们林家和我们杜家是世交，提出要他来我家坐馆，为杜家的孩子开蒙。

谁料到小子在庆龙顽劣，带着几个无知小儿大闹学堂，还剪了林先生的半截辫子。林先生觉得有辱斯文，羞愤而走，还大病了一场。从此他便再不肯坐馆授课，也彻底绝了考取功名的心思，跑到茶馆讲古度日了。"

茶客们听了杜喜礼的话，都唏嘘不已。谁也不曾想到，这个说书老人原来家世如此显赫。众人七嘴八舌，聊起世态炎凉。伙计为杜喜礼端来茶水和茶点，却不想迎面走进一名年轻英俊的茶客，和伙计撞了个满怀，茶水泼了那名茶客满身，崭新的马褂被茶水浸湿。伙计忙不迭地向这名年轻公子道歉。

那名公子皱眉看了看自己马褂上那一大片褐色的茶渍，冷哼了一声。公子摘下了拇指上的扳指，揣到衣兜里。

他奇怪的举动让伙计一愣。

公子抬手，对伙计道："这马褂是全毁了。要么你赔件新的，要么让我打两个耳光，咱们就一笔勾销。"

伙计道："我给您洗洗还不成吗？罗公子，您这是怎么个话说的！"

茶客们听到门口的争执声，纷纷向伙计和公子望去。杜喜礼见状，忙起身走上前，对罗公子道："必信，这才过端午，还没入夏呢，你怎么这么大火气？不就是一件褂子吗？"

罗必信见是杜喜礼，略一躬身，算是给杜喜礼请了安，似笑非笑地道："杜二叔，小侄给您请安了。您瞧瞧，我这刚上身的马褂，全给毁了。"

杜喜礼对罗必信道："不过是一件马褂，更何况他也不是故意的。必信，我看就算了吧。回头我带你去柜上重做一件，不就完了吗？"

罗必信不为所动，冲着伙计晃了晃巴掌。

杜喜礼见罗必信不依不饶，小声道："怎么，连二叔的话都不听了吗？咱们是旗人，别让外人看了笑话！"

罗必信听了杜喜礼的话，冷哼一声："杜二叔，您还知道您是旗人呢啊？既然是旗人，你们怎么还经商呢？别看您家财万贯，这丝绸生意都做到王府里去了，可我罗必信不羡慕！我们罗家愿意守着老礼，指着皇上赏的那点铁杆庄稼过活，阖府老少饿肚子也没什么，咱们不能自甘下贱成了下九流！"

了解其中根由的老茶客们，都不由得摇头叹气。他们都知道，这杜罗两家，是生活在胡家圈胡同的旗人里有名望的大姓家族。这胡同中，除了杜、罗，还有贺、姚、何三家。而这五家中，杜罗两家不知怎么的，虽然同是在旗，却仇怨不断。

而这五大家族原本是罗刹降兵的事，由于年代久远，如今别说是外人，就连他们自己，也已经不知道了。他们这些罗刹兵因为一纸圣旨，摇身一变，从降兵成了旗人，吃上了铁杆庄稼，自称阿尔巴津人。一转眼二百多年过去，罗家圈里的阿尔巴津人与中国人通婚，已经繁衍生息，逾千余众。

在阿尔巴津人中，自然有一直吃着铁杆庄稼，自诩在旗的浪荡子；也有继承祖荫，从军征讨四方的武人；更有一些聪明善学者，整日里之乎者也，沉浸于孔孟之道，参加科举，考取功名。而这杜喜礼的先祖，到了嘉庆朝家业已经彻底败落，这倒反而让他无牵无挂，揣着从何家好友那里借的二两银子远走江南。谁知他这一去，从小学徒干起，踏实敬业，诚恳认真，最终成为了江南一个大丝绸商的左膀右臂。于是这杜家从此世代从商，成为阿尔巴津人中的豪富。但这也招致了一些非议。例如这罗家，一直以旗人自诩，看不起自甘下贱，从了商道的杜家。加之两家世代皆有仇怨，便有了今日罗必信的这番夹枪带棒的言语。

杜喜礼恼怒道："这胡家圈胡同，上上下下，谁家有了危难，都是我们杜家伸手帮忙。你罗必信从小没了爹娘，也是托了我爹和我的照拂，怎么我们扶危济困还不对了吗？"

还未等罗必信答话，外面跑进杜喜礼的随从，喘着气对杜喜礼道："二爷，不好了！你快去看看吧，咱们北馆的喇嘛庙让义和拳给围了！"

杜喜礼闻言大惊失色。一旁的罗必信也是一惊，急忙走出了大堂。

杜喜礼也急匆匆离去，边走边不忘嘱咐随从："先去柜上，让他们赶快封账关门，存货都送到海淀孙掌柜的库里去，我跟他说完了的。办完了这些，你在柜上支点钱，赶快出城去趟保定府，跟夫人说，让她带着庆龙、庆虎两兄弟在娘家住着，先别回来。"

随从称是离去，杜喜礼忧心忡忡地嘟囔着："乱了！到底还是乱了！"

33

众茶客见二人匆匆而去，不禁议论起来。

其中一人道："义和拳不是只为难洋人吗？怎么跟旗人较上劲了？"

另一人道："你不懂，他们胡家圈胡同的喇嘛庙虽然叫喇嘛庙，可里边拜的佛，和南馆的洋庙是一路的。我听说，北馆喇嘛庙里的主持，还是南馆派去的。"

问话那人听了后，挠挠头道："那北馆这次可是要悬啊。我听说这义和拳扒铁路砸洋灯，专跟洋人做对。还分出了大毛子、二毛子、三毛子，北馆这帮在旗的，怎么也算是二毛子吧？"

茶客们好奇，纷纷问起，这毛子怎么还分个所谓的"大二三"出来。那人见人起了兴趣，反倒不急着说了，清了清嗓子。于是有好事者，忙给他的茶碗里续了茶。那人端起盖碗，四平八稳地拨了拨茶叶，嘬了一口茶水，摆足了做派，这才道："这大毛子，就是正经八百的洋人。二毛子，是跟洋人信了洋教，进了教门的教民。这三毛子嘛，不管你信不信，只要你跟洋人和信了洋教的有瓜葛，那就都算。"

那人又神秘兮兮地压低了声音对众人道："听说在山东，前任巡抚毓贤大人领着这帮义和拳杀大毛子洋和尚，一次就杀了四十多个，全都乱刀剁为肉泥。"

茶客中有人惊叹："乖乖，连洋人都敢杀，还四十多个。"

那人道："这么杀洋人，洋人能不发火吗？端午那天四百多护馆洋兵进城，诸位都看到了，他们抬着枪炮进城，这是要干什么？说是保护使馆，还不是要给老佛爷一个下马威？"

一名茶客感慨道："咱这京师是天子脚下，原本念他们洋人使节来往劳苦，批了东交民巷的地给他们盖使馆，就是格外的恩典了。谁知这帮洋人得寸进尺，居然派兵进京！也不知朝廷里的诸位大人和老佛爷是怎么想的，居然答应他们了！"

那人冷笑："得了吧您，洋人要派兵来，咱们拦得住吗？要是咱们自己的兵顶用，还让义和拳进京城干什么！"

掌柜听到众人的议论，脸上堆着笑，提起嗓门道："各位爷，喝茶归喝茶，咱们莫谈国事啊。"

众人听了小伙计的话，都止住了话头，不知谁提起八大胡同里新来了位当红的姑娘九月红，弹得一手好琵琶，于是茶客们又来了兴致，一边喝着茶，吃着瓜子，一边议论起九月红的纤纤玉手，还有她那如春笋般的十指来。

东直门内，胡家圈胡同，正是北馆的所在。罗刹庙前，一群义和拳民正将聚居北馆的男女老少拖进罗刹庙中。这罗刹庙，阿尔巴津人称之为喇嘛庙。

在罗刹庙前，一名义和拳的首领正查看着一本名册，旁边几名小头目将他念出的地址和人名暗暗记在心中，只等他一声令下，便立即带着拳民去抓这些二毛子。而在那名首领的脚下，正踏着一个从庙里取出扔在地上的十字架。

这名首领五短身材，脸色黝黑，其貌不扬。他的眼睛细小，于是脸上总是带着一副睡不醒的慵懒表情。首领以大红粗布包头，在正中露出了一点黄色，那是掖在红布中的关帝神马。据说这符咒不但可以镇服妖魔，还可以保佑佩戴者刀枪不入。在首领的汗衫外，则罩着一件大红粗布肚兜。他的小腿上是黄色裹腿，再缠上红布腿带。在他的背后，插着一把大刀，大刀的环首上系着红绸，随风招展。其他拳民的打扮亦如这名首领，只是他们的红布包头中却无符咒。在包头中掖符咒，那是首领的特权，他们的符咒只能揣进怀里。

首领念完了十几个名字，道："这些二毛子虽是旗人，但却强占了关二爷的庙宇，在里边拜他们的洋神，比之一般的二毛子，更是大大的不敬！如不加惩治，关二爷定然降罪你我，今后这刀枪不入的神通就再也使不得了！"

一众小头目听首领如是说，都愤愤不平起来。

那首领道："他们不但在关帝庙中拜洋神，为了镇压关二爷，还在庙里弄个怪模怪样的洋神像供奉着，施放他们的妖法。而且这帮二毛子冥顽不灵，事先得到风声，不但救走了在此间充当神父的大毛子，还抬走了那个神像，咱们一定不能便宜了他们！立即去将这名册上的二毛子一并捉拿归案！"

首领吩咐完了，小头目们对首领道："谨遵穆师兄之令。"

穆师兄点了点头，小头目们各带着下属四散而去。另有不少拳民将抓来的教民押进罗刹庙，一时间庙里满是哭喊之声。穆师兄听了，不住地冷笑。

不远处响起了一阵吵闹之声。一个年轻女子的喊声传来："我要见穆师兄！"

穆师兄不由得皱了皱眉。

34

东交民巷，惊魂未定的首席司祭带着传教团成员，在俄国士兵的护送下，走进俄国使馆。忽然在他身后响起一阵嘈杂之声，一名梳着辫子的年轻中国教民被卫兵拦在了外面，卫兵们要检查他背在身后的一个藤条箱，年轻人解下藤条箱，拼命护住，不让卫兵触碰。

首席司祭上前对士兵道："放开他，他是我们的人。那箱子不必检查了，里面装的是从圣索菲亚教堂中取出的圣物！"

卫兵们见首席司祭如是说，都惶恐地退到一边。那名年轻人则将箱子郑重地交给两名助祭。

年轻人道："首席司祭大人，这圣像就拜托给你们保存了。这可是我们的祖先当年一路从雅克萨带到京城的。"

首席司祭一愣，对年轻人道："安德烈，你这是要离开我们吗？"

被称作安德烈的年轻人正是阿尔巴津人姚氏的后裔，姚家的长房长孙姚承宗。姚承宗是虔诚的正教教徒，也是首席祭司最为信任的中国教民之一。而姚承宗的教名安德烈正是首席祭司亲自挑选的。

姚承宗点头："将诸位安全送到使馆，还保全了圣像，我已经尽到了作为一个正教教徒的责任。接下来我该去尽一个八旗子弟的责任了。我们北馆被义和拳围住，我要回去救我的族人。"

首席司祭摇头道："孩子，你还不知道你所面对的是什么。那些疯子如果知道你是正教教徒，还帮我们做事，会毫不犹豫地杀了你的。"

姚承宗："既然圣安德烈能为正教殉难，我又有什么可犹豫的？"

首席祭司见姚承宗去意已决，无奈地在胸前划着十字架："愿上帝保佑你。"

姚承宗跟着首席祭司划了十字，鞠躬离去。

北馆罗刹庙前，穆师兄见几个拳民押着一名旗人装束的年轻女子前来。与其说是拳民们押着她，倒不如说是围着她转更恰当。几名拳民手拉着手结成人圈，将那女子困在了圈中。这种人圈是义和拳特有的阵法，当初他们的首领朱红灯正是用这种阵法，击溃了平原县县令蒋楷的官军，从此一战成名。但这阵法显然对女子没什么作用。显然拳民们和这女子是熟识的，所以没有动粗。而那女子见状，更是有恃无恐，推搡得那几名拳民连连后退。

那女子看见了站在庙前的穆师兄，大喊："穆师兄！"

穆师兄对众拳民道："让贺姑娘过来。"拳民们只得松手解了阵。

那名姓贺的姑娘冲到穆师兄面前道："穆师兄，我是带你们来捉洋和尚的，你们怎么还抓上我们旗人了！"

穆师兄抬眼看了看比他还高半头的贺姑娘，道："贺春姑娘，我是看在黄莲圣母的面子，才护着你一路从天津卫回到京师。我们这个坛口的兄弟们都把你当成自己的姐妹，我还拿出秘不外传的神符给你，帮你给你爹治病。可没想到你到头来恩将仇报，不但给洋和尚通风报信，还编谎话哄骗我们！"

贺春瞪大了眼睛："什么？我给洋和尚通风报信？我贺春是黄莲圣母的朋友，是跟你们一伙的，穆师兄你怎么还能怀疑我呢？"

穆师兄将脚下的十字架踢到一旁，冷冷道："要来罗刹庙抓洋和尚，这事除了你我，就只有坛口的兄弟们知道。但是兄弟们一直跟我在一起，反倒是你，进了城以后就借口回去照看你爹，先走了一步。通风报信的，除了你还能有谁！"

贺春是阿尔巴津人贺氏族长贺崇智的掌上明珠，平素里在府中就是说一不二，从未受过这等委屈与冤枉。她听了穆师兄的话，不由得大怒，顺手拽过一旁一个拳民手中的火枪枪口，顶在了自己的胸口。

贺春怒道："穆师兄，假如你信不过我贺春，就让我以死明志吧。"

穆师兄皱了皱眉，道："想死？你得问问关二爷答不答应！"

穆师兄一挥手，手中多了一张符咒。穆师兄用食指和中指夹住符咒，面向东南念道："东南山请师父，上山教徒弟，下山教徒弟，上八仙，下八仙，中八仙，虎豹神，虎恶神，南海观世音。"

随着穆师兄的念白，那符咒竟凭空燃起了火，众拳民不禁目瞪口呆。穆师兄急促呼吸着，闭上眼睛，手一扬，符咒被挥出，在空中猛烈燃烧着。等到符咒落地，化为灰烬，穆师兄猛地睁开了眼睛，眼神中透着威严肃穆，之前脸上的慵懒之气一扫而光，判若两人。

穆师兄开口，用低沉浑厚的嗓音缓缓道："女娃，我关某不让你死，还要留着你问话。"

众拳民听到穆师兄如是说，纷纷跪下向他叩头道："降神啦！关二爷显神通啦！"

贺春见穆师兄的神态和语气，浑不是平日的模样，饶是她胆大，也被吓得一凛。

穆师兄对持枪的拳民道："开枪！"

那名拳民对穆师兄道："关二爷，这枪里装的可是铁砂，这要是开了枪，贺姑娘可就……"

穆师兄大喝一声："开枪！"

那名拳民不由自主地勾动了扳机，枪声响起，拳民们惊呼起来。

杜喜礼刚进胡同口，还未往自己家走，却被两名拳民拦下。拳民见他衣着华丽，便问道："来胡家圈胡同干什么？"

杜喜礼听见自己家的方向传来妻子和爹娘的呼喊声，急忙道："二位，这胡同里的老百姓都是良民啊，你们在这是不是有什么误会啊。"

两名拳民将他拦住，一人问道："你是干什么的？"

杜喜礼："请问你们管事的大师兄在不在，我想跟他谈谈。我杜某是做丝绸茶叶生意的，在这东直门也小有名气，想来他应该会给我这个薄面。"

拳民上下打量着他："你是杜喜礼？"

杜喜礼刚要答话，里面的哭喊声更响了，杜喜礼焦急地说道："正是在下，你们是不是先停手？这里边一定是有什么误会……"

两名拳民上前不由分说将杜喜礼按在了地上，用麻绳捆了起来。

杜喜礼不由得大叫："你们怎么不讲王法了，我可是在旗的！"

一名拳民吐了一口唾沫，恨恨道："你还知道自己在旗？吃着皇家的俸禄还拜了洋教，什么东西！"

另一名拳民已经麻利地捆好了绳子，和同伴将杜喜礼提了起来，道："你还不知道吧？这帮人是假旗人，真洋人！"

这时一队拳民将杜家的男女老幼从杜府押了出来。杜家人身上捆着麻绳，被人用麻绳穿成了一串。他们哭喊着，请求着，可全无用处，拳民们推搡着他们，逼着他们走出胡同。

队伍中为首的一名老者看见了杜喜礼，忙喊道："喜礼！喜礼！"

杜喜礼看见老者，激动地喊着："爹！"

杜喜礼挣扎着要扑向老者，押着他的拳民抽出刀，用刀背砍在了他的脖颈上，杜喜礼眼前一黑，晕了过去。

35

在黑暗中，贺春嗅到了硝烟的味道，她觉得手中握着的枪管滚烫，不由得撒了手。她摸了摸胸口，并未摸到鲜血，她睁开双眼，看到那名拳民还端着火枪对着她，火枪的枪口冒出硝烟，而她的胸口，除了衣衫有些焦黑外，并没有伤口，也没有鲜血流出。

他看见一旁的拳民全都跪倒，惊呼："关二爷施法啦！"

被关押在罗刹庙里的男女老幼们看到这一幕，也啧啧称奇，几乎忘了自己的危险处境。

穆师兄道："女娃，我说不要你死，你就死不了！"

说罢，穆师兄忽然双眼翻白，口吐白沫，一旁的拳民连忙爬起，扶住了几欲摔倒的他。

过了好一会儿，穆师兄才缓缓睁开眼睛，那副慵懒的表情又回到了他的脸上。

穆师兄疲惫地问道："关二爷刚才来了，可曾留下什么话没有？"

扶着他的拳民道："关二爷说了，要留下贺姑娘一命，有话问她。"

穆师兄听了拳民的话，勉强站起，喘着粗气道："是了，既然关二爷有此旨意，咱们照做就是了。"

拳民向贺春努了努嘴，问道："那贺姑娘怎么办？"

贺春从惊恐中回过神来，插话道："怎么办？当然是放了我啦。这一枪没打死我还不能证明我清白吗！"

穆师兄道："我已查明，他们这些住在胡家圈胡同的旗人，不但拜洋神，信洋教，而且祖上是从那罗刹国来的洋人。尽管过去了几百年，可他们洋根还在，否则为什么他们的洋庙里还供着洋神，为什么他们不拜关二爷？"

穆师兄的一番质问让拳民们频频点头。一旁的贺春听了，大吃一惊。她不知道自己穆师兄为什么又冤枉她与洋人扯上关系。她立志要加入红灯照，扶清灭洋，自己祖上怎么会是那该千刀万剐的洋人。贺春极力辩白着："不可能！我们是圣祖康熙爷亲口御封的镶黄旗满洲都统第四参领第十七佐领，怎么可能是洋人！"

一名拳民走到穆师兄跟前，小声对他耳语，穆师兄脸上露出了微笑，频频点头。

穆师兄对那名拳民吩咐了两句，拳民点头离去。

几队由拳民押解的阿尔巴津人老幼妇孺走来，哭喊声震天，穆师兄有些不耐烦地挥挥手，人们被拳民押进了罗刹庙。在队伍的末尾，是由拳民们架着的罗必信和杜喜礼，他们二人已经晕了过去，穆师兄吩咐将二人抬到罗刹庙一旁的配殿。这时贺春看见了被拳民用担架抬出来的贺崇智，贺春大喊："爹！"

贺崇智看见贺春，一边大口喘着气，一边哀求道："放了我女儿，你们要什么我都答应你们！"

贺崇智喊罢，开始剧烈地咳嗽起来，贺春要去照顾父亲，却被两名拳民制住。贺崇智好不容易止住了咳嗽，哇的一声吐出了一口鲜血，晕了过去。

穆师兄吩咐将贺崇智抬进配殿。贺春此时已经泪流满面，她带着哭腔请求穆师兄。

贺春："穆师兄，你不能这么对我爹。你信不过我，要打要杀随便你，我爹他有病在身，受不了折腾。"

穆师兄一双眼睛全盯在配殿里，全然不理会贺春的哀求。他目不转睛地对一旁的拳民交代道："把她也关进罗刹庙，好生看管！"

拳民们点头，将哭喊的贺春拖进了罗刹庙。

穆师兄满意地向配殿走去。

杜喜礼迷迷糊糊中睁开双眼，发现自己陷在一片灰茫茫的迷雾中，模糊一片，只能听见远处缓慢的车马脚步声渐行渐远。然后眼前出现了一个背着巨大十字架的身影。那是一名衣衫褴褛，腰间挎着马刀的老者，他佝偻着身体，看起来太疲劳了，杜喜礼想上前帮忙，却无法动弹。这时杜喜礼又听到了一阵吟唱，他觉得这曲调很熟，却一时想不起来这是什么曲子。他想努力听清歌词，却越听越糊涂，他听不懂这发音七拐八拐的歌词是哪里的方言。他这才发现，是那个老者在吟唱。那老者停下了，将十字架立在黑土地上，抽出了腰间的马刀，那马刀上还有斑斑血迹。老者将马刀双手捧着，向杜喜礼走来。

杜喜礼看着那血迹斑斑的马刀，不由得骇然，大喊："别过来！"

杜喜礼猛地睁开眼睛，好一会儿才回过神来，发现自己正躺在罗刹庙的配殿里，原来刚才是一场梦。而他耳边，那奇怪的歌谣还在唱着。他顺着声音望去，只见穆师兄坐在一把椅子上，似笑非笑地望着他们，那歌谣正是他在吟唱。

穆师兄终于唱完了歌谣，配殿内爆发出一阵咳嗽声，杜喜礼这才发现，配殿中不止他们二人，还有躺在担架上的贺崇智、和他一样刚刚苏醒的罗必信。

穆师兄对众人道："我刚才唱的这个歌，你们从前可曾听过？"

杜喜礼懒得理会什么歌谣，勉强站起，向穆师兄拱手道："这位首领，不知您今日带着信众前来围了我们北馆，所为何事？我们都是在旗的，而且是上三旗，不知何处得罪了你们。我想这里面一定是有什么误会，还望首领能够明示。如果需要钱粮的话，我杜某人家产还算殷实，愿意双手奉送。"

穆师兄冷笑一声道："杜先生，您这招丢卒保车玩得可真溜啊！"

36

杜喜礼一愣，对穆师兄道："这位首领，您的话杜某听不明白。"

穆师兄冷哼一声道："杜先生，杜二爷，你以为我穆某人带着坛口六百多号兄弟，兴师动众前来，就为了你一个小绸缎商人的家产？"

屋中的杜、罗、贺三人听了穆师兄此来并非为了钱财，俱是一惊。他们明白，如此兴师动众如果不是为了钱，恐怕就是为了人命了。想到此一劫，贺崇智吓得又是一阵咳嗽。而一旁的罗必信，脸上似乎更多了一分凝重。

杜喜礼咽了一口唾沫，佯装镇定道："既然不是为了钱，那就请您尽快把我们的人放了吧。大家伙都吓得不轻，我们都是在旗的大清子民，平素遵纪守法，和洋人也没有什么来往，想必这里一定有什么误会。"

穆师兄冷笑道："和洋人没有什么来往？那你们的罗刹庙是怎么回事？你们在里边挂的洋人像和十字架是怎么回事？你们那个庙里的洋人神父又怎么解释？"

杜喜礼长叹一声道："穆师兄，您有所不知。我们祖上的确是从关外来的，可绝不是什么罗刹国。他们因为于国有功，圣祖康熙爷亲下了圣旨，把他们编入了八旗，这个关帝庙也是康熙爷念及忠义，赐给我们，让我们翻修为喇嘛庙的。这喇嘛庙里拜的佛，的确和洋人的上帝很像，但是我们祖上留下的规矩，我们也没有办法。况且我们这些人早就在胡家圈落地生根了。您看看我，从长相到言语，再到礼俗习惯，哪点和你们不一样？大家都是大清国的臣子，您为啥非得为难我们呢？"

穆师兄没料想看起来只是个敦厚商人的杜喜礼会有这么一大套说辞，竟然说得持刀站在一旁的拳民们也轻轻点头，不似刚才凶神恶煞一般。不过穆师兄这些日子来已经从贺春的口中陆陆续续地探知了一些胡家圈胡同的事情，要对付杜喜礼这套说辞，他已经心中有数。

穆师兄忽然站起，指着杜喜礼道："杜喜礼，你别以为我不知道，你除了去你们的喇嘛庙之外，一直在拜洋教，还有个洋名，叫什么瓦西里。你祖上原本就是大毛子，就算已经入了旗，但如今你们信了洋教，怎么着也能论上二毛子。你说说，你们北馆的这些旗人里，倒是有多少你这样的人？"

原本还很镇定的杜喜礼听了穆师兄如是说，登时吓得面色惨白。他没想到这个刚进城不到一天的穆师兄对胡家圈胡同的底细摸得如此清楚，甚至连他信过洋教。教名叫作瓦西里都一清二楚。

杜喜礼忙解释道："我入了洋教，完全是因为从京城到江南，来往和洋客商谈生意方便……"

穆师兄大怒："够了，你还要狡辩到什么时候？！"

贺崇智努力止住咳嗽，哀求道："这位穆先生，您说的这都不假，但就像喜礼说的，我们这些人已经在大清国落地生根了。您说我们的祖上是洋人，这空口白牙，无凭无据的，怎么做得了真。即便退一万步说，我们祖上真是洋人，那也是几百年前的事了。现如今，我们也没跟那些洋人做过什么坏事。喜礼他是信了洋教，可他也说了，那是做生意南北往来图个方便，对大清国没有贰心。您要非说信洋教不行，那让他不信不就完了吗？犯得着为了这些事动刀动枪？我听说义和拳是扶清灭洋的，我们就是皇上的八旗子弟，世受皇恩，还有不少青年子弟从军，驻守京畿。难不成我们还会帮着外人反对朝廷不成？您出去看看，您抓的可都是些妇孺老人，这些人能做什么恶？还请您高抬贵手吧！"

穆师兄听了贺崇智的话，语气缓和了许多："贺老先生说的话也不是全无道理。你们的确和那些洋人不一样，但要让我们放过你们还有两个条件。第一条，我抓的那些人都得退了洋教，你们那个喇嘛庙里以后也不许挂十字架和洋神像。第二条，口说无凭，你们得拿出点诚意，证明自己是彻头彻尾的大清国百姓才行。"

罗必信站起道："怎么证明？用不用咱们爷们也加入义和拳给你们看看？"

穆师兄冷笑："你以为这义和拳是谁想加入就能加入的？我们义和拳的拳民从前是土里刨食的庄户人，可这腔子里装的可是一片对大清国的赤胆忠心，就靠着这个，各路神仙才愿意帮我们。请神上身后，我们就是扶清灭洋的天兵天将。就凭你们这些大毛子的后代，关二爷能保佑你们吗？"

杜喜礼连忙拉了拉罗必信的衣襟，小声道："必信，先坐下，别莽撞。听穆师兄接着往下说。"

穆师兄瞥了一眼罗必信，继续道："我知道你们阿尔巴津人有个秘密，这秘密只在五个家族的族长之间流传。据说你们祖上当初在离开雅克萨城的时候，将一笔从罗刹国带来的巨额财富埋藏了起来。这笔财富是你们祖上在罗刹国造反时的劫掠所得，能够买下半个罗刹国……"

罗必信听了这话，忙申辩道："这都是没影的事，那罗刹国地跨千里，要买下半个罗刹国，那得多少银两？恐怕连那个什么雅克萨城都装不下吧！"

杜喜礼忙将罗必信拉到身后，对穆师兄赔笑道："穆师兄，必信还年轻，口无遮拦，还请您见谅。不过他说的也并非全无道理。"

穆师兄："到底是不是一笔富可敌国的财宝，找到一看便知。如今我受了天津总坛的委派，带着兄弟们前来，就是要让你们交出这笔财宝充当饷银，赎了你们的罪孽。"

贺崇智听了穆师兄的话，又是一阵咳嗽："穆先生，您刚才也说了，那笔财宝藏在雅克萨附近。那雅克萨远在关外苦寒之地，您让我们现在交出来，可实在是有点强人所难啊。"

穆师兄笑道："去雅克萨这事不烦劳你们，你们只需要交出各家的宝贝就行了。"

杜、贺、罗三人面面相觑。

37

姚承宗在屋内一边小心翼翼地望着窗外，一边忙乱地将身上的长袍马褂脱下，换上了粗布衣裤，并将红粗布的头巾裹在头上。他身边拳民打扮的何云盛正在帮他套上一件号坎。那号坎青色黄边，两肩写着"奉旨"；前后胸写着"团勇"，在"团勇"周围还写着"义和神兵"四个小字。

何云盛嘟囔着："这义和团怎么还穿上了官军的号坎？而且密密麻麻地写了这么多字……"

姚承宗道："这号坎可是我们去救人的关键。"

地上，则是两名赤身裸体的乡下汉子，被麻绳捆住手脚，嘴里还塞上了破布。他们惊恐地挣扎着。

就在一个时辰之前，姚承宗在步军统领衙门门口找到了彷徨无计的何云盛几个。何云盛清晨刚刚练武回来，就听说了胡家圈胡同被围的事，他和几名平时一起练武的族人听了这个消息，赶忙到了步军统领衙门，想要请求统领大人派兵弹压。可接到通报的小官一听说他们是要求出兵弹压义和拳，通报都免了，赶忙摆手，最后居然连衙门的大门也关上了。何云盛心急如焚，要带人砸开门，却被恰好赶来的姚承宗拦住。姚承宗劝阻何云盛，让他不要莽撞行事。义和拳如今人多势众，最好先去告知随军驻扎在廊坊的他爹何领兵，要他爹恳求主将，带兵回来救人。何云盛也觉得姚承宗说的在理，正要去办，却听姚承宗要自己回胡家圈胡同打探情况，便要和姚承宗一起回来，把报信的事托付给了其他族人。稳妥起见，二人决定装扮成义和拳民再回胡同，于是寻了两个落单正在民居里翻找财物的义和拳民，制服了他们。

姚承宗无奈道："二位对不住了，我与你们无冤无仇，这么做只是要去救人，不得已为之，还望见谅。"

何云盛见两名拳民仍旧挣扎不止，就抬脚踢了两下，这两下又稳又狠，两名拳民被踢中了脖颈，当即晕了过去。

姚承宗见状忙道："云盛，他们不会被踢死吧？"

何云盛道："姚大哥，瞧你这话说的，我们何家世代行伍，我这是打小和我爹练的童子功，脚下自有分寸。他们就是气血不通，晕过去而已。"

姚承宗抬手在胸前划着十字："还好他们没事，我可不想在上帝的眼皮子底下犯下什么罪孽。"

何云盛见姚承宗如此，摇头道："别人信了洋教个个趾高气扬，你可好，信了洋教之后反倒跟谁都客气。义和拳抓人都抓到我们家里去了，哪还有什么罪孽？"

姚承宗对何云盛道："云盛，人都是有罪的，上帝教导我们要谦逊……你们何家世代从军，杀气太重，如果信教的话……"

何云盛打断了姚承宗的话："姚大哥，这都什么时候了？整个京师全都是义和拳，别人退教还来不及呢，你还劝我入教？"

姚承宗听了何云盛的话，不由得叹气，一时间百感交集又不知该说些什么好。

何云盛捡起地上的两柄大刀，在手中颠了颠，将一把轻一些的递给了姚承宗，姚承宗望着明晃晃的大刀皱眉，并没有伸手去接。何云盛无奈地摇了摇头，将大刀插在他的背后，又顺手将自己刀插在背后。

何云盛："姚大哥，咱们这穿着义和拳的衣服，装也要装得像点样子啊。"

姚承宗道："云盛，面对族人受难，不能置之不理。但咱们两人势单力薄，就只能设法尽量拖住时间了。你不是已经派人去通知你爹了吗？"

何云盛点头道："是啊，也不知道我爹能不能带着人及时赶回来。幸亏姚大哥你脑子够快。如今整个北京城乱哄哄的，到处都在闹义和拳。京城里的大小衙门，一听说是义和拳的事，都没人敢管。事到如今，要救族人，就只能指望我爹能说动将军，带队回来了。"

姚承宗的脸上现出忧虑之色，但他怕何云盛看出来，只得转头望着窗外。此时在姚承宗心中，惦记的不只是自己的族人；他的心中还惦记着一个人，那就是贺春。姚承宗拿不准这一次回去会不会见到贺春。他知道贺春为了给她爹治病，到处寻医问药。当得知天津红灯照的黄莲圣母能治疗百病时，决定独自一人前往天津，要去找黄莲圣母讨来圣药。等他向首席司祭请了假赶回来，贺春已经上了开往天津的火车。贺春一走，贺崇智的病也突然严重了起来，姚承宗想自己再去天津也未必找得着贺春，就留下来帮着贺家照料贺大伯。世道乱成这样，没能陪贺春一起去天津，这让姚承宗担心不已。他与贺春、罗必信、何云盛从小一起长大，玩在一起，一直对贺春这个妹妹有种怜爱之情，随着年龄增长，这怜爱又变成一种情愫，藏在心里。姚承宗看得出来，贺春对他与何云盛是一样，对罗必信又是一样。他能理解贺春，在他三人眼中，罗大哥身上有股执拗劲，虽然不信教，但是好像有什么比他姚承宗还要虔诚的信念。姚承宗本来想要压抑对贺春的爱慕之情，一心侍奉上帝。但这一次面临生死大事，姚承宗打定了主意，如果能见到贺春就要向她表白心意。

姚承宗："云盛，走吧，外边的义和拳散了。"

何云盛点了点头，和姚承宗走出了民宅。

38

窗外的日光渐渐暗淡了下来，配殿内除了贺崇智的咳嗽声，就再没有了别的声音。杜喜礼几次想劝贺、罗二人遂了穆师兄的意思，但当他看到二人坚定的目光，便又退缩了。杜喜礼是个逢人便赔笑三分的生意人，加上他骨子里的善良和软弱，早就打定了消财免灾的主意。但他知道这贺崇智一向死守老礼，罗必信虽然年轻，却更是有过之而无不及。要劝他们拿出老祖宗传下的宝贝，实在是难上加难。可从一旁庙里传来的哭泣之声却让他心中一阵阵地悸动着。杜喜礼现在反倒盼望带人在胡同里各家搜查的穆师兄，能够搜出各家的传家宝，这样既不会坏了几家遵从老祖宗教诲的规矩，又能让被关押的族人们有生还的可能。杜喜礼不由得在心中暗暗叫苦：一笔他们都不相信真正存在的横财，却有可能要了他们的性命，难不成这真的是因为他信了洋教的缘故？

坐在地上默然无语的罗必信，心中所想却和杜喜礼截然不同。罗必信并不害怕穆师兄他们的搜查，因为他笃定一个念头，他们罗家祖传的那张地图，无论如何穆师兄都不会找到。而且他也知道，要找到阿尔巴津人的宝藏，五个家族的传家宝，缺一不可。只要这帮义和拳凑不齐五样宝贝，他们就只能束手无策。其实当他发现穆师兄把他们三个单独关在配殿时，就隐隐猜出了他的目的。最终果然如他所料，这穆师兄是奔着他们祖传的雅克萨宝藏而来的。

其实胡家圈胡同的旗人们，大多已经忘记了自己的祖上是罗刹降兵。或者说，他们刻意选择忘记这段历史。他们大多知道自己最早是从关外迁来的，生活习俗略与其他旗人不同，仅此而已。真正还记得来历的，只剩下五大家族中的罗家。他们的第一代族长，也是这支旗人的第二位佐领叶梅连，当年曾经参与过宝藏的埋藏，所以完全不需所谓五件宝贝的指引。叶梅连穷极一生，也没有找到再回雅克萨的机会，只好将这个秘密传给了长子，并嘱咐长子，为了要实现他们罗家的宏图大业，就一定找机会回到雅克萨，找到宝藏。终于在道光朝，他们罗家寻到了一次机会，秘密组织了人手出关，潜到雅克萨城下，按照先祖叶梅连的指示寻找，却始终没找到宝藏，罗家这支寻宝的队伍只好败兴而归。经历过失败后，罗家人猜测，一定是当初杜家的瓦西里背着叶梅连派人偷偷将宝藏转移到了别的地方。从此罗家对杜家的仇视就更深了一层。这次失败的寻宝行动，让罗家的主事者们心灰意冷。但他们的子孙并没有放弃努力，其中最执着者，就是罗必信。罗必信自小听了父亲跟他说过的这笔宝藏，以及罗家的使命，便从此念念不忘。在他父母双亡后，其他几个家族怜其身遭不幸，都对他照顾有加。于是罗必信从小就出入各家各府，刻意结交贺春、姚承宗和何云盛。因为他知道，他们掌握着他找到那笔宝藏，实现罗家使命的关键线索。

正当众人胡思乱想的当口，门忽然打开，吹得配殿内的烛光摇曳，穆师兄带着两名拳民走了进来。穆师兄对殿中的三人道："那何家和姚家，可比你们三个识相多了，已经献出了他们的传家宝。他们才是大清国真正的臣子，哪像你们，说一套做一套！"

穆师兄说着，一挥手，身后的两名拳民捧着两个红布包走上前。穆师兄伸手打开红布包，露出了里面的两样东西，一个是满是皲裂纹路的牛角号角，一个是一块有着长长裂痕的红宝石。那牛角号角倒没什么，那红宝石却在摇曳的烛光下散发着暗红色的光芒，仿佛是鲜血凝结而成。

罗必信对这两样东西视而不见，贺崇智看了，则又是一阵剧烈的咳嗽。杜喜礼则是轻轻叹气。他虽然已经打定了要奉献出传家宝的决心，但看了何、姚两家的家传古物落于人手，还是心中感到一阵悲凉。

穆师兄对杜喜礼道："怎么，杜先生，你口口声声说自己是大清的臣子，入洋教是为了做生意，那如今你该为咱们的大清国做点什么了吧？"

杜喜礼向穆师兄拱手道："穆师兄，我杜某明白，万贯家财也买不来性命，我可以交出我们杜家家传的十字架，可你也得守信用，一旦拿到了传家宝，就放了我们这些旗人。"

穆师兄点头应承："我穆某人只要拿到你们五家的传家宝，立马放人。"

杜喜礼咽了一口唾沫，壮起胆子道："口说无凭，咱们立个字据吧。"

穆师兄道："好啊，那我就客随主便。"

穆师兄着人拿来笔墨纸砚，抄起笔，书写了两份文书，在上面按了手印，交给杜喜礼。

杜喜礼读罢点头，也在上面按了手印，然后交给穆师兄一份，自己留了一份，仔细叠好，小心揣进怀里。

杜喜礼道："我们杜家祖传的十字架藏在我家正堂西首太师椅下的青砖底下。那底下埋着个小匣子。"

穆师兄指派了一名拳民出去，到杜家去寻找。

罗必信听杜喜礼如此说，大怒，指着杜喜礼喊道："杜喜礼！你也配当旗人！你看你那被吓破胆的样子！你为了自己的性命，连老祖宗留下的东西都不要了！"

贺崇智边咳嗽边拍着地面："数典忘祖啊！愧对祖宗啊！"

几名看守他们的拳民抽出背后的大刀，架在了二人的脖子上。

罗必信见刀架在了脖子上，反倒梗着脖子站了起来。

罗必信："怎么个茬？等这玩意吓唬小爷？今天你要是爷们，就剁了小爷这颗脑袋！"

罗必信的反应显然让那个只想吓唬吓唬他们的拳民措手不及，他握着刀的手在微微颤抖。

杜喜礼见状，忙对穆师兄鞠躬道："这可使不得，穆师兄，他年轻气盛，您不要跟他一般见识，撤了兵器吧！您真把他们杀了，他们两家的宝贝您可就得不着了！"

罗必信气愤地喊道："杜喜礼！你个没骨头的东西！你怎么还替他们盘算起来了！"

穆师兄冷哼一声，喊道："把贺春拉进来！"

39

两名拳民押着贺春走进来。刀架在贺春的脖子上。三人见到贺春，都愣在了当场。

穆师兄道："贺崇智，罗必信，你们不想看到她死吧？"

贺春怒道："穆师兄，你言而无信！"

穆师兄冷笑道："我是受了总坛的委派，总坛要我不惜一切代价筹集钱粮。你要是觉得冤屈，死了变作厉鬼就去找总坛的坛主吧！"

贺春："原来你留我一条性命，是要要挟我爹！"

穆师兄："贺春姑娘，你还不是太笨，可你就是想明白了这其中的门道，也为时已晚了。"

穆师兄对杜、罗、贺三人道："怎么样，还不打算交吗？"

贺崇智见状，吐了一口血，虚弱地说："我们贺家的宝贝，放在供奉祖宗牌位的神龛下边……"

贺崇智还没说完，就闭上了眼睛。

贺春大喊："爹！爹！"

穆师兄："罗公子，你难道就一点不心疼和你青梅竹马，一起长大的妹子吗？他对你可是一往情深啊，从天津到北京的这一路上，只要一说起胡家圈胡同，提到的大多都是你。"

罗必信听了穆师兄如是说，先是一惊，他看着贺春，才明白过来为啥这个贺家的女儿平时总爱缠着他。他原以为只是因为他们从小玩在一处，贺春天生爱黏人而已，直到今天，他才恍然大悟。罗必信没想到，他从小到大揣着算计和这几个孩子交往，却最终弄假成真。可这一切都是假的吗？罗必信也说不清。看着贺春的罗必信觉得一阵阵揪心，他努力哄骗自己，这一切不过是贺春的单相思而已。

贺春听穆师兄如是说，虽然还在为父亲的安危担忧，但不免有些分神。她的心中甚至有些期待，期待着罗必信能够交出他们罗家的传家宝，这样便可以证明他们胡家圈的旗人对大清国是忠心耿耿的，也能免了这些老少的刀兵之祸。贺春更有一层期待连她自己也不好意思多想，那就是罗必信也喜欢她，会为了救下她的性命，不惜放弃他们罗家最为宝贵的传家宝。

一时间，整个配殿中的目光都汇集在了罗必信身上。

罗必信双眉紧皱，牙齿咬得咯咯作响，最终从嘴里蹦出了一个字："不！"

贺春听了罗必信的回答，像被抽去了魂魄，不再挣扎叫喊，只是不住地流泪。

一直保持着冷静的穆师兄也几乎失去了耐心，他指着罗必信大喊："罗必信，你别以为我是跟你说着玩的，再不交东西，我就把你们胡家圈胡同的上上下下杀个干干净净！"

杜喜礼跺着脚："必信啊，你的心怎么这么狠！你再不交东西，别说贺春，那喇嘛庙里的老少爷们都得没命啊！"

正在这时，一名拳民走进配殿，将一封书信交给了穆师兄，然后小声耳语了几句。

穆师兄皱眉道："知道了，你把他们带进来。"

穆师兄拆开信封，抽出其中的信，仔细阅读起来。

一身拳民打扮的姚承宗和何云盛在一名拳民的引领下，走进了配殿。杜喜礼和罗必信一眼就认出了他们。姚承宗垂在腿边的手轻轻向二人摆了摆，要二人不要声张。

穆师兄读罢了信，上下打量着二人："你们是端郡王派来的？"何云盛有些紧张地望着姚承宗。姚承宗拍了拍自己的号坎，指着号坎前胸上的"团勇"和"义和神兵"字样，对穆师兄道："差不了！整个四九城练神拳的，都认识这套衣服。这可是我们王爷从私库里捐出银子给大家伙做的！"

穆师兄点了点头，又道："端郡王要我把胡家圈胡同里的大二三毛子都送到庄王府前大院集中处置，这集中处置是怎么个处置法？我来的时候可没听说要集中处置这事啊……"

何云盛见穆师兄起了疑心，抢上端前道："穆师兄，这事当着他们的面说可不好。"

何云盛向屋内的几人努了努嘴，穆师兄会意，向前走了几步，背过身去，和何云盛在门口小声交谈。

何云盛压低了声音："穆师兄，端郡王的意思是，审问清楚之后，把这些人集中到庄王府前大院……"

何云盛说到这里，声音几乎听不见了。穆师兄不由得凑近何云盛，问道：

"然后呢？"

何云盛猛地伸胳膊搂住穆师兄的脖颈，抽出刀逼住穆师兄。

何云盛大喊："都把手里的家伙给我扔了！"

由于何云盛的身手很敏捷，再加上这件事发生得太突然，让配殿里的人均是一愣。

何云盛见拳民们并没有扔掉手中的大刀，便竖起刀锋一挑，将穆师兄的左耳挑了下来。穆师兄登时大叫一声，血流不止。

姚承宗见到此情此景，不禁抬手在胸前划起了十字。

何云盛："放下家伙！"

穆师兄跟着喊道："放下刀，放下刀！"

众拳民扔下了刀。

姚承宗上前扶住了贺春，贺春扑向贺崇智，却发现他早已气绝身亡。贺春悲从中来，不禁哭喊着："爹！是女儿害了你老人家啊！"

姚承宗在一旁安慰着贺春，但贺春却充耳不闻。

何云盛对穆师兄道："让你的人撤围放人！"

穆师兄忍着疼痛答道："那又怎样？你以为你们能逃出京城吗？京城遍地都是我们义和拳的人！"

贺春忽然大叫一声，从地上捡起一把刀，向穆师兄扑来。

何云盛显然被贺春的举动吓到了，忙高喊："贺春姐，他还有用呢！"

一心想报仇的贺春根本管不了这些，挥刀向穆师兄砍去。何云盛只得拉着穆师兄后撤，堪堪避开了刀锋。而穆师兄凭借着何云盛后退时手上松劲的空档，向下一蹲，就势向前一滚，摆脱了何云盛的控制。穆师兄连滚带爬地逃出了配殿，大喊："有奸细！有洋人的奸细！"

杜喜礼见状，大喊："快走！能走几个是几个！"

姚承宗听了杜喜礼的话，推了一把贺春，对何云盛道："你先走，把贺春带出去！"

贺春回头看了一眼罗必信，还来不及说话，就被何云盛拉了出去。

殿外响起了嘈杂的脚步声，罗必信从地上捡起刀，随着他们冲出了殿外。

姚承宗听到殿外响起了喊杀声，犹豫着。忽然外面响起贺春的尖叫声，他最终抽出了刀，冲出殿外。

杜喜礼瘫坐在地上，听着殿外的喊杀声，身子抖如筛糠。

40

喇嘛庙的四周，已经堆满了柴草，上面还洒上了从各家抄出的灯油。庙门已经被拳民们用木板钉死。庙里传来一阵阵哭喊和求饶的声音。

在庙门前的空场，拳民们举着火把肃然站立，中央站着穆师兄，他的头上裹着纱布，在左耳部位的纱布上，还渗出了鲜血。穆师兄冷冷地看着站在身前，被两名拳民押着的罗必信。在罗必信身后，则是躺在地上，已经重伤昏迷的姚承宗。姚承宗身上的刀伤不下七八处，那些刀伤上胡乱撒了些香灰，用绸布条草草包扎。在姚承宗身旁，则是长袍下摆破烂的杜喜礼。他在自己的长袍上撕扯下一条，小心翼翼地给姚承宗血肉模糊的左臂包扎着。

神志恍惚的姚承宗因为疼痛皱起眉头，哼了一声，然后不住地念叨着："贺春妹子，快跑！"

见姚承宗如此，杜喜礼不禁老泪纵横，他抬手用袖口抹了抹眼睛。

在刚才的那场混战中，姚承宗为了要贺春与何云盛能逃出去，在后面阻拦追兵。原本是他和罗必信断后的，但当他看到贺春奋不顾身地要救走罗必信时，心一软，推走了罗必信，还替罗必信挡了一刀，左臂登时血流如注。

刚开始他还只是挥着刀不让拳民靠近。当他看到贺春被一名拳民用刀砍中，便发了疯一般冲进追兵中砍杀。在几名拳民被他砍翻在地之后，拳民们也杀红了眼，对姚承宗群起而攻之。原本就不会功夫的姚承宗难以抵挡，不断中刀。最终他因为失血过多，体力不支，一头栽倒。

此时贺春与何云盛已经突围而出，而罗必信则被团团包围，他看到自己突围无望，而对自己冒死相救的姚承宗生死未卜，于是放下了刀，扑过去护住了姚承宗。

一众拳民要上前将姚承宗乱刀砍死，他却被罗必信死死护住。因为有穆师兄不许伤害罗必信的命令，所以姚承宗在他的庇佑下得以幸免。而罗必信也因此被捉。最终只有贺春和何云盛逃了出去。

穆师兄盯着罗必信道："罗必信，你是铁了心不说是吗？"

罗必信伸手抹了一把脸上的血迹："姓穆的，你既然已经知道我不会说了，还问什么！"

穆师兄："把杜喜礼带上来！"

两名拳民将杜喜礼拖到罗必信面前，穆师兄抽出刀，指着杜喜礼道："罗必信，如果你还不说，我只好先拿他开刀了。"

罗必信看着眼前的杜喜礼，眼中闪过一丝不忍。尽管他平日里很瞧不起这个不顾旗人身份，自甘下贱去从商的杜二叔，也讨厌他平日里略带炫耀的接济。但罗必信不得不承认，正是这位小商人杜喜礼，支撑着整个胡家圈胡同，也正是由于他的照拂，他罗家还能勉强维持生计。如果没有他杜喜礼，可能就没有如今的罗必信了。

杜喜礼指着充斥着哭喊声的喇嘛庙，哭着对罗必信道："罗少爷，我知道你瞧不上你二叔。但现在都什么时候了，你不稀罕我杜喜礼的性命不要紧，可你不能不顾那庙里二百多口子人的性命啊！人是活的，东西是死的，你就交出来吧。"

罗必信心如刀割，但最终吐出口的，还是那个冷冰冰的字："不！"

杜喜礼见罗必信如此，还要开口劝说，却被一旁的穆师兄一刀刺进腹部。穆师兄抽刀，杜喜礼倒在了血泊中。

穆师兄看了杜喜礼一眼，冷冷道："扔进井里。"

两名拳民上前将杜喜礼抬到不远处的古井，将杜喜礼推进了井中。

穆师兄又令人将姚承宗抬到了井口。

穆师兄："怎么，连你好兄弟的命都舍得？"

罗必信闭上了眼睛，大喊："姚兄弟，对不住了！"

穆师兄一声令下，姚承宗也被扔进了井中。

穆师兄对罗必信道："罗必信，我不明白，那东西对你就这么重要吗？抵得上杜喜礼的命？抵得上你好兄弟姚承宗的命？"

穆师兄抢过火把，指着喇嘛庙道："抵得上那里边你族人的命？"

罗必信跪下，向喇嘛庙磕了三个头，起身对喇嘛庙中的老少道："对不住了，各位老少爷们。我罗必信不是不忠不义之人，只是我还有不得不做的大事。回头我罗必信到下边向诸位老少爷们赔罪，来世做牛做马伺候诸位。"

罗必信起身对穆师兄道："那东西是老祖宗留下的，不能让你们这些外人拿去！你非要造下杀孽，那就请便吧！"

喇嘛庙中的人们仿佛知道他们已经命悬一线，哭喊声格外大了起来，其中还掺杂着婴儿的啼哭声。周围的义和拳民脸上纷纷露出不忍之色。就连一向镇定自若的穆师兄，握着火把的手，也不由得微微颤抖起来。他忽然发现，这个罗必信实在是个难缠的角色。

忽然远处喊杀声四起，穆师兄面露诧异之色。一名拳民跑来，对穆师兄耳语了一番，穆师兄大惊。

此时由远及近传来喊声："抓假义和拳！抓假义和拳！"

一名小头目跑来，大喊："大家都上当啦！这个穆师兄是假义和拳！"

拳民们面面相觑。

小头目指着穆师兄道："天津总坛派人来了，说压根就没派过什么姓穆的来京城筹饷，他是……"

还未等小头目说完，穆师兄早已手起刀落，将小头目一刀砍死。

穆师兄将手伸进口中，吹了一声呼哨，拳民中忽然有十几人抽出刀，将身边仍旧惊愕不已的拳民砍倒在地。猝不及防中，喇嘛庙周围的拳民瞬时被砍杀了大半。

罗必信见突生变故，刚要逃走，却被穆师兄用刀背劈中脖颈，晕倒在地。

一名小胡子同伙上前，对穆师兄道："大当家的，如今我们露了底，下一步该怎么办？"

穆师兄冷笑道："现如今离发财只差一步之遥了。胡老四，把他带上，咱们离开京城。我就不信撬不开他的嘴。"

两名同伙将罗必信五花大绑，用破布塞了嘴，扔进了一个麻袋中。

胡老四："大当家的，咱们怎么出城？"

穆师兄拍了拍头上的红布："咱们有关二爷保佑，想出城还不容易？再说今晚义和拳有大动作，要对洋人洋庙下手，整个京城乱成一团，没人顾得上我们。你去告诉兄弟们，分头走，有人问起，就说是总坛派出联络各个坛口的。咱们分头出了城后，在卢沟桥下汇合。"

胡老四指着喇嘛庙道："大当家的，那这怎么办？要不咱们把人放了？"

穆师兄："放了？把他们放了，咱们爷们要干什么，他们不就都知道了？"

胡老四吓得瞠目结舌，穆师兄却满不在乎地将火把扔到了喇嘛庙的柴堆上。干柴混合着灯油，一遇火把，便腾地燃烧起来。一时间，熊熊烈火燃起。干柴燃烧起来的噼啪声，喇嘛庙中人们奋力拍打木门的声音，以及人们哭喊求救的声音，混合着升腾起来的滚滚浓烟，直冲夜空。在月光皎洁的夜空下，古老的京城中火光四起，浓烟冲天。这一夜，京城中有许多巍峨堂皇的教堂都被点燃，于是便没多少人在意东直门内，胡家圈胡同里的那么一座小小的喇嘛庙了。

41

贺春与何云盛带着一队红灯照和义和拳冲进了胡家圈胡同，眼前的情景令众人惊骇不已。在喇嘛庙前的小广场中，倒着死去的拳民，而大火已经彻底吞噬了喇嘛庙，烈焰中，已经没有了人们的呼救声，只能听到木材燃烧时发出的噼啪声。空气中飘满了焦煳味。

贺春见状，大喊一声："你们为什么在一旁就这么看着！"

贺春疯狂地跑到井边，扔下了木桶，使劲摇着辘轳，打上来一桶水。贺春费力地提着水，要去扑灭大火。随着贺春的跑动，木桶里的水泼洒出来，人们发出一阵惊呼。何云盛看出了水中的异样，连忙上前拦住贺春。

贺春哭喊着："别拦着我！我要救火！"

何云盛夺下水桶，对她道："你看看！"

贺春看见那水桶里盛着的，是一桶殷红的血水。贺春恍然大悟："井里还有人！"

何云盛跑到井旁，将绳子系在腰间，在其他拳民的帮助下，下到井中。他先摸到了姚承宗。在他给姚承宗系上绳子，把他送上去后，又摸到了杜喜礼，又将杜喜礼也送了上去。

何云盛听到上面的拳民们惊呼着："活着，他们还活着！"

等到何云盛被拉出井的时候，他看见贺春正搂着奄奄一息，浑身湿透的姚承宗，泪如泉涌。

红灯照的师姐师妹们上前，为杜喜礼和姚承宗疗伤。他们想要拉开贺春，但任凭他们如何努力，都没法将贺春和姚承宗分开。

义和拳的宋师兄拿来夹被，披在何云盛身上。

宋师兄叹道："我们还是来晚了一步，让这帮假义和拳跑了。这帮人也真是太心狠手辣了，居然把喇嘛庙点了。"

宋师兄见何云盛神色凄楚，不忍再说下去。

何云盛咬牙切齿道："宋师兄，幸亏我和贺春姐遇上了你们这些总坛来的义和拳，才知道这个姓穆的压根不是什么义和拳，就是谋财害命的强盗。我何云盛就是走到天涯海角，也要抓住他，替我的族人报仇！"

宋师兄拍了拍何云盛的肩膀："何兄弟，你有勇有谋，你的贺春姐还是红灯照黄莲圣母的朋友，你跟我们有这层渊源，加入我们义和团吧，我们帮你报仇。那姓穆的不但是你的仇人，也是败坏我们义和团名声的匪类。"

何云盛摇摇头道："我要把杜二叔和姚大哥送出城，然后去廊坊找我爹，他在军中带着我们胡家圈胡同的子弟为国效命，我要和他一起去报仇。"

宋师兄一愣："怎么，你们要出城？"

何云盛道："宋师兄，你救了我们，于我们有恩。但小弟家中世代都在行伍，还是觉得投军报国是正途。"

何云盛说着，走到贺春身旁道："贺春姐，咱们走吧！"

忽然一声凄厉的惨叫声响起，众人看到，苏醒的杜喜礼不顾身上的伤，挣扎着要爬起来。

杜喜礼高喊："爹！娘！老少爷们啊！"

可任凭他怎么喊，那庙里已经没有人再回应他了。

杜喜礼被拳民们按住，何云盛跑来，想努力安抚杜喜礼："二叔，人已经没了……"

杜喜礼一把推开何云盛，大喊道："我杜喜礼就是走遍天涯海角，也要报仇雪恨！如有违逆，甘受千刀万剐！"

杜喜礼说罢，气血上涌，晕倒在地。

那一夜，伴随着各处拳民的喊杀声和焚烧教堂的滚滚浓烟，贺春与何云盛在几名拳民的协助下，带着重伤的杜喜礼和姚承宗出了京城。在京郊一个叫作常寨子的小村庄，何云盛找到了曾在他爹军中当火头军的老李头，留下了一些散碎银子，将杜喜礼和姚承宗留在了常寨子养伤。

何云盛听说天津到京城的铁路沿线战事已起，担忧军中的父亲，准备赶往天津。他原以为贺春会留在常寨子，没想到贺春却提出也要去天津。贺春说出要加入红灯照，向黄莲圣母借兵，去追寻穆师兄一伙，替父亲报仇，救回罗必信。任何云盛如何劝说，贺春都不打算改主意。见贺春心意已决，何云盛无奈，只得带上她一起赶赴天津。

一年后，离京城百十里的常寨子，穿着一身粗布灰长袍，一副老农民打扮的杜喜礼站在村口向外张望着。一名老汉赶着几头牛回来，杜喜礼忙向老汉拱手作揖。

老汉忙回礼，上前扶住了杜喜礼。

老汉摇头道："杜先生，我早就跟您说过，不要这么客气。"

杜喜礼对老汉道："李老哥，一年前，若不是你们一家收留我们，我们早就没命了。您可是我和承宗的救命恩人。"

老汉叹气道："杜先生，您可千万不要这么说。任谁见别人落了难，都免不了要伸手帮一把。更何况何哨官还是我的老上司。而且那何公子临走留下了不少银钱。这一年来你们爷俩看病吃饭补身体，花的都是这笔钱。我只不过是给二位提供了一处栖身之所而已。"

杜喜礼："李老哥，我知道，云盛临走时留下的银两并不多，您为了给我和承宗治伤，还卖掉了自己亲手养大的两头牛，这大恩大德，我杜某有机会一定会报答您的！"

老汉撇嘴道："我说杜先生，我都跟您说了，不要客气，您怎么还这么说呢？"

杜喜礼见老汉动了真气，不敢再说下去。

老汉拉着杜喜礼道："今天我家里的去赶集，我让她捎回来点高粱烧，咱们晚上喝两口。"

杜喜礼忙道："承您的情，不过我得在这等会儿承宗。"

老汉："哦？承宗出去了？"

杜喜礼道："去京城了。我想让他打听打听外边的风声。"

老汉摇头道："杜先生，您这是何苦呢，自从那八国联军和咱们开打，那天津北京就乱成了一锅粥，今天义和拳杀洋人，明天是官军杀洋人，后天是洋人杀义和拳。成天价乱糟糟地打来打去，倒霉的还是老百姓。要我说啊，还是咱们这常寨子村最太平。您呐，就和承宗消消停停在这待着吧。"

老汉忽然降低了声音，又左右看看，小声嘱咐道："还有，您那报仇的话，可不能再提。世道不太平，您可别自找不自在！"

杜喜礼听了老汉的话频频点头。老汉又叮嘱杜喜礼，等承宗回来了，让他们俩一起去找他喝酒，接着便赶着牛进了村。

杜喜礼知道老汉这一番话，全是为了自己好，但他心中已经被点燃的复仇之火，已经无法熄灭了。

42

杜喜礼终于望见风尘仆仆的姚承宗从远处走来。杜喜礼迎了上去，拉着姚承宗的手："承宗，这一趟路上还安稳吗？"

姚承宗道："还好。我在路上见到了不少洋兵，不过他们只是简单盘查了两句。现在不比庚子年，京城已经太平了不少。"

杜喜礼看到姚承宗脸上有失望之色，问道："还是没找到贺春？"

姚承宗点了点头。杜喜礼轻声叹气，拍了拍姚承宗的肩膀，和他向村里走去。二人默然无语，杜喜礼心中盘算着，贺春已经失踪快一年了，姚承宗要找到她，恐怕是难上加难。他不知道，依然没有找到贺春的姚承宗，会不会和他与何云盛一起出关。

杜喜礼是一定要出关。在常寨子养伤这一年里，有一个形象反复出现在杜喜礼的梦中：在一阵辚辚车马脚步声之后，杜喜礼总会听到一阵似曾相识的歌谣，然后看见一个背着巨大十字架的身影。他佝偻着身子，脚步疲惫但坚定。刚刚安置到李老汉家里时，北馆被焚、族人惨死的画面总在他眼前反复出现，愤怒、恐惧和身上的严重的伤势纠缠在一起折磨着他，但这个反复出现的形象却总能让他沉静下来。杜喜礼从未看清过这梦中人的样子，但这人似乎赋予了他坚毅和勇气。一次闲聊中，李老汉无意中提起了瓦西里这个名字。瓦西里并不是一个虔诚的教徒，他不知道李老汉怎么知道自己都快忘记了的教名。李老汉说："我不懂那洋教的事，不过这名字是你总在梦里喊出来的嘛。"

常寨子距离京城并不遥远，所以这一年中杜喜礼听到不少风声。他知道，自从八国联军攻陷了京城之后，那里就成了人间地狱。洋兵们借口剿灭义和拳，不但在城中大肆抢劫，而且还不断地烧杀。义和拳他们要杀，王公大臣他们要杀，就连无辜的百姓，他们也要杀。

杜喜礼在京城中的绸缎庄也在劫难逃，被抢掠一空。他绸缎庄的掌柜带着账册逃出了京城，在何云盛的帮助下来见杜喜礼。杜喜礼却出奇地平静，他交代掌柜的，要他去江南，将江南的分号出兑，库存贱价出卖，所得余款全部换成银票。跟随了杜喜礼几十年的老掌柜见杜喜礼如此舍弃了祖上留下的产业，不觉留下了泪水。杜喜礼却安慰老掌柜说，如今兵荒马乱，再做什么绸缎生意已是妄想。他打算带着这笔财产找个僻静的所在当个富家翁。杜喜礼还为老掌柜在保定府购置了田产，让他能够到那里颐养天年，老掌柜见杜喜礼如此果决，只得按他所说，收拾行李前往江南。

杜喜礼还拜托老掌柜帮他联系上了留在京城的小顺，拜托他潜入胡家圈胡同的罗家老宅，找到了罗家遗留下的族谱，还有其他一些笔记与日记。此时小顺已经找到了自己失散多时的姐姐，他的姐姐正是声震八大胡同的九月红。九月红得知小顺是受了恩人之托，便设法用私房钱买通了一位八国联军的通译，由他带着小顺出了城。

　　杜喜礼托人将小顺送到了保定府安置下来。杜喜礼在整理这些文件时，惊喜地发现其中还有叶梅连晚年写的回忆录。在之后的日子里，杜喜礼一头扎进了这些文件中，终于捋清了他们这些阿尔巴津人从雅克萨战败被俘，到京城繁衍至今的这段历史。杜喜礼震惊地发现，那个反复出现在他梦中背负十字架的形象，竟然和那位英勇的哥萨克首领——自己的先祖瓦西里·杜比宁极其神似。忽然间，杜喜礼感觉到那吞噬北馆的熊熊烈焰顺着他的血管燃烧到了他的心脏，他觉得自己在那一刻成了瓦西里。

　　杜喜礼在养伤的日子里，何云盛曾经来过两次。第一次，是在天津被洋人占了以后。何云盛在将杜喜礼和姚承宗安顿到常寨子后，就去了廊坊。他在那里帮助他参收拢逃出京城的阿尔巴津人子弟，组成民团，准备去追踪穆师兄一伙，誓为族人们报仇。功夫不负苦心人，他们在天津义和拳总坛的帮助下，终于查访出，这个穆师兄原名穆东兴，本是关东的响马。这穆东兴不知怎的，得知了阿尔巴津人宝藏的秘密，便趁着关内各地义和拳大兴之时，带着匪众进关，假扮义和拳，一路聚集饥民，私下成立坛口。他更是诱杀了一名天津总坛的使者，谎称自己是总坛派往京城筹饷的大师兄，混入京城，之后一手造成了北馆惨案。在这之后，穆东兴挟持着罗必信一路逃出了山海关。

　　正当何云盛要带人去追赶穆东兴的时候，在天津却爆发大战，八国联军意图攻取天津，与守军和义和拳发生激战。在战斗中，何哨官带领官军奋勇抵抗，全体殉国，而何云盛的民团也死伤惨重，不得不撤出战斗。

　　何云盛找到杜喜礼时，悲愤异常，他将重伤的战友安顿在常寨子，要带着剩余的人赶往廊坊，在铁路线伏击洋兵，却被杜喜礼劝住。杜喜礼与何云盛在藏身的窑洞中彻夜长谈，终于说服了何云盛，使他放弃了慷慨赴死的念头。第二天一早，何云盛匆匆离去。姚承宗问杜喜礼，他是如何说服一向执拗的何云盛的。杜喜礼只是淡淡地说，他与何云盛、姚承宗都是幸存之人，他们身上背负着血海深仇，如果他们轻易送死，那惨死在穆东兴手中的族人们的仇，该怎么办？族人们地下有知，会原谅他们吗？听了杜喜礼的话，姚承宗默然无语。他忽然发现，二叔渐渐变得陌生起来。

　　何云盛第二次来见杜喜礼，杜喜礼特意唤来了姚承宗。何云盛向杜喜礼介绍道，在他的资助下，他已经在幸存的民团成员中挑选了二十个身强力壮，机灵大胆的年轻人，并已经着手开始训练。何云盛还联络到了当年阿尔巴津人留在盛京的一支，他们愿意派人协助追找穆东兴。盛京贺家的族长还派了曾经当过响马，后来被招安的贺云天带人查访，并向何云盛随时通报。直到这时，姚承宗才恍然大悟，原来杜喜礼变卖产业，劝服何云盛，竟然是为复仇做准备。姚承宗没想到，整天在小村里养伤，看上去已经和老农民无异的二叔，居然如此心思缜密，暗暗做好了这么多布置。谁能想到，这么个狠辣角色，从前却是个圆滑的绸缎商人？杜喜礼坦言，他准备养好伤后就和何云盛带着人出关追击穆东兴，至于姚承宗要不要一起去，他不强迫，全看姚承宗的选择。姚承宗听了杜喜礼的话，犹豫起来。并不是因为他恐惧，而是因为在他心中，一直牵挂着贺春。

姚承宗后来听何云盛说起，贺春和何云盛一起去了天津。贺春和何云盛约定，由他去招募民团，她则要拜在黄莲圣母门下，加入红灯照，并恳求黄莲圣母分给她一支队伍，和何云盛一起去复仇。但在天津保卫战中，原本有机会逃走的贺春，却为了救黄莲圣母而带队留在了天津。天津陷落，黄莲圣母不知所踪，盛极一时的红灯照随之土崩瓦解，贺春也不知所踪。姚承宗在伤势稍好后，便不顾杜喜礼和何云盛的劝阻，乔装潜入天津城，四处查访。可那一次，他一无所获。为了找到贺春，他甚至冒险去查看那些被处决的红灯照成员的尸体，还有一颗颗被示众的头颅。最终姚承宗带着失落和希望离开了天津城。让他感到失落的是，贺春依然音信全无；让他感到还有希望的是，在尸体和头颅中，他没有找到贺春。

这一次姚承宗前往北京，依然是要去寻找贺春的下落。他回到了久违的胡家圈胡同，发现那里如今已经被遗弃很久，北馆惨案和八国联军的占领，让族人们都逃离了这里。原本已经被烧成白地的北馆，已经有苦力在开始清理工作，据说这里即将开始重建和扩建。重建工作是由已经回到南馆的正教教团主持的。而喇嘛庙中死难的阿尔巴津人的尸体也在清理的同时陆续被装殓，等待着新的北馆修建完毕，就可以安葬在旁边的墓地。

姚承宗不知不觉地走到了南馆附近，他原本想走进去，向其中的司祭忏悔自己在那一晚的杀戮，但最后却止住了脚步。姚承宗望了望南馆圣玛利亚教堂上的十字架，他脑中满是已经成为一片废墟的北馆和北馆前停放着的两百多具棺椁。他默默地举手，擦干了不知何时流下的泪水。他将手放在胸口，要划十字，但最终却停了下来，他放下了手，转身离去。

<h1 style="text-align:center">43</h1>

姚承宗和杜喜礼说了京城中的见闻，当他说起北馆准备重建，里面已经清理出二百多具尸体时，杜喜礼静静地听着，不置一词。姚承宗听见杜喜礼咬牙发出的咯咯声，看见杜喜礼的手紧紧抓着土炕上苇席。不知不觉间，苇席已经被他抓出了几个洞。姚承宗知道杜喜礼在强忍着悲伤，在那两百多口棺椁中，就有他的父母和其他家人。如果在一年前，杜喜礼一定会放声大哭，但如今他已经学会了将这些压在心底，让它们慢慢发酵，变成愤怒、仇恨和勇气。姚承宗明白杜喜礼的感受，是因为姚承宗也在这场惨祸中经历了生离死别。他最心爱的女子如今不知所踪，从小给他关怀和爱护的亲友们一个个死去，他的悲伤一点不亚于杜喜礼。

好一会儿，杜喜礼才缓声道："承宗，明天一早我就出发去找云盛，他们已经准备妥当了。你想好了吗，要不要跟我们一起走？"

姚承宗点头道："二叔，我和你们一起去。"

杜喜礼："那贺春……"

姚承宗："等我们从关外回来，我会继续找她。"

杜喜礼点了点头，对姚承宗道："走吧，李老哥说了要请你我喝酒，咱们去吧，算是和救命恩人告别。"

姚承宗抬手抹了把脸，和杜喜礼走出了窑洞。

第二日清晨，李老汉按着往常的习惯，在姚承宗和杜喜礼的窑洞前喊叔侄二人去吃早饭，却发现窑洞中并没有动静。他有些诧异地走进窑洞，发现已是人去屋空。炕桌上的粗陶油灯下，压着一封信，还有几张银票。李老汉虽然不识字，但银票上的数字还是看得清的。他发现几张银票的总数加起来有五百两之巨。

李老汉找来上过私塾的儿子，让他把信读给自己听，果不其然。信中写道，叔侄二人感谢李老汉对他们以及他们族人的收留和照顾，留下的这一点钱财，不足以报答救命之恩，只能算是他们的一点心意。待日后大事已成，定当再做答谢。

听儿子念完了信，李老汉摇摇头，感慨道："这杜先生遭遇灭族的大难，养伤这一年来也没断了和外边的联系，他们说的这个大事，恐怕是要去报仇。"

李老汉嘱咐儿子一定要守口如瓶，不可对外人泄露半句。儿子懵懂地点头，他实在不敢相信，在这里养伤的叔侄俩，会是那种拿起刀枪找人寻仇之人。

五天后的黄昏，山海关以南一处僻静的岔路口，杜喜礼、何云盛和姚承宗骑在马上，身后跟着二十几名骑手。何云盛不断向远处山海关的方向张望着，忽然间，他轻声道："来了！"

果然，一个行脚商人打扮的汉子跟着他们的一个探马从远处匆匆走来。

二人走近，杜喜礼带头下马，向那汉子拱了拱手。

那汉子拱手道："杜先生，我们贺大当家的特地派小的来接应诸位。"

杜喜礼惊奇地问道："你怎么知道我是杜喜礼？"

那汉子笑道："我之前见过何首领。我听说杜先生变卖了家产召集人手报仇，想来年纪不会太年轻，所以您的年纪正合适。那么另一位，一定是姚首领了。"

杜喜礼不由得点头，心想，强将手下无弱兵，看着汉子精明强干，一定是那位贺云天贺大当家的调教有方，这一次有他们襄助，不怕大事不成。

那汉子又道："各位可能也知道，自从庚子年闹义和拳，那罗刹国就借口保护侨民，派出五路大军进占了东三省。如今东三省的大小城池关隘都被罗刹兵占了，这山海关也不例外。所以诸位不能骑马，得跟我步行出关。等出了关，自有我们的人接应。"

杜喜礼点头，对何云盛道："云盛，就按这位兄弟说的做，让他们都下马，把准备好的衣服都换上。"

何云盛点头称是，命令骑手们下马换衣服。不一会儿的工夫，骑手们都就都换上了小商贩的衣服，又从马背上取下扁担和箩筐。那箩筐里装的，是事先准备好的一些茶叶和粗布，以应付检查。何云盛又吩咐两人看管好马匹，稍后送回。

杜喜礼换好了衣服，见已经换好衣服的姚承宗专注地望着南方。杜喜礼拍了拍姚承宗的肩膀："承宗，要出关了，此去一路上不免险阻重重，你如果心存恐惧，就向上帝祈祷一下吧。"

姚承宗摇了摇头，道："二叔，我害怕，但不愿意向上帝祷告。"

杜喜礼："哦？"

姚承宗："我不愿怀着仇恨和杀戮之心去向上帝祷告，我也不愿用沾着鲜血的双手在胸前划下神圣的十字。在那晚拿起刀开始，我便不再是上帝的仆人。而我又即将犯下杀戮的罪行，我想上帝也不会赦免我的。"

杜喜礼听了姚承宗的话，黯然神伤，他想安慰姚承宗两句，姚承宗却道："走吧，二叔。"

杜喜礼望着姚承宗，最终收回目光，挑起了担子，跟着那汉子和众人走上官道，向北方的山海关走去。

44

卜奎城郊的大路口，有一座大车店。和其他在关外常见的大车店一样，在店前一个大空场，用来停放大车，空场一侧是牲口棚。空场后是一排木头栅栏围成的小院，小院内是一趟五间的砖瓦房，砖瓦房一旁还有两座并排而建的马架子。砖瓦房虽然建得粗粝，但在这里已经算得上是上房了。而那马架子介乎窝棚和正房之间，土坯砌墙，草苫顶，只有南面一面山墙，窗户和门都开在南山墙上。

一名商队的伙计蹲在空场前晒着太阳，他悠闲地叼着烟袋锅，望着大路上行色匆匆的人们，其中不乏一些扶老携幼，推着独轮车担着担子的人们。这些人都是从卜奎方向来的。伙计对这些人浑不在意，他关心的，反倒是进城方向来的人。这些天来，像这种从大城市中出逃的难民他见得太多了。自从罗刹国派兵入侵东北以来，所到之处，烧杀抢掠，无恶不作。于是生活在城市里的居民，纷纷带着家当逃亡乡村，投亲靠友。他们这支商队自从出关以来，从最开始的震惊，到如今的见怪不怪，已经对罗刹兵的暴行和难民们习以为常了。

忽然远处传来一声呼喊："快跑啊，老毛子来啦！"路上逃难的人们仿佛是被人捅了窝的马蜂，开始乱哄哄地向西逃去。伙计连忙起身，跳上大车向远处张望，他隐约看见有一小队罗刹国骑兵纵马而来。他磕了磕烟袋锅，插在腰带里，转身向一座马架子快步走去。

马架子中，一群小商贩正围坐着窃窃私语。留着小胡子的头目对少了一只耳朵的为首者道："大当家的，咱们得尽快离开这个地方。既然卜奎已经让老毛子给占了，我们原定一直向北的路线就走不通了。我的想法是，咱们绕过卜奎，往东北方向走二十里，过了大架岗子就有一处大屯子，咱们可以在那落脚。然后继续往东北走，先到依克明安再说……"

那名为首者，正是穆东兴。穆东兴挥手，打断了小胡子的话，向一旁躺倒在通铺一角的男子努了努嘴："胡老四，你跑过马帮，路你最熟，就按你说的办。"

胡老四会意，不再继续讲下去。委顿在通铺的男子也是小商贩打扮，但却显得有些面黄肌瘦。他那蓬头垢面的样子，与当初在京城时判若两人，相信如果现在贺春见到他，一定不会相信，这个人就是罗必信。罗必信原本聚精会神地听着他们的谈话，但听到胡老四的话被打断，心里知道穆东兴对他的戒备之心并没有放松。也许是太过无聊的缘故吧，他抽出了几根通铺上的茅草，经三纬四地编织了起来。

穆东兴恨恨道："这帮老毛子，不在自己的地方待着，非得跑到关外作威作福，害得我们担惊受怕，这一年多走了这么多弯路。"

胡老四接口道："可不咋地！他们还真不把自己当外人，不管是官府的还是老百姓的，看上什么就抢什么，比我们这帮胡子还狠！"

罗必信："小胡子遇上大鼻子，只有眼气的份儿。"

胡老四大怒，站起指着罗必信道："我们爷们说话，轮不着你个肉票说话！"

罗必信冷哼一声，不再言语。胡老四愤愤不平地抄起了门闩，却被穆东兴喝止。正在这时，伙计走了进来，对穆东兴道："大当家的，有一队老毛子的骑兵顺着官道往这边来了。"

穆东兴皱眉道："多少人？"

伙计："大概十一二个吧。"

穆东兴点点头，对胡老四道："告诉兄弟们，把家伙准备好。我先出去应付一下。"

胡老四有些担忧地说："大当家的，咱们真要对老毛子下手吗？"

穆东兴冷冷道："那得看这帮老毛子是吃敬酒还是吃罚酒。"

穆东兴忽然快步走到罗必信面前，劈手抢过了他手中的稻草，发现就这么一会儿的工夫，罗必信已经用稻草编出了一截草绳。穆东兴见那草绳并没有什么特别，便扔在了地上。

罗必信冷笑，并不捡起那截草绳，而是又从身下抽出了几根茅草，继续编了起来。

穆东兴瞥了他一眼，对胡老四嘱咐道："看紧他！"

他说罢，走出了马架子。

穆东兴刚走出马架子，就见那队罗刹兵已经下了马进了大车店。其中几个罗刹兵直接闯进了上房，强盗一般在入住客商的行李和货箱里翻查。五间上房一时间被罗刹兵的恐吓声、客商的哀求声所充斥。大车店的掌柜则被一名罗刹兵头目挟持着。那名头目搂住掌柜的脖子，一面喝着从柜上抢来的烧酒，一面得意扬扬地向上房内的士兵们吹着口哨。士兵们见头目如此，更加有恃无恐起来。另外的五名罗刹兵则有些气急败坏地向马架子走来。

穆东兴见到罗刹兵，忙上前拱手赔笑道："兵爷，我们做的都是小本生意，连上房都住不起，还希望你们高抬贵手。"穆东兴抬手指了指上房，又指了指自己住的马架子。穆东兴又从怀里掏出了一小包银子，双手奉上。

那几个罗刹兵虽然听不懂汉话，但看到穆东兴的装束和他的手势，大概明白了他的意思，脸上都带出了失望之意。其中一人一把抢过布包，打开，看到里面都是些散碎银两。他原本就没捞着去抢劫上房的肥差，如今见眼前的中国人只拿出这么点钱，显然是没什么油水可捞，恼羞成怒。那罗刹兵抬手给了穆东兴一巴掌，然后反手又是一记，打得穆东兴嘴角登时流下鲜血。几名罗刹兵推开穆东兴，踹开了马架子的门。穆东兴抹了一把嘴角的血，瞪着那几名罗刹兵，跟了进去，顺手带上了门。

上房中，一名罗刹兵披着一件旗袍扭捏着走了出来，逗得罗刹头目哈哈大笑。而住在上房的一名绸缎商人则跑出来，一面作揖一面叨念着："兵爷，这可是上好的苏绣，您留着也没用，还是还给我吧。"

罗刹头目丢掉空酒瓶，抽出手枪，醉眼惺忪地瞄着那名绸缎商人，刚要开枪，忽然一名满身是血的罗刹兵破门而出，用俄语高喊着："有埋伏！"可他因为伤势过重，没跑两步，就栽倒在地，胡老四满身血迹，提刀追了出来，一刀砍下了那名罗刹兵的脑袋。

罗刹头目和其他士兵都大惊失色，士兵们想到院外拿挂在马鞍上的马枪，而罗刹头目举枪对准了胡老四，还没等他开枪，一把匕首飞来，直接钉在他的手上。他惨叫一声，手枪落地。马架子中涌出了穆东兴和他的手下。

穆东兴又掷出一把匕首，将一名要逃出小院的罗刹兵射倒，对手下吼道："别让他们出院，不留活口！"

穆东兴手下的胡匪提着刀向罗刹兵们冲去。

45

大车店的院门紧闭，满身是血的穆东兴举刀逼住了罗刹头目。而其他胡匪正在逐一检查着被砍倒的罗刹兵。胡老四发现其中一个重伤未死，还在呻吟着，补上一刀刺死了那名罗刹兵。

罗刹头目颤声嘀咕了一句。

还未等他话说完，穆东兴挥刀，刀身拍在了那哥萨克的脸上，他一声惨叫，吐出了几颗碎牙。

穆东兴接着又是一下,冷冷道:"军爷,你说什么呢?我听不懂。"

刚刚走出马架子的罗必信道:"他说,他是罗刹皇帝手下的哥萨克。"

穆东兴:"好啊,你们哥萨克不是自称勇士吗?老子今天就要看看你们有多勇猛。"

穆东兴一扬手,将手中的刀扔给了那个哥萨克。哥萨克的右手已伤,只好笨拙地用左手去接,却没有接住,腰刀落地,引得围在周围的胡匪一阵哄笑。

穆东兴接过一名手下扔过来的腰刀,一刀将那哥萨克劈倒在地,那哥萨克登时死去。胡匪们纷纷叫好:"大当家的好刀法!"

胡老四带人解决了罗刹兵,走来对穆东兴小声道:"大当家的,那些客商怎么办?"

穆东兴:"我们的行踪不能暴露。"穆东兴做了个下劈的动作,胡老四会意,提着刀带人奔向上房。上房中传来惨叫声。

穆东兴对其他人道:"胡老四干完了活,你们去把他们的财物收拢收拢,尸首藏好。再把身上的血衣换了,赶紧上路。"

胡匪们兴奋地冲进了上房。

穆东兴对罗必信道:"罗公子,咱们走吧。"

罗必信将手中编好的一段草绳随手扔在地上,对穆东兴道:"姓穆的,你这杀孽造得还不够吗?"

穆东兴道:"跟你罗公子比起来还差得远,你把自己的亲族都害死了。"

罗必信不愿和穆东兴做口舌之争,被两名胡匪押着,走出了血腥气冲天的小院。

穆东兴踢了踢身前那具哥萨克的尸体,小声嘀咕着:"迟早我们会把你们赶出这片土地。"胡匪们只顾着杀人和抢劫,都没注意到,穆师兄嘀咕这句话的时候,说的是日语,还略带北九州的口音。

杜喜礼带着何云盛、姚承宗走进了大车店。早已带人等候在那里的贺云天迎面走来,贺云天道:"我们顺着血迹找到了二十来具尸体。有十二个是罗刹兵,有十几个看服饰应该是住在这个店的客商,还有掌柜的和伙计。"

杜喜礼恨恨地说："这帮胡匪，为了掩饰自己的去向，连中国人都杀。"

贺云天道："我已经着人把尸体都掩埋了。"

贺云天说罢，递上了两根没编完的草绳。

杜喜礼轻轻点头，对姚承宗道："承宗，这是必信留下的，你给参详参详吧。"

姚承宗点头，接过草绳，轻轻解开。这草绳从外边看并没有什么异常，但当解开以后，那几根茅草上打的形状各异的结便露了出来。

何云盛小声嘟囔着："没想到我们小时候闹着玩的绳结传书，居然还有这种大用场。"

姚承宗听了他的话，心头一紧。他回忆起，最初玩绳结传书的，是他和贺春，他把几个简单的词做成绳结，又把怎么打绳结，解读绳结的法子教给贺春。他原以为这是他跟贺春之间的秘密，谁知道后来贺春却把这个法子教给了罗必信。

贺云天问道："承宗，绳结上到底说了啥？"

姚承宗连忙收摄心神，仔细解读了后对贺云天道："贺大当家的，绳结上留下的消息解出来是'东北二十里'，那是什么地方？"

贺云天略一沉吟，道："东北二十里，有个屯子，叫前高头。如果他们奔了东北去，那就说明要避开罗刹兵，不再一直向北去墨尔根了。他们走东北这条路，就会先到依克明安，然后到东布特哈，到讷河，到德都，再到奇克，最后的终点就是瑷珲。"

贺云天如数家珍，杜喜礼一边听着，一边陷入思索。

何云盛在一旁问道："贺大当家的，难道他们不会走别的路？"

贺云天摇头道："关外不比关内百姓众多。这里地广人稀，数得出来的屯子就那么几个，他们要是不走这条路，那就得走草甸子和密林中间的猎人小路。走这种小路的确能省不少时间，但这一路上不但有豺狼虎豹黑瞎子，而且没有吃的，没有喝的。在老林子里没有向导，就会在里边打磨磨，活活困死。他们胆子再大，也不敢这么走。"

杜喜礼忽然问道："贺大当家的，这样的小路你敢不敢走？"

贺云天先是一愣，然后摇头道："前高头到东布特哈的路还行，我年轻的时候曾经跟着一个索伦部的老猎手在那一带打过猎，后来又在那里收皮货。但是再远就不行了。"

杜喜礼点头道："只要你能带我们到东布特哈就行了。"

姚承宗眼前一亮："二叔，你是要……"

何云盛一拍大腿："赶在他们前面，在东布特哈打埋伏！"

杜喜礼："对，我们自从进关，追了他们一路，总是晚了一步。既然如今有了这么好的机会，咱们就占一次先机。"

贺云天点头道："这个位置不错。因为这里住的都是索伦和达呼尔等部族，他们的村屯有的在山上，有的在密林里，罗刹兵不会去袭扰，我们打埋伏少了不少麻烦。"

杜喜礼扫视众人道："既然如此，咱们这就出发，赶往东布特哈！"

46

小路上，一支商队正在快速行进着。商队中的胡老四有些不耐烦地催促着胡匪们加快速度。一辆装着干粮和其他货物的大车上，穆东兴和罗必信面对面坐着。罗必信专心致志地编织着他的草绳，仿佛周遭发生的一切，都与他没有任何关系。

穆东兴盯着罗必信："罗公子，我不明白。你直到现在也不愿意交出你们家传的地图，而你被我们制住，看得死死的，你现在还能干什么？你到底打的什么算盘？"

罗必信并不理会穆东兴，继续编着他的草绳。

穆东兴一把抢过他的草绳，仔细观察着，忽然看到了草绳中的一个凸起的绳结，他忙拆开草绳，发现几根茅草上都打着几个形状各异的节。穆东兴恍然大悟，将茅草扔在了罗必信的脸上。

罗必信毫不在意，只是冷冷地盯着穆东兴。

穆东兴怒火中烧："难怪胡老四说缀后的探马总能看到有人跟着我们，原来是你在通风报信！"

他握紧了插在腰间的火枪，瞪着罗必信。

罗必信："你们一个都逃不了，我的族人会让你们血债血偿的！"

罗必信说罢，不再看穆东兴，自顾自地唱起了起来：

啊，还没到夜里，还没到夜里呢……

我已微微小憩了片刻

我已微微小憩了片刻

我做了一个梦

我已微微小憩了片刻

我做了一个梦

我做了一个梦

梦见我的那匹黑马

突然兴奋起来，疯狂跳跃

在我身下顽皮得忘乎所以

它兴奋起来，疯狂跳跃

在我身下顽皮得忘乎所以

那聪明的大尉

他最善于解梦：

"啊，将会掉落，"——他说——

"你那勇猛的头颅！"

"啊，将会掉落，"——他说——

"你那勇猛的头颅！"

那阵阵怪异的风

从东方吹来

它掀掉了我黑色的帽子

从我勇猛的头颅

它掀掉了我黑色的帽子

从我勇猛的头颅

啊，还没到夜里，还没到夜里呢……

我已微微小憩了片刻

我已微微小憩了片刻

我做了一个梦

我已微微小憩了片刻

我做了一个梦

我做了一个梦……

罗必信唱罢，骄傲地对穆师兄道："这就是你那天在北馆唱的那支歌谣。不过你是鹦鹉学舌，唱得怪腔怪调，压根就不明白这首歌到底是什么意思。就凭你还想找到我们阿尔巴津人的宝藏？做梦！"

穆东兴恼怒地大喊："停车！"

穆东兴对两名胡匪道："按住他的手。"

两名胡匪上前，将罗必信按倒在车上，把他的手按在了车的栏杆上。

穆东兴抽出腰间的火枪，抓着枪管，将用精钢包嵌的沉重枪柄按在罗必信的左手上。

穆东兴："罗必信，我再问你一次，你交不交你们罗家的地图？"

罗必信并不理会穆东兴，再次唱起《斯捷潘·拉辛之梦》。穆东兴高举枪柄，狠狠地砸了下去，骨头碎裂的声音响起，罗必信的歌声中断了。罗必信忍不住轻声呻吟起来，胡匪们一阵哄笑。

穆东兴将枪柄按在罗必信的右手上，咬牙切齿地问道："交不交地图？"

罗必信强忍着剧痛，用断断续续的微弱声音继续唱起《斯捷潘·拉辛之梦》，嬉笑的胡匪们不禁骇然。他们没想到，像罗必信这样的八旗子弟、白面公子，居然有这样的骨气。

穆东兴高举的枪柄迟迟没有落下，罗必信挑衅般地提高了嗓门，伤痛扭曲着曲调，一时间整个荒野变得安静异常。

穆东兴咬着牙，狠狠地将枪柄砸在罗必信的右手上，又是一阵骨头碎裂的声音。这一次，罗必信终于忍受不了剧痛，晕了过去。

穆东兴狠狠地说："胡老四，给他把手包起来！"

胡老四没有反应，只是愣愣地看着罗必信。双手都不自觉地来回揉搓着。

穆东兴提高了嗓门："胡老四！"

胡老四这才醒悟，带着胡匪们手忙脚乱地为罗必信包扎。

穆东兴回头看了看空旷的小路，又看了看自己的商队，对身边的一名胡匪道："给我找两匹马，还有干粮和水。"

东布特哈，黄昏，在半山坡的密林边缘，一处索伦部的村落内，只有几个穿着皮袍的索伦部女人和孩子。按照索伦部的习惯，男人们该是都出去狩猎了。女人们在忙着准备晚饭，她们将库明拉切成片。那库明拉经过上一个秋天的日晒和一个冬天灶上炊烟的熏烤，全部的油脂与肉香都凝结内敛在了暗红色的肉中。随着女人们手起刀落，那肉香瞬间爆发了出来。锅里炖着的图胡烈散发出的麦香，混着库明拉的肉香，飘荡在村落里。一阵山风吹起，将食物的香味送到了村落外面，引得潜伏在外，不断往里窥视的胡老四忍不住抹了一把鼻子。

胡老四嘟囔着："这帮索伦娘们做的什么，闻着这么香，把老子的馋虫都勾出来了。"

一旁的胡匪小声道："胡四爷，看着应该没有什么问题，咱们赶了一天的路了，进去买点吃的吧。咱们带的干粮干巴拉瞎的，哪有他们那玩意好吃啊。"

胡老四原本想要说不，但禁不住那香味的诱惑，咽了一口唾沫道："娘的，不管了，先吃顿饱饭再说。跟兄弟们说，拉着车马进村，让他们都把家伙藏好，咱们可是来收山货的，千万别整露馅了。"

那胡匪兴奋地答应着。

胡老四领着商队走进了村落。女人们看到是客商，都带着自己的孩子钻进了撮罗子。

一名胡匪道："这帮索伦娘们见了生人还害臊起来了，要不是有事，真该找几个快活快活。"

胡匪们听了他的话，都嬉笑起来。胡老四笑道："还几个，这索伦娘们生性，有一个就够你受了。"

胡老四忽然不笑了，因为他忽然发现，刚才还挺热闹的村落里，如今已经没了人，只剩下他们这支商队。

胡老四大惊："不好！有埋伏，快抄家伙！"

胡老四话音未落，一支羽箭射来，正中他的胸口，胡老四仰面栽倒。接着一阵箭雨袭来，胡匪们纷纷中箭。几名机灵的胡匪，躲在马匹和大车后面，侥幸逃生。

忽然一声呼哨响起，接着是马蹄奔腾的声音，胡匪们惊恐地发现，一支骑兵小队在一个中年男子的带领下冲下了山坡。

那名男子正是杜喜礼，他一旁的何云盛道："二叔，我们查探过了，商队里并没有罗大哥，连那个穆东兴也不见了。"

杜喜礼先是一愣，然后点头道："救必信的事稍后再说，先把这帮杀人凶手解决了再说。"

何云盛抽出马刀道："兄弟们，为我们的族人报仇！"在他身后，二十几名阿尔巴津汉子抽出马刀，纵马弛进村落，对剩余的胡匪大肆砍杀起来。

这场对比悬殊的较量很快就结束了。除了几名负伤的胡匪，其他全部被阿尔巴津人砍死。杜喜礼坐在马上，看着地上胡匪的尸体，流下泪水，喃喃自语道："爹，娘，胡家圈胡同的老少爷们儿们，我杜喜礼给各位报仇了！"

47

杜喜礼要向索伦部的族长行大礼，却被族长扶住，族长向杜喜礼笑着说了一番话，一旁的贺云天充当通译，说族长是敬佩他们千里追凶，为族人复仇的勇气和坚韧，称赞他们是真正的汉子。族长说，当初之所以愿意和他们合作，也正是看中了他们这一点。族长还说，他们永远是索伦部的朋友，朋友之间不要客气，更不要有此大礼。杜喜礼感激地对族长连声感谢。族长好像不用翻译就能听明白他的意思，笑着摆了摆手，说要邀请这些勇士共进晚餐。

杜喜礼虽然答应了族长的盛情邀请，可他却没有这个心思，他还惦记着不知所踪的罗必信和穆东兴。

杜喜礼辞别了族长，走进密林中，在那里何云盛和姚承宗正在审问几名受伤的胡匪，其中就有胡老四。

何云盛见到杜喜礼，迎了上去，小声道："二叔，他们已经招认，在前来东布特哈的路上，罗大哥用绳结传信的事被穆东兴识破。穆东兴带着四匹马和罗大哥单独走了，他和胡老四他们约定，要在讷河汇合。"

杜喜礼冷哼一声："什么在讷河汇合，那个穆东兴分明是发觉他们行踪暴露，前路危机重重，才让胡老四他们吸引我们的注意，掩护他带着必信逃走。这个穆东兴连自己人都能出卖，真是丧心病狂。"

何云盛："还有……"他犹豫了一下，并没有继续说。

杜喜礼："还有什么？"

何云盛道："那胡老四说，穆东兴听说行踪暴露，恼羞成怒，逼着罗大哥交出祖传的地图。罗大哥不交，他就用枪把生生砸坏了罗大哥的双手。可罗大哥到最后都没有交出地图。"

杜喜礼眼中闪过难过的神色，摇摇头道："必信的这股狠绝劲，我真不知是该夸他，还是该怕他。"

姚承宗问道："二叔，这几个受伤的胡匪怎么处理？"

杜喜礼瞥了他一眼："承宗，当初火烧喇嘛庙的时候，他们可都在。"

姚承宗明白了杜喜礼的意思，低下头，沉默不语。

杜喜礼对何云盛道："云盛，带兄弟们把他们处理了吧。"

姚承宗："二叔，就不能饶他们一命吗？"

杜喜礼："让他们这么痛快地死，已经是饶了他们！"

何云盛点头，转身走向密林。密林中传来了凄厉的求饶声，又过了片刻，求饶声戛然而止。

姚承宗脸色惨白，不自觉地伸手要在胸前划十字，但他最终还是羞愧地放下了手。

第二天一早天刚蒙蒙亮，杜喜礼便带着族人们准备出发了。跟他们一起上路的，还有一名索伦族的向导奇克图。奇克图在索伦语中是高山的意思，但这人恰恰和他的名字相反，不但矮而且还有点胖。他其貌不扬，脸上还总是带着微笑。奇克图是族长极力推荐给杜喜礼的。老族长说，这位奇克图是整个东布特哈最好的猎手，他熟悉这里的每一片密林，每一条小溪。杜喜礼不知该怎么感谢老族长，老族长却微笑着说，只要他们达成心愿，抓到那个丧心病狂的恶人，就是对他最好的答谢。

杜喜礼问奇克图，是否有把握带着他们追踪到穆东兴，奇克图笑着说："一切都看仁慈的宝日坎的安排，我们只需要听从就是了。"姚承宗在一旁听了奇克图的话，心中一凛。他把手伸进了随身带着的皮囊，触到了里面小小的金属十字架。

密林中，穆东兴和被捆住手脚、布条封住嘴的罗必信共乘一匹马狂奔。穆东兴听见身后隐约可闻的马蹄声，不由得提起马鞭，猛抽坐骑，体能本已经透支的马儿，终于再也坚持不住，前腿跪了下去。穆东兴和罗必信收不住势头，摔下了马。

穆东兴站起，拾起马鞭，疯狂地抽打着跪在地上的马匹，还用日语咒骂着。马儿嘶鸣着，最终倒了下去，一动不动，巨大的马眼逐渐失去了光彩。穆东兴不得不接受一个现实：他最后的马匹已经不行了，接下来，他只能依靠自己的双腿了。

这几日来，穆东兴带着罗必信在群山和密林中打转，他彻底迷失了方向。原本有胡老四的指引，无论是走大路还是走小路，都会平安抵达。如今他丢下了胡老四等大队人马，以为能引开杜喜礼等阿尔巴津人的追兵，顺利抵达讷河，然后乔装改扮，带着罗必信前往瑷珲，却不想在失去了胡老四的指引后，自己最终走进了大兴安岭密不透风、由参天古树组成的深渊之中。

穆东兴咒骂着，从马鞍上拽下一个皮包背在肩上，又抽出刀子，割断了绑住罗必信双脚的麻绳，拉起罗必信向密林深处逃去。

在他们身后，响起了贺云天的喊声："就在前面，追上他们！"

48

在一处山崖旁，杜喜礼等人勒住了马，冷冷地望着山崖旁的穆东兴。罗必信靠在一棵松树的树干上，他的双手缠着肮脏的布条，布条上满是褐紫色的斑块。那是血液渗出后凝结而成的。罗必信虽然脸色蜡黄，身上带着伤，但眼神中却露出坚毅。他嘴被破布勒住，头上则顶着一支火枪。穆东兴手持火枪，一边盯着杜喜礼等人，一边喘着粗气。

穆东兴大声喊道："想要宝藏，就得让罗必信活着。想让他活着，就送两匹马来，还有干粮和水。"

杜喜礼翻身下马，其他人也跟着下马。

杜喜礼冷冷道："穆东兴，你以为我们是为了钱来的？"

穆东兴忽然笑了："我知道你想说你是为了报仇来的。但我知道，其实你比谁都想找到那笔富可敌国的宝藏，否则不会如此锲而不舍。"

杜喜礼摇了摇头："估计你不会相信，这世上还有比钱更重要的东西。"

穆东兴不耐烦地道："少说这些废话，赶快送马和干粮过来！否则……"

杜喜礼："否则怎样，你会甘心放弃即将到手的宝藏，杀了必信？罗家的地图你还没找到呢吧？"

穆东兴一愣，一旁的罗必信咧开嘴，隔着布条呜呜地笑了起来。

穆东兴恼羞成怒，挥拳打在罗必信用破布包裹的左手上，罗必信疼得呻吟起来。

穆东兴："好啊，我是杀不了他，但我能一点一点地折磨他。假如你忍心看着罗必信受苦，那就这么看着吧！"

穆东兴接着又是一拳，打在罗必信的手上，他痛得弓起腰，双手不住地颤抖着。

姚承宗不忍，偷偷道："二叔……"

穆东兴得意地道："不忍心看他受苦，就赶快放我们走！"

何云盛大怒，从腰间抽出了火枪。穆东兴用火枪杵了杵罗必信的手："把家伙给我放下！"

何云盛看着痛得不住颤抖的罗必信，不得不扔下了手中的火枪。

穆东兴："我说的不只是你！"

众人望向杜喜礼，杜喜礼嘴唇哆嗦着，最终艰难地说："必信，二叔可要对不起你了。"

众人惊愕地望着杜喜礼，他脸色铁青，努力控制着自己。

罗必信轻轻地点了点头，仿佛同意了杜喜礼的决定。

正在这时，姚承宗忽然扔掉了手中的刀，高举双手，向穆东兴走去。

穆东兴举枪对准了姚承宗，大喊："不许过来！"

姚承宗继续向前走着，镇定道："穆东兴，你逃不了了。我劝你给自己一个了断，痛快地死，对你未尝不是个好的结局。"

杜喜礼喊道："承宗，回来！"

众人要上前拉回姚承宗，穆东兴却喊道："谁敢过来我就开枪！"

众人担忧姚承宗的安危，都不敢上前。

姚承宗却没有停下脚步，他惨然一笑，道："是否接纳我这个罪人，全看上帝的安排。"

姚承宗说着，继续向前走去。

穆东兴握着火枪的手微微颤抖，他没想到，姚承宗会如此不顾性命。

姚承宗越走越近，穆东兴的手颤抖得更加厉害。在姚承宗距离他只剩几步远的时候，他扣动了扳机。

众人几乎同时发出惊呼，可预想中的枪声并没有响起，穆东兴的火枪哑火了。

姚承宗扑上去，没料到穆东兴的左手一挥，一把匕首向姚承宗飞去。一旁的罗必信猛地跃起，挡在了匕首前。他猛地一推，穆东兴失去重心，向后踉跄几步，失足跌下了悬崖。

姚承宗凭着本能要抓住穆东兴，却只来得及抓住他背在身上的小皮包。随着咔嚓一声闷响，皮包的背带断裂，穆东兴最终跌入了深谷。

姚承宗转头再看罗必信，匕首已经深深插入了他的胸口。

姚承宗伸手要拔出匕首，却被随后赶来的贺云天制止。

贺云天："不能拔，拔了罗公子便立时没命了。"

贺云天割开封在罗必信口上的布条，罗必信大口喘着气。贺云天叹了口气，摇摇头。

杜喜礼和何云盛快步上前，蹲在了罗必信面前。

罗必信对姚承宗道："好兄弟，谢谢你来救我。"

姚承宗一时百感交集，什么话也说不出。

杜喜礼对罗必信道："必信，不要怪二叔。"

罗必信摇了摇头道："二叔，我不怪你。是我太执着于那个虚幻的理想，想找出财宝，为我们阿尔巴津人争取一块自由的土地，结果到头来一场空，是我害了北馆的族人们……"

杜喜礼道："必信，害他们的是穆东兴，不是你。"

罗必信："这一年里，经过我旁敲侧击，终于搞清楚，那穆东兴是日本人，真名叫木下真一。他们家世代相传着我们阿尔巴津人宝藏的秘密。他父亲假扮成中国人，在关外当胡匪，探听阿尔巴津人的消息，等到了他这一代，探听清楚我们住在胡家圈胡同的时候，又假扮义和拳找上门来。"

杜喜礼接口道："这木下是那个张通译的后代吧？"

罗必信惊奇地望着杜喜礼。

杜喜礼："我派人去你家找出了你保存的叶梅连回忆录和其他笔记，知道了我们阿尔巴津人的来历。"

罗必信点点头道："二叔，告诉他们，我们是谁！"

杜喜礼点了点头。

罗必信用最后的力气说："地图在我背上……"

罗必信的精神再也坚持不住，眼神开始涣散。

罗必信看见眼前的世界变成了一片纯白，一切都是白色的。不远处，是个穿着旗袍的姑娘。那姑娘笑着，发出悦耳的笑声。

罗必信轻轻唤着："春儿。"那姑娘转身，正是贺春。贺春向罗必信招了招手，罗必信深深吸了一口气，那是松脂和草地的清香。他感觉身上无比轻松，那些沉重的责任，无尽无休的算计，终于卸下了。罗必信轻快地向贺春跑去。

在众人的注视下，哥萨克叶梅连·罗曼诺夫的后裔，旗人的后代罗必信，闭上了眼睛。

49

在索伦人的村落里，贺云天和阿尔巴津勇士们与索伦部的男人们开怀畅饮，杜喜礼却和何云盛、姚承宗聚在了一处角落里。

姚承宗将那个从穆东兴身上抢下的皮包交给了杜喜礼。杜喜礼打开皮包，从中拿出一个牛角号角，递给何云盛："云盛，这是你们祖上传下来的东西。你的祖上是位名叫米哈伊尔·哈巴罗夫的哥萨克勇士，是游骑兵的首领，这号角正是他征战时所用的。"

何云盛听了杜喜礼的话，郑重地双手接过牛角号角。

杜喜礼又从皮包中拿出了一个小小的橡木十字架："这是我祖上瓦西里·杜比宁留下的，他曾经当过哥萨克的中尉，也是我们这支旗人的第一位佐领。正是他，带领着我们的祖先从罗刹国来到了大清，也正是他的忠勇，感动了圣祖康熙爷，才使我们能够来到京城繁衍生息。"

杜喜礼将十字架郑重地戴上，收藏在怀里。

杜喜礼叹道："只可惜喜礼不肖，没能像祖先那样，保护自己的族人。"

何云盛和姚承宗听到他的话，纷纷出言相劝。

杜喜礼摆了摆手，从皮包里拿出了那颗暗红色的红宝石，交给了姚承宗。

杜喜礼："承宗，你祖上叫作阿列克谢·雅克甫列夫，是哥萨克的统领，也是个虔诚的正教教徒，他生前佩戴的金十字架，正是原来供奉在北馆的圣物。如今看来，你是真正继承了你们姚家的品性啊。"

姚承宗接过宝石，静静地盯着那宝石上那个长长的裂痕，沉默不语。

杜喜礼将皮包扣好："剩余的那根权杖，等回到京城，我会寻访贺家的后人，交给他们。"

姚承宗听了杜喜礼的话，心头一颤，他想起了依然失踪的贺春。

杜喜礼起身将皮包背在身上，对二人道："好了，我该去看看必信了。"

杜喜礼说着，向村外走去。

罗必信的棺椁停在村落外的一个空场里，那松木棺椁是杜喜礼带着阿尔巴津子弟伐了山上的松树赶制的。那棺椁虽然有些粗陋，但却带着一股松木的清香。杜喜礼听老辈人说过，之所以用木头做阴宅，建阳宅，就是取草木生生不息的意思。他想，当初他之所以提议给必信准备松木棺椁，或许是在心里还不相信必信已经死去。

杜喜礼走到棺椁前："必信，你最后说，地图在你后背上，后来我帮你换衣服的时候才明白了你的意思。你后背上那幅马头的纹身中，暗藏着一副地图，那正是当初你们家祖先叶梅连·罗曼诺夫得到的那个羊皮地图。你们罗家不但世代都把这地图刺在背上，也把当初叶梅连要带领族人们赢得自由的信念背在身上。这几百年过去，我们这四大家已经把祖先的事忘得一干二净，唯有你们罗家还念念不忘。要不是你们罗家，我们就已经忘了我们是谁，是从哪里来的。宝藏或许是真的，但北馆那二百多族人的性命也是实实在在的。我现在想不清，祖先留给我们的这些东西，到底是福气，还是祸患。"

杜喜礼打开了皮包，从里面拿出了一块獐皮，展开："必信，这是我按照你后背上的纹样绘制的地图，也是你罗家的传家宝，我得将这东西交给你们罗家的后人。我没能救回你的人，愧对你早逝的父母，我如今能做的，也只有这些了。"

杜喜礼说罢，将地图放进皮包，他忽然发觉身后有脚步声。他抬手抹了抹眼角，转身，见是姚承宗。

杜喜礼："承宗，有什么事吗？"

姚承宗从怀中掏出了那颗宝石，交给了杜喜礼。

杜喜礼诧异地看着姚承宗，姚承宗道："二叔，那天在悬崖旁，穆东兴的那一枪没打响，我就知道，全靠上帝的庇佑。既然上帝愿意赦免我的罪孽，那我就准备回到北京以后就退出旗籍，把一生都奉献给上帝，把上帝的福音传播四方。我也不想让我们姚家的人再惦念什么虚妄的宝藏，所以这颗宝石还是由您保存吧。"

杜喜礼一愣:"承宗,你真要当一辈子洋和尚?"

姚承宗点头,杜喜礼无奈,只得将红宝石收进皮包。

姚承宗继续道:"二叔,这次到关外追凶,真正知道阿尔巴津人宝藏原委的,只有你我和云盛。我已经和云盛商量过了,我们回到京城后,准备对宝藏的事只字不提,只说那是虚无缥缈的传说,希望这样能断了族人们的念想,让这笔宝藏彻底埋在关外。"

杜喜礼点头道:"你和云盛想得周全,我也是这样的心思。这宝藏实在害人不浅啊。"

村落里传来了贺云天豪迈的歌声。

杜喜礼羡慕道:"你看云天,他们关外的这支阿尔巴津人不知道这笔财宝的秘密,反而过得无拘无束,自由自在。希望在我们之后,我们的族人也能像他们一样。"

一年后,杜喜礼带领着何云盛、姚承宗等二十余名阿尔巴津人从关外回到了京城。跟随他们回来的,还有罗必信的棺椁。

他们离开京城的时间虽然不长,但已经物是人非。原本给万国下了战书,要率领大清将士和义和拳民跟洋人们决一死战的老佛爷先是求和,然后出逃,然后再求和。洋人一心要惩治首恶的强硬态度让老佛爷手足无措,只得下令处决当初和洋人作对的大臣,还有那些举着扶清灭洋大旗的拳民们。经过一番血雨腥风后,洋人终于同意议和了,老佛爷也终于拿到了回到京城的火车票。可这张火车票实在太贵了,价值 4 亿 5 千万两白银。

如今的京城,仿佛又回到了所谓"拳乱"之前的太平年岁,只不过如今在这京城里,真正说了算的,已经不是老佛爷,而是洋人们。

杜喜礼等人回到胡家圈胡同,不少逃亡在外的阿尔巴津人又回来居住了。空出的不少房子,则由散居在京城外的族人居住。一时间,胡家圈胡同又欣欣向荣起来。族人们来迎接他们,并簇拥着他们来到了重建的喇嘛庙前。

杜喜礼恍然发现,在原来喇嘛庙的旧址上,矗立着一座崭新的教堂。一旁的族人小声解说道，这是重回南馆的洋和尚们捐钱重建的，大家都觉得修成洋教的样子也不错，如今洋人已经没人敢惹了，就连官府和朝廷都得让着他们三分。有了洋教的庇佑，胡家圈胡同的男女老少们终于可以提气了。杜喜礼不知该向族人说些什么，只得选择沉默不语，上前与主持兴建工程的首席司祭寒暄。

首席司祭告诉杜喜礼，他们在北馆的废墟中一共找到了 221 具信徒的尸体，都已经用棺椁装殓，安葬在教堂——也就是这座新建的圣母安息教堂的东北角。杜喜礼打断了首席司祭的话，对他说其实受难者的人数不是 221，而是 222。最后一名受难者名叫罗必信，他们已经将他的棺椁带了回来。首席司祭诧异地望着那口粗陋的松木棺椁，但最终还是在胸前划着十字说，愿上帝保佑他安息。杜喜礼也学着首席司祭的样子，在胸前划了十字，喃喃说着但愿如此。

罗家在那场惨剧中死伤惨重，如今住在罗府的，是罗家的旁支远亲——一个寡妇和她名叫罗国仁的儿子。他们原本是没有资格住在罗府的，可如今却因祸得福。杜喜礼带着那张獐皮地图上门，将它亲手交给了十岁的罗国仁。并说，这是罗必信留下的，是罗家的祖传之物。论辈分，罗国仁该叫罗必信大哥。罗国仁接过地图，仔细端详着，然后问道："大哥是怎么死的？"

罗国仁的问话让杜喜礼百感交集，一时间不知从何说起。罗国仁的母亲见杜喜礼神色悲戚，忙责怪罗国仁不会说话。杜喜礼不愿再在罗府待下去，匆匆告辞。而罗国仁则冷冷道："您不说，我也会查清楚的。"杜喜礼看到罗国仁阴冷的眼神，几乎与罗必信一模一样。

从罗家回来后，杜喜礼辗转反侧，难以入睡。那座新建的教堂实在太高了，阴影笼罩着整个胡家圈胡同，而罗国仁那阴冷的眼神也让杜喜礼感觉浑身不自在。这时他恰巧接到了贺云天的来信，询问他们回到京城后的情况。读罢来信，杜喜礼的心已经飞到关外那片无拘无束的土地上，他终于下定决心，要离开京城，出关像贺云天他们那样生活。

两年后，在首席司祭的提议下兴建的致命堂建成，这座教堂特意修建了地下室，用以存放那 222 名受难者的骨骸。已经成为助理司祭的姚承宗带着教众来到墓地，准备将受难者的骨骸迁到致命堂，忽然他眼前一亮，快步走到一处坟茔前，那座坟茔前矗立的墓碑上，一个小石子压着一根细细的红丝绳。姚承宗拿起红丝绳，那是女子用的头绳，而那头绳上，打着形状各异的绳结。姚承宗蹲下查看墓碑，看到上面刻写着罗必信的名字。

姚承宗激动地起身四望，希望能够找到那个熟悉的身影，可一无所获。教堂钟楼上的钟声响起，姚承宗听到那钟声，忽然释然了。他将手中的红丝绳放回到墓碑上，用小石子压好，然后抬手在胸前划着十字，喃喃自语道："我若去为你们预备了地方，就必再来接你们到我那里去；我在哪里，叫你们也在那里……"

50

姚承宗提着马灯，走在教众堂的地下室里。漆黑的甬道两侧，是高大的石墙，石墙上遍布着小小的方形大理石墓碑，每个墓碑后，都藏着一个墓穴。这些墓碑上的姓名虽都不同，生年也不同，但每个人的卒年却都一致：1900 年 6 月 11 日。在这个幽暗的地下室中一共有 222 个墓碑，他们都是当初在北馆惨案中逝去的受难者。

姚承宗顺着甬道向里走，马灯橘黄色的光芒掠过一个个墓碑。那上面大多数的人名，姚承宗都熟悉，其中几个姚姓受难者，就是姚承宗的亲属。可姚承宗今天来，并不是要祭奠他们。

姚承宗终于走到了甬道的尽头，他举起马灯，照着一个墓碑，那个墓碑很特别，因为只有这个墓碑上镌刻的卒年不是 1900 年，而是 1901 年。姚承宗要找的，正是这第 222 名受难者——由他和杜喜礼、何云盛亲自护送回京的，与他亲如兄弟的罗必信。

姚承宗将马灯挂在墙壁的钉子上，灯光照亮了他的脸。如今的姚承宗已经不是当初送棺的那个青年，他蓄起了胡须，眼角也出现了一丝丝皱纹。距离北馆惨案已经过去十年，这十年过得很慢，因为在这十年中，京城中的生活没有什么变化，除了两年前皇帝和这个帝国真正的统治者太后老佛爷先后去世外，几乎再无重大事件。而即便是皇帝和太后去世，对于普通百姓而言，也没有什么了不起的，毕竟光绪这个无关紧要的皇帝死去，还会有新的皇帝继位。服了国丧之后，便一切如常了。这十年过得也很快，因为对于姚承宗他们这些拥有二百多年历史的阿尔巴津人而言，十年时间算不得什么，在中国五千年的历史中，更不过是短短的一瞬罢了。可是，十年来，已经成为正教司祭的姚承宗却始终忘不了罗必信临死前的那个下午，在他面对枪口的那一刻，见到了上帝的启示，也正是因为如此，他一直对罗必信感激不尽。在杜喜礼举家离开京城，搬到寒冷的哈尔滨后，他就一直照顾着罗氏家族，和那个过继来的名叫罗国仁的族长继承人。

姚承宗轻轻抚摸着那冰冷灰白的大理石。他当初不明白，为何首席祭司要命人选用这种大理石作为墓碑，但随着这十年来对罗必信的不断探访，他明白了，这大理石毫无血色，冰冷异常，正是它，也只有它，才能让活着的人意识到，他已经和墓碑另一侧的逝者永远分别了。姚承宗摸到了墓碑边缘的一处凹槽，他的手指勾住凹槽略一用力，便将墓碑扳了下来。墓碑后面，露出了灰白色的麻布。姚承宗知道，那是浸过油的裹尸布。这裹尸布中包裹的正是罗必信。姚承宗弯腰将墓碑轻轻放在地上，先是在胸前划了十字，然后从身侧的牛皮背包中拿出了几册书籍。他将书轻轻塞进了墓穴中，然后又捧起墓碑，小心地嵌进了墓穴。

姚承宗伸手扳了扳墓碑，纹丝未动，嵌得严丝合缝，他很满意。

姚承宗对着墓碑道："罗大哥，这几本是你罗家祖先叶梅连的回忆录，上面记载着我们这些曾在北馆生活的阿尔巴津人的历史和宝藏的传说。这回忆录在庚子年被杜二叔拿走了。按理说，你们罗家的东西是应该交给国仁的。但我和云盛同二叔商议过，北馆惨案全是因为那一大笔虚无缥缈的宝藏而起，所以我们决定，不将这回忆录交给国仁。我们也将永远保守这个秘密，不再向下一代流传。但愿如此能够让我们这些多灾多难的阿尔巴津人平安地活下去。所以，今天我把这回忆录还给你，由你来保管吧。"

姚承宗用手轻轻拂去了墓碑上的灰尘，继续道："我就要离开京城了。关外起了大瘟疫，哈尔滨是重灾区。我刚接到哈尔滨的电报，二叔已经病死，他的儿媳也在照顾他的时候染病而死，只剩下儿子在远山带着两个孙子出城躲避，如今也不知所踪。这次瘟疫来势凶猛，我怕远山他们有危险，急于去找到他们。正巧朝廷要派医官前去，需要俄语翻译，我便报了名。首席司祭很赞同我去，他说哈尔滨全城有不下七十座教堂，是名副其实的教堂之城，信众遍地。那里深陷瘟疫苦难的信众这时候需要我们这些神职人员去安抚，传达上帝的福音。我即将踏上前往哈尔滨的火车，这一去不知道能否再回来，希望你的灵魂能够在这里得到安息。"

姚承宗说罢，盯着那墓碑好一会儿，最终叹了一口气，从墙上摘下马灯，向外走去。

在地下室出口，一名执事正等着。姚承宗将马灯还给了他，走出了致命堂。执事盯着姚承宗走出了教堂，才将地下室的门关好，转身向大堂的侧厅走去，对里面的一个背影道："姚司祭又去看罗必信了，他进去的时候包里好像有什么东西，但离开时却没带出来。"

那身影点头，顺手交给那执事一个小银锭，执事兴奋地要接住，那身影却把银锭一把握住："想要银子，你得把地下室的门给我打开。"

火车制动的惯性让旅客不由得身体前倾，望着窗外呆呆出神的姚承宗猛醒过来，他看到火车已经停在了站内，火车站赫然挂着"老龙头火车站"的牌子。姚承宗忙站起身，要下车去迎接那名与他一同前往哈尔滨的钦命全权总医官。谁知姚承宗刚走到门口，一名身穿制服，戴着近视镜的清瘦青年在一众人的簇拥下准备登上列车。二人正走了个对面，车门窄小，相持中姚承宗的脸上显出尴尬的神色。

那名青年端详着穿着便装的姚承宗，忽然看到他从衣襟中露出的十字架的一角，用略显生疏的官话问道："您是姚承宗神甫？那位俄文翻译？"

姚承宗忙道："正是，您是……"

那名青年举起右手道："在下伍连德。"

姚承宗一愣，那青年道："怎么？不愿意和我握手？"

姚承宗这才醒悟，忙伸手将青年的右手握住："您好，总医官先生。"

51

1911 年 1 月的哈尔滨，已经是滴水成冰，而此时的傅家甸，因为瘟疫肆虐，就更让人感到刺骨的寒冷。姚承宗跟在伍连德身后，虽然他和伍连德一样，戴着白色的纱布口罩和粗布手套，但还是忍不住想，一旦自己被传染了瘟疫会怎样。

这是到达哈尔滨的第三天。这三天来，他们马不停蹄地奔波，先是到衙门交涉，要衙门增派人手，进行隔离。然后又与俄日双方派来的医官会商疫情。在会上，日俄医官对这疫情到底是什么病争执不下，俄国医官认为是肺炎，而日本医官则认为是鼠疫。伍连德详细听了日俄医官的报告，却觉得双方得出结论的证据都不充分，于是提出要亲自去疫区傅家甸查看。此话一出，日俄医官都吓得脸色惨白，纷纷摆手，表示不会涉足那个可怖的疫区。所以最终来傅家甸的，只有伍连德。

出发前，伍连德问谁愿意和他一同前往，属员们闻之色变，竟无一人愿往。他们都劝伍连德不要以身犯险，要知道那瘟疫凶猛异常，一旦染病，至多三天，便咳血而亡，浑身紫黑，形状吓人。伍连德不以为意，只是又问了一遍，最终姚承宗站了起来，他在胸前划了十字后说："我相信上帝会赦免一切罪孽，医治一切疾病。傅家甸里那些可怜的人，需要我们的帮助。"

伍连德点头道："姚先生，我钦佩你的勇敢，但要阻止瘟疫，只靠上帝是不行的。"

其实姚承宗要冒险去往傅家甸，除了信仰之外，还有一个原因，那就是找到杜远山，以及他的两个儿子杜庆龙、杜庆虎。到了哈尔滨以后，姚承宗第一时间去了杜家大院，却空无一人，周围的房子也是十室九空，想找个邻居问问都问不到。姚承宗又去当地的教堂打听，希望能够通过在全城各处充当义工的教民，找到杜氏父子的行踪。可惜的是，并没有人看到他们父子三人，姚承宗这才有了去傅家甸疫区寻找的念头。

伍连德来到一片民居前，不由得皱起了眉头。这片民居不但低矮，而且密集，整个住宅区肮脏不堪，每座土坯房只有小小的长方形窗子。窗子和门都因为御寒而紧紧关闭着。伍连德意识到，无论这瘟疫是什么疾病，在这种密闭的环境下都极容易传播。只要家中有一个病人，那么整个家庭，甚至整片街区都会在劫难逃。

这时一阵悲痛的哭泣声响起，引起了伍连德和姚承宗的注意。

那是一名七八岁的男孩，在费力地从屋子内向外拖拽一具男尸。男孩用尽力气也拖拉不动，终于一屁股坐在了地上。他愤怒地对身旁站着的小一点的男孩道："弟，你怎么不帮我过来拽咱爹？你这是不孝！"

那弟弟摇摇头道："哥，没用的。咱俩力气太小，根本拽不动。你这是瞎耽误功夫！"

哥哥道："我不管！我要把爹收敛了！不能让他就这么走了！"

弟弟不再理会哥哥，而是对一旁的几个男人有模有样地拱手道："各位叔叔大爷，谁能帮帮我们哥俩，把我们的爹给抬到坟地埋了？哪怕给我们找个席子把我爹盖住搬到坟地也行。"

弟弟见几人眼中有畏缩之意，又继续道："我爹不是得瘟疫死的，他是得了风寒，又被人偷了盘缠，没钱抓药才死的。"

几人彼此对视，都摇了摇头。

哥哥道："跟他们说这有啥用？除非你能给他们一大笔钱。"

弟弟听了哥哥的话，忽然从胸口解下一个古旧的橡木十字架，十字架上拴着一条金色的链子。那几人看了金链子，眼睛发亮。

哥哥大喊："不能给他们，那是爷爷留给我们的传家宝！爹在临走的时候特意嘱咐我们，就是丢了性命，也不能丢了这十字架！"

弟弟悲戚地道："假如当初爹肯让我拿这东西换药，现在又何必拿这东西安葬他？"

弟弟伸手举起那十字架道："谁要是替我们安葬了我爹，我就把这宝贝给谁。"

这里疫情严重，跟从的属员更怕被传染，无人上前，但姚承宗却盯着男孩手中的十字架走了过去。

姚承宗手握着十字架，激动地对弟弟道："孩子，你可是姓杜？"

那弟弟望着姚承宗，点头道："大叔，我是姓杜，大名庆虎，那是我哥哥杜庆龙。您帮我们把我爹安葬了，这十字架就是你的了。"

姚承宗握着十字架的手微微颤抖："你爹是不是叫杜远山？你爷爷是不是叫杜喜礼？"

庆虎疑惑地点了点头。

姚承宗一把抱住庆虎，泪水涌出："孩子，我是你们的大伯姚承宗，特意从京城来找你们的！"

一旁的庆龙听了姚承宗的话，眼泪扑簌簌地落下来。兄弟两个同时大哭起来。伍连德看了，叹着气将头扭到了一边。

在坟场，姚承宗望着远处的一口薄木棺材。两个孩子在他脚边跪着，烧着纸钱。

姚承宗对两个孩子道："现在已经上冻了，没法安葬你们的父亲，只好将他先放在墓地里，等开春了再安葬。"

伍连德见到坟场里胡乱堆放的紫黑色尸体，沉思了一会儿，对姚承宗努努嘴，姚承宗会意，跟着他走到了一旁。

伍连德看了看左右，见并无其他人，小声道："姚先生，我想请你帮我联系几名教会派来的义工，让他们天黑后把一具尸体运到傅家甸外的商会总部地下室，我准备进行解剖。"

姚承宗皱眉："解剖？"

伍连德："就是把尸体剖开，查看内部器官的情况。"

姚承宗忙摆手："这事如果让家属们知道了可不得了。中国人都讲究个入土为安……"

姚承宗接口道："所以要瞒住大家，偷偷地进行。您能协助我吗？"

姚承宗沉默不语。

伍连德又道："如果不解剖的话，就永远不会知道这是什么疾病，也就无从控制，死的人恐怕会更多。"

姚承宗叹息道："上帝啊！"

52

深夜的傅家甸一片死寂，各家为了省钱，都熄了灯。偶尔有吱吱嘎嘎的开门声和拖拽物品的声音。伍连德从商会总部门口走出，看着远处一片黑暗的傅家甸，一言不发。守在门前的姚承宗问道："总医官，检查出来是什么病没有？"

伍连德并不答话，只是指着发出声音的方向问道："姚神甫，那是什么声音？"

姚承宗道："这是又有人病死了。家里人不想被抓到隔离区，就只好偷偷在晚上把病人抬出来，扔在街上，等着明天一早我们这些义工去收尸。"

伍连德听了姚承宗的话，不由得摇了摇头。

姚承宗对伍连德道："总医官，一位从瘟疫蔓延开始就在这里做义工的教友说，他刚刚来的时候，还要祈求上帝拯救这些受苦的人。可在傅家甸待得久了，见的死人太多了，就已经来不及为他们一一祈祷了。他说，在这里如果心软的话，一个时辰都待不下去。我们早上去收尸，发现尸体是蜷着的，他说那是因为病人被扔出来的时候还没断气，想抱紧自己暖和暖和，他们是被活活冻死的。"

伍连德沉默不语。

姚承宗继续道："那位教友问我，如果上帝真的慈悲为怀，要赦免世人的罪，为什么不赶紧收了这场瘟疫？再这么下去，傅家甸里的人就不是人了，全都得变成野兽。"

伍连德轻轻地点头："所以我们要尽快结束这场灾难。经过血液化验，又将样本固定后进行组织切片检验，我断定，造成这次瘟疫的是鼠疫。只是这种鼠疫与以往的鼠疫都不同，无须通过动物媒介，而是通过呼吸之间的飞沫传染。难怪日俄的同行都无法确定到底是什么疾病。"

姚承宗虽然对伍连德的话似懂非懂，但他听出这瘟疫的可怕，紧张地问道："伍医官，既然这鼠疫是通过唾沫传染的，岂不是所有病人的家人都会染病？"

　　伍连德点头："所以我要立即向北京外务部发去电文报告此事，如果再不加以控制，我们要担忧的就不只是傅家甸的百姓，而是整个东三省甚至是京畿的人民了。我已经想好了控制疫情的初步方案：第一，截断控制铁路、公路交通，以防瘟疫蔓延；第二，彻底隔离疫区傅家甸；第三，向关内征聘医生。"

　　姚承宗连连点头，当即要回到由伍连德刚刚设立的防疫研究所，向属员们通报情况，可却被伍连德拦住。

　　伍连德对姚承宗道："姚神甫，我还有一件事要拜托你。这事的惊世骇俗程度，不亚于今夜的解剖。"

　　经过伍连德的努力和朝廷外务部的许可，伍连德实施了他计划中的防疫措施，断绝交通，隔离傅家甸。与此同时，受伍连德之托，姚承宗穿梭于本地士绅和俄国租界防疫局之间，努力说服他们同意前往城郊的坟场，听伍连德的讲话。

　　在坟场，士绅和俄国官员们看到，被遗弃的病人尸体随处可见，没有掩埋，也来不及收殓，甚至有一些还保持着奇怪的姿势。看到这些尸体，来客们都震惊得说不出话。伍连德告诉众人，这个坟场已经变成了一个巨大的冰柜，里面储存着鼠疫杆菌。如果有老鼠或其他动物接触到这些尸体，再由动物传染给城里的人，那么一切防疫措施都将化为乌有。最终，士绅被说服了，同意了伍连德将尸体集中火化的要求。伍连德得到了士绅的支持，立即向外务部发报，希望他们能够批准。

　　经过焦急的等待，伍连德终于得到了回电，朝廷同意了他火化尸体的请求。火化的准备工作，就落到了姚承宗和他的义工身上。

　　姚承宗和义工们戴着伍连德专门设计的"伍氏口罩"——据伍连德说，这是受了一位义工所戴的雄黄酒口罩的启发研制的，能够有效预防传染——来到了坟场。姚承宗按照伍连德的吩咐，先用炸药炸出了几个深坑，然后每个深坑中放入五百具尸体，浇上了煤油。

　　等准备停当后，伍连德带着属员们来了，跟着他来的，还有当地士绅、死者的家属，以及俄国方面检疫局的官员们。

姚承宗带着义工们举着火把，等待着伍连德的命令。伍连德点头道："开始吧。"姚承宗将火把扔进了一个尸坑，尸坑中顿时燃起了熊熊大火。在他身后的义工们也将火把扔进了其余的尸坑。大火燃烧着，但整个坟场出奇地安静。那些死者的家属都默然无语。姚承宗划着十字，为逝者轻声祷告着。在他身后，响起了俄国官员的小声议论，他们回去以后也要按照这种方法处理掉俄国侨民的尸体。

等全部尸体火化干净，已经是黄昏了。伍连德命人采买了鞭炮，交给姚承宗。

姚承宗先是一愣，然后苦笑道："最近这几日忙得昏天黑地，都忘了今天是大年初一了。可是总医官，现在整个傅家甸几乎家家戴孝，谁还有心情放鞭放炮过大年呢？"

伍连德道："姚神甫，这鞭炮最初就是为了要驱赶年兽而发明的，现在我们就用它去驱赶鼠疫这个魔鬼吧。我们要用鞭炮声给傅家甸的百姓们一些希望，要让他们知道，瘟疫终将会过去。而且鞭炮中含有硫磺，可以起到消毒的作用啊。"

姚承宗听了伍连德的话，频频点头，连忙要义工们找来长杆，挂起鞭炮，杜庆虎见状，自告奋勇燃放鞭炮，杜庆龙阻止他说："弟，你长点心吧，爹刚没，咱们要守孝，不能放鞭炮。"姚承宗也劝说道："庆虎，你还太小，放这种大挂鞭有危险，小心伤了你，还是听你哥的话，去旁边看着就好。"杜庆虎却不听劝，抓着挂鞭炮的长杆不撒手，嘴里喊道："过年就要图个热闹，人死不能复生，活人的日子还得接着过！我就想在这倒霉地方高高兴兴过个年，让天上的爹和爷爷放心，没有他们，我们照样过得很好！"杜庆龙和姚承宗被杜庆虎的话感动，不再拦着杜庆虎。

就这样，杜庆虎点燃了鞭炮，欢叫着跑在狭窄的街道上，在他的感染下，姚承宗拉着杜庆龙带着燃放鞭炮的队伍穿过傅家甸的大街小巷。在他们走过的街巷，很多原本漆黑的窗前亮起了昏黄的灯光，更有一些大胆的孩子走出家门，跟在杜庆虎后面喊着"过年了，过年了"。伴着孩子们的欢叫声和鞭炮声，一盏盏油灯被点起，等到鞭炮燃尽，整个傅家甸仿佛恢复了些许生机，沉浸在万家灯火中。

上苍仿佛也被这生机所感动，等姚承宗回到防疫研究所时，这一天，也就是1911年1月31日，傅家甸的死亡人数统计结果出来了，是165人。这个数字虽然依然触目惊心，但比之前一天的183人，已经开始下降，这是从鼠疫爆发以来的第一次。一时间整个研究所中欢声雷动。就连一向冷静的伍连德，也不禁流下了激动的泪水。姚承宗则在胸前划着十字，喃喃自语道："感谢上帝，终于得救了。"

53

马灯的灯光照亮了甬道。灯光是从甬道的尽头散发出来的，在罗必信的墓穴前，罗国仁借着马灯的灯光翻看着手中的那几本叶梅连回忆录。他将回忆录放在地上，双手熟练地在墓碑上摸索着，他摸到了墓碑一边的那个凹槽，笑了。罗国仁稍一用力，便将墓碑扳下之后将回忆录放入了墓穴，他瞥见罗必信裹在白色麻布下的头颅，愣了一下，然后凑了上去，伸手摸了摸那颗头颅。他感到麻布底下的头骨仿佛坚硬如皮革。

罗国仁叹气道："大哥，我真的想知道在您临死那一刻，到底发生了什么，您的这颗头颅里，装着怎样的秘密，怎样的谋划和怎样的雄心。可如今您死了，一切都不得而知了。您原本是我们罗家的佼佼者，直到我买通了执事，发现了姚承宗那个老家伙藏在这里的叶梅连回忆录，才明白您当初的隐忍，和为我们罗家所付出的牺牲。

"虽然那场惨祸已经过去了许多年，但我还是在当初出关去救您的族人那里，陆陆续续地打听出了一些只言片语。这些语焉不详的碎片拼在一起，整个真相就出现了。当初姚家何家在杜家的带领下，勾结胡匪穆东兴，假扮义和拳，妄图从您嘴里撬出宝藏的秘密。但您没有被他们的苦肉计所蒙骗，他们发觉事情败露不但放火烧了北馆，还自编自演了一出出关追凶的大戏。即便是这样，您也没有交出地图。最终您被这些人害死了，他们又假模假式地将您的尸体运回了京城，编造了谎言蒙骗同胞。他们将我们母子接进了您的府邸，又将一个小小的茶叶铺交给我掌管，想用这些来堵住罗家人的嘴。可惜他们想错了。

"大哥，因为不是您的亲弟弟，我在这胡家圈胡同遭尽白眼，被人骂作杂种，但我不在乎，不管怎样我的身上也流淌着罗曼诺夫家的血液。我迟早会证明这一点的。杜姚何三家那些拙劣的谎言和对我假惺惺的关怀都没有用，我早已经看透了他们的虚伪。请您放心，那笔财宝是我们全体阿尔巴津人的财产，绝不容许他们三家私自瓜分。我会设法拿回那五件祖传的宝物，找到宝藏，实现您和叶梅连的理想。我向您发誓！"

罗国仁说罢，猛地将罗必信的尸体拉出，解开裹尸布，露出了他已经风干，但依然能看出扭曲变形的双手。罗国仁不禁流下泪水："他们给予您的折磨，我一定以十倍奉还！"

罗国仁一边低声哼唱着《斯捷潘·拉辛之梦》，一边托起罗必信的右手，猛一用力，扳下了他的拇指。罗国仁将拇指小心翼翼地揣进怀里，继续哼唱着，重新裹好尸体放回了墓穴，塞进叶梅连回忆录，又郑重地盖上了墓碑。

罗国仁轻轻拍了拍胸口揣着拇指的位置："对了，大哥，我要告诉你一个好消息，七年前，杜喜礼和他的儿了死在了一场鼠疫中，我们罗家的仇人又少了两个。姚承宗也在那时去了哈尔滨，到现在都没回来，我知道他是为寻找宝藏做准备去了。如今时机成熟，我也准备去哈尔滨了，去找他们，那些当年害死您的人。请您保佑我能够复仇成功，达成所愿。我要找回我们阿尔巴津人的宝藏，再带着宝藏荣归故里，让他们看看，我是罗家合格的继承人。"

罗国仁说罢，提起马灯，走出了甬道。

时近中午，胡家圈胡同里，各家的烟囱都冒起了炊烟，可罗府里却没有一点烟火气。在罗府门前停放着几辆马车，上面装了几口木箱子。见罗国仁回来，等在门口的妻子钱氏迎了上去，道："当家的，这都要走了，您去哪了啊？"

罗国仁答道："我去看了看大哥。"

钱氏身边九岁的罗兴利道："爹，您又去看大伯了啊？"

罗国仁摸了摸罗兴利的头道："是啊，这一次是出远门，不知什么时候才能回来，所以去看看他老人家。"

钱氏对罗国仁道："木下先生来了，在书房等您呢，看样子是有急事。"

罗国仁点了点头，走进了府里。

在书房，木下一郎见到罗国仁，来不及寒暄，直截了当地说："罗先生，讨逆军已经进城了。皇帝陛下已经宣布逊位。议政大臣，忠勇亲王张勋殿下带着部队撤出了京城。如今形势十分紧张，宏亲王被我护送到了日本使馆，但他府上的家眷却没法随同，为了防止讨逆军报复，宏亲王想拜托您将他的家眷带到哈尔滨去避祸。"

罗国仁冷哼一声："木下先生，如果当初王爷听我的劝，不去掺和这复辟的事，何来这等无妄之灾？"

54

罗国仁见木下一郎默不作声地盯着他，自觉话说得重了，便叹气道："木下先生，原本我们这古董生意做得挺好的，您干吗非得趟这个浑水呢？王爷受了太后的托付，从宫里拿出点儿小玩意，由我转交给您，您偷偷地在日本国卖了，换来银子，皇上在宫里的日子过得舒坦，王爷府大笔的开销得以维持，您也成了日本国知名的古董商，赚得盆满钵满，我从中分一碗肉汤喝，大家皆大欢喜。这样不好吗？为啥非得折腾？"

木下一郎缓缓道："罗先生，我原本以为您是个忠于大清和皇上的旗人，如今看来我是想错了。"

罗国仁摇头道："还旗人？当初闹革命党的时候他们嚷嚷什么来着？排满兴汉！后来这词儿是没多少人提了，可我们这些旗人没少受别人的白眼。说我们亡了大清国，让洋人骑在脖子上拉屎拉尿这种话您也听说过吧？我们避嫌还来不及呢！您是个明白人，对眼下这形势看得比我清楚。如今已经是民国六年了，被圈在紫禁城里的那个小孩早就被人给忘了。他若真重新当了皇帝，咱们这桩生意也就做到头了。现下的情形比他当了皇帝还遭，才十二天，不到两个礼拜，小皇帝又让人给轰下去了，张勋也带着自己的部下跑了，反倒是把王爷他们这些人架在了火上。这下可好，王爷进了你们日本国的使馆，我也受了牵连得举家搬到关外去。"

木下一郎叹气道："罗先生，我原本以为你是一个胸怀大志的人，没想到原来你就是个市侩的小商人。"

罗国仁听木下一郎如此评价他，心中不怒反喜。这些年来，他一直充当宏王爷和木下一郎的中间人。他结交宏王爷，当然不是为了倒卖文物赚得的那点抽成，而是另有打算。罗国仁认为，数百年来，罗家几经尝试，都没能找到宝藏，很大原因在于罗家的势单力薄。正因为如此，他才会处心积虑地利用杜喜礼留下的旧关系结交宏王爷。他知道，如果得了宏王爷的帮助，将来无论是替罗必信报仇，还是找到那笔传说中的宝藏，都会事半功倍。可没想到，他刚刚和王爷拉上了关系，大清国就亡了。至今他都想不明白，这个统治了中国将近三百年的大清国，怎么只因为远在长江口的武汉响了几声枪，就这么亡了。

罗国仁原本对实现计划已经不抱希望，可他发现，宏王爷虽然也有其他满清王爷吃喝玩乐的做派，但还多少有点成就大事的念想，不然也不会总把自己是爱新觉罗的子孙挂在嘴边。而且宏王爷和皇族关系密切，经常进宫行走，正是因为他这一层身份，太后才会安心将宫中的藏品交于他处置。知道了宏王爷和宫中的这层关系，又让罗国仁看到了些许希望。罗国仁并非像他口头说的，对大清国毫无怀念之情。恰恰相反，他眼见民国了之后，那些执掌国柄者整日里钩心斗角，乱七八糟，还不如大清的时候清净。而且越是如此，罗国仁越觉得这大清亡得冤枉，早晚有一天还会东山再起。再不济，怀念前朝的王公大臣们保着皇室退回到曾经的老家东三省去，未尝不能以山海关为界，割据而治。毕竟当初在顺治朝，南明郑氏要攻下南京时，孝庄文皇后就说过大不了退回关外做太平皇帝的话。假若真的有皇上退出关外登基的一天，冷灶就变成了热灶。他这个追随宏王爷的小商人保准会平步青云，到时候无论是报仇还是找宝，就全都易如反掌了。

当然，罗国仁的这些盘算他从未和别人说过，而他自己则极力表现出胸无大志，贪图钱财的样子。他的这副面孔不但骗过了胡家圈胡同的男女老少，也骗过了姚承宗，更是骗过了这个日本商人木下一郎的眼睛。

木下一郎是什么身份罗国仁不甚了解，但他知道，木下一郎绝不是普通的日本商人——哪个普通的日本商人会对大清复辟表示出如此热情？而且这木下一郎出入日本使馆就像回家一样。所以罗国仁决定要笼络住木下——日本国不但打败了大清国，还打败了不可一世的俄国，保不齐以后自己要实现计划，也要借了他们的势力。因此，尽管木下撺掇宏王爷参与这次玩笑一般的复辟是一招臭棋，罗国仁也没有点明。当然，以宏王爷那鲁莽的性子，即便罗国仁真加以规劝，他也不会听，只会急不可耐地打着黄龙旗，穿着御赐的黄马褂去辅佐小皇帝重新登基。

罗国仁见自己做足了戏，已使木下一郎对他小商人的身份深信不疑，便说起正事来："木下先生，不管怎么说，宏王爷于我有恩，既然这么信任国仁，把家眷都托付给了我，我也不好推辞。我一定把他的家眷平安送出城。"

木下一郎听罗国仁如是说，原本紧张的神情轻松了许多。木下道："罗先生，我听说你要举家搬到哈尔滨去。那你就索性好人做到底，把王爷的家眷也送到哈尔滨安顿下来吧。一来，你跟王爷素来交好，他的家眷安顿在哈尔滨，便于你照顾。二来如今越来越不太平，京畿各处也不安全，我实在是放心不下他们的安危。"

罗国仁沉吟着。他心想原本自己的家当就不少，出城已显招摇，再带上王府的一行人，只怕新来的讨逆军会加以盘问，那就真麻烦了。他盘算着，要不要和木下讨价还价，只将王爷的嫡福晋，也就是大夫人，还有嫡出的长子带出去，其他人交给木下处理。

木下见罗国仁沉思不语，便道："罗先生，我临来的时候，王爷曾经嘱咐过我，如果这一次你能鼎力相助，他愿意将秀娴许配给你家公子。"

木下此话一出，罗国仁不由得惊喜地问道："王爷真是这么说的？"

55

木下见罗国仁那惊喜的表情，便知道这事十有八九已经成了，道："当然！如果你不相信的话，可以去问问大夫人，她就在贵府的客厅等着呢。"

罗国仁听了木下的话，心中一阵狂喜。这秀娴虽然不是王爷嫡出的女儿，却因为长得漂亮可人，还聪明伶俐，很受王爷的疼爱。如今王爷居然同意将秀娴许配给他的儿子兴利，那就是要和他结下儿女亲家。若经过此次劫难王爷得了势，他罗国仁就捡了天大的便宜，这如何不让罗国仁狂喜？

出于谨慎，罗国仁还是向木下告罪，前往客厅去见大夫人。罗国仁还以前清的礼节向大夫人叩拜，大夫人连忙扶起了罗国仁。罗国仁见大夫人双眼红肿，脸上还带着泪痕，心中窃喜，他知道她是忧心自己不带他们出城，他罗国仁完全掌握了现在的情势。大夫人命下人带来秀娴，对罗国仁说阖府老少的性命全都拜托给他，请他务必伸手相助。罗国仁看到大夫人是带着秀娴来的，确定木下所言非虚，当即拍着胸脯保证，一定将他们带出城，而且会送到哈尔滨安置。大夫人闻言，不觉热泪盈眶，拉过秀娴，要她跪下叫罗国仁"阿玛哈"，罗国仁半推半就，受了秀娴的礼。他知道，"阿玛哈"是满语公公的意思。秀娴这句"阿玛哈"叫出口，他们罗家就从普通的旗人摇身一变，成为皇亲国戚了。

罗国仁拜别了大夫人，命人随大夫人一起回王府收拾细软，准备和他们一起出城。

罗国仁回到书房，进门前换了一副面孔，原本沉稳的他，脸上满是笑容，一副小人得志的样子。木下见到罗国仁的神情，知道他已经和大夫人谈妥，便要起身告辞，但罗国仁却拦住了木下。

罗国仁对木下道："木下先生，还有一件事我要麻烦您。"

木下不知罗国仁葫芦里卖的什么药，便道："罗先生请说。"

罗国仁："我想借几件你们日本人的衣服，再找一名懂中文的日本通译。另外，麻烦您去疏通疏通，让日本使馆开一张通行证。"

木下："你的意思是？"

罗国仁："他们讨逆军可以满城抓复辟的逆匪，但对洋人可不敢造次。我会让嫡福晋他们换上日本人的衣服，我带着家眷跟着，装扮成管家杂役。日本侨民要往天津搬家，带上中国佣人，想来讨逆军是不敢阻拦的。"

木下一郎听了罗国仁的盘算，点头道："罗先生，这个主意很好，我会按你说的协助你的。"

罗国仁道："如此，我定不负王爷和先生所托。"

木下却摇了摇头："罗先生，您的聪明如果用在为皇帝陛下效命上，该有多好。"

罗国仁干笑了两声，将木下送出了书房。

罗国仁望着木下离去的背影，冷哼了一声。

哈尔滨火车站，一身神甫打扮的姚承宗正在站台等候着。在姚承宗身后，站着两个青年，正是杜庆龙和杜庆虎兄弟，三人后面还有几名仆人侍立。

姚承宗望着远处的铁路，掏出怀表看了看，对身后的庆龙道："庆龙，电报上写的火车几点到来着？"

庆龙答道："大伯，您稍等。"说着，开始翻找起衣兜来。

站在他一旁的青年笑道："大哥，电报上就那几个字还记不住，明明是十点一刻嘛。"

庆龙这才翻出电报，打开读了一遍，对姚承宗道："大伯，的确是十点一刻。"

姚承宗对那青年道："庆虎，你是聪明，可缺了点你大哥的沉稳劲。他那是看到白字黑字再说话。你怎么就确定你记得牢呢？"

庆虎不以为意："大伯，别的不敢说，要说这记性，我那可是呱呱叫的，您也知道，我已经能默写旧约啦！"

姚承宗："庆虎，教徒要懂得谦逊！"姚承宗话虽然是这么说，但眼中却流露出赞许之意。当初那场大鼠疫后，姚承宗回想，自己来到哈尔滨，不仅协助医官伍连德击退瘟疫，还找到了杜家兄弟，深觉这一切都是受了上帝的指引，便生出了留在这座上帝赐福之地。经过首席司祭的疏通，他便留在了一座小教堂内担任了那里的神甫。姚承宗收养了杜氏兄弟，用自己的薪金和积蓄将兄弟俩抚养长大。杜庆龙沉稳老练，勤奋好学，一心要考取保定陆军军官学校，从军报国。而这杜庆虎则聪慧敏捷，在教会学校名列前茅。

几人正说着，远处传来了火车的汽笛声，火车缓缓地驶入了车站。四人忙向前走了几步，想迎接搭乘这趟列车的罗国仁一家。

火车停稳，车厢门刚刚打开，一个小女孩就哭着跑下了车，与杜庆虎撞在了一起。杜庆虎一把抓住了小女孩，皱眉道："这是谁家的孩子，怎么乱跑，你家大人呢？"杜庆虎刚说完，一看小女孩的脸，不由得哈哈大笑起来。原来这小女孩白皙的脸上，不知被谁用墨汁画了个大花脸，脑门上还歪歪扭扭地写了个王字。墨汁混合着小女孩的泪水，被她自己一抹，小脸更花了。那小女孩见杜庆虎大笑，哭得更凶了。

这时，从车厢内跑出来个小男孩，八九岁的样子，看见小女孩，凶神恶煞地跑过来，一把揪住了小女孩的耳朵，恶狠狠地说："都是你不听话，把脸弄花了！我原本是要画个大老虎的，现在都被你毁了！不行，我得重画！"

小女吓得大哭，下意识地抱紧了杜庆虎的腿，死活不肯松开。

杜庆虎见状，拍了那小男孩一巴掌，训斥道："你是怎么当哥哥的？把妹妹的脸画成这样，还下手这么狠，揪她的耳朵。"

谁知那小男孩梗着脖子道："我不是她哥，我是她丈夫！这是我媳妇！"

56

小男孩话一出口，杜庆虎反倒被他气乐了："你个小屁孩，哪来的媳妇！"

小男孩扯了扯小女孩的耳朵："不信你问她！"

小女孩搂住杜庆虎的腿，一把鼻涕一把泪地说："我不要他当丈夫，他是坏人！"

杜庆虎听了小女孩的话，反倒糊涂了，他没想到，这两个孩子真是夫妻。

那小男孩见杜庆虎不再阻拦，更加趾高气昂，用力扯着小女孩的耳朵，甚至扯出了血。小女孩撕心裂肺地哭着，杜庆虎顾不上分辨他们到底是什么关系，伸手照着那小男孩的头上打了一巴掌，那小男孩吃痛，撒开了扯着小女孩耳朵的手。

小男孩大哭，指着小女道："你不守妇道，我休了你！"

杜庆虎见那小男孩说话霸道得不成样子，朝他屁股打了两下："哪来的野小子，这么没家教！我替你爹娘好好教训教训你！"

那小男孩挨了打，竟然对杜庆虎拳打脚踢起来。

正在这时，一个男子的声音响起："兴利，给我住手！"那小男孩并没有住手。那名男子快步上前，一把拽住小男孩，重重地打了他两个耳光，小男孩被打懵了，刚要大哭，见那男人目光严肃，露出怒色，硬生生憋了回去。

男子对杜庆虎道："这位先生，犬子顽劣，但自有我来管教，不劳您动手！"

他不等庆虎答话，便对躲在他身后的小女孩道："秀娴，跟罗叔叔走。"小女孩却拼命摇头。

这时秀娴的生母侧福晋冲下火车，扑过来将秀娴抱起，嫡福晋被侍女搀着下了火车，看到这一幕，并不上前说和，只是站在一旁冷笑，小声嘀咕着："庶出的还真当宝贝了。已经嫁作商人妇，还当自己是格格呢。"

侧福晋听了嫡福晋的冷嘲热讽，流下了泪水。秀娴看到母亲流泪，她反倒不哭了，伸出小手抹去了母亲脸上的泪水。

姚承宗见杜庆虎与人发生了争执，忙上前劝解，等他拨开围观的人群，这才认出，那男子正是罗国仁。姚承宗忙上前道："庆虎，你怎么能打孩子呢？"杜庆虎刚要争辩，见姚承宗对他使了眼色，便低下头不再说话。

姚承宗对罗国仁道："国仁，真是大水冲了龙王庙，一家人不认一家人了。这是二叔的小孙子庆虎。"

罗国仁看着杜庆虎，冷笑道："原来是二伯的孙子，论辈分，你还得叫我一声叔叔呢。"

姚承宗向庆虎使了个眼色，庆虎忙上前鞠躬道："罗叔叔您好。"

罗国仁道："兴利，过来跟杜二哥问好！"

罗兴利看着害他被爹打了耳光的杜庆虎，忽然变成了自己的二哥，再也憋不住，大哭了起来。罗国仁一把抓过罗兴利的脖领子把他拽了过来，这时罗家人也陆陆续续地下了火车，钱氏见自己的儿子被丈夫拽住，想抱回孩子，却被罗国仁瞪了一眼，她吓得不敢再上前。

姚承宗按住了罗国仁的手道："国仁，怎么这么大火气？要教训孩子也等回了家的，你这成何体统？"

姚承宗向钱氏挥了挥手，钱氏看罗国仁默不作声，这才上前抱走了罗兴利。

姚承宗对一旁的杜庆虎道："真是长能耐了，看我回家怎么收拾你！"

杜庆虎低眉顺眼地说："是，庆虎错了。"

一场风波，就此平息。罗国仁脸上带着笑，仿佛什么都没发生，向姚承宗介绍了同行的家眷和宏王府诸人。

走出火车站时，罗国仁看到一个穿着肮脏皮袍的小孩跪在一具女尸前，不住向来往的旅客磕头。几名闲汉在一旁逗弄着小女孩，那小孩并不理会他们。他们叫嚷着说这个蒙古小孩是哑巴。

罗国仁看到那女尸和那孩子，眉头紧锁，上前问那小孩是怎么回事，小孩只是用一双大眼睛看着罗国仁，并不答话。

一旁摆挂摊的老者对罗国仁说："这孩子的母亲带着她在这车站前乞讨，前几日得重病死了，她就在这里对着人磕头，看意思是想让人帮她把他娘收殓了。可她不会汉话，就只会磕头。"

罗国仁听了老者的话，轻叹道："孤儿寡母，无人体恤啊！"

罗国仁说罢，请人去附近买了一具薄木棺材，将那女人收殓了。孩子感激地流下了泪水，不住地向罗国仁磕头。罗国仁要钱氏把孩子带走，留在府里。

姚承宗看到罗国仁如此，不禁轻轻点头。

在哈尔滨城内的秋林大街，姚承宗雇佣的车队停了下来。姚承宗指着路边的一座小楼道："国仁，这原是二叔的一处产业，一楼是茶庄，二楼以上是住宅。因为那场鼠疫后，杜家家道中落，这茶庄也无人打理。正好你来了，你原在京城做的就是茶叶生意，到了哈尔滨，就继续经营这座茶庄吧，也算是帮杜家一个忙。你的家人就安置在这座楼里，照顾生意也方便些。至于宏王的家眷，我替他们在附近找了一处便宜的宅院。宅院的主人是我们教会的教友，他想换到俄国租界去住，便出卖了房产。待会儿你领着诸位去看看，要是觉得合适，就买下来。那里距离这小楼不远，你们彼此也有个照应。"

罗国仁和嫡福晋对姚承宗妥帖的安排感谢万分。罗国仁要设宴答谢姚承宗，却被他们婉拒了。姚承宗要罗国仁先带嫡福晋去看房子，至于请客吃饭，安顿下来再说。

　　罗国仁见姚承宗如此说，也不便强留，而且嫡福晋那边也的确需要他操心安顿，便送走了姚承宗诸人。

　　告别时，杜庆虎见躲在母亲怀里的秀娴虽然洗了脸，但还残留着墨迹，不禁笑了起来。秀娴脸蛋通红，埋进母亲怀中。

　　是夜，罗国仁来到了罗兴利的卧室。罗兴利还因为白天的事委屈，便装作睡着了，并不理会父亲。

　　罗国仁看出了儿子的心思，坐在儿子的床边，幽幽道："兴利，你虽然只有七岁，但应该懂事了。我们罗家的人，注定是要做大事的。爹指望着你能早点长大，能帮爹分担身上的重担。可你怎么就这么不成器呢？老是胡闹。"

　　罗兴利听了父亲的话，感觉自己今天的确过分了，但他还是紧紧闭着眼睛死撑着。

　　罗国仁又道："你要记住，今天那打你的就是杜家人，叫杜庆虎，帮他说话的人姓姚，叫姚承宗。我们罗家人就是要从他们杜、姚两家人手中抢回属于我们的宝藏。"

　　罗国仁说罢，长长地叹了一口气，不再言语。整个房间陷入沉默之中。

　　良久，罗国仁抹了把脸，轻轻替罗兴利盖好被子，起身准备离开。在他背后，传来了罗兴利的声音："爹，兴利从此以后不会惹您生气了，我要帮大伯报仇，拿回我们罗家的东西。"

　　罗国仁脸上露出了欣慰的笑容，点点头，走出了房间。

　　在稍显凌乱，堆积着木箱的书房，罗国仁打开大木箱，从里面拿出了一个装线装书的函套，放在桌上。又从胸前摘下一个木制十字架，将十字架反转过来，手指用力一捻，十字架后的一块木板被捻开，中间的暗格露了出来，罗国仁从暗格中拿出一个小小的钥匙。他揭开函套上写着书名的白纸的一角，露出了一个小钥匙孔。他将钥匙插进钥匙孔，一拧，那函套中响起了清脆的咔嗒声，他打开函套——原来那是一个伪装成函套的木盒——他从木盒中拿出了一个表面布满皲裂纹路的牛角号角，又拿出了一个残破的权杖，还有一张画在獐皮上的地图，借着马灯橘红色的光，仔细研究起来。

57

1932 年 2 月 5 日，也就是农历辛未年的除夕，时值傍晚。哈尔滨的城郊，响起了密集的爆炸声。过年时听见爆炸声，对哈尔滨人而言，已经习以为常。在二十一年前熬过了大鼠疫后，哈尔滨的市民们过年大放鞭炮，就有了特殊的含义，不但为了图个喜庆，而且有了驱病消灾的意味。但这一天响起的，却并不是市民们欢庆春节的爆竹声，而是中日双方交战时的枪炮声。

隆隆的炮声在松花江畔响起。伴随着炮声响起的，还有飞机飞过城市上空的呼啸之声。飞机呼啸而过，一颗炸弹落在了一片民房中，巨大的爆炸声响起，几所民宅当即被炸塌。所幸这里的居民们已经撤离，只剩驻守的吉林自卫军。

在一所民宅里，一名军官在桌子底下拍了拍狗皮棉帽上的尘土，咒骂了一句，然后大喊："都紧着点手，赶紧收拾东西，咱们也往道里撤！"

军官刚要爬出桌子，却发现视线里多出一双沾满冰雪泥土的军靴，他抬头向上看，看到那军官的脸，他不禁吓得脸色惨白。他忙向那军官敬礼："杜营……哦不，杜团长。"

杜团长见那军官趴着敬礼实在太不成体统，薅着军官的脖领子，将他一把拽了起来。

杜团长怒道："张老六，撤退到道里，这是谁下的命令？"

张老六吓得不敢说话。

杜团长猛地一拍桌子，对屋内的参谋等其他军官道："谁也不许动！我杜庆龙命令你们在指挥部继续坚守！我们暂三团要为主力部队发起反攻争取时间，就是打得一个人不剩，也要牢牢钉在这江坝上！这是我杜某人向李总司令和冯副总司令下的军令状！"

屋内的军人们听了杜庆龙的命令，都停止了搬运。两名正在从墙上摘下作战地图的参谋又默默地将地图挂了回去。

杜庆龙盯着张老六道："张老六，你是冯副总司令的老部下，我们暂三团的副团长，你该知道，在我们东北军里，临阵脱逃，擅传军令，这两条中的任何一条都够枪毙你！"

张老六听了杜庆龙的话，咬了咬牙，小声道："杜团长，咱们借一步说话。"

杜庆龙却提高了嗓门："有话就在这说，有屁就在这放！"

张老六见杜庆龙如此，一把拽下了自己的狗皮帽子，扔在了桌上："杜团长，既然你这么说，我张老六索性就把话挑明了。在你去司令部开会的时候，我代替你指挥咱们暂三团，顶住了小鬼子的三次冲锋，但弟兄们却死伤惨重。我们暂三团就是二十八旅几个打散的部队混编的，原本士气就不高，再加上自从开打以来，我们就没有补给，弹药和粮草不足，军饷欠着，还缺医少药，兄弟们挂彩了没人给医治，这仗还怎么打？从昨天开始，咱们团已经陆陆续续有开小差的了。我把部队撤到道里，是要让兄弟们歇口气，找点吃的，把伤兵都安置下来，这有什么错？杜庆龙，你当团长才几天？别以为我不知道，你原来在李杜手下，也不过是个警卫营的小营长，我张老六可是堂堂副团长。李杜要你当暂三团的团长，我张老六没意见，但你要为了坐稳团长的位子，就在老长官面前许愿发誓，让我们兄弟去送死，我张老六第一个不答应！"

张老六的一番质问，反倒让杜庆龙哑口无言。

张老六见杜庆龙不言语，索性解开了风纪扣，敞开了满是泥水污渍的棉军装："杜庆龙，你肚子里有墨水，上过东北讲武堂，还听过大帅讲课，比我张老六这个土匪出身的大老粗有文化。我今天倒要请教请教你，小鬼子在九一八占了沈阳城，还要吞了我们东三省，原本我们东北军人多枪多，不但有大炮，还有飞机坦克，就真和小鬼子干一仗，未必能输，可那些当官的却吓破了胆，跑得比兔子都快，他副总司令更是躲在天津的安乐窝里享福。当官的跑了，就留我们这些傻大兵在这打鬼子。我听说，你们的李总司令一天往关内拍三个电报，他副总司令理都不理。蒋主席更是不派一兵一卒。这样的狗屁政府，狗屁长官，值不值得我们爷们卖命，值不值得我们爷们洒出这一腔子热血？我张老六扛枪吃粮三十年，跟着大帅出生入死，身上的伤是打徐树铮和吴佩孚留下的。这枪眼再多一个没什么，但你得告诉我，这他娘的是为了什么！"

张老六一番话说完，整个指挥所鸦雀无声。参谋们都望向了杜庆龙。

杜庆龙看着张老六这位年近五旬的老军人，他的头顶上，是氤氲而上的白气，他敞开的棉衣下，是剧烈起伏的胸膛。他的胸膛上，还残留着一条可怖的伤疤和两个枪伤愈合后的疤疤。

杜庆龙走上前，亲手给张老六系上了棉衣的扣子，缓缓道："张老哥，你刚才说的那些都对，但有一条你说错了。我杜庆龙当这个团长，可不是为了升官发财。我要兄弟们坚守江坝，也不是为了向老长官邀功行赏。你问我这样的政府，这样的长官，值不值得我们卖命。我可以回答你，不值得。"

杜庆龙的回答，让张老六一愣。

杜庆龙忽然抬手，指着门外道："但我要告诉你们，咱们这个仗也不是为了政府和长官打的，是为了我们的父老乡亲打的！我们不在前面流血牺牲，在我们身后的那些无辜百姓们怎么办？你就忍心小鬼子占了哈尔滨，杀了我们的父母兄弟，抢了我们的妻女姐妹？"

杜庆龙的话让指挥所内的所有人都为之一振，张老六更是低下了头。

一个参谋走进来报告："杜团长，罗处长带人送军粮来了。"

杜庆龙点头："请罗处长进来吧，我有件事要拜托他。"

杜庆龙转头对张老六道："张副团长，无论你是怎么想的，有什么理由，临阵脱逃和擅传军令两条你是犯下了。如果不严肃军纪，这个暂三团我就没法带了！"

杜庆龙的声音缓和了一些，对张老六道："张老哥，如果这一仗打完，我还活着，你的家人，我一定妥为照顾。"

穿着一身笔挺警察制服的罗兴利走了进来，见到眼前的情景，向杜庆龙敬礼道："杜大哥，有什么事不能好好商量吗？都是同胞兄弟，干吗这么大火气？"

杜庆龙听了罗兴利的话，皱了皱眉头道："罗处长，这位张副团长要擅自拉着队伍撤退。我把他交给你，你带回市区，和其他被抓住的逃兵一起执行枪决吧。我要以儆效尤！"

罗兴利盯着杜庆龙："杜大哥，看来你这是要和日本人血战到底啊。"

杜庆龙："那是自然……"

杜庆龙的话还没说完，一声枪响，他眉心中弹，失去重心，重重地倒在了地上。

罗兴利举着手枪叹道："那我只好杀了你。"

58

指挥所内的参谋们都被这一幕所震惊，等他们回过神来要掏枪时，已经为时已晚。一队警察闯进了指挥所，用步枪逼住了军人们。

罗兴利收起手枪，走到杜庆龙的尸体前，解开他军装的风纪扣，从他的怀里掏出了一个古旧的橡木十字架，一把扯了下来，仔细装进了自己的衣兜里。

罗兴利对张老六道："张副团长，哦不，现在应该叫你张团长了。你不是要带着暂三团的兄弟们撤出阵地吗？你现在能够如愿了，带着你的兄弟们走吧。"

张老六还没有从刚才的震惊中完全恢复过来，望着地上杜庆龙的尸体问道："罗处长，你这是什么意思？"

罗兴利翻着挂在墙上的月历牌，指着月历牌上红色的除夕两个字道："张团长，我的意思很明白，给你和你的兄弟们留一条活路。今天是大年三十，你不想活着吃顿热饺子吗？"

张老六："那这江坝阵地……"

罗兴利："交给我们警察就可以了，剩下的事，你不必知道，也不该知道。"

张老六动了动嘴唇，还要说些什么，罗兴利抬起右手，屋中响起哗啦啦一阵警察拉枪栓的声音。

罗兴利似笑非笑地说："张团长，你要是不识抬举，那就别怪兄弟我不客气了。"

罗兴利将一部摇把电话推到张老六面前："下命令吧！你不是早就打算这么干吗？"

张老六长叹一声，摇了几下摇把，拿起电话道："杜团长已经殉国，我是代理团长张老六，我现在命令，一营二营撤出江坝阵地，三营拖后掩护，全团向道里转移。"

电话那头传来一阵嘈杂的枪炮声和吵闹的申辩声，张老六紧紧握着听筒听着。罗兴利一把抢过话筒道："执行命令！"

　　罗兴利放下电话，命令警察将军人们缴械，然后押着他们走出了指挥所。整个指挥所，只剩下罗兴利一人。

　　罗兴利走到杜庆龙面前，弯下身子，仔细端详着杜庆龙怒目圆睁的脸。罗兴利忽然笑了。他放声大笑，甚至笑弯了腰，好不容易控制了笑意，对杜庆龙的尸体道："爹总说你们杜家奸诈狡猾，诡计多端，而且心狠手辣。如今一看，你杜庆龙不过是个连逃兵都不敢亲手枪毙的软蛋，一个只会以卵击石的傻瓜。我爹真是太高看你们杜家了！"

　　罗兴利笑完了，拽过摇把电话，摇通了电话后，一脸严肃地道："给我接顾乡屯镇公所，我找木下少佐。"

　　哈尔滨市东郊，李杜望着从前线撤下的战士们，他们个个浑身泥泞，疲惫不堪。更有轻伤员，在战友的搀扶下缓缓走在队尾。战士们的眼神中，已经失去了光彩。可就在十天前，他率领着他们开进哈尔滨的时候，他们的眼神中还闪着热切的光。李杜曾经向战士们保证，他要带着他们保卫哈尔滨这座美丽的城市。但因为守卫江坝的暂三团私自撤退，日军得以撕破他们的防线，从十六街道长驱而入，加之火炮军机的轮番狂轰滥炸，不但他重新建立防线，再图反击的计划无从谈起，还有可能让日军实现包抄，全歼这支吉林自卫军。不得已，他只能下令全体撤出战斗，从哈尔滨的东郊撤退。

　　李杜不忍再面对这些疲惫绝望的战士们，他转过身，对西北方向灯火通明的哈尔滨深深地鞠躬，然后黯然离去。

　　哈尔滨市一座不起眼的小教堂内灯火通明，教众们正在忙活着包饺子。教堂外偶尔传来的枪炮声，并没有让他们停下手中的活计，这几个月来，他们已经对战争的气氛习以为常。

　　从去年11月起，在哈尔滨的周边，东北军和伪军就交起了手，虽然后来东北军变成了吉林自卫军，而伪军也被日本关东军所替换，但一般民众并区分不出其中的差别，他们只知道，小日本要侵占哈尔滨，他们的子弟兵正在浴血奋战，保卫这座城市。

　　在这个本不是礼拜日的日子，姚承宗向教众们发出号召，希望他们能来到教堂，帮助他们包饺子，让守城的自卫军官兵能在这个除夕之夜吃顿热乎乎的年夜饭。

姚承宗忧心忡忡地望着窗外，他记挂着杜庆龙。杜庆龙在自卫军总司令李杜的麾下担任警卫营营长，虽然姚承宗知道他不会去前线作战，但还是担忧这个养子的安全。杜庆龙虽然有勇有谋，继承了杜家先祖的勇武基因，但不知怎的，姚承宗心里总是有一种不祥的预感。他决定，待会儿送饺子的时候，要去一趟警卫营。

这时姚承宗的耳边响起一阵少女的笑声，姚承宗回过神来，对一旁的少女道："秀娴，你笑什么？"

做汉人姑娘打扮的秀娴对姚承宗道："姚伯伯，您看您包的饺子。"

姚承宗低头一看，才发现他只顾着担心庆龙，手中的饺子不知不觉被捏成了包子，不由得哑然失笑。

姚承宗对秀娴道："秀娴，今儿是年三十，你不回家过年，来我们这包饺子，不怕王爷……"

秀娴正在私下打量着找人，听姚承宗提到王爷，连忙小声道："姚伯伯，别提我爹，我可不想大家知道他是前清的王爷。我啊，在家被他们当格格养了二十年，早就腻烦了。在外面别人不知道我姓爱新觉罗，只知道我叫赵秀娴，这不是挺好的吗。只有在外面，我才觉得自由自在。"

姚承宗刚要再说些什么，忽然秀娴道："姚伯伯，肉馅快没了，我去厨房取一点。"

还不等姚承宗说话，秀娴就一股风般地端着装馅的铜盆向教堂外走去。姚承宗摇头苦笑，他知道秀娴根本不是去取什么肉馅，是去小厨房找庆虎了。这又是一桩让他头疼的事。

59

赵秀娴之所以叫赵秀娴，是因为她自己觉得自己应该是赵秀娴。赵秀娴虽然不是教徒，但经常来这个名不见经传的小教堂参加聚会。赵秀娴也要求过姚承宗，不要在其他教友面前暴露她的真实身份。她之所以选择姚承宗的这个小教堂，也是想远离他的父母，不让人认出她的身份，所以她给自己安了个汉人的姓氏，自称是赵秀娴。

不过姚承宗也知道，赵秀娴常来这里，可不只是因为要避开熟人。对于赵秀娴这种接受过新式教育的女孩而言，在这东方小巴黎，还有许多更好的去处，剧院、咖啡厅，或者图书馆……她之所以能够走进教堂，愿意听他这个老头子絮絮叨叨地布道，完全不是出于对上帝的信仰。她来听布道，就是因为能够见到杜庆虎，因为杜庆虎是这里的助祭。

让姚承宗头疼的是，这秀娴是从小就和罗兴利定了娃娃亲的。那罗国仁自从十五年前搬来哈尔滨，以一个小小的茶庄起步，如今已经是整个哈尔滨数一数二的华商，还被选为哈尔滨商会的会长。而宏亲王在几年前来到哈尔滨后，见罗国仁的生意发展得如此红火，便更加拉近了和他的关系。再加之宏王爷和罗国仁又有生意上的往来，两家简直是一荣俱荣，一损俱损了。那秀娴终究是要嫁给兴利的，可秀娴却总黏着庆虎，而且她不知使了什么手段，居然说服了她的父亲，将婚期一拖再拖。秀娴如此种种表现，都让罗国仁看在眼里。罗国仁偶尔来教堂捐些钱款，虽然表面上从不提这件事，但明里暗里都向姚承宗表明自己的观点——希望他能够管住自己的养子，不要让庆虎再勾引自己未来的儿媳。

姚承宗何尝不想让庆虎和秀娴能够捡清关系？可他也是有苦说不出。这庆虎在小的时候还算懂事，人也够聪明。可随着他渐渐长大，却变得顽劣起来。其实他对在教堂里做助祭服务上帝并没有多少兴趣，除了礼拜日外，大部分时间都泡在证券交易所里，美其名曰做生意。姚承宗没法理解，庆虎这也叫作生意。他既不用像他爷爷那样行走四方贩货卖货，也不用像他父亲那样每日守着店铺对客人笑脸相迎，要做的，只是花钱低价买入一些股票，再把股票高价抛出。姚承宗怕庆虎是欺他年纪大了，编了瞎话唬他，专门为这件事问过教会中从事金融事业的教友。结果教友一本正经地告诉姚承宗，如今股票生意可是大热门，尤其是远在大洋彼岸的美国，就有很多人原本一贫如洗，结果凭借股票交易一夜暴富，成为了百万富翁。那教友听说庆虎在做股票生意，而且还赚了钱，居然向姚承宗恳求，说请他无论如何安排自己和庆虎见上一面。姚承宗看到教友那恳求的神情，才真的相信庆虎是在做生意。他不由得感慨，庆虎真不愧是杜家的子孙，在生意场上嗅到机会，几乎是他与生俱来的天赋。

庆虎赚钱的本事固然不小，但他花钱的本事更大。偌大个哈尔滨，几乎大部分的剧院、舞场、酒吧和马场，都对杜小爷的名声如雷贯耳。庆虎流连于声色犬马之所，徜徉于百花丛中。姚承宗曾经试图以上帝的福音召唤他，可根本无济于事。姚承宗也曾语重心长地和他谈过，劝他趁着年轻，做点正当行当。既然他有经商的头脑，为何不在哈尔滨的商界闯出一条出路，重建他们杜家二十多年前的辉煌。可庆虎却说，他们杜家的顶梁柱，是他那个赫赫有名的哥哥庆龙。庆龙被少帅所赏识，在东北军中平步青云，搞不好以后会拜将封侯。到时候杜家靠他光耀门楣就可以了，何必非得盯着他杜庆虎？庆虎还振振有词地说，正是因为自己年轻，才要好好享受一番。年轻的时候苦哈哈地只知赚钱，老了想在这花花世界中游荡，恐怕也力不从心了。庆虎的这一番歪理说得姚承宗哑口无言。原本在教众面前口若悬河讲经布道的姚承宗，却拿这个养子毫无办法。

但姚承宗毕竟是经历过大风浪的人，岂能被庆虎这么个毛头小子搞得束手无策？姚承宗的教会中，年纪稍大的女教众为数不少。于是姚承宗就私下恳求这些热情的女教众，替庆虎物色一位贤惠端庄的姑娘。姚承宗打算赶快给庆虎办一桩婚事，一来可以用家庭束缚住庆虎，让他能够踏踏实实地过日子；二来，少年往往心性不定，庆虎如果结了婚，就要承担养家的责任，这样他也就能够安下心做一份工；三来，庆虎完婚，秀娴也就死了心，他也就不必再担心罗家因为这事和杜家关系紧张。于是经常来礼拜的大姐大婶大妈们便纷纷在礼拜日带来了亲戚家、朋友家，甚至邻居家的姑娘，让她们能够看看侍立在姚承宗身旁的助祭庆虎。一时间，原本没有多少教众的小教堂，每到礼拜日便被塞得满满当当。甚至首席司祭还因为这个，当众表扬过姚承宗，说他善于布道，吸引了不少教友，搞得姚承宗哭笑不得。

年轻英俊的庆虎赢得了不少姑娘的芳心，于是一场又一场以做义工为名展开的相亲便接二连三地来了。庆虎自然明白养父的用意，但他并不直接拒绝，而是在每次做义工的时候都设法辗转通知秀娴。秀娴便使出种种手段，向来相亲的姑娘表明"庆虎是我的"这个明确的信息。而庆虎则愿意秀娴来搅和，明里暗里配合她的"护卫行动"。

就这样，杜庆虎直到28岁这一年，依然是"万千花丛过，片叶不沾身"的杜小爷，把挥霍青春当作唯一事业的投机商人，赵秀娴心目中那个在她5岁那年拯救她的英勇骑士。

60

端着铜盆的赵秀娴兴冲冲地走进教堂一侧的餐厅，她听见了从餐厅后面的小厨房中，传出来了一阵少女的笑声。赵秀娴脸上的兴奋和喜悦消失了。那笑声很爽朗，甚至爽朗得有些放肆。赵秀娴心头一紧，她这才明白，为什么一向厌恶厨房烟火气的杜二哥会一直泡在小厨房里不出来。更让赵秀娴不能接受的是，杜二哥咋还和这种女人混在一起？好人家的闺女谁会这么笑呢？

赵秀娴快步走到小厨房门前，一把推开了门。小厨房里，杜庆虎正在教一名白俄女孩拌肉馅。白俄女孩右手笨拙地攥着一双筷子，而杜庆虎则站在她身后，左手抓住装着肉馅的瓷盆，右手绕过女孩纤细的腰肢，握住了女孩的右手，有一下没一下地搅着肉馅。杜庆虎和女孩更是脸贴着脸，一副耳鬓厮磨的样子。

赵秀娴见状，咣当一声将铜盆扔在了桌案上，冷冷道："肉馅使没了。"

杜庆虎见到赵秀娴进来，非但没有松手，反而故意向前凑了凑，他在白俄女孩耳边悄悄说了一句，白俄女孩看了一眼秀娴，又爆发出一阵放肆的大笑。

赵秀娴再也忍耐不住，指着白俄女孩道："你到底是来帮着干活的，还是来勾引男人的？大姑娘家家的怎么一点都不知道害臊？是不是你们老毛子都这样？在教堂还这样，成什么样子！"

那女孩看了气愤的秀娴一眼，又侧过脸看了看杜庆虎，对杜庆虎轻声说了一句，然后就摆脱了杜庆虎的怀抱，放下筷子，走到秀娴面前。

秀娴警惕地向后退了一步，攥紧了拳头："你要干什么！"

那女孩微笑着对秀娴说了一句俄语，便走出了小厨房。

秀娴奇怪地看着那女孩，转头对庆虎问道："杜庆虎，她说的是什么？"

一向嬉皮笑脸的杜庆虎不知为什么，略显尴尬地说："她没说什么，就说去教堂帮忙了。"

秀娴怀疑地望着庆虎："真的？"

忽然在餐厅一侧响起了尖叫声。庆虎忙冲了出去，秀娴迟疑了一下，也跟了上去。

那白俄女孩背靠着餐厅的门，一脸惊慌。在餐厅外，则是呼喊声、咒骂声、脚步声和尖叫声交织在一起。

庆虎走上前，女孩惊恐地对他说着什么，庆虎听了，脸色大变。他竭力用俄语安慰着女孩，然后抓住女孩的双肩，将她从门挪开。

庆虎对秀娴道："她被吓坏了，你得让她安静下来。我看看是怎么回事。"

秀娴想要推脱，但看到那女孩吓得脸色惨白，不住地哆嗦着。她不忍心不管，便伸手揽住女孩的肩膀，轻声安慰着她。

庆虎轻轻打开门，顺着门缝向外张望了一小会儿，然后将餐厅的门关上。

庆虎轻声道："秀娴，教堂来了一拨日本兵。他们正在各处搜查，早晚要查到这，你俩赶快躲进小厨房的地窖！不管外边发生什么，都不能出来！"

庆虎不等秀娴反驳，就又向白俄女孩嘱咐了几句。然后连拉带拽地将二人带到小厨房，打开地板上的地窖门，把二人推了进去。然后随手拉过地板上满是油渍污泥的地毯，盖在地窖门上，又拎了两个装土豆的麻袋，随手堆在地毯上。

小厨房的门忽然被踹开，一个身穿日本军服的白俄士兵闯了进来。他看到杜庆虎正在桌案边搅着肉馅，见他们进来便一脸惊恐地停下了手里的活计。

那名白俄士兵用蹩脚的汉语吼道："你是干什么的！"

庆虎的脸上满是惊恐，他哆哆嗦嗦地说："我是神甫雇来的厨子，正给他们拌肉馅呢。神甫特意交代了，今晚的饺子要一兜肉的。这样的肉馅一般人做不好，才特意把我请来。我是在道外专卖肉馅大饺子的，有祖传的手艺……"

"行了！闭嘴！"那名白俄士兵见庆虎说话颠三倒四，夹杂不请，不耐烦地打断了他的话。

那名士兵并没有走，而是双眼在小厨房里来回打量着。他的眼光最终落在了那几个麻袋上。庆虎心中大叫糟糕，忙打开一个麻袋，将其中的土豆倒了出来。士兵见是土豆，一脸失望的神色。庆虎见状，走向碗橱，士兵警惕地举起了枪。庆虎向士兵摆了摆手，轻轻打开门，从里面拎出了一瓶伏特加和一串红肠。

庆虎将酒和香肠递给士兵，士兵点头笑了，将红肠揣进了衣兜，又打开了瓶盖，迫不及待地喝了一大口，然后向他竖起大拇指。

士兵小声道："在这里待着，别出去。"庆虎听了他的话不住地点头。

士兵拍了拍庆虎的肩膀，转身离去，庆虎暗暗长出了一口气。

可还没等士兵走到门口，就见一人迎面走了进来。那士兵见到来人，忙不迭地举手敬礼，但因为他的右手还握着酒瓶，只好用左手敬礼，样子很是滑稽。

可在这时，庆虎却一点都笑不出来，因为他看清了来人，正是穿着警察制服的罗兴利。

罗兴利瞥了士兵一眼，冷哼一声，走到了庆虎面前。

罗兴利道："你险些漏掉了一只大鱼。这可是哈尔滨城里赫赫有名的杜小爷，也是自卫军杜团长的弟弟。"

庆虎一改刚才惊恐的神色，挺直了腰，对罗兴利道："兴利老弟，我现在有点糊涂了。现在那满院子的日本兵，还有这个穿着日本军服的白俄，和你这个哈尔滨警察局最年轻的处长凑在一起，唱的这是哪一出？"

罗兴利道："该是《三英战吕布》吧。"

庆虎哼了一声："罗兴利，你还真爱顺杆往上爬，还《三英战吕布》，你直接说你给小日本当狗腿子不就完了吗！"

"杜二哥，你还不知道吧？如今这哈尔滨已经变天了，日本人进了城，自卫军已经全都跑了。你从前仗着你哥哥的势力可以花天酒地，为所欲为。可今后你见到小弟，还是恭敬点的好。"

"罗老弟，别着急。回头等我哥带着队伍打回来，我第一个就去你们罗府，给你们唱一出《枪挑小梁王》。一出还不够，再来个《大破天门阵》，我演杨宗保，让秀娴妹子给我搭戏，扮上穆桂英。"

罗兴利脸上泛起一层血勇之气，但那层红色因为他的克制褪去，他的脸上又呈现了平日里的苍白。

罗兴利道："杜二哥，你大哥恐怕是没法带兵回来了。因为他已经死在了我的枪下。"

庆虎听了罗兴利的话，大喝一声，向桌案冲去。

61

看到庆虎的动作，罗兴利似乎反应更快一些，抬腿将桌案上的插着菜刀的菜墩踢飞。然后上前一掌劈中庆虎的脖颈，庆虎失去重心，晕倒在地。

罗兴利冷笑道："杜庆虎，就凭你跟贺文魁学的那点三脚猫功夫，还想跟我玩命？不要不自量力，连你那行伍出身的哥哥都不是我的对手。"

罗兴利说罢抽出手枪，子弹上膛，瞄准了倒在地上的庆虎。

在一旁的白俄士兵见状，将酒瓶揣进衣兜，举起双手堵住了耳朵。

罗兴利道："属于我们罗家的东西，属于我们罗家的人，谁也别想夺走！"

罗兴利刚要扣动扳机，手却被人按住。他回头，看见身穿日本军服的木下一郎。

罗兴利恼怒地说："木下先生，这是我们罗家的私事，请你不要插手。"

木下摇头道："兴利，你并不明白，这世间最大的痛苦是什么。"

罗兴利不明白木下是什么意思，迷惑不解地望着他。

木下继续说："这世上最痛苦的事，就是看见自己最亲近的人受到伤害，却毫无办法。"

"木下先生，您说的是什么意思，我不明白。"

"你已经杀了他的哥哥，如今他在这世上的亲人，只剩下他的养父姚承宗了。如果让杜庆虎这么痛快地就死掉，实在是可惜。应该让他目睹姚承宗被严刑拷打，又无可奈何。只有让他尝够了这种痛苦的滋味，才是对他最好的惩罚。"

罗兴利点头："木下先生，您的这个建议我非常喜欢。"

木下又沉吟着："或者将被拷打者和旁观者的位置调换一下。毕竟我们还有许多大事要做，不能为了复仇而耽误了我们的事业。兴利，你现在已经是木下部队的大尉指挥官了，假如你的理想不过是亲手枪杀了自己的情敌，那我就真的太失望了。"

罗兴利凛然道："木下先生，学生刚才实在是鲁莽了。"

木下点头道："兴利，在攻破哈尔滨的过程中，你做得很好，我们是不会忘记你的功劳的。"

木下一郎身着笔挺的日本军装，心不在焉地从巨大的红色双层大楼中走出，门口的卫兵看到了他军装上少佐军衔，向他行持枪礼，他却仿若视而不见。木下一郎阴沉着脸，还沉浸在刚才那场会见的屈辱当中。

木下一郎刚刚拜见的，正是率军攻占了哈尔滨的日军第二师团师团长，多门二郎。多门二郎个头不高，带着圆边眼镜，神情有些木讷。如果不是穿着军装，军装上还带着中将军衔的话，木下准会把他当成是满铁哪个小部门里的会计，或者是仙台哪个中学的数学老师。

不过二人的对话，却让木下认识到，自己小瞧了这位多门中将。多门中将坐在宽大的实木办公桌后，一面批阅文件一面听着木下酝酿已久的计划。木下对多门中将简要讲述了一下阿尔巴津人的来历，然后提起传说中他们富可敌国的宝藏，又说到在三十多年前自己的哥哥木下真一为找到这笔宝藏而身死异乡。当木下说到自己过去十几年中一直处心积虑培养和宏王爷以及罗国仁的关系时，多门中将终于忍耐不住，扔下了手中的钢笔。

多门不耐烦地说："我说木下君，啰里啰唆了这么多，你的计划到底是什么？是要写一本关于你们木下家寻找宝物的小说吗！"

木下不理会多门的讥讽，坦然道："将军阁下，我的计划是，帮助罗家找到那笔宝藏，以此支持亲日的阿尔巴津人和白俄建立一个他们自己的国家，然后以这个国家为跳板北上。"

"哦？你也是北进政策的支持者？"

木下傲然道："当然。'惟欲征服支那，必先征服满蒙。如欲征服世界，必先征服支那。'这个策略没错，但在征服支那和征服世界中间，还有许多事情要做。例如我的学长土肥原阁下就为了征服支那，正在酝酿建立一个满洲之国。而我要建立的这个阿尔巴津国，则是将眼光放得更长远，为了征服苏联做准备。"

多门看着眼前的木下，嘴角泛起一丝嘲讽的笑："木下君，你不觉得只靠一个传说和几个自称哥萨克后裔的满洲人就要建立一个国家，太过狂妄了吗？"

木下争辩道："将军阁下，这并不是传说，当年我的哥哥已经几乎找到了那笔宝藏……"

"几乎，不是已经。木下少佐，我要提醒你，作为军人，说话要严谨。如果我的第二师团'几乎'占领了哈尔滨，我想你现在就没法站在这座楼里跟我啰唆了！"多门不耐烦地打断了木下。

木下并不甘心，还要争辩，多门却已经拿起了钢笔，继续低头阅读起文件来。

多门一边看着文件一边道："木下少佐，你是情报官，并不隶属于我们第二师团，我无权对你发号施令，也没有义务帮助你。不过……"

多门顿了一下，抬头对木下道："不过看在你和你的木下部队在攻占哈尔滨期间，帮助我们突破江坝防线的份上，我可以帮帮你。若你真的找到了那笔宝藏，我会给予你一定的协助，从我占领的区域中切下那么一点交给你和你的阿尔巴津人管理。"

木下听了多门的话，忙向多门鞠躬致意。

多门却并不理会他，对站在身边的副官道："去召集第三旅团下属的各联队的联队长，我要布置进军依兰，追击李杜残军的作战计划。"

木下见多门不再理会他，只好告辞。

当木下走出多门那个硕大的办公室，关好了门时，听见里面爆发出了多门的笑声，仿佛他刚刚在歌舞伎町听了一场好笑的落语。站在办公室门口的卫兵表情奇怪地瞥了木下一眼，木下气得面红耳赤，满怀屈辱地向楼梯走去。

汽车的喇叭声将木下拉回到了现实中，他见自己的汽车正停在身边。他回头又望了一眼那个巨大的办公楼——曾经的沙俄外阿穆尔军区司令部，如今的日本关东军第二师团司令部，转身登上了汽车。

木下对司机道："去木下部队驻地，要快！"

62

繁华的傅家甸不止有"滨江公园""荟芳里""大舞台""滨安市场""华乐舞台"和"新世界饭店"，也有低矮狭窄的贫民窟。那场肆虐东三省的大瘟疫改变了很多东西，却没改变得了这些贫民窟。许多年过去了，它们依然顽固地矗立在那里，仿佛是衣着华丽的东方小巴黎头上一片不甚光彩的癣疮。

可就是这片破败的街区，却在哈尔滨沦陷后，成为不少人避祸的所在。这些人当中，就有杜庆虎的好友贺文魁。

贺文魁的名字虽然文雅，但本人却是个赳赳武夫。他会武，却并不是拜师学的，全凭家学渊源。小时候是爷爷贺云天给他启蒙，渐渐长大后，就改由父亲贺大鹏教授。当然，贺云天父子对他的期许，并不是让他继承衣钵去当什么绿林好汉，而是希望他能够读书留洋，走上仕途，让他们贺家彻底摆脱绿林好汉的声名。这一点，从贺云天亲自给他取的名字就能看出来。之所以教他武艺，不过是想让他强身健体罢了，可谁知道，贺文魁偏偏在这条路上越走越远，书读得不怎么样，拳脚功夫倒是日渐纯熟。而且贺文魁那虎头虎脑的样子非常惹人喜爱，来贺家拜望老前辈的绿林好汉们，都非常喜欢这个孩子，不但要求他上桌陪席，教他喝辣嘴的老白干，还把从前绿林中的种种奇闻异事讲给他听。贺大鹏见如此下去，这孩子迟早要步他爷爷的后尘走上绿林道，不得不将他送到了哈尔滨，拜托姚承宗多加照顾。于是年纪相仿的贺文魁就和杜庆龙、杜庆虎兄弟玩到了一处。武艺高强的"老江湖"贺文魁让一向心高气傲的杜氏兄弟心服口服，甚至还拜他为师。尽管这事让姚承宗知道后，斥责他们是小孩子胡闹，但私下里，杜氏兄弟还是叫贺文魁师傅，贺文魁也乐得对两兄弟倾囊教授。

好不容易在哈尔滨上完了中学的贺文魁，怎么也不肯再往下读书了，他成天和杜庆虎混在一起，白天出入股票交易所，晚上就流连于灯红酒绿之间，家里人拿他没办法，只好由着他胡闹。九一八以后，贺家被迫迁到了北平，滞留在哈尔滨的贺文魁彻底失去了管制，更加自由自在了。

前几日城破之后，贺文魁听说杜庆龙战死，姚承宗和杜庆虎被罗兴利带走，深知罗家绝不会放过他这个杜庆虎的死党，所以不得已，乔装改扮，逃入了贫民窟中。

躲在贫民窟中，贺文魁也从不掉以轻心，他在走进那个破败的小院前，四下张望了一下，见周围并没有人跟踪，又仔细观察了一下上了锁的院门，见无异常，才打开锁，开门走进了院子。但当他要拉开屋门的时候，却愣了一下。他看到自己临走时特意糊在门缝中的一小块糨糊不见了，这说明在他出去的这段时间，有人偷偷翻墙进了院子，还开门进了他家，所以那块粘在门缝上的糨糊才会掉落。贺文魁从腰间抽出匕首，不由得暗自庆幸，多亏了小时候在酒桌上和那些绿林前辈学了这几招。

贺文魁反手握紧了匕首，猛地打开屋门，见屋内的炕上坐着一个黑影，他刚要将手中的匕首甩出去，那黑影却喊道："贺大哥，是我！"

贺文魁听声音大惊，忙收手，将匕首插回腰间，反手关上了屋门，小声道："小姑奶奶，你怎么来了？"

那黑影摘下头上破旧的狗皮帽子，露出满头青丝，那正是赵秀娴。

贺文魁关切地问："秀娴，你是怎么逃出来的？那天罗兴利不是带人把整个教堂都给围了吗？"

秀娴低着头，难过地说："那天多亏了杜二哥，把我藏在了小厨房的地窖里。可他却没跑出去，被罗兴利和那个叫木下一郎的给抓走了。我等他们全都撤走了，才从地窖里出来的。"

贺文魁叹气道："这庆虎，平时对你烦得不行，可到了啃劲儿上，宁可不顾自己，也要把你救下来。"

秀娴听贺文魁这么说，眼里泛出泪光。

贺文魁又道："秀娴，既然你已经逃出来，还巴巴地来找我干吗？还不回你们王府躲着去？你知道现在街面上有多乱吗？每天都有姑娘被小日本抢走给……"

贺文魁意识到秀娴还是未出阁的大姑娘，便不再往下说了。

秀娴道:"贺大哥,我不能回去。如今罗家得了势,我爹巴不得要和他们结亲,只要我一回去,他立马就得逼我和罗兴利完婚! 再说,杜二哥是因为我被抓的,我得想法子救他出来。"

贺文魁摇头:"秀娴,你要是不愿意回去,可以在我这住下。但报仇的事你还是别想了。我曾经动过这个心思,也去罗家查探过。那罗家勾结小日本,罗兴利那小子还当上了啥木下部队的大尉,不算日本宪兵,光是他们那个木下部队就有一百多号人呢。就凭你个小丫头,能报什么仇? 快别瞎想了!"

秀娴见贺文魁如是说,急得掉下了眼泪。她从怀里掏出了一个手绢包,放在炕上打开,里面包着一些银圆,还有一些金银首饰,甚至还有几个金银打制的十字架。

贺文魁一愣,问道:"秀娴,这是哪来的?"

秀娴道:"这是教堂里的教友们凑的,连我这身男人的衣服也是他们帮我找的。贺大哥,我知道你们贺家和绿林道有关系,你也是个老江湖,这哈尔滨周边有那么多大小绺子,你一定认识他们。你就带了这笔钱,去找找绿林好汉,让他们去救出杜二哥和姚伯伯。"

贺文魁忙摆手:"我是什么老江湖……"

他的话还没说完,就见秀娴抓起手绢,将手绢中的金银首饰包了起来,揣回怀中。

贺文魁诧异地问道:"秀娴,你要去哪?"

秀娴起身,抓起狗皮帽子扣在了头上:"亏你还是杜二哥的师傅,什么老江湖,什么绿林好汉,原来你平时说的那些,全是吹牛。你要是认怂,不愿意帮忙,那就让我赵秀娴这个女流之辈去。我一定会救出杜二哥和姚伯伯的!"

贺文魁被秀娴说得面红耳赤,他一把拉住了秀娴:"谁说我是吹牛! 城南柳条沟的大当家盖滨江从前就是我爷爷手底下的伙计!"

秀娴听了贺文魁的话,转过脸来道:"行啊,贺大哥,既然这么说,你就带我去见见这位盖滨江吧。"

贺文魁:"啊?"

63

山寨大厅中，喽啰扯下了贺文魁和赵秀娴头上的黑布套。贺文魁眯着眼睛好一阵，才看清了在大厅居中坐着的正是盖滨江。在盖滨江两侧的下首，依次坐着四名首领。在右手的末席，还坐着一名四十多岁的男人，他穿着一身肮脏的东北军军服，光着头没戴帽子，神色沮丧，也不知是什么来路。

还不等贺文魁说话，盖滨江先道："文魁，你在这哈尔滨住了好些年了，也不说来看看我们爷们！我去府上拜望贺老爷子，你坐在我大腿上偷喝了我的老白干，尿了我一裤子。这事你都忘了吧？"

厅内的首领和喽啰们听了盖滨江的话，哄堂大笑。赵秀娴听了，也禁不住扑哧一声笑了。贺文魁红着脸嚷道："老爷子，我这趟来是办正事的，您提这些陈芝麻烂谷子干啥？"

盖滨江笑够了，正色道："我知道你爷爷和你爹都不想让你混绿林道，所以你不来看我，我不怪你。你今天来肯定是遇到了难处，你爷爷是我的老掌柜，你们贺家也于我有恩，你的事，就是我盖滨江的事。说吧。"

贺文魁抱拳道："我义兄杜庆虎，还有一直照顾我的伯伯姚承宗，在前几日哈尔滨城破的时候，被勾结日本人的罗兴利给抓走了。现在就关在他们罗家的小楼里。我想请大当家的借我一支人马，帮我救出我义兄和姚伯伯！"

盖滨江听了贺文魁的话，并没有立刻答应，而是摸着花白的胡子思索着。

原本成竹在胸的贺文魁见盖滨江沉默不语，刚要张嘴相劝，却被秀娴拦住。

秀娴上前打声道："大当家的，您该不是见哈尔滨满城都是鬼子，怕了吧？"

几名首领听了秀娴的话，纷纷拍案而起，怒斥她小孩子不懂事乱说话。

盖滨江沉声道："你们几个大老爷们，跟她一个小丫头片子来什么劲？"

几名首领听了盖滨江的话，都不言语。

盖滨江大量了一下秀娴，问道："小丫头，文魁着急救他的义兄和伯伯，你巴巴地跟着来，是因为你和他们俩是亲戚？"

秀娴愣了一下，答道："不是亲戚。"

盖滨江道:"不是亲戚这么着急?那杜庆虎是你的什么人?"

秀娴脸一红,她看到大厅里的胡子们都不怀好意地看着她。她索性挺起了胸,朗声答道:"庆虎哥是为了救我才被抓住的。而且我喜欢他,就要救他出来!"

秀娴话一出口,大厅里爆发出一阵大笑声。

秀娴大声道:"庆虎哥有情有义,我愿意为他赴汤蹈火。我没想到的是,所谓的绿林好汉居然这么容易就怂了,畏首畏尾,连句去救人的话都不敢说,还不如我一个小丫头。"

秀娴喊完,整个大厅忽然安静了。胡子们都没想到这个看起来文文弱弱,像个女学生的小姑娘,居然胆子这么大,敢在这说出这番话。

盖滨江点头道:"小丫头,有气魄,有胆子。敢在这个大厅里对这些人大呼小叫的,除了我盖滨江,可就是你了。不错,敢爱敢恨,有点江湖儿女的气魄。只可惜我盖滨江漂泊江湖大半辈子,膝下也没个一儿半女。如果我有后人,孙女也该是你这么大了……"

秀娴听盖滨江这么说,忽然跪倒,对盖滨江道:"假如大当家的愿意借兵,我爱新觉罗·秀娴愿意做您老的干孙女,为您养老送终。"

盖滨江起身道:"你说什么,你姓爱新觉罗?"

秀娴点头道:"是,家父在前清那会儿,做过宏亲王。"

盖滨江看了看她身边的贺文魁,贺文魁点了点头。

盖滨江大笑道:"好好好,这兵我出。我盖滨江老来得了个便宜孙女,还是个格格,这买卖做得值!"

秀娴听了盖滨江的话,急忙要叩头,却被盖滨江扶住:"秀娴丫头,这头等救出你的情郎哥再磕不迟,到时候你们俩一起给我磕。"

盖滨江走回座位上坐下,对二人道:"我并不是害怕小日本。既然我敢报号盖滨江,就没把滨江的老毛子和小鬼子放在眼里。只是如今这哈尔滨被小鬼子占了,要干这活儿,不能鲁莽。要是派了人手进去,人还没救出来,岂不砸了我盖滨江的牌子?所以这事得细细谋划。"

坐在末席的那个男人忽然站起,向盖滨江拱手道:"大当家的,这趟活儿,我愿意去。"

盖滨江打量着那个男人:"张老六,按说你还没入伙,算不上我们柳条沟的人……"

张老六道:"大当家的,这就算我纳的投名状吧。要不然我也想回趟哈尔滨。"

盖滨江沉声道:"回去救你那些被小鬼子俘虏的兄弟?"

张老六点点头。

盖滨江长叹一声:"张老六,你也算是有情有义了,你就跟着他俩回去一趟吧。不过你那十几号人不顶事,我再给你派二十个弟兄,两个炮手,归你调配。"

张老六听了,忙向盖滨江行礼。

盖滨江摆手道:"你先别忙谢我。有几句话咱们得说在头里。第一,你们得先把杜庆虎和姚承宗给救出来,然后再去救你兄弟。第二,你兄弟能救出多少是多少,别拉拉扯扯没完没了,小心让小鬼子给一勺烩了。第三,等你们回来了,你可就不再是官军了,得插香为盟,入了我们柳条沟的伙。我盖滨江不强人所难,你想好了再答应我。"

张老六拱手道:"大当家的,我答应你!"

盖滨江点头道:"既然如此,你们今晚就出发。"

秀娴和文魁听了盖滨江的话,大喜过望,但盖滨江却喃喃自语道:"罗家,贺家,姚家,杜家。三十多年过去了,还是这么揪扯不清。"

64

昏黄的灯光下,响起一阵闷响。身着便装的木下一郎和戴着手铐脚镣的姚承宗并肩走在走廊里。走廊里穿着日军军服的白俄卫兵向木下一郎敬礼,木下点了点头,算是回应。

木下对姚承宗道:"姚神甫,你听到了吗,这响声是正在审问犯人的声音,总有些冥顽不灵的犯人,认为自己是硬骨头,不跟我们配合,这时我们就要使用一些方法，让他们清楚自己的处境。所以这样不识时务的人，注定要吃不少苦头。"

虽然姚承宗的双手双脚被沉重的镣铐拖累，但他还是努力挺直了身体，冷冷道："木下，你觉得我会怕这些吗。"

木下在一个门前停下，那闷响正是从这个房间中传出的。

木下对姚承宗道："姚神甫，你可能误会了，我不会对神的仆人动刑。"

姚承宗一愣，木下轻轻点头，一旁的卫兵打开了房门。姚承宗被眼前的景象吓呆了。杜庆虎被吊在房间正中，赤裸着上身的罗兴利出拳击打着杜庆虎。他手上搋着的麻布条已经被殷红的血所浸透。而在罗兴利的身上和脸上，除了汗水之外，还有溅着斑斑点点的血迹。在昏暗的灯光下，更显得罗兴利面目狰狞。而杜庆虎浑身是血，但无论罗兴利怎么击打，他都不吭一声，咬着牙强忍住，不让自己呻吟出来。

姚承宗不禁颤声喊道："庆虎！"

杜庆虎看见了姚承宗，忽然咧嘴笑了："姚大伯，我没事。他罗兴利跟个娘们似的，拳头一点力气都没有，打在我身上就跟挠痒痒一样……"

一旁的罗兴利听了杜庆虎的话，猛地挥拳打在杜庆虎的肋下，杜庆虎闷哼了一声，不再说话，整个脸已经因为疼痛而扭曲变形。

木下对罗兴利道："兴利，这种粗活让你手下的白俄干就算了，你何必亲自动手。"

罗兴利转动着脖子："这么重要的犯人，我得亲自来才行。再说我们罗家和他们杜家的账，也得好好算一算。"

杜庆虎张口吐了一口带血的唾沫，用微弱的声音道："罗兴利，秀娴不愿意嫁给你，就是因为她知道，你就是一条养不熟的白眼狼！"

罗兴利听了杜庆虎的话，反而停了手，他从一旁的卫兵腰间抽出了刺刀，插进了火盆里。

罗兴利瞥了一眼姚承宗："姚承宗，三十多年前，你们姚家联合杜家、贺家和何家，拿了我们罗家的东西，是时候还给我们罗家了。你如果乖乖地交出来，我或许会让你们死得痛快点。"

姚承宗先是一愣，然后忙道："兴利，事情不是这样的！"

罗兴利并不理会姚承宗的申辩，而是抽出了通红刺刀，一把抓住杜庆虎的下巴，将刺刀的刀锋凑近了杜庆虎，道："杜庆虎，我早就想揭开你这张脸皮，看看下边到底藏着什么。你们杜家不是自诩正人君子吗？我倒要看看，你们杜家人是不是都长了两张脸皮！"

罗兴利说着，用刀锋在杜庆虎的脸上划了下去。伴随着刺啦声，一股焦煳味弥漫整个房间。刚才还嘴硬的杜庆虎，终于禁不住大喊起来。

姚承宗大喊："停手！"

罗兴利沉浸在兴奋之中，已经顾不得姚承宗的呼喊了。木下见姚承宗有话要讲，便上前夺下了罗兴利手里的刺刀。

木下对罗兴利道："兴利，理智点！"

罗兴利听了木下的话，收起了脸上的兴奋，毕恭毕敬地道："是。"

木下将刺刀又插进了火盆里，对脸色惨白的姚承宗道："姚神甫，说吧。"

杜庆虎强忍着疼痛道："姚大伯，不管他们要什么，都不能给他们！他们杀了我大哥，是我们杜家不共戴天的仇人！"

姚承宗望着杜庆虎："庆虎，我没有替二叔照顾好你们杜家的后人，我愧对于他啊。"

木下继续逼问道："姚神甫，只要交出你们姚家的红宝石和贺家的权杖。我会放了庆虎的。"

姚承宗虚弱地说："你们先把庆虎放下来。"

木下向卫兵打了个手势，卫兵上前，将庆虎放了下来，庆虎再也支撑不住，躺在了地上。

姚承宗上前抱住庆虎，看着他身上的累累伤痕，不禁老泪纵横："庆虎，我们阿尔巴津人有个秘密，原本我答应过二叔，要把这个秘密带进坟墓的。不过时至今日，有些话我不得不对你说了。我们阿尔巴津人曾经有个传说，在雅克萨附近，藏着一笔宝藏。要找到这个宝藏，就要凑齐杜、罗、姚、贺、何五家的传家宝。我们姚家的是一颗红宝石，而你们杜家的是十字架，就是你爹留给你的那个橡木十字架。"

庆虎大惊，轻声道："难怪爹当初要我和我哥哥保护好那个十字架。"

一旁的罗兴利冷笑着从兜里掏出那个粘着血迹的十字架道："就是这个吧？这是我从杜庆龙身上拽下来的。那个不识好歹的东西！"

庆虎见了那十字架，两眼通红，低声吼着："罗兴利，我杜庆虎做鬼也不会放过你！"

罗兴利并不理会庆虎，对姚承宗道："姚承宗，你啰啰唆唆说完了没有？别逼我再动手！"

姚承宗道："我们姚家的红宝石就在杜家老宅的北墙根埋着。当年这宝石是我托付给二叔保存的，也是他老人家亲手埋在那的。"

罗兴利听了姚承宗的话，兴奋地追问道："那权杖在哪？"

姚承宗刚要说话，忽然房间里的灯灭了，整个房间除了角落里的火盆还泛着幽暗的红光，陷入了一片漆黑。屋外传来了纷乱的脚步声和嘈杂的叫嚷声。

罗兴利忙命卫兵打开了屋门，发现屋外整个走廊也是漆黑一片。

罗兴利厉声道："这不是一般的停电，是有人故意破坏了电路，要浑水摸鱼！快去让人尽快修好电路。"

姚承宗趁着黑暗，对庆虎低语着："庆虎，不能让罗家得到权杖和红宝石，权杖在五家营贺家后人手里……"

一旁的木下循声而来，厉声道："你们在说什么！"

姚承宗又急促地和庆虎说了几句，然后大喊："庆虎，快跑！"

姚承宗猛地起身，用手铐上长长的铁链勒住了木下的脖子。

庆虎挣扎着爬了起来，大喊："姚大伯，一起走！"

木下努力挣扎着，拔出了腰间的手枪，反手一枪，姚承宗的腰间中弹。

姚承宗大喊："我不行了，你快走！"

庆虎无奈，只得冲出了屋子，撞开罗兴利和卫兵，跌跌撞撞地向外跑去。

姚承宗死死地勒住铁链，又是一声枪响，姚承宗的手渐渐失去了力气。

姚承宗对木下道："你是木下真一什么人？"

木下挣脱了锁链，小声道："真一是我的哥哥。"

姚承宗道："果然，你们木下家可真是贼心不死。"

木下冷笑："但罗兴利父子并不知道真一是日本人，他们还以为罗必信是汉人穆师兄所杀呢。"

姚承宗大喊："兴利！木下是……"

还未等姚承宗说完，木下开枪，姚承宗眉心中弹，倒地身亡。

屋外，爆发出一阵激烈的枪声，木下脸色大变，急忙冲出了屋外。

65

黑暗的走廊中，庆虎跌跌撞撞地向外跑去。虽然他不知道在屋外的院子里发生了什么，但他听到了枪声，这枪声给了他一丝求生的希望。庆虎一直在心中不断告诉自己要活下去。只有活下去，才能为他的大哥和姚大伯报仇。

求生的欲望，逼迫着庆虎在逃跑中思考，就像他6岁那年，和哥哥被困在傅家甸时那样。今天，一直呵护他的兄长已经不在了，一直疼爱他的养父也不在了，他能依靠的，只有自己。或者说，已经逝去的兄长和养父，也把他们肩上沉重的担子交给了他。

现在，他觉得自己正在被他们依靠。

庆虎不断撞到人，他知道，那是驻守在院子里的木下部队的队员。他对撞到的人不断说着："快去救罗队长！他受伤了！"于是那些人无暇理会他，向走廊深处的审讯室冲去。庆虎终于跑到走廊的尽头。他一脚迈出门，清冷的月光洒在他身上。他扶着门框，刚要向外走，忽然被一个人拉住，那人低声道："杜庆虎！"庆虎大吃一惊。

贺文魁带着几名喽啰躲在院子南侧的几辆汽车后，观察着院内的形势。

在来之前，贺文魁已经向张老六交代过了整个罗家楼院，也就是木下部队总部的情况。这个楼院，是由一栋二层小楼和三个长排平房组成。临街而建的罗家小楼，是罗家人的宅邸。小楼中间的正门很窄，只供人员进出。院内北侧和南侧的两排平房，是木下部队队部所在地和阿尔巴津小队的驻地。西侧的平房中，住的则是罗家的佣人。西侧平房被正中的后门分为两截，车辆都从这里进出。

张老六根据罗家楼院的分布，设计了援救计划。他率人先断了院里的电，然后相机混入队部救人。而秀娴和一名喽啰则等在院门外，那里有一辆他们进城时偷来的卡车。等他们救援成功后，秀娴就会开车载着他们开往城外。原本整个计划中并没有秀娴，但她救人心切，张老六和贺文魁谁都说服不了她，只好给他找了整个计划中最没有危险的一项任务。而且这个任务对秀娴来说，也是人尽其才——她在上学那会儿，可没少拿王爷的座车练手。她开着王爷的奔驰汽车几乎跑遍了整个哈尔滨的大街小巷。

在整个计划中，贺文魁这一队人马的作用可以说是至关重要。楼院里一片黑暗，但贺文魁可以听到整个院子里已经乱作一团，刚才张老六的人为了制造混乱，在院子里故意放了两枪。贺文魁的目光从罗家小楼收回，看了一眼手中的怀表，从断电到现在，已经过去了十分钟。贺文魁焦急地等待着张老六的信号。他知道，虽然他们掐断了罗家的供电，但罗家原本就有电工，要修复整个线路，最快只需要十五分钟。如果张老六不能在这十五分钟内救出杜庆虎，他们的行动就失败了。

这时罗家小楼里亮起了灯，院子内的几盏电灯也同时亮起，将院子内照得如白昼一般。贺文魁心中大惊，罗家的电工比他们预想的要麻利，张老六他们危险了。

贺文魁听到了两声熟悉的呼哨，这是张老六通知贺文魁的信号。但此时贺文魁有些不知所措，他们的计划可不是在这灯火通明的时候往外硬闯。而恰在此时在小楼楼顶响起了四声枪声，院内的四盏电灯应声而灭，整个院子又陷入黑暗之中。贺文魁这才明白，原来张老六早就在小楼上埋伏下了人手应急。他不得不在心中暗叹，这张老六真是见多识广，未雨绸缪。

贺文魁忙对身边的喽啰小声吩咐道："张大哥得手了，咱们这也赶紧的吧！"

拽着庆虎的张老六对庆虎小声道："我们是来救你的。跟我们一起来的，还有贺文魁和秀娴姑娘。"

庆虎喃喃自语道："秀娴……"

庆虎再也支撑不住，脚下发软，张老六忙命人将他搀住。

庆虎拱手："多谢大哥出手相助！请问大哥尊姓大名？救命之恩我杜庆虎没齿难忘！"

张老六："我张老六这是还债，不图你报答，只希望你以后能给你大哥报仇，别当软骨头！"

忽然院内响起了汽车发动的声音。一辆停在停车场的小轿车发动后猛地向小楼的正门冲去，院里的人们纷纷躲避。那小轿车的车门打开，司机从里面跳出。车子撞在了正门上才堪堪停住，将小楼的正门堵得严严实实。

张老六道："走吧，贺文魁那边也动手了！"

张老六带人架着庆虎，趁乱冲出了楼院的后门。

院里响起了爆炸声，停在停车场内的汽车纷纷爆炸，贺文魁将一辆轿车开到后门前，堵住后门，他跳下车，拉响了驾驶室内的导火索。等贺文魁带着手下冲出院子的时候，炸药炸响，那辆汽车也跟着爆炸起火。一时间，整个楼院内火光冲天，人们都被困在了院子里。可贺文魁没注意，一个穿着日军军装的身影在汽车爆炸前的一瞬间，冲出了后门。

院外的卡车驾驶室内，秀娴正在紧张地望着院里的情景。院内爆炸声响起，秀娴吓得握紧方向盘，身体不自主地向后，头也下意识地侧向一边。

坐在一旁的喽啰道："赵小姐，别怕，这是里边得手了……"

喽啰的话还没说完，忽然一声枪响，喽啰头部中弹，血迹溅了秀娴一脸，秀娴吓得大叫。

一只手将喽啰拽了下去，一个穿着日军军服的身影钻进了驾驶室。

手枪冰冷的枪管顶在了秀娴的头上。

罗兴利面目狰狞地望着向车子奔来的张老六、杜庆虎和贺文魁等人，轻声道："秀娴，别出声，他们就要来了。"

66

秀娴看见众人越来越近，心急如焚。

罗兴利凑近了秀娴，轻声道："秀娴，待会儿他们上了车，我让你往哪开你就往哪开。"

秀娴道："我要是不呢？"

罗兴利手上用力，枪口硬生生怼在秀娴的太阳穴上，秀娴痛得吸气。

罗兴利面目狰狞："秀娴，虽然我一直都很在乎你，想把你娶过门。但你要是坏了我的大事，我一样会杀了你。"

秀娴看着被两名喽啰架着的庆虎浑身是血，她不禁咬了咬嘴唇："罗兴利，今天我就跟你赌一赌！"

罗兴利发觉秀娴的异样，想要抓住她的胳膊，但已经来不及。秀娴猛按车喇叭，高喊："杜二哥，有埋伏，快走！"

罗兴利瞪着秀娴，猛然间勾动了扳机。

张老六和贺文魁正带人向卡车快跑，忽然响起了喇叭声和秀娴的呼喊声，他们这才看清，秀娴旁边坐着的是罗兴利。

庆虎听见秀娴的呼喊，猛地清醒过来。接着一声枪响，让庆虎一哆嗦，他抢过身旁喽啰腰间的手枪，举枪要向罗兴利射击。

忽然背后喊杀声和枪声响起，院内的日军踩着临时找来的梯子，上了房顶，向下射击。喽啰们纷纷中枪。

张老六跺脚："撤，快往路边撤！"

众人一边射击一边向路边黑暗的街巷中撤退。

庆虎因为枪声的缘故分了神，再要瞄准，却已经耗尽了气力，再也举不起枪来。贺文魁上前，一把拉起庆虎，和喽啰们一边射击一边扯着他退入到黑暗中。

车内，秀娴睁开了眼睛，发现侧面的车窗玻璃被击碎，而自己并没有中弹。罗兴利举着枪，枪口在微微颤抖。

秀娴脸色苍白，看到贺文魁拉扯着庆虎逃走，她镇定下来，冷笑着对罗兴利道："罗兴利，你就是个懦夫！"

罗兴利抬手将秀娴打晕，恨恨道："赵秀娴，你还知不知道什么叫羞耻？"

罗兴利跳下汽车，大喊道："追！追上他们！谁捉住杜庆虎，我赏他一百大洋！"

房顶上的白俄士兵们嗷嗷叫着跳下房顶，向小巷追去。

罗兴利将枪揣进腰间，也要去追赶，却被匆匆赶来的木下拉住。

木下对罗兴利道："兴利，追捕这种事，你没有必要以身犯险，要那些白俄雇佣兵去干吧。"

罗兴利道："木下先生，我一定要捉住杜庆虎！他已经知道了宝藏的秘密，决不能让他活着逃出哈尔滨！"

木下瞥了一眼车上的赵秀娴，对罗兴利道："兴利，要捉住杜庆虎，不一定要用这种方式。"

罗兴利顺着木下的眼光看了一眼车上的秀娴，似有所悟，问道："先生的意思是……"

"攻心为上。这个杜庆虎虽然平日里吃喝玩乐，花天酒地，但他的身上流着杜家的血。杜家从第一代瓦西里·杜比宁开始，不但勇武，而且忠诚，讲信义。这是优点，也是弱点。我想现在的杜庆虎，绝没有心思去找什么宝藏，而是一心要为他的父兄复仇，而且一定还会回来找这个女人。"罗兴利听了木下的话，紧皱的眉头舒展开来。

木下拍了拍罗兴利的肩膀道："兴利，我觉得你和秀娴的婚事不能再拖了。今天是正月初五，你觉得正月初十举办婚礼怎么样？"

罗兴利先是一愣，然后会意，露出了微笑。

傅家甸贫民窟，贺文魁走进了破旧的屋子。

贺文魁看到杜庆虎躺在床上，身上盖着厚厚的棉被。双眼紧闭，面色潮红，嘴唇干燥得已经暴皮。在他的左脸颊上，包着纱布。

贺文魁小声问道："怎么样，庆虎好点了没有？"

喽啰摇头道："杜二爷还在发烧，一阵明白一阵糊涂的，刚刚还问赵小姐在哪，这会儿又睡过去了。"

贺文魁叹气，庆虎缓缓睁开了眼睛，虚弱地问道："师傅，你打听到什么消息没有？"

贺文魁挥手，喽啰退下，他走进了屋子，抬腿上炕，坐在了庆虎身旁。

庆虎挣扎着要坐起，被贺文魁按住。贺文魁从怀中小心翼翼地掏出一个布包，从其中拿出来那颗带有裂痕的暗红色宝石，道："庆虎，姚家的宝石我连夜去取出来了。半路还遇上了罗兴利手下的白俄鬼子，差点露了馅……"

庆虎瞥了一眼那宝石，追问道："张大哥去哪了？"

"张老六已经打探到了江畔小日本关押战俘的地方，他带着两个兄弟前去探风了。如果要救人，他会做好计划。到时候我们只要按照他的安排，一同出城就行了。"

庆虎摇头："我不走，我的仇还没报。而且我不能扔下秀娴……"

贺文魁听庆虎提起秀娴，原本要说话，可欲言又止。

庆虎发现了贺文魁的异样，忽然坐起，一把抓住贺文魁的肩膀："文魁，秀娴还活着吗？"

贺文魁摇头："活着。"

庆虎忙问："她现在在哪？"

贺文魁低下头，没有回答。

庆虎激动地说："秀娴被罗兴利抓走了？文魁，她从小和我们玩在一处，就像我们的亲妹妹一样，而且她还救了我们的命，罗兴利不会饶了她的！"

贺文魁要安抚庆虎躺下，庆虎却怎么也不听，甚至挣扎着爬起。贺文魁无奈道："罗家要在初十大办婚礼，娶她过门。"

庆虎听了贺文魁的话，眼前一黑，栽倒在地。

贺文魁忙大喊："庆虎，庆虎！"

是夜，屋内的炕桌上点起了油灯，炕桌的一头坐着贺文魁，另一头坐着一身苦力打扮的张老六，炕梢盘腿坐着两名盖滨江手下的炮手。而庆虎则歪坐在炕头，看着众人。整个屋子里，鸦雀无声，只有张老六吧嗒吧嗒抽烟卷的声音。

张老六抽完了一支烟，又从兜里掏出烟盒，抽出一根，手一抖，有两根烟卷被带出了烟盒，他浑然不觉，举着手中的烟卷要在油灯上点燃，可他手抖得实在厉害，几次都没能把烟卷凑近火苗。

张老六忽然把那烟卷连同烟盒使劲揉成一团，扔在了地上，他脸上流下了泪水，吼道："这帮小鬼子都他妈是畜生！"

张老六的拳头砸在炕桌上，哗啦一声，沉重的红松木炕桌，居然让他给砸散了架。

67

庆虎看着努力忍住不让自己哭出声来的张老六，也不禁握紧了拳头。

张老六是在黄昏的时候回来的。他一进屋就一言不发，任贺文魁怎么问，就是不作声，只是坐在炕头一支接一支地吸着烟。后来还是贺文魁问了和他同行的手下，才知道到底发生了什么事。

张老六派人打听到，在除夕那天晚上被日军俘虏的吉林自卫军士兵以及伤兵们，都被集中关在了江畔的一处码头，便装扮成苦力，带着两名手下潜入了码头附近。

他们到达码头的时候，刚好遇到木下带着几名手下来到战俘营，对列队的战俘们喊话。木下声称，关东军已经和南京方面达成了协议，愿意留下为东省特别行政区长官公署服务的，可以酌情编入警察部队，不愿意留下的，可以领了遣散费回乡务农。

战俘们听了木下的话，纷纷选择回乡务农，要去伪公署当警察的，寥寥无几。木下先将留下的人员集中起来，然后忽然变脸，找来日本兵，架起机枪，将要回乡的俘虏们围了起来。木下一声令下，顿时战俘倒下一大片。其他人走投无路，只好向松花江的冰面上跑去。木下早就派人在冰上布置了地雷，地雷炸响，整个冰面被炸裂，逃跑的士兵纷纷落入冰水中，还来不及挣扎上来，就已经冻僵。不到一小时的时间，关了五六百人的战俘营，就这样被木下清空了。要投降的战俘都吓得跪在地上爬不起来，木下下令，将这些人编入了他的木下部队。

目睹了整个过程的张老六几次要冲上去，都被两个手下死死拽住，最后一个手下不得已，将他打晕，两个人合力把他抬了回来。

贺文魁扶起了油灯，点燃，轻轻放在了窗台上。

贺文魁对张老六道："张大哥，大当家的吩咐过，要我们救出庆虎和姚大伯就回山。现在既然俘虏兄弟们和姚大伯都不在了，秀娴姑娘也陷在了罗家，我的建议是咱们暂时带人回柳条沟，然后再商量下一步怎么办。"

张老六抹了把脸，咬牙道："没啥商量的，我回到柳条沟入了伙，豁下这张老脸不要，也得和大当家的借兵杀回来，我一定要亲手宰了木下那个王八蛋！"

庆虎冷冷道："等回去柳条沟求救兵，黄花菜都凉了。"

张老六瞪了一眼庆虎，道："杜老二，你什么意思？"

庆虎道："我们现在就有二十多人，二十多条枪。初十罗兴利要大婚，木下也会去。到时候咱们打他个措手不及，不比回柳条沟求爷爷告奶奶好！"

张老六瞪着庆虎，不发一言，喘着粗气。

贺文魁在一旁小声道："庆虎，你这么干也太虎了！大白天的在哈尔滨城，明目张胆去杀罗兴利和木下，咱们不得让人给一勺烩了？"

庆虎伸手拿出了红宝石，道："我杜庆虎不是愣种，我已经想好了对策……"

庆虎低声对贺文魁、张老六说着自己的计划。原本持观望态度的两个炮手也被庆虎大胆的计划所吸引，不自觉地凑了上去。

等庆虎说完，张老六猛地拍了一下炕沿："就这么整！我留下来！"

张老六转头对庆虎道："庆虎，哈尔滨围城的时候，我对不起你大哥，当了逃兵。这回我一定不能再辜负兄弟们，我要为他们报仇雪恨！"

两名炮手也称赞庆虎的计划大胆周全，有感于张老六的义气，也愿意率手下留下帮忙。

庆虎看了一眼贺文魁，贺文魁摇头道："我要是不去，那就太没义气了！"

庆虎一把搂住贺文魁，笑道："师傅，我就知道你不能扔下我不管。"

贺文魁无奈道："杜二少爷，你可别一口一个师傅了，你们哥俩论能耐，哪个不比我强？"

索菲亚大教堂内，阳光透过穹顶的玻璃，照耀在祭坛之上。祭坛上，一名白俄神甫颇有些紧张地主持着婚礼。在他一旁，站着罗兴利和赵秀娴。秀娴穿了一身白色的婚纱，罗兴利则穿了一件样式古旧的红色哥萨克长袍，看上去十分怪异。

在祭坛的两侧，则站着两名木下部队的白俄士兵，他们身穿日本军装，荷枪实弹，其怪异程度，不亚于罗兴利。

祭坛下的座椅分成左右两区。左手边，坐着的都是中国人，看服饰，都是些平民百姓，他们都佩戴着十字架，脸色阴郁地望着祭坛上的罗兴利和神甫，仿佛不是来参加婚礼，而是丧礼。在右手边，则是男女双方的家人，以及伪公署、日本占领军派来的代表，还有前来参加婚礼的哈尔滨市的头面人物。这些人，大多已经选择与伪公署和日本占领军合作。当得知城内的首富，商会会长罗国仁的大公子要结婚，而且这位大公子已经是日本木下部队的大尉小队长时，更是趋之若鹜，纷纷表示要来参加婚礼。而罗兴利则抱着来者不拒的态度，广发喜帖，一时间，偌大的教堂已经坐满了人。

坐在罗国仁身旁的宏亲王愁眉苦脸地对罗国仁抱怨道："我说罗会长，您就不能和日本人商量商量，等出了正月再办婚事？老话都说，正不娶，腊不订。正月里办婚礼是抬头见红，太岁压头。上妨害公婆，下败坏子孙。怎么得了啊！"

罗国仁冷笑道："王爷，您可真是多虑了，我们罗家信的是正教，不理这套老礼。没看我们这婚礼也是在教堂里让神甫给办的吗？再说，日本人都轴，他们认定的事，谁也改不了。我又有什么办法？"

王爷叹气道："可我们家不是信教的啊。再说，我听说你们信洋教的，婚礼得由神甫主持，才名正言顺。可今上帝持婚礼这位，不过是个助祭，压根不是正经神甫。"

罗国仁脸色铁青，沉声道："王爷，我劝您说话小心着点。如今不比前清，更不是民国！现在是日本人说了算。这个教堂的白俄神甫因为不愿意我们家兴利在这办婚礼，才让木下少佐给抓了去，现在生死不知。您要是再胡说八道，让日本人听见了，我也保不了您！"

王爷听了罗国仁的话，登时吓得脸色惨白，不敢再说下去。

坐在左手边的一名教徒小声对身边的一位中年男子道："何神甫，让一个助祭主持婚礼，这不合我们正教的规矩！"

何神甫苦笑道："让助祭主持婚礼不合规矩，那逼着我们这些教徒来参加婚礼，就合规矩了？什么合不合规矩的，他们日本人说的，就是规矩！"

忽然在何神甫身后，有人拍案而起："这不合规矩的事，怎么就没人管管呢？"

教堂内的人大惊失色，纷纷望向说话的人。

68

穿着一身雪白婚纱的赵秀娴听到吵闹声，看到了祭坛下站着的那个熟悉的身影。她不禁惊呼道："庆虎哥！"

杜庆虎托着个礼盒从左手边的座席走到了正中的过道。

杜庆虎解开围在脸上的围巾，露出了脸上的那道伤疤。守在教堂两侧的白俄士兵纷纷举枪，对准了杜庆虎。

杜庆虎朗声道："没错，小爷我正是你们要找的杜庆虎！罗兴利，让你的手下都老实点。罗叔是我长辈，我可不想让他老人家在这个大喜的日子头上挂了花！"

杜庆虎话音刚落，混在贵宾席中的张老六等人纷纷站起，举枪指着各位贵宾的脑袋。顿时教堂中响起一片尖叫声。张老六的枪口正顶在罗国仁的头上，他四下寻找着，发现刚才还坐在贵宾席的木下不知什么时候，已经悄然离开。

张老六对庆虎道："杜老二，木下不见了，形势不对，你可赶快的！"

杜庆虎托着礼盒道："罗兴利，你爹和这满座高朋的性命，都在我们手里攥着。你识相的话赶紧把秀娴给我放了！"

罗兴利并不理会杜庆虎的话，对白俄助祭道："继续！"

白俄助祭吓得浑身发抖，罗兴利大喝一声："继续！"

白俄助祭吓得瘫软在地，嘴唇哆嗦着，一句话也说不出来。

罗兴利拉扯着秀娴，竟然自己主持起婚礼来："我今日认祖归宗，不再是什么旗人，而是皈依上帝，正式改回我祖先光荣的哥萨克姓氏罗曼诺夫。我的名字是鲍里斯，我也将不辜负这个为荣誉而战的名字，继承先祖叶梅连·罗曼诺夫的遗志，建立一个哥萨克人的国家，给哥萨克人，给我的阿尔巴津同胞，给和我同样信仰上帝的兄弟姐妹们一块自由的土地！今日，我鲍里斯·罗曼诺夫与爱新觉罗·秀娴结合，上帝作证！上帝所撮合的，世人勿拆散！"

庆虎没想到罗兴利是如此决绝，竟然不顾自己亲人和贵宾们的生死。他愤恨地扯下了礼盒上的包装纸，露出来一个玻璃匣子，匣子下面是一捆手榴弹，手榴弹上则是那颗红宝石。而他托着礼盒的左手上，缠着一根导火索。

庆虎："罗兴利！我知道你们罗家人是心狠手辣的白眼狼，但没想到你这个小狼崽子这么丧心病狂。你不心疼在座的各位贵宾，也该心疼心疼这颗宝石吧。我知道，你的全部心思，都在我们阿尔巴津人的宝藏上……"

罗兴利不等庆虎说完，推了身边的秀娴一把。秀娴尖叫着拉住罗兴利的手，不肯松开。

罗兴利望着惊愕的庆虎，冷笑着："你想要秀娴，可惜她不答应。"

秀娴大喊："庆虎哥，我和罗兴利的手用电线绑着，连着炸药。炸药就在左手边的座椅下，我只要一松手，他们就都没命了！"

教徒们听了秀娴的话，大惊失色，纷纷要起身离开，却被白俄士兵们用枪逼着坐了回去。

庆虎望着教徒们，一时间不知所措，他托着礼盒的手微微颤抖着。

张老六瞪着双眼大喊："杜老二，你还磨蹭什么！掏枪毙了他！大不了我们同归于尽！"

庆虎掏出手枪，对准罗兴利，却不敢扣动扳机。

罗兴利望着庆虎，忽然朗声大笑："杜庆虎，你大哥是我杀的。我现在就在你面前，你却不敢开枪，你就是个孬种！我原以为你们杜家都是狠辣角色，你也不过如此！你和你大哥杜庆龙比，真是差得远了！"

庆虎怒吼道："闭嘴，不准你提我大哥！"

罗兴利冷笑着瞥了庆虎一眼，忽然喊道："动手吧！"

罗兴利拽过身边的秀娴，深深地吻了她。祭坛下枪声骤起，张老六和他手下的身边，忽然站起了持枪者，持枪者开枪，将混入贵宾席的喽啰们全部击毙。

罗兴利吻完了秀娴，对庆虎道："杜庆虎，你以为你们耍的这点小把戏能瞒得过我和木下先生吗？你们的人能混进来，你以为真是靠了你们伪造的那几张拙劣的请帖？你们早就被我的手下盯上了。"

木下从教堂一侧的侧门走出，鼓掌道："兴利，这是我见过最精彩的婚礼。"

木下忽然掏出枪，击毙了重伤倒地，吃力地举起枪，向他瞄准的张老六。

木下对庆虎道："杜庆虎，请你记住他们，他们都是因为你的鲁莽而死的。假如不是你的冲动和任性，他们就不会死。如果你不想那些中国教徒也因你而死的话，就不要抵抗。"

庆虎犹豫着，祭坛上的罗兴利歇斯底里地笑着，指着庆虎对台下的众教徒道："你们都好好看看这张脸。他是杜喜礼的孙子，杜远山的儿子，杜庆龙的弟弟。他们的祖先，是恬不知耻称自己为勇士的瓦西里·杜比宁！等你们下了地狱，一定要去找他和他们杜比宁家，向他们索命！"

罗兴利推搡着秀娴，道："去吧，秀娴，你的杜二哥就在下面呢，你不是对他日思夜想的吗？从你五岁那年，下火车那一刻起，你就喜欢上他了，是不是？"

秀娴大哭，却不敢松开手，只得贴近罗兴利。

罗兴利对庆虎道："杜庆虎，你看到了吗？属于我罗家的东西，属于我们罗家的人，注定是我们罗家的，谁也夺不走！"

庆虎望着哭泣的秀娴，还有台下吓得瑟瑟发抖的教徒们，闭上了眼睛，将右手的手枪扔在了地上。

一旁的白俄士兵一拥而上，按住他，又小心翼翼地用刺刀割断了导火索。

然后打破玻璃匣子，将其中的红宝石交给了罗兴利。

罗兴利满意地望着那颗红宝石，对秀娴道："秀娴，你看杜二哥对我们多好，还给我们送上了贺礼。"

罗兴利转头道："婚礼继续！"

教堂中响起了管风琴的奏乐声，木下带领着贵宾们起立鼓掌。罗国仁板着脸坐在席间，看了看台上得意的罗兴利，还有一旁的木下，忽然站起身，拂袖而去。

王爷忽然起身，指着罗兴利大骂道："罗兴利，你是什么东西！你别忘了，你是个旗人，是我们爱新觉罗家的奴才！"

罗兴利厉声道："把王爷拉走，让他回家好好歇着！"

两名士兵得令，将王爷拉出了教堂。

台下的贵宾见罗国仁离去，王爷被拉走，掀起一阵窃窃私语。

罗兴利不以为忤，大声命令着："继续！"

贵宾们不再敢交头接耳，继续鼓掌。

掌声中，罗兴利拉着秀娴转身，露出了二人之间的那根电线。众人看到那根绷紧了的电线，不禁吓得脸色惨白。但罗兴利却浑然不觉，他对着祭坛上的十字架祷告道："上帝，祖先，请保佑我实现梦想！"

69

黄昏的哈尔滨，天光渐渐暗淡。生活在这座城市里的人们，此时的神情也和昏暗的天光一样。日本军队已经占领这座城市十天了。在这十天里，人们深刻体会到了什么叫作亡国奴，什么叫作切肤之痛。但在这城市最繁华的一条街道上，却有一个大院，张灯结彩，喜气洋洋，大院中甚至传出了划拳行令的声音。大院附近的居民们听了这笑闹声，大多会一边吐着唾沫，一边关紧了门窗，在屋中暗骂几句狗汉奸。

传出笑闹声的，正是罗家的楼院。楼院内，布置着酒席。罗家人和木下部队的军官士兵们都在大吃大喝着。

小楼的阳台上，穿着哥萨克长袍的罗兴利，背着手，满意地看着下面的欢宴。他还沉浸在前所未有的幸福之中。今天他不但当众击败并羞辱了他的情敌杜庆虎，还拿到了姚家的红宝石。如今除了贺家的权杖，他已经拿到了其他四家的传家宝。距离找到宝藏只有一步之遥。而且他通过曾经在姚承宗手下做事的张执事，已经找到了权杖的线索。更让他兴奋的是，他当众说出了隐藏在他心中十多年的梦想。他觉得自己已经脱胎换骨，成为了一个真正的哥萨克。

在罗兴利心中，除了幸福，还有对未来的憧憬。他如愿娶到了秀娴，拿回了属于他们罗家的人。下一步，他就要以秀娴和王府上下的安全为筹码要挟王爷，逼他拿出这些年为了复辟准备的人力和财力，为他的建国梦想服务。他还要让被他囚禁的何神甫屈服，要何神甫说服城中信奉正教的教众归附到他的旗下。到时候，他的子民将不单单只有区区几千阿尔巴津人，他手中的军队，也绝不止这一百五十多人的木下部队。

正当罗兴利沉浸在自己的梦想之中时，一个低沉的声音响起："兴利！"

罗兴利皱了皱眉，回头，看见父亲罗国仁正站在他的身后。在罗国仁身边，还跟着那个如影随形的蒙古女仆其格勒。罗兴利的心中腾起一阵厌烦。这其格勒是父亲在他们来到哈尔滨那年收养的孤儿。这些年来，她一直随侍父亲左右。每天夜里，父亲都会把自己和其格勒反锁在书房。随着年月的逝去，其格勒长成了姑娘，父亲依然保持着深夜和她在书房独处的习惯，搞得阖府上下议论纷纷。但父亲依然故我，他的母亲钱氏也因为丈夫这个古怪的习惯而气得一病不起，最终撒手人寰。在罗兴利看来，这个沉默的其格勒真是人如其名，是个吞噬生命的深渊，一个带来死亡与灾祸的灾星。

罗国仁道："兴利，那宝藏是我们罗家的，理应夺回来。但要建国，这个想法就是忤逆。咱们是旗人，祖上受了皇上的恩德，不该忘了自己的身份！还有，那个木下狡诈多端，他们日本人向来不讲信义，你要小心他……"

罗兴利不耐烦地说："爹，你谋划了一辈子，一事无成，就是被这旗人的身份束住了手脚。当初我们的先祖叶梅连虽然做了旗人佐领，但还是给我们取了阿尔巴津人这个名字，意思就是要我们不要忘记自己的出身。我们怎么能和那些卑微懦弱的中国人一样！"

罗国仁摇头道："兴利，我看你现在是太猖狂了。这么下去，我们罗家的事业可能要毁在你的手里。"

罗兴利道："爹，我会让你看到，找到阿尔巴津人宝藏的人将是我，实现叶梅连梦想的人也是我，给罗曼诺夫这个姓氏带来荣光的也将是我。"

罗国仁长叹一声："你走得太远了，作为父亲，看你这样，我不知道是该高兴还是害怕。"

一名男仆走进，看了一眼罗国仁，垂手低头，不敢说话。

罗兴利怒道："有什么话就说！"

男仆迟疑了一下，说道："宏亲王来了，还带着十几箱子喜礼，他说想最后看一眼少奶奶。"

罗兴利瞥了一眼屋内的红罗帐，冷笑道："好啊，让他见见吧。然后我要和他好好谈谈。让人给少奶奶松了绑，再好好打扮打扮。大喜的日子，别哭天抹泪的！"

木下部队队部的囚室内，庆虎沉默地坐在草垫上，望着头顶昏黄的灯光，不发一言。高高的水泥墙上，只有一扇小小的窗子，说是窗子，其实不过是一个水泥孔罢了，上面还装了几个栅栏。

在窗子那头，传来了何神甫的声音："庆虎，你还记得我吗？我是何神甫啊，从前经常去找姚神甫，你见过我的。"

庆虎对于何神甫的话充耳不闻。

何神甫继续道："庆虎，你要挺住。咱们得想办法逃出去，为姚神甫报仇。"

庆虎听到报仇两个字，脸颊上的伤疤抽搐了一下。庆虎仿佛看到教堂里，倒在血泊中的张老六。张老六已经失去光彩的双目依然圆睁着，仿佛是瞪着庆虎，在质问他，为什么他口中天衣无缝的计划会被罗兴利与木下识破。

庆虎颤声道："报仇？因为这个死的人还少吗？"

墙壁那边的何神甫也沉默了。

忽然院内响起一阵枪声。走廊里也响起了一阵嘈杂的吵闹声。吵闹声并没有维持多久便戛然而止，取而代之的是钥匙插进锁孔的声音，接着是钥匙扭动的声音。牢房的大门忽然打开，一名日本士兵走了进来。

那名士兵摘下了头上的军帽，对庆虎道："庆虎，是我，快跟我走！"

庆虎惊喜道："文魁！"

穿着日军军服的贺文魁忙上前拉起庆虎，打开了他的手铐脚镣，将他扶出了囚室，外面另一名日军士兵扶着何神甫走了出来，一不小心露出了他戴在胸前的十字架。走廊的地上，则躺着两名已经晕过去的守卫。

庆虎忽然蹲下，拔出了守卫腰间的手枪，要向外冲。他被贺文魁一把拉住："庆虎，你要干什么？"

庆虎道："你们带着何神甫先走，我要去救秀娴。"

贺文魁拽住庆虎："秀娴那边另有安排，你别管了，快跟我们走！"

庆虎一愣，贺文魁恼怒地跺脚："王爷跟我们一起来的，他要救他的女儿！"

庆虎听了贺文魁的话，不再坚持，和他一起冲出了走廊。

70

楼院内，枪声大作，混乱不堪。王爷带着手下的家丁们依托着那十几个礼箱，向院内射击。罗兴利则带着手下还击。

王爷对两名手下道："把格格带走！"

两名手下拉扯着穿着一身红色旗袍的秀娴。秀娴却不肯离去，一边挣扎，一边哭喊着："爹，要走一起走！"

王爷恼怒道："啰唆什么！为了救你，我可把这么多年的老本都拿出来了。"

秀娴听了王爷的话，更不忍心离开。她没想到，父亲为了救她这个庶出的女儿，竟然不顾生死，亲自来救她，还动用了为了复辟培养的死士。

王爷见秀娴仍然不走，继续道："秀娴，你是我们宏王府唯一知书达理，有志向的孩子，你的哥哥弟弟们全都是纨绔子弟。所以我要拼死把你救出来，你得为了我们宏王府争口气，完成你爹的心愿！"

秀娴听了王爷的话，愣在那里，她直至今日才知道，父亲对她有如此的期许，她这才明白，为什么这么多年，父亲一直出钱培养她读书，还一再推迟她和罗家的婚期。

王爷大喊："拉走，把她拉走！"

又有两名手下上前，拉走了秀娴。

王爷大喊："给我狠狠地打，让他们看看，谁是主子，谁是奴才！"

路边幽暗的小巷内，停着两辆汽车。庆虎、贺文魁、何神甫坐在其中一辆车里。

庆虎问道："文魁，这到底是怎么回事？"

贺文魁答："那天去教堂，我见你们迟迟没有出来，里边还响了枪，知道大事不好。我想进去打探一下情况，却被一名教民拦住。他说里边被罗兴利埋了炸药，要救人得另想办法。我看到王爷被人扔出了教堂，就想着或许他愿意帮忙，救出秀娴。再加上有教民想救出被扣押的何神甫，于是咱们这三拨人就定了这么个救人的计划。"

小巷外枪声大作，四名死士护着秀娴向车子跑来。一名死士在还击的时候中枪倒地。

一名死士拉开车门，将秀娴推了进去。

死士道："你们快走，我和兄弟们开车引开他们！"

贺文魁问道："王爷呢？"

死士沉声道："被木下领日本兵包围了，生死不知。"

秀娴挣扎着要下车，被庆虎抱住。

死士对庆虎抱拳道："杜先生，我家格格就托付给你了！"

死士们登上后面的汽车，发动，向大路冲去。追击的日军纷纷登上摩托车和卡车，向那辆汽车追去。大路上，枪声大作。

渐渐地，小巷周围沉寂下来，就连罗府方向，也停止了枪声。

秀娴哭喊着："爹！"

庆虎拉住秀娴，对前面的贺文魁道："文魁，开车！"

庆虎醒来，头疼欲裂，眼前一片模糊。他在硬木的长条椅子上摸索着，手碰到了一个玻璃瓶，玻璃瓶落到地上，摔得粉碎。

庆虎渐渐清醒过来，看清楚自己是在一座小教堂中。教堂中的座席上坐满了男女老幼，他们都盯着庆虎，眼神中透露出怜悯和无奈。

庆虎弯腰从座位底下又拿出一瓶酒，拔开酒塞，将瓶嘴对着嘴，大口喝了起来。

忽然一只手夺过酒瓶，庆虎恼怒地抬头，看见秀娴拎着酒瓶站在他面前。秀娴双眼红肿，显然是刚刚哭过。

秀娴对庆虎道："庆虎哥，你还要喝到什么时候！你打算把自己喝死吗？"

庆虎冷笑道："我这么个废物，除了喝酒，还能干吗？还会干吗？我害死了姚大伯，害死了张老六，害死了那些信任我的弟兄。不但没能夺回来我们杜家的十字架，还弄丢了姚大伯的红宝石，因为我，罗兴利那小子就要得逞了！我现在只能喝酒，连死都不行。我不敢想，要是我死了，有什么脸去见姚大伯，我大哥，我爹，还有我爷爷！"

何神甫走进了教堂，教徒们纷纷站起，和他说着他们对庆虎的担忧。何神甫点头，一边安抚着教徒们，一边走到庆虎身旁。他向秀娴摆了摆手，坐到了庆虎身边。

何神甫对庆虎道："庆虎，你知道这是什么地方吗？"

庆虎看了一眼何神甫，答道："这不就是一座小教堂吗。"

何神甫摇了摇头，道："庆虎，这不单单是一座教堂，还是一座庇护所。"

"庇护所？"

何神甫道："对。哈尔滨被围之时，姚神甫曾经计划要将城郊的教堂改造成庇护所，安置教徒和难民。他找过你大哥庆龙，庆龙也担忧哈尔滨会失守，于是从本来就紧张的补给中抽调了一部分粮食和枪支弹药。我响应姚神甫的号召，召集教会的兄弟姐妹们，将补给偷偷运出了城，分别存放在了几所教堂内。正是因为姚神甫和庆龙的义举，才让城破后出逃的难民和教徒有了容身之所。"

教徒们纷纷在胸前划着十字架，叨念着："愿姚神甫和杜团长能在天堂安息。"

庆虎听了何神甫的话，望着眼前的男女老少，眼眶潮红。

庆虎喃喃自语道："和我大哥比起来，我简直就是个废物。我愧对我的姓氏，我不配姓杜，不配做杜家人。"

何神甫摇头道："不，庆虎。你是杜家的子孙，身上流着杜家的血。你们杜家自从瓦西里·杜比宁开始，就世代守护着阿尔巴津人。你的爷爷，还有你的哥哥，教名都叫作瓦西里。他们都是英雄。我希望你能够继承瓦西里这个教名，继续守护你的族人和你们的宝藏。"

庆虎羞愧地摇头："何神甫，我没有我爷爷的强韧隐忍，也没有我哥哥的英武果敢……"

何神甫起身道："庆虎，你身上有一样东西，这样东西使得许多人甘愿接受你的命令，和你一起去复仇。"

庆虎："那是什么？"

何神甫道："你们杜家的名声，你们杜家的血脉！"

何神甫拉起庆虎，把他拉出了教堂。

教堂外的阳光刺得庆虎睁不开眼睛。庆虎好不容易适应了阳光，发现眼前站着二三百名穿着便装的男人，他们有的背着步枪，有的背着大刀。在这支队伍的前面，站着贺文魁，他的手中，是一杆红色的大旗。秀娴上前，扯开大旗，上面写着几个大字："上帝自卫军"。

何神甫对庆虎说："他们都是在各个教堂避难的，听说杜团长的弟弟，姚神甫的养子在这里，自愿投奔而来。他们说，是姚神甫和杜团长让他们的家人能够活下去，所以他们要为姚神甫和杜团长复仇！"

男人们高喊："报仇！报仇！报仇！"

庆虎在喊声中激动地流下了泪水，对何神甫道："何神甫，我愿意继承哥哥的教名，从今天起，我就是瓦西里！"

71

小教堂内，庆虎和何神甫、贺文魁、秀娴坐在一起。

庆虎对众人道："姚大伯在临死前……"

庆虎忽然沉默了，秀娴抚摸着他的后背。

庆虎强压下悲伤，继续道："他临死前，曾经跟我说，贺家的后人在五家营，而权杖就在贺家后人的手里。"

贺文魁插话道："贺家？那不就是我们家吗？"

何神甫摇头道："我曾经听姚神甫说起过，那不是你们关外的贺家，而是曾经和他一起住在京城胡家圈胡同的贺家。那个贺家好像有个叫贺春的姑娘，三十年前曾经和姚神甫一起目睹了喇嘛庙惨案，庚子事变后就不知所踪了。姚神甫曾经找了她很久，没想到他真的寻访到了。"

庆虎点头道："这位贺春婶子如果还健在的话，今年也该五十多岁了。我建议咱们马上赶往五家营，赶在罗家和日本人之前找到那个权杖，然后毁掉它。"

贺文魁道："毁掉它？我听罗兴利说，这权杖可关系到一大笔宝藏呢。"

庆虎恨恨道："什么宝藏，分明是诅咒。这些年来，因为这笔宝藏死的人还不够多吗？我要永远毁掉找到这笔宝藏的线索，让它烂在地下！这是我报仇计划的第一步。我要让罗兴利的妄想彻底化为泡影！"

众人听了庆虎的话，面面相觑。

何神甫插话道："庆虎，最近又有教徒和难民来投奔我们了，如今我们的队伍已经有五百多人，可老弱妇孺也不少，有一千多人。男人都跟随我们去打仗了，剩下的老弱妇孺躲在教堂里也不是长久之计，你看该怎么办？"

庆虎道："保护民众，是我大哥庆龙的志向，也是他的遗愿。这些人我已经想好了法子安置。不过这件事要劳烦秀娴跑一趟。"

木下部队队部，罗兴利站在一张硕大的北满地图前思索着，在他身旁，则站着一名一脸谄笑的老者。

一名白俄士兵捧着一个木匣走了进来。

罗兴利抬头看了那名士兵一眼，那士兵报告道："罗曼诺夫长官，您要的东西已经准备好了。"

罗兴利满意地点点头道："很好，你记住了我真正的姓氏，是个机灵的家伙。"

罗兴利伸手打开了匣子，从里面拎出了王爷的头颅，一旁的老者吓得瘫坐在地上。

罗兴利对着头颅笑道："王爷，我本来想留你一条性命的，按说要成立的那个'满洲国'和我们的'阿尔巴津国'是盟邦。可您偏偏不识相，非要带人救走了杜庆虎和秀娴。您既然一定要和我们作对，那我就让别人看看，我们到底谁是主子，谁是奴才！"

罗兴利将头颅丢回了匣子，对士兵道："把它挂在街上，贴出告示，谁要是与反日分子合作，这就是下场！"

士兵转身离去。罗兴利走到老者面前，伸出了手："张执事，您别怕，您和我父亲是老交情，还向我们提供了宝贵的情报，我们是朋友。"

张执事看了一眼罗兴利那沾满了石灰的手，咽了一口唾沫，自己爬了起来。

罗兴利拍了拍手，继续道："您刚才说，姚承宗曾经有一阵子频繁外出？"

张执事道："是。姚承宗在辛亥年，也就是1911年在哈尔滨落脚后，把我从京城召了来。从此他每年都要出去两趟。至于他出去干什么，没人知道，他也从来都不说。但他在丙辰年，也就是你们来哈尔滨的前一年后，就再也没出过远门。"

罗兴利思忖道："哦？那你还记得他丙辰年最后一次走是在什么时间？"

张执事想了想，一拍脑门道："他走的那天是五月初五端午节，没走几天，赶在礼拜日一大早就回来了，走了整整七天。"

罗兴利继续问道："他是坐车还是步行？"

张执事摇头道："那我就不知道了，不过我猜应该是步行。"

罗兴利又问："哦？何出此言？"

张执事回答："姚承宗爱干净，他那次回来，特意吩咐我帮他把布鞋刷干净。我看那布鞋上全是泥，鞋底也磨坏了不少，看样子他是走了不少路。"

罗兴利走到地图前，手指地图上哈尔滨的位置，喃喃自语道："七天，去三天，回三天，用一天办事，以一个三十多岁的青壮年的脚力，一天至少可以走60里路，那么三天就是180里。"

罗兴利拿来直尺和铅笔，以哈尔滨为圆心，画了一个半径180里的圆。

罗兴利继续道："木下先生说，那老家伙临死前说权杖在贺家后人手里。如果他找到了贺家的后人，也把权杖交给他们，那一定是在丙辰年那次。可贺家的后人会在哪呢？"

罗兴利拉开抽屉，从抽屉中拿出了两封大洋，放在了桌子上，道："张执事，这两封大洋，有一封已经是你的了。至于另一封是不是你的，那就要看你的记忆力如何了。从现在开始，你就要给我努力地想，任何姚承宗那次出城的事都不要放过，只要你帮我找出他到底去了哪，另一封大洋就是你的。"

张执事望着那两封大洋，两眼放光，他皱起眉头努力思索着。当他看到罗兴利脚上的皮靴时，忽然指着皮靴兴奋地喊道："我想起来了！"

72

木下一下汽车，就看见高高悬挂在街边电线杆上的宏王爷的头颅，还有头颅上垂下的白色布幡，上面用朱砂写着"反日分子同此下场"字样。木下不禁怒火上涌。

宏王爷是木下精心准备的一颗棋子，因为他满清皇室的身份和与罗家的关系，他原指望待到学长扶植起"满洲国"后，利用宏王爷获得"满洲国"对于"阿尔巴津国"的支持。谁想到宏王爷居然如此看重秀娴那个庶出的女儿，为了她甚至不惜大动干戈以致放弃未来在"满洲国"的地位。木下那天夜里原本想带人包围宏王爷，先将他拘押。可罗兴利却"自作"主张，击毙了宏王爷和他手下的死士。事后木下质问罗兴利为何如此鲁莽，罗兴利却说是手下的白俄士兵所为，他毫不知情。

胆大妄为的罗兴利没想到，宏王爷之死甚至惊动了远在关东的废帝。而木下的学长也质问他为何要在这个"满洲国"即将建国的时刻闹出如此争端。多门中将更是趁机把他叫到了第二师团司令部羞辱了一番。多门声称第二师团即将出发，全力讨伐依兰的吉林自卫军余部，鉴于哈尔滨市区的治安不断恶化，希望他们的木下部队能够尽早到城外驻扎。言下之意，木下部队已经成为了祸乱之源。

木下面沉似水，命令白俄士兵摘下布幡和宏王爷的头颅。他怒气冲冲地走进了罗家楼院。他觉得，罗兴利这颗棋子，越来越难控制了。

队部办公室内，罗兴利兴奋地问道："张执事，你想起什么了？"

张执事抓耳挠腮道："马靴……不对，棉鞋……也不是，那东西就在我嘴边，反正是冬天穿的东西。"

罗兴利不明就里，却也不敢打断张执事的思路，只好任由他瞎猜。

张执事忽然道："对了，是靰鞡！姚承宗回来的时候，拎了一双崭新的絮了靰鞡草的夹鞋回来。我还好奇地问他，才过端午，拎这玩意回来干啥。他含含糊糊地说是一位朋友送的。看样子，这双鞋他挺看重，因为从那以后，这鞋他都没上过脚，一直藏在他的皮箱里。"

罗兴利眼前一亮，手指顺着松花江向东慢慢移动着，最终他的手指在巴彦县停了下来。

罗兴利："巴彦的靰鞡草远近闻名，是当地的特产。如果我猜得没错，那双鞋是贺春送给他的，他才会那么稀罕。那贺春就在巴彦的……"

罗兴利抄起尺子丈量之后，用铅笔在巴彦的正南方的圆弧边缘上画了个圈。

罗兴利扔下铅笔道："五家营，贺春在五家营！"

木下走进了队部办公室，见罗兴利兴奋的样子，不置一词。他瞥了一眼张执事，张执事看到木下冰冷的目光，吓得连忙鞠躬，刚要离开，却盯着桌上的那两封银圆，脸上满是恋恋不舍的表情。

罗兴利哈哈大笑，将两封银圆放在张执事手中，张执事连忙道谢，倒退着离开了队部办公室。

木下冷冷道："这个老家伙提供了什么情报，值这么一大笔钱。"

罗兴利兴奋地道："木下先生，我想请您和多门中将商量一下，借兵给木下部队。我们要去一趟巴彦的五家营。"

木下皱眉："五家营？"

罗兴利点头："刚刚那个张执事提供了线索，我可以肯定，权杖很可能就在五家营。杜庆虎和他的上帝自卫军很可能也在那里。"

听到这木下眼前一亮，暂时忘记罗兴利给他惹的麻烦。他兴奋地点头说："如果真是这样，我们距离传说中的阿尔巴津宝藏只有一步之遥了。"

罗兴利道："那多门中将那边……"

木下叹气道："多门中将即将去讨伐李杜残部，恐怕不会同意借兵，不过……"

罗兴利追问道："不过什么？"

木下冷笑："不过对付杜庆虎那号称上帝自卫军的乌合之众，还不必劳动多门中将。我们的木下部队足够了。"

五家营是个小村落，这里并不见马架子和土坯房，而是星罗棋布分布着撮罗子，这是一处索伦部聚居的村落。当杜庆虎带着几名自卫军战士走进村落时，眼前的情景触目惊心。很多撮罗子都被烧毁，地上的冰雪上遍布暗红的血迹，还有几具尸体倒在地上没来得及收敛。村落里只剩下老弱妇孺，壮丁一个都不见了。

当杜庆虎等人走进村落时，索伦族的女人们端起了猎枪和猎叉，直到何神甫和庆虎掏出了挂在胸前的十字架耐心解释，那些女人们才相信了他们不是敌人。何神甫找出自卫军中略懂索伦语的战士，经过询问才知道，这个村落前不久刚被日军袭击了。庆虎从日军自西至东的开拔路线来看，猜出袭击他们的日军，正是从哈尔滨城中开出，准备开往依兰讨伐的第二师团。在那场袭击中，日本人抢走了村落里为过冬储备的全部粮食，并糟蹋了村落里的索伦妇女，那些不甘忍受而奋起反抗的男人全部被杀，他们的撮罗子也被日军付之一炬。而村落里的男人们在日军走后，背上了猎枪和干粮，在安娜的带领下，去投奔了依兰的吉林自卫军。

庆虎听了女人们的叙述，沉默良久，他命人去通知村外的战士进村，帮助索伦人收敛尸体。庆虎追问安娜是谁，女人们七嘴八舌，纷纷提到了"贺春"这个名字，庆虎眼前一亮，追问贺春在哪，女人们指了指村落北边的一处树林，庆虎忙向树林跑去。等他跑进树林，大吃一惊。因为他看到，树林里并没有撮罗子，而是一个个坟茔，他在其中找到了一个写着汉字的墓碑，上面写着"先姓贺春之墓"。庆虎沮丧地发现,他辛苦寻找的贺春,已经死了。

庆虎失望地走回村落,贺文魁兴奋地拉住庆虎道:"找到啦!找到啦!"

庆虎摇头:"找到又有什么用,贺春已经死了。"

贺文魁兴奋道:"不是,贺春还有个女儿,是和白俄男人生的,名叫安娜!"

庆虎问:"安娜?那个带着索伦男人去投奔李杜的安娜?"

贺文魁答:"对,就是她!"

庆虎大喜,大喊道:"姚大伯,我找到贺家的后人了!"

忽然间,村落外,枪声大作。

73

罗兴利与木下站在五家营外的一处缓坡,观看着下面的战事。罗兴利上翘的嘴角带着嘲讽的笑容。

罗兴利笑道:"木下先生,果然姜还是老的辣。您这招守株待兔太有效了。"

木下听出了罗兴利话中的嘲讽之意,但他不愿与罗兴利多计较。因为在找到阿尔巴津宝藏,建立"阿尔巴津国"之前,罗兴利还是他一枚重要的棋子。尽管阿尔巴津人有很多,但不管出于什么目的,真心想与大日本合作的,只有哈尔滨的这一支罗家。如果他和罗家闹翻,那个本就不被军部和多门看好的"阿尔巴津国"就更加显得虚无缥缈。

木下之所以建议在五家营外埋伏,不贸然闯进,就是吃定了杜庆虎一定会率队赶来。对于木下而言,找到贺春乃至权杖,固然是重中之重,但如果能够顺便消灭了杜庆虎和他的反日游击队,更是锦上添花。木下急于要手下的这支部队立下功勋,重新赢得多门的信任。毕竟在他的建国大计中,多门这个驻守北满的将领的支持也必不可少。而且木下发现,杜庆虎已经不再是那个只会吃喝玩乐的花花公子。他的手下,集结了一支武装队伍,而且还在不断地壮大。一个领导反日游击队的青年,还是杜家的子弟,这是木下最为忌惮的敌手。杜喜礼隐忍数年,不远千里追击他哥哥的记忆让木下刻骨铭心。这也是在围城期间,他冒险启用罗兴利这颗棋子,击毙了杜庆龙的原因。但木下没想到的是,原本一向胸无大志的庆虎，居然在遭到惨败后，还能扯起一支队伍。他不得不再一次赞叹流淌在杜家血脉中的坚韧和强悍。而这更坚定了木下的想法——一定要彻底消灭这支"上帝自卫军"。

木下悠悠道："村庄中全都是索伦部的老弱妇孺，这是他们的拖累，就让这支上帝自卫军在这里被消灭吧！"

村落内，庆虎一面命人依托撮罗子向日军还击，一面嘱咐何神甫带人把老弱妇孺都集中在几个撮罗子内，不要乱跑，以免被流弹所伤。

贺文魁跑来，对庆虎道："小鬼子是有备而来，咱们这么打下去可不行。"

庆虎对贺文魁道："师傅，你让弟兄们五个人一组，打几枪就换个地方，一面打一面向内收缩阵地，拖住小鬼子。"

"拖住？这么拖下去，还不得让小鬼子包圆了？"

"我是队长！听我的！"

"庆虎，这个时候你别犯虎劲，不行咱们就撤吧！"

"撤？我仇还没报呢！"

贺文魁还要争辩，庆虎怒道："执行命令！"

贺文魁跺脚："犟种！"

贺文魁转身离去，按照庆虎的吩咐布置防御。

激战中，自卫军的战士不断后撤，最终都集中在了村庄的东南角，依托着几个撮罗子不断向日军还击。日军木下部队的白俄小队、日本小队将他们团团围住。

贺文魁一边还击一边怒道："庆虎，今天我们爷们可算是交代在这了！"

庆虎脸颊上的伤疤抽动着："不，师傅，交代在这的，是小鬼子们！"

山坡上的木下忽然脸色大变。他身旁的罗兴利大叫："这些土匪是从哪钻出来的！"

山下，一群土匪骑着马，呐喊着向日军冲来。土匪们先是用驳壳枪和马枪射击，等到冲到近前，又抽出了马刀，将刀刃甩向日军。这时，被围困的自卫军战士杜庆虎和贺文魁的率领下，发起了反冲锋，整个日军的阵脚大乱。

木下的嘴唇哆嗦着："我们上当了，他们是故意吸引我们进入圈套的！撤退！快传命令撤退！"

罗兴利指着下面一个熟悉的身影喊道："秀娴，是她带着土匪来救杜老二的！阿尔巴津小队，集合！跟我冲下去！"

一直在他身后沉默不语的罗国仁忽然上前，抬手给了罗兴利一个耳光。

罗兴利被罗国仁打懵了，愣在那里。

罗国仁道："阿尔巴津小队是我们罗家的子弟，你想把族人的命都赔进去吗？"

罗国仁转身对木下道："木下先生，下令撤退吧。"

木下点头道："还是罗先生懂得取舍。"

罗国仁对木下道："打蛇还要打七寸。对付杜家的人，这种招数是不行的。"

罗国仁转身对身旁的其格勒道："走吧。"

他不再理会脸上写满了愤怒和委屈的罗兴利，带着其格勒离去。

木下部队的各个小队在命令下已经撤走，他们撤走的时候还不忘带走了伤员和阵亡者。庆虎听从何神甫的劝说，下令停止射击，让敌人能够将他们死伤的战友带走。

贺文魁兴奋地要求带队追击，却被庆虎阻止。

庆虎道："木下诡计多端，不能不防。而且我大哥常说，穷寇莫追，我们还有大事要做，没时间和他们玩猫捉耗子。"

进了村落的秀娴陪着盖滨江走了过来。

庆虎上前道："秀娴，多谢你们及时赶到。"

秀娴还没说话，盖滨江就接茬："你们两个不是一家人了吗，还这么客套什么！"

秀娴听了盖滨江的话，脸上满是羞红。

贺文魁挠着头："这到底是咋回事？"

还不等庆虎说话，盖滨江抢着道："咋回事？我孙女带着那些老弱妇孺来柳条沟，说这些都是上帝自卫军的家属，要安置在我山上。既然他们家里的壮丁参加了上帝自卫军，跟小鬼子对着干，这还有啥说的，我盖滨江当然是照单全收，给吃给喝。孙女还要带人下山，说是孙女婿——孙女，你别脸红，你俩一会儿就在这拜堂成亲，我先这么叫着——交代她要借兵赶往五家营，以防小鬼子有埋伏。我一听孙女婿这么布置，是个人才，一定得见见。再加上我担心我孙女的安全，所以亲自领着一百多号兄弟下山来了。"

盖滨江拍了一下贺文魁的头："文魁，听明白了吗？"

贺文魁恍然大悟："庆虎，原来你早就有布置，要给小鬼子来个中心开花。"

盖滨江把贺文魁拉到一边："文魁，别在这碍事，赶紧让孙女孙女婿在这拜堂成亲，完了好让这小两口给我磕头。"

一直在一旁没说话的秀娴忽然道："不行！"

74

众人听秀娴说不行，俱是一愣。

贺文魁道："秀娴妹子，你不是从小就一心要嫁给庆虎吗？这话你虽没说明，但你对庆虎的情义大家都看到了。而且你还为了救庆虎不顾自己的安危，让罗兴利给捉了……"

贺文魁说到这里，忽然不再往下说了。贺文魁拍了一下脑袋："难道你不愿意和庆虎成婚，是因为初十那天晚上你和罗兴利……"

庆虎黑着脸道："师傅，你别瞎说！"

众人都埋怨贺文魁胡说八道，但心中都在琢磨着，假如贺文魁说的是对的呢？

秀娴显然看出了众人的心思，朗声道："我赵秀娴和罗兴利，既没有夫妻之名，也没有夫妻之实。我之所以不愿意和杜二哥成婚，是因为我爹死在罗兴利手上。杀父之仇未报，何谈儿女私情？况且杜二哥他也没说要娶我。"

秀娴的最后一句话声音降低了不少，但大家都听清楚了，都把目光投向了庆虎。绣球已经抛给了他，只要接住，这喜事就成了大半。他们都希望庆虎能够表个态，毕竟他们俩都曾为了彼此奋不顾身，虽然还没有名分，但在人们心中，他们早已是爱侣。

庆虎沉声道："秀娴妹子说得对，现在不是扯什么儿女私情的时候。木下部队虽然败退，但他们不会死心。当下最要紧的，是立即赶往依兰，找到那个叫安娜的姑娘。"

盖滨江点头道："庆虎，有大将之风，做事知道轻重缓急。我们的马匹都分给你，你带人骑马去，更快些。"

秀娴在一旁听庆虎说现在不是扯儿女私情的时候，心中一紧。她的理智告诉她，现在的形势是分秒必争，要庆虎现在和她成婚，的确不现实。但庆虎如此决绝地拒绝，却让她感到一阵失落。而听说庆虎要去找那个叫安娜的姑娘，她更是有些不知所措。

秀娴接口道："我也去！"

庆虎摇头道："秀娴，这些索伦部的老幼知道安娜的下落，他们不能再留在这里了。况且小鬼子抢走了他们的粮食，他们也没法过冬。还得拜托你和盖滨江大当家护送他们到一个安全的地方，妥善安置才好。"

庆虎顿了一下，继续道："况且现在依兰已经被小鬼子包围，去那里太危险了……"

秀娴听庆虎这么说，原本已经冷下来的一颗心，又被腾起的希望之火烤热了。

秀娴轻轻点头。

庆虎又对盖滨江拱手道："大当家的，老爷子，您对我们的帮助，我杜某人没齿难忘。等我报了仇，一定去柳条沟当面拜谢。您要是不嫌弃庆虎，到时候我向您行跪拜大礼，拜您做干爷！"

盖滨江笑道："那是最好，不过你一个人拜可不行，得和秀娴一起拜。"

庆虎瞥了一眼一旁的秀娴，对盖滨江道："大当家的，秀娴妹子就交给您了。事不宜迟，我们这就出发！"

庆虎说罢，招呼何神甫和贺文魁带着战士们翻身上马，向东方奔驰而去。

秀娴望着庆虎离去的背影，久久没有收回目光。

盖滨江道："秀娴，咱们也走吧。今天我见识了庆虎的手段，相信他一定能大仇得报，平安回到柳条沟找你的。"

上帝自卫军的马队在一处山林中休息着。贺文魁走到庆虎身旁问道："庆虎，人家秀娴对你可是一片真心，你可别辜负了她。"

庆虎沉默不语。

贺文魁道："你该不会是在惦记那个安娜吧？我听说她娘贺春就是个美人，把姚大伯迷得神魂颠倒的，再加上他爹是白俄，这个安娜不得长得像天仙一样？"

庆虎道："师傅，你别胡说！"

贺文魁挠挠脑袋："那你和秀娴到底是怎么回事？虽然你从前总是爱拈花惹草，但我知道你骨子里可是个痴情种子。你和秀娴在一起不是一天两天了，她十多年来一直黏着你，你不断地找姑娘，就为她能死心，是吧？"

庆虎忽然转头："师傅……"

贺文魁一摆手："你甭解释，我贺文魁可是老江湖，你肚子里的那点心思，我全都知道。"

庆虎沉默了一小会儿，忽然道："师傅，你说姚大伯当初已经找到了贺春婶子，为啥不娶了她？"

贺文魁："那还用说，那时候贺春婶子不是已经嫁给白俄了吗？"

庆虎摇头："我听索伦女人说，姚大伯找到贺春婶子的时候，她的白俄丈夫已经病死了，她那时候一个人拉扯着安娜。"

贺文魁一愣，摇头道："那我就不知道为啥了。"

庆虎又问："你说我大哥一表人才，还是东北军的军官，受过少帅的嘉奖，为啥快三十了，一直也没成家？"

贺文魁："你大哥是杜家的顶梁柱，他可能惦记着要找个贤惠的老婆，不但能为你们杜家传宗接代，还能照顾你和姚大伯，最后给耽误了。"

庆虎摇头，对贺文魁道："我现在多少能明白他的所忧所虑了。我，我大哥，我爷爷，姚大伯，包括贺春婶子，全都受传说中的阿尔巴津宝藏所累。我们身上背负着这东西，已经喘不过气来。假如你因为出身，注定一辈子要经历灾祸，还能把自己的心上人也拉进来吗？"

贺文魁望着庆虎，一时无语，不知是该表示赞同，还是该出言安慰。

庆虎："我猜姚大伯当初没娶贺春婶子，就是因为他太在乎她了，不忍心让她再经历灾祸，希望她能够在五家营这个不为人知的小村子里安度余生。我大哥从小受姚大伯器重，他俩无话不谈。现在回想起来，我大哥一直不成婚，或许是早就从姚大伯那里知道了宝藏的事。"

贺文魁恍然大悟："所以你和秀娴……"

庆虎道："师傅，走吧，我们还得赶路呢。木下、罗兴利还有罗国仁，个个狡诈多端。自从城破以来，他们处处占据先机，我们这一次决不能掉以轻心，让他们再抢先了。"

贺文魁忽然伸手摸了一把眼皮，嘟囔着："不知怎么了，我的右眼皮总是跳。"

庆虎皱眉道："师傅，右眼跳灾，这可不是什么好兆头。"

75

密林中，秀娴带着柳条沟的喽啰们保护着索伦部的老弱妇孺缓慢前行着。秀娴回头，看见几名索伦老人拄着树枝，艰难地行进着。她抬头向前看去，负责探路的盖滨江和索伦女人已经拉下队伍老远，队伍行进的速度实在是太慢了。

他们原计划护送索伦人到五家营东南的九道湾。那里是一小块冲积沙洲，松花江在那里分出两支，环绕九道湾而过，又在下游汇合。于是九道湾就成了一块四面环水的土地。过了九道湾以南的松花江支流，就是城子山和双龙山。两座山上是成片的密林。到了那里，索伦人就回到了自己的领地，日本军队就再也威胁不到他们的安全了。

可他们这支队伍中，需要照顾的老人和孩子太多了。尽管有不少年轻力壮的索伦女人帮忙，但缺少大车和牲畜的他们，实在没法再提高速度了。秀娴心急如焚。

远处的盖滨江忽然转身，向队伍大喊道："快撤！有鬼子！"

枪声骤然在前方响起，盖滨江晃了晃，一头栽倒。

秀娴忙命令喽啰们保护着索伦人后撤，自己则抢过一支驳壳枪，向盖滨江倒下的地方跑去。

秀娴跑到盖滨江身旁，一把扶起他，发现他身上血流如注，鲜血无论怎么按都止不住。

盖滨江看到秀娴，恼怒地伸手推开她，大喊："谁让你回来的！快走！"

秀娴努力架起盖滨江，拉扯着他向后撤走。但她走了两步却停住了，因为她看到，身后正在撤退的队伍已经被日军包围，喽啰们一个个中枪倒下。

盖滨江吐了一口血，大喊："我不行了！你快走！"

秀娴不肯放开盖滨江，他们身后枪声响起，盖滨江身子颤抖了一下，扑倒在地上，也带倒了秀娴。

盖滨江努力抬起握着驳壳枪的右手，将枪机调到连发，一抬手打出一梭子子弹。可他已经是灯枯油尽，抵不过驳壳枪巨大的后坐力，驳壳枪向上脱手飞出。

盖滨江要捡起掉在地上的驳壳枪，手却被一只皮靴踩住。一声枪响，盖滨江头部中弹，瞪着那支驳壳枪，身子不动了。秀娴大声尖叫着"爷爷"，却被两名高大的白俄士兵拉起。

罗兴利将手中的驳壳枪收入枪套，一把抓起秀娴的下巴道："秀娴，我说过，属于我们罗家的人，我一定会夺回来。"

秀娴向罗兴利的脸上啐了一口唾沫，罗兴利抬手一拳，打晕了秀娴。

黑暗之中，秀娴听到一阵女人撕心裂肺的喊叫声。秀娴努力睁开眼睛，发现自己正躺在一处帐篷中，手脚都捆着麻绳，身上则盖着厚厚的毛毡毯子。

她努力挣扎着爬到帐篷边，透过毛毡的缝隙看到，几名已经喝醉的日本士兵在拉扯着被绑在一处，坐在篝火边的索伦女人。一旁拎着酒瓶的白俄士兵跃跃欲试，而另一侧坐着几十名中国士兵，一声不吭地看着。

忽然响起一声枪响，秀娴吓得闭上了眼睛，等她再睁开眼睛，看见罗国仁举着手枪，站在几名日本士兵面前吼着："都给我滚回帐篷去！"

几名日本士兵愣在了当场，其他在一旁围观的日本士兵则拿起枪，默默站起。整个宿营地忽然陷入一阵沉静之中，只有索伦女人的啜泣声和火柴燃烧时爆出的噼啪声。

一名白俄小队长上前，挡在了日本士兵和罗国仁中间："罗先生，他们无非是想乐一乐，你又何苦替这些野蛮人出头。"

罗国仁瞥了一眼白俄小队长："乐一乐？"

白俄小队长道："当然，就是乐一乐。当初他们占领哈尔滨的时候，不也这么干过吗？"

罗国仁道："这么说来，你们白俄觉得这没什么？"

白俄小队长道："如果日本人允许的话，我们也想这么乐一乐。"

白俄小队长的话激起一旁围观的白俄一阵大笑。

罗国仁忽然抬手，枪声响起，白俄小队长手中的酒瓶应声破裂，酒洒了他一身。

白俄小队长恼怒道："你要干什么？"

罗国仁冷冷道："今天我倒要看看，谁想乐一乐，谁敢乐一乐！"

白俄士兵们听了罗国仁的话，扔掉手中的酒瓶，纷纷站起。

一直在一旁冷眼旁观的木下走上前道："罗先生，你不是木下部队的人，我们军中的事，还轮不着你管吧？"

罗国仁怒道："你们是军人，不是牲口。而且你们木下部队是为我们阿尔巴津人服务的，假如木下少佐管不好你手下的士兵，我罗国仁只好越俎代庖，替你管管了。"

木下道："罗先生，我想你弄错了，我们是大日本帝国的军人，不是你罗家的奴才，我们只是合作关系。如果你非要分出主次的话，那我就不客气了。"

木下说罢，日本士兵们都端起了枪。

罗兴利从帐篷中走出，见状掏出了枪，对一旁坐着的阿尔巴津小队道："你们还看着干什么？眼看着日本人逞威风？"

阿尔巴津小队的士兵们听了罗兴利的话，纷纷站起，持枪对准了对面的白俄小队和日本小队。

罗兴利抬手瞄准了木下："木下先生，这些索伦人都是我们阿尔巴津国的子民，不是你们日本人的泄欲工具。"

木下看着对面数量远远多于己方的阿尔巴津小队，沉默不语。

罗兴利道："木下少佐，咱们这支木下部队是一个中队的编制。虽说你手上掌握着日本小队和白俄小队，可他们在攻打五家营的时候损失惨重。现如今反倒是我们阿尔巴津人和中国人混编的阿尔巴津小队人更多一些。我建议你还是乖乖听我爹的话，管束好你的手下。"

木下道："罗兴利，下午你要放走索伦部的孩子和老人，我已经做出了让步，听了你的建议，现在你又得寸进尺，要保护这些索伦女人，你真是太大胆了。别忘了，我们日本人才是这块土地的主人！"

罗兴利笑道："得了吧，木下。多门中将早就不待见你了，一兵一卒都不肯借给你。你的确是日本人，可却是个可有可无的日本人。我劝你在找到权杖之前给我老实点，这样大家都还能合作下去，否则别怪我不客气！另外，我要纠正你一下，我不叫罗兴利，我叫鲍里斯·罗曼诺夫。"

罗兴利又对白俄队长道："你们是拿钱干事的。钱，我们罗家有的是。他木下已经在军中失了势，能不能拿到下个月的军饷都不一定。你们要想还能按时发饷，最好还是站到我们这边来。"

白俄小队长听了罗兴利的话，犹豫了一下，最终站到了罗兴利一边。其他白俄见小队长如此，也都走到了罗兴利这边。

木下看到自己身边只有二十多名日军士兵，恼怒地大喊："都给我滚回帐篷去！"

木下说罢，头也不回地走进了帐篷。在他身后，响起了罗兴利的冷笑。

76

依兰城被松花江以及它的两个支流环抱着，唯有城南是一片平原。原本这是一座三面环水，易守难攻的城市。但在正月里的东北，严寒使得三面水系这样的天然屏障变成了一马平川的通途。不知道是不是上天也偏向于骄狂的日本人，松花江居然连一次带凌汛的武封江都没有出现，取而代之的是一夜冻透的文封江。于是日军顺利越过上冻的冰河，包围了这座城市。李杜的吉林自卫军刚从哈尔滨撤出，战士们还来不及修整，就又投入了和仙台第二师团的激战中。

随着战斗的持续，日军的补给源源不断顺着公路从哈尔滨及周边各县向依兰前线输送着。前往依兰前线的日军运输队，大多会经过一座叫作抽风砬子山的地方。这座抽风砬子山，矗立在依兰城的西南方，虽然海拔并不高，也算不上军事要地，但因为依傍公路，所以有一个日军小队在这里驻扎，守卫山下的交通线。

庆虎带着上帝自卫军的战士们，静悄悄地埋伏在抽风砬子山半山腰的低矮灌木林中，观望着山下公路上的车辆。

庆虎一旁的贺文魁悄声道："庆虎，咱们在依兰周边转来转去，非但没找到那个安娜，还把自己转登迷糊了。如今下边是小鬼子的公路，上边是小鬼子的守备队，咱们卡在中间，简直太难受了。"

庆虎安慰说："师傅，别着急，估计咱们派出去的哨兵也该回来了。兴许他能找到当地的老乡，带我们走出这座山。"

庆虎话音刚落，山下忽然响起枪声。

贺文魁大惊："是谁放的枪！是不是不要命了！"

庆虎拉住贺文魁，指着山下轻声道："不是我们的人。"

又是一阵密集的枪声和爆炸声响起，贺文魁顺着庆虎手指的方向向山下望去，看到一支日军运输队停在公路上，运输队头尾的汽车冒出滚滚浓烟，显然是被打坏了。运输队的其他车辆夹在中间进退不得，负责押运的日军士兵只好跳下车，依托没有被打坏的五辆汽车向公路两侧还击。

公路下响起喊杀声，一群身穿索伦皮袍的汉子呼喊着端着猎枪、大刀和猎叉向公路上冲去，与日军展开了肉搏战。

贺文魁兴奋地喊道："庆虎，是索伦人！"

庆虎点头，他的目光却紧紧跟随着这支索伦人中那个为首的。那个首领身材高挑，身穿皮袍，头戴皮帽，手中拎着一杆猎叉，第一个冲进了阵中。

　　首领以一敌二，对面的两名五短身材但粗壮异常的日本士兵占不到一点便宜。那名首领挺猎叉向一名日军士兵刺去，士兵躲闪不及，被猎叉刺中。另一名士兵见同伴被刺中，挺刺刀向前突刺。那名首领急忙撒手，单膝跪倒，弯腰低头，堪堪躲过迎面刺来的刺刀，但首领的皮帽被挑落，头上金黄色的发辫随之落下。那首领反手握住猎叉的木柄，一用力将刺进日军身体的猎叉拔了出来，猎叉的叉头顺势向那名突刺的士兵横扫过去。士兵连忙站住，虽然躲过了叉头，却被叉头带过的鲜血糊住了眼睛，他闭着眼睛，挥舞着手中的步枪，在身前胡乱地刺着。那名首领冷笑着双手握紧了猎叉，在士兵抬起双臂挥舞步枪的一瞬间用力向前突刺。伴随着士兵的惨叫，猎叉刺进了他的小腹。

　　庆虎不由得赞叹道："好身手！"

　　这时山顶上忽然响起了机枪声，山下的索伦人纷纷中枪倒地，那名首领连忙回头向山顶望去，那是一张棱角分明，酷似白种人的女孩的脸。

　　"安娜！"庆虎不由得一声惊呼。

　　一旁的贺文魁道："庆虎，咱们怎么办？"

　　庆虎咬牙道："冲上山，解决了那个守备队。"

　　何神甫道："庆虎，山上可有日本人整整一个小队。"

　　庆虎："我的同胞陷入险境，我不能袖手旁观！"

　　庆虎猛地站起，抽出驳壳枪，大喊道："跟我冲！"

　　上帝自卫军的战士们纷纷站起，跟随庆虎向山顶冲去。

　　或许是守备小队压根没料到半山腰还埋伏着一支队伍，所以山顶上的战斗并没有持续多长时间。庆虎带领战士们先是举枪射击，然后扔了一轮手榴弹，又由贺文魁带领二十几名手持大刀的战士冲了上去，三下五除二就解决了余下的十几名小鬼子。

　　庆虎紧接着下令，就地补充弹药，向山下的公路上射击。由于上帝自卫军占领了制高点，所以山下负隅顽抗的日军陷入了上下交困的境地，没用多长时间，便被索伦人全部歼灭。

　　庆虎命令何神甫带一队弟兄在山顶警戒。他则和贺文魁带着其他人下了山。

山下的公路上，安娜正在指挥着索伦人将汽车上的弹药和食品装到马车上。安娜看到庆虎等人下了山，微笑着伸出右手道："谢谢你们的出手相助。"

庆虎握住了安娜的右手道："你好，安娜。"

安娜惊奇地望着庆虎："你认识我？"

庆虎点头道："我姓杜，叫杜庆虎。我们是特意来找你的。"

安娜："找我？"

庆虎："对，找你。你可能不是认识我，但一定知道姚承宗姚大伯。"

77

公路上一片狼藉。几辆被打坏的汽车还在冒着浓烟，地上则散落着搬运时掉落的罐头、饼干以及腌萝卜。被击毙的日军士兵被摆成一排，用白布覆盖着。而在一张白布上，中间渗出了一大摊血渍。白布被北风吹起，招展开来，仿佛是一面变了形的太阳旗。

木下走过去，一把抓住白布，见那名躺着的日军士兵面目狰狞，腹部的军服已经被军医剪开，还包扎着绷带。很显然，已经变为暗红色的纱布并没有止住鲜血，挽救回他的生命。木下将白布抖开，郑重其事地盖在了士兵的身上，最后将四角掖在了他身下。

木下站起身，摘下军帽，向那名死去的士兵行礼，然后小声道："真羡慕啊，您可以了无牵挂地回家了。"

一名日本士兵走上前，将一个索伦人的皮帽递给木下。

木下接过皮帽，仔细检查着，他忽然摘下手套，交给日本士兵，然后从皮帽中小心翼翼地拈出一根长长的金黄色的头发。

一旁的日本士兵小声道："据伤兵说，他们是被一股索伦人所袭击，领头的是一个中俄混血的女子，大概二十六七岁的样子。"

木下将鼻子凑近皮帽，闻到了一股淡淡的香味。

木下的嘴角露出微笑："安娜。"

日本士兵继续道："全歼了山上守备小队，帮助索伦人偷袭的，是上帝自卫军。"

木下点头："杜庆虎。他们终于汇合在一处了。这样省了我不少力气。"

木下对一旁第二师团的一名少尉道："给我接通电话，我要和你们的联队长通话。"

少尉答道："是，少佐。"

木下冷笑道："我要和多门的第四联队做笔生意，他们为我提供车辆和人手，我会帮他们扫除这支活跃在补给线上的索伦游击队，让他们的后勤补给畅通无阻。"

木下掏出了一瓶药水，递给日本士兵道："让白俄小队和阿尔巴津小队好好睡一觉，我晚上要带着日本小队出动。"

日本士兵接过药瓶鞠躬道："是，少佐！"

在林间的一处宿营地，上帝自卫军和索伦游击队的战士们三三两两地聚在篝火前，一边喝酒一边闲聊着。

在营地的一角，一处小小的篝火前，安娜和杜庆虎相对而坐。

庆虎道："安娜，整个事情的来龙去脉我已经和你说清楚了，请你拿出你们贺家的权杖吧。只要我们毁了它，木下和罗家的阴谋就不会得逞。我们阿尔巴津人几百年来背负的诅咒也会就此终结。"

安娜低头不语，手中玩弄着一把匕首。

庆虎道："如果贺春婶子还健在，是会同意我的请求的。"

安娜将匕首掷进了脚下的泥土里。

安娜摇头道："不，她不会。"

庆虎惊诧地："安娜，难道那笔宝藏就那么重要吗？"

安娜盯着庆虎："杜二哥，你知道我们为什么要在公路上伏击小鬼子吗？"

庆虎不明白安娜为何没头没脑地问了这么一句。

庆虎答道："你们是想断了小鬼子的补给，帮助李杜将军守住依兰。"

安娜摇头："你只答对了一半。我们这么干，不止是为了袭扰小鬼子。依兰城内已经断粮了，我要把抢来的补给送进城去。"

庆虎疑惑地："不可能，依兰才被围住几天，怎么可能断粮！"

安娜叹息："我也是带着弟兄们投奔了李杜将军以后才知道的。他们的吉林自卫军在守卫哈尔滨的时候，就已经补给困难了。他不断地给关内的副总司令拍发电报请求支援，但直到撤出哈尔滨，也没见到一粒粮食、一颗子弹运出关。就是这支疲敝之师，缺衣少穿，没有粮食，没有药品，甚至连子弹都快用光了，还在依兰苦苦支撑着。如今自卫军全靠我们这些分散在城外各处的游击队袭扰公路抢来鬼子的补给。"

庆虎听了安娜的话，思索着。

安娜又道："庆虎，你只是为了报仇，就要毁掉权杖，彻底埋葬那笔宝藏，实在是太自私了。如果找出那笔宝藏，充当军资的话，李杜将军的自卫军就能坚持下去，实力大增。如果再利用这笔钱组织民众，发展抗日武装，四处伏击日军，到时候将小鬼子们赶出北满都是可能的！"

庆虎难以置信地望着安娜："安娜，这些都是你想出来的？"

安娜摇头道："不，这是李杜将军的计划。每次我们运送补给进城，他再忙都要来见见我们。他也愿意和我聊聊他抗击日寇的计划。能看得出，这计划已经在他心中酝酿很久了。只可惜，他巧妇难为无米之炊，不会撒豆成兵的魔法。"

庆虎缓缓道："安娜，或许我真的太自私了，只顾自己的家仇。这笔宝藏既不是我们杜家的，也不是他们罗家的，更不是阿尔巴津人的，而是中国人的。小日本非灭了我们的中国不可，那这笔钱就该用在打鬼子上。"

安娜点点头："庆虎，如果你能这么想，才真的不辜负你瓦西里的教名。我想如果你们杜家的祖先瓦西里还活着，是会赞同你的想法的。"

安娜拔出插在地上的匕首，交给了庆虎。

庆虎疑惑地接过匕首："安娜，这是？"

安娜嫣然一笑："权杖交给你了，接下来你就要找到罗兴利，夺回其他四样宝贝，找到宝藏，支援抗日。"

庆虎恍然大悟，惊喜地望着那柄匕首，见匕首的握柄上镀着一层黄金，而护手部分则是一个圆形的基座，上面镶嵌着绿松石，其中两颗已经遗失不见，在遗失绿松石的位置，还有一道长长的刀痕。这正是那柄拉辛的权杖。

庆虎眼中闪过一丝兴奋，然后又低下头，满含愧疚地对安娜道："安娜，关于宝藏，其实我隐瞒了实情……"

还未等庆虎说完，营地忽然变得雪亮。

庆虎和安娜急忙站起，见营地外停了一辆卡车，卡车的车灯将营地内的情况照得清清楚楚。木下从驾驶室中跳下，高举着一面白棋。

木下见到庆虎和安娜，笑道："庆虎，这位美丽的小姐一定就是贺春的女儿安娜吧？你们真是让我找得好苦。"

庆虎掏出了枪，对准木下："兄弟们抄家伙！"

游击队员们纷纷抄起步枪，对准了木下和那辆汽车。

木下看着黑压压的枪口，不以为意，笑道："庆虎，我是来和你做买卖的，你这么动刀动枪可就不好了。"

78

木下走到卡车侧面，扯下了车厢上蒙着的帆布，里面露出了被绑住双手、堵住了嘴的索伦女人们，她们旁边则站着日本士兵，持枪顶住了她们的头。

安娜看到那些索伦女子，眉头紧锁。

木下又拽下了一名披头散发的女子，将她拉到汽车前，掏出手枪，对准了她的头。

木下对庆虎道："杜庆虎，你手头有我要的东西，我也有你要的人。"

木下一把扯下了勒住女子嘴的布条。

那女子高喊道：'杜二哥，千万不能把权杖给他！'

杜庆虎认出了那女子，紧张地大喊："木下，你把秀娴放开！我可以答应你的条件！"

木下拉扯着秀娴道："杜庆虎，没想到你表面上看是个花花公子，可骨子里居然是这么个痴情的人。"

安娜在一旁焦急地对庆虎道："庆虎，绝不能把权杖给他。"

木下冷笑一声，对车上的一名日本士兵下令道："开枪！"

日本士兵开枪，站在枪口前的索伦女人应声倒下，被日本士兵踢下了车。

车上的索伦女人发出了呜呜的哭声，营地中的索伦游击队员大声惊呼。

安娜掏出手枪高喊："木下！"

木下笑道："安娜，你不要太激动，其实你是能救下她们的性命的。不过你们要是不交出权杖，我就只好再杀一个，然后再杀一个，直到杀光为止。"

庆虎拉住了激动的安娜："安娜，请你相信我。"

庆虎高举匕首道："木下，你不是想要权杖吗，这个匕首的手柄就是那权杖。这些索伦女人是无辜的，请你把她们放了。你知道，想要要挟我，有一个秀娴就够了！"

木下盯着庆虎手中闪耀着金光的匕首手柄，还有基座上的刀痕，确定那是权杖无疑。木下点点头，下令释放了车上的索伦女人。女人们哭喊着跑向营地，索伦战士们将他们抱住，扯下布条，割断绳子，轻声安慰着。

木下喊道："杜庆虎，你看这团圆的一幕多感人啊，你不想和你的秀娴早日团聚吗？"

秀娴高喊："杜二哥，你要替我报仇！"

秀娴说着，用头撞向木下，木下躲开，秀娴又要撞向卡车，却被车上跳下的两名士兵死死拉住。

庆虎见状，忙高喊："秀娴，你给我好好活着！"

秀娴听见庆虎的话，愣住。

庆虎扔下手中的手枪，又对木下喊道："木下，带着秀娴走到中间来，我们交换！"

木下整了整军帽，看了一眼身旁还在挣扎的秀娴，冷笑道："好啊！就照你说的办。"

安娜在一旁愤怒地说："庆虎，你就打算这么把权杖拱手相让，送给敌人吗？"

庆虎在安娜耳边耳语了两句，安娜脸上的神情由愤怒转为震惊。

庆虎坚定地："安娜，请相信我！"

庆虎高举着匕首，向木下走去。木下冷笑着拉过秀娴，用枪逼住，向庆虎走去。

二人走到中央，庆虎伸手将匕首递了过去："木下，权杖是你的了。"

木下将秀娴推到庆虎一边，伸手抢过了匕首。

木下道："杜庆虎，你太天真了。"

木下话音刚落，他身后的汽车响起喇叭声。营地外枪声大作。

木下笑道："杜庆虎，你真以为我是来和你做买卖的吗？我的士兵已经把你们的营地包围了！"

汽车上的士兵纷纷开枪，木下举枪要向庆虎射击，忽然一支猎叉飞来，将他手中的枪打飞。

安娜高喊："庆虎，快回来！"

木下慌忙向汽车跑去。

营地外的枪声响得更加激烈，喊杀声四起，但大多是中国士兵的喊声。

贺文魁跑到庆虎和安娜面前道："吉林自卫军接应的部队到了，在营地外和小鬼子干起来了，不过小鬼子人数不多，已经开始撤退。"

安娜忽然大喊："木下！"

他们这才发现，木下已经带着权杖驾车逃离了营地。

安娜招呼着索伦战士，要去追击木下，却被庆虎拦住。

庆虎对安娜道："别追了，赶快带我去见李杜将军。"

清晨，在依兰城内的一处民宅内，庆虎和安娜见到了满面倦容的李杜将军。

李杜对安娜道："安娜，多谢你们索伦游击队送来的给养。要是没有你们，我们吉林自卫军坚持不到今天。"

李杜转向庆虎，上下打量着："这位就是你说的那个组织正教徒成立上帝自卫军的杜庆虎？"

安娜点头道："正是他。他这次来见您，是想告诉您一件我们阿尔巴津人的秘密。"

庆虎道："李杜将军，我早就对您矢志抗日的大名如雷贯耳。您可能不认识我，但一定认识我哥哥，他叫杜庆龙，曾经在您的麾下任团长。"

李杜恍然大悟，又仔细端详着庆虎，喃喃自语道："刚才我就看你有点眼熟，你这么一说，果然和庆龙很像。庆龙，庆虎，可不就是兄弟俩吗。你们杜家兄弟都是好样的，只不过你哥哥英年早逝，太可惜了。"

李杜说到这里，轻轻叹息着。

庆虎眼圈潮红，努力让自己的情绪平复下来："李将军，我听安娜说，你们缺少物资补给，我愿意拿出我们一笔财产，资助你们抗日。"

李杜眼前一亮："庆虎，如果这是真的，可就解了我们的燃眉之急了！"

安娜接口道："我们祖上留下了一笔宝藏，杜二哥已经掌握了宝藏的所在。"

庆虎走到墙上的地图前，拿起红蓝铅笔，在中苏边境的大雷子山上画了一个圈。

庆虎对李杜道："李将军，那笔宝藏就埋在这里，大雷子山！"

79

在充当临时驻地的民房里，庆虎正在和上帝自卫军的战士们收拾着行囊，安娜走了进来，问道："庆虎，原来你早就知道宝藏的确切地址？"

庆虎停下手里的活计："姚大伯在临终的时候，除了告诉我贺家的后人在五家营，还告诉我，当初我爷爷在木下真一死后，就已经找出了宝藏的确切位置。但是他们怕这笔不祥的宝藏遗祸后人，就将这个秘密带进了坟墓。姚大伯怕罗家先一步得到宝藏，不得不把秘密告诉了我。"

"庆虎，你既然知道了这笔宝藏在哪，为什么不直接取出来？"

"安娜，这笔宝藏对我而言并不重要。我从前的心愿不过是为姚大伯和我大哥报仇。"

"那你如今的心愿呢？"

庆虎庄严道："把日本人赶出中国去！"

安娜敬佩地望着庆虎："庆虎，我愿意和你并肩战斗。"

安娜凑近了庆虎，呼吸有些急促。庆虎甚至感受到了她呼出的气息，那气息温暖而潮湿。

"杜二哥！"秀娴的声音忽然传来，安娜脸色绯红，急忙道："我去看看索伦游击队准备得怎么样了。"

安娜不等庆虎回应，也没和秀娴打招呼，就独自离去了。

秀娴看了眼安娜，有些奇怪地说："她怎么不和我打招呼，是不是因为你用贺家权杖换了我回来，她生气了？"

庆虎摇头："我也不懂，她怎么突然就走了。"

秀娴道："杜二哥，多谢你从木下手里救下了我，可我害得你丢了权杖……"

庆虎道："没什么，权杖不过是个死物件，我不能为了它让你丢了性命。"

秀娴轻声说："杜二哥，我就那么重要吗？"

庆虎看了一眼秀娴，缓缓道："秀娴，我说了真相你不要生气。我是故意把权杖交给木下的。如果我不用权杖换回你，他就会怀疑我的布置。"

秀娴惊讶地："故意？布置？杜二哥，你的话我听不懂。"

庆虎扶住她的肩："秀娴，姚大伯已经把埋藏宝藏的地点告诉我了。木下和罗兴利父子处心积虑要找到那笔宝藏。所以我就把最后的线索交给他们，让他们找上门去。"

秀娴恍然大悟："你会带着上帝自卫军提前赶到，在那里埋伏他们？"

庆虎点头："我和李杜将军说了，要找出宝藏，交给他们充当军资。但我也要把仇报了，跟他们罗家来个彻底的了结！"

秀娴激动地说："杜二哥，我也要去。我要为我爹报仇！"

庆虎摇头道："秀娴，这一趟太危险了。给你爹报仇的事，我会替你做，但你不能跟着去。"

秀娴冲口而出："再危险我也不怕。我秀娴虽然是女儿身，但一点不比你们差。再说……"

"再说什么？"

秀娴的脸红了，她小声道："让你替我报仇，你成我什么人了？"

庆虎看着秀娴，沉默良久道："秀娴，我们结婚吧。"

秀娴望着庆虎，一时间激动得说不出话来。

庆虎温柔地问："你愿意吗？我是真心实意的。"

秀娴忙点头。

庆虎又道："不过我有个条件，只有你答应了我，咱们才能完婚。"

秀娴点头："杜二哥——哦不，庆虎，你说。"

庆虎道："结了婚，你留在依兰，你爹的仇，我替你报！"

秀娴沉默不语。

庆虎忙道："秀娴，你对我的心思，我早就明白。这些年来我刻意疏远你，是因为不想让你和我一起承担阿尔巴津宝藏这个诅咒。我想用和其他女孩相好的法子气走你，可你却对我一直不离不弃。你越是这样，我心里越是难受。如今罗家投靠了日本人，这笔宝藏也即将被找出，我再也不必顾虑什么了……"

秀娴听了庆虎的话，一把抱住了庆虎，流着眼泪道："庆虎！"

庆虎也紧紧地抱住秀娴，轻声道："这一去，危险重重。我不想你有任何危险。留下来吧，让我心无旁骛地完成使命。"

秀娴忙点头："我答应你！"

庆虎抱紧了秀娴，仿佛害怕再一次失去她。二人流着泪紧紧相拥。

门外，安娜抬手擦去脸上的泪水，轻轻叹了口气，依依不舍地望了一眼庆虎，转身离去。

因为是战时，所以庆虎和秀娴的婚礼很简短。李杜临时找了一处县城中的大宅子，简单布置一番充当教堂。在这里，伴随着城外隆隆的炮声，庆虎和秀娴在何神甫的主持下完婚。李杜等来宾们仅仅喝了一杯充当喜酒的茶水，便匆匆离去。贺文魁和上帝自卫军的战士们也因为第二天拂晓就要出发而早早离去。安娜分别敬了庆虎和秀娴一杯茶，庆虎看出她有许多话想说，但她终究没有开口。安娜最终只说了一句，那就是请庆虎放心，她一定会保护秀娴的安全。安娜说罢，便领着索伦游击队出城了。庆虎不知道的是，原本没有任务的安娜，主动向李杜提出要率队出城搜寻补给。

安娜和索伦战士们走在山路上，她此刻只想将那份对庆虎的感情压在心底。虽然她和庆虎相处只有短短的几天，但庆虎的机智和果敢彻底征服了她。当她看到庆虎为了救秀娴不顾一切，并向秀娴表白时，心知这个男人这一生不会爱上除了秀娴之外的其他女人了，包括她安娜。

正当安娜柔肠百转之时，队伍中不知是谁忽然唱起了歌，其他的索伦汉子也跟着唱了起来：

我们索伦人，

世代游猎在山中，

把蓝天当被盖，

黑地当床铺，

儿子爸爸和爷爷，

他们的日子都相同！

安娜听到这歌声，不由得跟着高唱了起来：

登高山，

过河川，

走草滩，

撅下映山红枝当马鞭！

生时自由，

死了也没什么稀罕，

魂灵归于山林，

归于慈悲的宝日坎！

唱完了最后一句，索伦汉子们都高喊起来："一切都是宝日坎的安排！"

安娜喃喃自语道："一切都是宝日坎的安排。"

安娜忽然觉得心中一阵释然。

80

一处密林中的营地，面色苍白的罗兴利钻进了毛毡帐篷。刚一钻进帐篷，罗兴利就看到了坐在帐篷边的其格勒，他厌恶地瞥了其格勒一眼，命令道："出去！"

其格勒刚要起身，一旁正在查看着权杖的罗国仁头也不抬，道："留下！"

其格勒又缓缓地坐了回去。

罗兴利赌气道："爹！"

罗国仁道："我信得过她，我们罗家的事，没有什么可以瞒她的。"

罗兴利瞪了其格勒一眼，道："有什么事，您就说吧，我还忙着呢。"

罗国仁挥了挥手："坐下。"

罗兴利指着帐篷外道："爹，自从前两天我们和日本小队火并之后，那些白俄蠢蠢欲动，不是找我要钱，就是找我要女人，还威胁说他们要向军部检举我们……"

罗国仁厉声道："我让你坐下！"

罗兴利一屁股坐在了罗国仁对面，怒气冲冲地喘着粗气，不再说话。

罗国仁这才抬起头，用凌厉的目光盯着罗兴利："兴利，我找到了！"

罗兴利听了罗国仁的话，诧异地望着他："爹，你找到什么了？"

罗国仁道："我心里最在乎什么，你一清二楚吧？"

罗兴利忽然兴奋地说："爹，你是找到阿尔巴津人的宝藏了？"

罗国仁点点头："我终于破解了瓦西里·杜比宁留下的谜语。那宝藏压根不在雅克萨，而在雅克萨以西 60 里的大雷子山！"

罗兴利兴奋地一跃而起，来回走着："找到了，终于找到了！"

罗国仁长出一口气，悠悠道："大哥，我终于没有辜负我们罗家的名声，找到了宝藏。"

罗兴利忽然面色阴沉地抽出了枪。

罗国仁盯着他，问道："兴利，你这是要干什么？"

罗兴利冷冷道："既然已经找到了宝藏，木下也就没用了。与其留着他碍手碍脚，不如直接杀了。"

罗国仁摇头道："兴利，我看你是咽不下他用秀娴换回权杖的这口气吧？"

罗兴利咬牙切齿道："他居然敢给我们下药。我们哥萨克，有仇必报！"

罗国仁道："兴利，你不是说你不在乎秀娴那个丫头吗？"

罗国仁这么一问，倒让罗兴利的心头泛起了疑问：秀娴对他来说，真的那么重要吗？甚至让他失去理智，要杀掉木下泄愤。对于这个早就盘绕在他心头的疑问，他从来没有认真想过如何解答。或者说，他一直在刻意回避，不愿回答。

三天前，当罗兴利从睡梦中醒来，得知木下给他们下了安眠药，并带着日本小队去与杜庆虎谈判，用秀娴换回了权杖后，暴怒异常。他率领着中国小队和白俄小队，与日本小队发生了火并。这次火并因为双方实力上巨大的差距而显得十分短暂。木下和日本小队被解除了武装，罗兴利下令将他们全部枪毙，如果不是罗国仁及时阻拦，木下和那些日本士兵如今就已经是他们的枪下游魂了。

罗国仁对罗兴利道："小不忍则乱大谋，在找到宝藏之前，我们还要获得日本人的支持，穿越日本人的防区，木下他们还有用。"

罗兴利还要争辩，忽然营地内响起了一声枪响，还有嘈杂的脚步声。一名中国士兵闯进了帐篷，报告道："不好了，木下跑了！"

罗兴利质问道："怎么搞的？"

士兵回答道："那个木下花言巧语哄骗了看守他的白俄。那白俄放他出来后，他还要救出其他日本人。白俄反悔了，他就抢了白俄的枪，杀了白俄后逃走了。"

罗兴利忙说："快！吩咐下去，五人一组，把木下给我抓回来，他要是反抗的话，直接就地击毙！"

罗国仁沉声道："别追了！"

罗国仁连忙将面前小桌上的权杖、宝石、十字架还有牛角号角装进了一个鹿皮袋中，道："兴利，别浪费时间追木下了。既然已经知道了具体位置，咱们就别再耽搁了，赶紧招呼人收拾行装上路。"

罗兴利犹豫了一下，罗国仁上前拍了拍他的肩膀："兴利，别忘了你到底想要什么。"

罗兴利咬了咬牙，对那名士兵道："传我的命令，马上收拾行装，咱们连夜赶路到大雷子山。"

罗兴利和罗国仁带领着木下部队的士兵们一路向北，日夜兼程，终于赶到了大雷子山的山脚下。

罗兴利兴奋地指着并不十分高大的大雷子山道："爹，这就是大雷子山了。"

罗国仁点头道："按照线索的指示，藏宝的地点应该在大雷子山的东坡，我看前面有个小村子，咱们在那里歇歇脚，然后绕到东坡去。"

正在这时，村里传来了凄厉的喊叫声。一名赤身裸体的女子跑出了村子。她努力用一件粗布的绵旗袍遮住自己的身子，躲避一名日本士兵的追逐。那士兵嬉笑着，仿佛这是一场猫捉老鼠的游戏。

那女子看到罗兴利等人穿着日本军服，吓得一下站住了。

那名日本士兵一脚将女子踹倒在地，一把抓住女子的头发，对罗兴利用日语道："长官，前面那个村里还有不少女人，不过我们小队是先来的，恐怕你们得先等一等了。"

罗兴利盯着士兵，手放在了枪套上。

罗国仁轻声道："兴利，不要节外生枝。"

那名士兵得意地将女子拎起，扛在肩上，走回村子。那名女子不住地哀求着。

罗国仁听了那女子的哀求声，脸色一变。他听出，那女子说的是满语，她哀求那个士兵不要在她家，当着她孩子的面糟蹋她。

罗国仁对罗兴利道："兴利，你问问他，这个村里是不是都是旗人。"

罗兴利震惊地望着罗国仁，然后操着日语问了那个士兵。那个士兵回答说，这是个旗人的村子，住的全都是旗人。

罗国仁猛地抽出了那个用权杖改造的匕首。

罗兴利叫道："爹！"

罗国仁道："兴利，不管你改叫什么名字，我们都是旗人！"

罗兴利掏出了手枪："对，他们也是我们阿尔巴津国的子民。"

罗国仁摇了摇头："不要用枪，这样会惊动周边的日本兵。"

罗兴利点头，对身后的战士们小声吩咐着："上刺刀！"

81

村落里，木下部队的士兵们，应该说是木下部队中的白俄小队的士兵们，持枪对准了跪在地上的日本士兵们。士兵们双手被捆住，跪成一排，在他们面前，则是刚才他们被迫挖的土坑。

一旁的罗兴利咽了一口唾沫，问道："爹，你考虑好了吗？"

罗国仁望着不远处地上男人们的尸体，还有跪在尸体旁痛哭的女人们，点了点头。

白俄士兵们持枪的手在微微颤抖，因为跪在他们枪口前的，不光是在这个村庄里烧杀抢掠的日本讨伐队，而且还有曾经和他们并肩战斗的木下部队日本小队残存的日本士兵。

白俄小队长走到罗国仁身边道："罗先生，我的士兵干不了这种刽子手的活儿！还是让你的部下干吧。"

罗国仁冷笑道："干不了也得干。这是我的命令。你们要脱离了我们阿尔巴津人，最终的结局就是被日本人当成叛军剿灭。如果你的士兵今天开了枪，就是帮助我们建国的功臣。到时候阿尔巴津的宝藏少不了要分给你们一份！"

白俄小队长思索了片刻，最终下定了决心，走到他的小队旁，抽出了指挥刀，高高举起："预备！"

不知是哪个日军俘虏忽然喊了一声："我不想死！我只有十八岁！"

在这名日军俘虏的呼喊声的带领下，日军俘虏们纷纷大声哭喊求饶。

罗兴利向地上吐了一口唾沫："孬种！"

罗国仁对白俄小队长喊道："下令吧，他们嚎得我心烦！"

白俄小队长挥下指挥刀："开枪！"

白俄士兵们扣动了扳机，枪声纷纷响起，代替了日本俘虏撕心裂肺的哭声。

开了枪之后的白俄士兵们仿佛得到了解脱，纷纷抬脚将已经死去的日本士兵踢进了土坑。

罗国仁用满语对村民们喊着："能拿得起枪的男人都跟我走，女人们把这些日本人都埋了！"

罗兴利从阿尔巴津小队长手中接过一面旭日旗，用打火机点燃，扔在了地上。然后又扯下了自己军服上的领章和军衔，又用匕首将缝在棉帽上的那个黄色五角星挑了下来，随手扔进了火里。

罗兴利高喊："咱们不给小日本卖命了！我们也不叫木下部队了！从今天起，我们改名叫阿尔巴津独立军！"

队伍中的阿尔巴津人爆发出一阵欢呼，白俄们则随声附和着。

战士们学着罗兴利的样子，将领章、军衔和五角星拆下，扔进了火里。

罗国仁望着那团火焰，喃喃自语道："大哥，你听到了吗？我们不但要夺回罗家的财产，还要建立自己的国家了！"

在刚刚加入的旗人战士的引领下，罗兴利带着队伍顺着山路来到了大雷子山的东坡。罗国仁仔细观察着周围的环境。这里遍布茂密的白桦、松树和红皮云杉，在树下，则是厚厚的积雪。如果不是当地人带路，外人很容易就会迷失在这里。可罗国仁仿佛是来过这里，他很轻易地就带领人们找到了一处山脚下缓坡。

罗国仁指着西面渐渐隆起的高坡道："兴利，仔细看，从这里顺着上去，有一条小路，直通半山腰的水泡子。"

罗兴利顺着父亲手指的方向向上看，果然看到在茂密的山林中，隐约有一条白线，那是没有树木覆盖的白雪的颜色。这条白线直通山腰处，在那里有一块小小的反光点。

"转过那个小水泡子，背后应该有个山洞……"罗国仁话还没说完，周围响起一阵急促的枪声和爆炸声。阿尔巴津独立军的战士们猝不及防，纷纷中弹倒下。

罗兴利忙大喊："就地找掩护！"

罗兴利一把拉倒了罗国仁，罗国仁身旁的其格勒也跟着趴下。

罗兴利对罗国仁道："爹，听这枪声，步枪和轻机枪相配合，其中还有掷弹筒，这是小日本的驻屯军！"

罗国仁："这里怎么会有驻屯军？是不是来找那一个小队讨伐队的？"

罗兴利摇头："日本人的讨伐队从来都是小队行动。这股小鬼子火力这么猛，至少有两个小队的兵力，哪是什么讨伐队，我们中埋伏了！"

罗国仁脸色阴沉地道："恐怕是那个木下搞的鬼。"

山林中，一名日军大尉举着望远镜，观察着缓坡上的情况。

大尉放下望远镜，操着一口关西口音得意地对身边的木下道："木下少佐，不是我吹嘘，我的松岗中队可是第八联队的精锐，对付这些乌合之众不成问题。"

木下点头道："松岗大尉，多谢你的鼎力相助，出动了两个小队帮助我完成平叛。"

松岗大笑道："我的中队驻屯在这中苏边境的大兴安岭，每天除了上山打打野物，实在无事可做。所以这次出动，就当是演习拉练了。"

木下继续称赞道："松岗大尉身在荒郊野岭，还不忘练兵备战，实在是忧国忧民啊。您这样的爱国志士，只做一个小小的大尉，实在是屈就了……"

松岗连忙打断木下的话，皱眉道："喂，木下少佐，你这么一个劲儿地给我戴高帽可不好。我们大阪人从来不喜欢花言巧语。咱们在临出发的时候，可是说好了的，平叛的事交给我，但找到那笔宝藏，我们要分一半！"

木下忙道："那是当然。我们九州男儿不轻易许诺，但承诺的事情就一定会做到。不言实行是我们九州的古风嘛。"

松岗点头道："能听出木下君是北九州口音，要不然我也不会和您合作。如果您是夸夸其谈，自以为是的东京人，我是绝不会干这种危险工作的。要我们大阪人和东京人合作，想都别想！"

松岗说罢，对身边的一名少尉道："平井，一会儿让你的小队发起一次冲锋怎么样？让这帮叛匪见识见识我们第八联队的勇武！"

平井有些为难地说："这个……松岗大尉，冲锋免不了要有死伤啊。"

松岗道："你说什么呢，平井君！我们第八联队可是受过天皇嘉奖的部队，一点死伤算什么！"

82

日军的枪声停止了，然后响起了一片喊杀声。随着喊杀声，平井少尉带着他的小队冲下了山坡。

罗兴利骂道："妈的，嫌用枪打不过瘾，这是要跟我们爷们练练！"

罗兴利站起，抽出马刀高喊："让这帮小鬼子看看，我们阿尔巴津人不是孬种！"

阿尔巴津战士们纷纷站起，给步枪上了刺刀。

罗兴利高喊着："跟我上！"

罗兴利带领着战士们冲向了日军。

罗国仁点头道："兴利，不愧是我们阿尔巴津人的后代！"

双方在缓坡混战在了一起，不过相对于强壮的日军，阿尔巴津战士的体能明显吃亏，而那些白俄士兵在一旁袖手旁观。

罗国仁命令白俄小队长率军支援罗兴利，小队长却以他的任务是保护罗国仁为由，拒绝了罗国仁的命令，并让两名白俄制住了罗国仁。

阿尔巴津战士们纷纷倒下，残存的战士和罗兴利被日军团团围住。

罗兴利身上已经挂了花，他吐了口带着血沫的唾沫，嘟囔着："这帮白俄到底是脚踩两只船，信不过。"

罗兴利望着身边为数不多的战士，高喊道："跟这帮小鬼子拼了！我们要为阿尔巴津人的荣誉而战！"

战士们纷纷高喊，附和着罗兴利的喊话。

就在这时，在日军外围响起了喊杀声，一面上帝自卫军的大旗出现，自卫军的战士们呐喊着高举大刀冲向了日军。

罗兴利一愣："杜庆虎！"

在不远处的密林中，贺文魁问道："庆虎，等到他们斗得两败俱伤再去收拾残局多好。你又何必去救罗兴利呢？他可是你的仇人。"

庆虎沉声道:"他是我杜庆虎的仇人,可他也是我的同胞,我不能看着我的同胞被小日本杀害,无动于衷。"

贺文魁摇头:"太便宜罗兴利了。"

庆虎指着对面的山林道:"刚才对面响枪,听枪声绝不止一个小队,日本人在那里还埋伏着起码一个小队的人马。我派人去救罗兴利,也是为了敲山震虎!"

贺文魁眼前一亮:"那我们……"

庆虎摸着脸上的伤疤道:"我们给小鬼子来个浑水摸鱼。"

庆虎抽出了枪,对贺文魁道:"师傅,传我的命令。让剩下的弟兄跟我绕到对面的林子背后。"

贺文魁应声后转身离去传达命令。

庆虎望着缓坡上的战场,日军在内外夹击中,已经渐渐支撑不住。

山林中,木下焦急地催促着松岗:"大尉,快派人支援吧,底下的平井小队要支撑不住了!"

松岗铁青着脸道:"木下,你可从来没说过,这里还有一支反日游击队!这些中国人狡诈多端,我再把河野小队派去支援,很可能会中了中国人的奸计。"

木下难以置信地望着松岗:"难道你要撤退?"

松岗点头:"我们大阪人从来不做赔本的买卖。"

松岗又对木下道:"木下,都是因为你,让我损失了一个小队。这个罪责最终要由你来承担,有什么话,你去军部说吧。"

松岗刚要命令卫兵收押木下,一声枪响骤然响起,松岗狠狠地盯着木下,最终倒毙在雪地上。

木下对目瞪口呆的士兵们命令道:"我现在是最高长官!执行我的命令,河野小队跟我下山支援!"

传令兵呆呆地望着躺在血泊中的松岗,压根没有去传令的意思。

木下又一次扣动扳机,将传令兵击毙。

木下瞪着满是血丝的双眼,对另一名传令兵吼道:"传我的命令!"

那名传令兵吓得一哆嗦，向河野小队跑去。

果然不出庆虎的意料，日本人的另一个小队出动了，但他们并没有去支援陷入苦战的平井小队，而是冲向了观望中的白俄小队。

庆虎在那支小队中，看到了一个熟悉的身影——木下。庆虎明白了，木下的目标是罗国仁。因为罗国仁掌握着找到宝藏的线索。至于平井小队的生死，木下根本就并不在意。

庆虎下达了攻击的命令，战士们从河野小队背后的山林中杀出，河野小队猝不及防，损失惨重。

木下见此情景，命令不惜一切代价向白俄小队靠拢。

因为自卫军出现而压力骤减的罗兴利也看清楚了木下的意图，率领残余的战士向罗国仁靠拢。

原本就士气低迷，无心恋战的白俄小队在双方的夹击之下溃败，白俄小队长带着白俄们逃入了茂密的山林之中。

木下一面带着河野小队抵抗庆虎的进攻，一面俘虏了罗国仁和其格勒。罗兴利见此情景，红着眼杀向河野小队。

罗兴利吼道："木下一郎，有种出来跟老子真刀真枪地比试，把我爹给放了！"

忽然一声枪响，罗兴利胸口中弹，倒了下去。

罗国仁高喊："兴利！"

罗兴利捂着胸口，汩汩鲜血从他的指缝中流出，罗兴利想努力按住，手却渐渐失去了力气。在他耳边，喊杀声和枪炮声渐渐变得疏远，最后归于平静。罗兴利瞪着双眼，望着湛蓝的天空，他上翘的嘴角忽然出现了一丝笑容。他终于放开了压住胸口的双手，也放开了他的理想，他的仇恨，他的责任。他第一次发现，原来他已经习以为常的天空，也会如此美丽。罗兴利长长地呼出了一口气，这是二十四岁的他在这人世间呼出的最后一口气。听起来，既像是呻吟，也像是赞叹。

木下扔掉手中的步枪，恨恨地骂道："哥萨克杂种！"

木下举起手枪对准罗国仁大喊："杜庆虎！你叫你的人停止进攻，否则我就杀了他！谁也别想得到宝藏！"

庆虎高喊："老子早就知道宝藏在哪！木下，你就准备受死吧！"

庆虎指挥着战士们发起了冲锋。

木下听了庆虎的话大惊失色。罗国仁则猛地向罗兴利的尸体扑去，抱住罗兴利大哭。木下想要拉回罗国仁，但却怎么也拉不动，他身边的日本士兵一个个倒下。

木下见大势已去，一把拽下罗国仁的羊皮背包，转身要逃。罗国仁对背包无动于衷，但一旁的其格勒却抓住了背包，和木下争抢起来。争抢中，背包中的红宝石、牛角号角、十字架和匕首掉落在雪地中。枪声越来越近，木下一把抓起雪地中的红宝石，向密林中跑去。

83

余下的战斗很快就结束了。日军两个小队被全歼，阿尔巴津独立军残存的战士们则被缴械。上帝自卫军的损失也很惨重，有将近二百名战士伤亡。

杜庆虎在贺文魁的陪同下走过硝烟弥漫的战场，看见何神甫正带领着临近村落的村民们救治伤员。杜庆虎看到瘫坐在地上，抱着罗兴利尸体嚎啕痛哭的罗国仁，还有守在他身旁，沉默不语的女仆其格勒。

贺文魁问道："庆虎，他们怎么办？"

望着已经死去的仇人罗兴利，还有那个忽然间苍老了许多的罗国仁，原本以为报了仇就会轻松许多的庆虎，心情却愈加沉重起来。

庆虎叹气道："先将罗国仁看押吧。至于怎么处置他，等我回来再说。"

贺文魁道："庆虎，你这是要去追木下？"

庆虎点头道："对！他们木下家阴魂不散，和我们阿尔巴津人纠缠了几百年，也该要做个了结了。"

贺文魁道："庆虎，我跟你一起去！"

庆虎摇头道："师傅，你还有更重要的事要做。这事只有交给你，我才放心。我只带十个人走。"

贺文魁一愣，庆虎将罗国仁那个羊皮背包递给了他，贺文魁醒悟，点了点头。

中苏边境，原本宽阔咆哮的黑龙江，如今已经在冰雪中沉睡了。冰封的黑龙江那一侧，就是苏联，站在冰封的黑龙江上，甚至能看到不远处矗立的城市阿尔巴津诺。

木下从远处的阿尔巴津诺收回目光，向着她跑去。

忽然一声枪声响起，一颗子弹贴着木下的脸颊飞走。

在木下身后，响起了庆虎的高喊："木下，你逃不了了！"

对岸的一队苏联边防军听到枪声，持枪赶到了江边。边防军们举枪对准了木下和杜庆虎。

边防军中的一个长着黄色面孔的准尉用不甚流利的汉语高喊："站住！再往前，你们就要踏入苏联的国土了！"

木下高举红宝石道："杜庆虎，姚家的红宝石在我手里，你要是杀了我，就永远别想找到那笔宝藏。"

杜庆虎摇头道："木下，我跟你说过了，我已经知道了宝藏在哪。"

木下大喊："不可能！那笔财富能够买下半个俄罗斯！这么一大笔财富，没有人会不动心！我不相信你知道宝藏在哪，却不去拿！"

杜庆虎道："木下，像你这种人，永远不会明白。这世间，会有比钱更宝贵的东西。"

木下瞪着杜庆虎，癫狂地大喊："对，我就是不信！这笔财富是我们木下家的！我一定会得到它！"

木下转向苏军准尉，大喊："我掌握着一大笔财富，一大笔财富，能买下半个俄罗斯！你们只要救了我，我就拿出四分之一！不，一半！"

苏军准尉看着衣衫褴褛的木下，忽然大笑，一旁的边防军士兵也跟着大笑起来。

木下恼怒地高喊："我不是疯子！我说的都是真的！"

边防军们笑得更大声了。

木下忽然扯下自己的军衔，高举着说："我是日本关东军情报部门的少佐，我要向你们投降，我手中掌握着大量的军事机密！"

准尉听了木下的话，盯着他手中的少佐军衔，停止了大笑。

庆虎见状，高喊道："这个人在中国的土地上杀害了我的同胞，我要替我的同胞们复仇！"

准尉望着庆虎，和他手下那十名神情肃穆的战士，沉默着。

庆虎对准尉大喊："这个人为了保住性命，居然背叛了他的祖国。他的话你能相信吗？"

准尉思索片刻道："中国人，你只有一枪的机会，别让我太为难。"

木下听了准尉的话，忙向河岸跑去。

庆虎忙端起步枪，瞄准，开枪，木下应声倒下，他身下的鲜血染红了白色的冰雪。

庆虎放下枪，对准尉高喊："我替死去的同胞谢谢你！"

庆虎带着战士们转身离去。

冰面上，木下的手指忽然动了一下。

在大雷子山的山脚下，原是林地的一片土地上，立起了一座座坟茔。在其中的一座坟茔前，站着罗国仁和庆虎，其格勒则跪在坟前，在火盆中一张张焚烧着纸钱。

罗国仁盯着庆虎，浑身控制不住地微微颤抖着。

罗国仁喃喃自语道："这不是真的！"

庆虎道："三十多年前整个事情的经过就是这样。盖滨江当初是贺云天手下的探马，他目睹了整个过程。盖滨江把这些事都告诉了秀娴。还有一些事，是我通过贺春的女儿安娜知道的。当初我爷爷和姚大伯并没有害死你大哥罗必信。罗必信是被木下一郎的哥哥木下真一杀害的。而那个木下真一为了得到这笔宝藏，处心积虑假扮义和拳，化名穆东兴，也就是穆师兄，制造了喇嘛庙惨案。"

罗国仁失声道："我都干了些什么！"

庆虎冷冷道："你们罗家父子为了虚妄的传说，不但害死了我大哥，害死了姚大伯，也害死了秀娴的爹，还哄骗着族人和你们一起卖身投靠日本人！"

罗国仁听了庆虎的话，沉默不语。

庆虎道："罗国仁，如今罗兴利和木下都死了，念及你大哥罗必信曾经和我爷爷、姚大伯并肩作战，我可以让你自己做个了断。"

罗国仁跪在了罗兴利的坟前，平静地说道："谢谢。"

庆虎抽出腰间的枪，递给了罗国仁。

罗国仁接过枪，对其格勒道："以后你就跟着杜庆虎走吧，他是你的新主人。"

罗国仁抚摸着写着罗兴利之墓几个字的简陋松木片，对庆虎道："我还有一个心愿，请在兴利的墓碑上写上鲍里斯·罗曼诺夫的名字，让这个名字和罗兴利这个名字并列。"

庆虎一愣，点头道："我答应你。"

罗国仁举枪对准了自己的太阳穴，喃喃自语道："杜大伯，姚大哥，对不起！"

罗国仁扣动了扳机，栽倒在坟前。

庆虎叹气，弯腰从他的手中抽出枪，插进了枪套。

庆虎对其格勒道："我不需要什么仆人，你自由了。"

庆虎向坟场外走去，路过一个个墓碑，上面写着阵亡士兵的名字。

庆虎走到了坟场外正在列队的自卫军战士面前。

正在等待他的贺文魁道："你让他自己了断了？"

庆虎点头道："这对他而言，或许是最好的结局了吧。"

贺文魁道："接下来咱们去哪？"

庆虎道："按照约定，回依兰，去找李杜将军。"

他们的身后，忽然响起了歌声。

庆虎和贺文魁回头，看见是沉默的其格勒在唱歌。

贺文魁惊奇地："原来她不是哑巴。"

庆虎道："她唱的是《斯捷潘·拉辛之梦》啊！"

其格勒一边唱着《斯捷潘·拉辛之梦》，一边宽衣解带，脱下了她的皮袍，露出了她赤裸的后背。庆虎看到，她的后背上，刺着一幅地图。

庆虎摇头道："这个罗国仁，城府太深了，居然把他罗家的地图藏在了其格勒的身上。"

84

在依兰县城东南角的张坤沟，上帝自卫军的战士们在密林中建起简易的营地，并在这里修整。

带着随队军医刚刚巡查过轻伤员住的帐篷，何神甫向军医交代着要在帐篷里再加两个火盆，不能让伤员们受冻。

何神甫看到了迎面走来的庆虎和贺文魁，见二人面沉似水，忙上前询问："庆虎，文魁，找到李将军没有？"

庆虎摇头。

贺文魁道："自卫军最后还是没顶住小鬼子的进攻，向东北撤了。听说已经撤到了边境。"

何神甫忧心忡忡地道："那咱们也向东北方向撤退吧。李杜将军的部队都抵挡不住日本人，我们这么一小股队伍就更不行了。"

贺文魁对庆虎道："庆虎，你说呢？"

庆虎望着西北方的依兰县城："我想进城看看。"

贺文魁急了："进城？如今那城里都是日本兵，你进城万一有个好歹怎么办？"

庆虎道："我总有种预感，秀娴没有走，她还在城中。"

何神甫劝说："庆虎，现在可不是扯儿女情长的时候。"

庆虎点头："何神甫，我明白。所以你们等到明天中午十二点，如果我还没有回来，就不必等我了，带着队伍向南转移。"

贺文魁问道："向南转移？"

庆虎道："对向南，到南满去，靠近山海关。我听说有不少抗日队伍都得到了关内的接济。如果向东北，我们最后只能撤到苏联去。我们是中国人，要留在中国的土地上，和小鬼子血战到底！"

何神甫道："庆虎，你可是这支队伍的主心骨，没有你带领，光靠我们两个哪行？"

庆虎道："当初我也是这么想的，可在我哥哥死后，我不也拉扯起了这支队伍吗？何神甫，师傅，我相信你们。"

贺文魁见庆虎去意已决，只好道："庆虎，我们听你的，但你可一定要按时回来！"

庆虎点点头，从胸口掏出那枚橡木十字架，深深地吻了一下："我相信上帝会保佑我的！"

依兰城内街市萧条，断壁残垣中裸露出来的焦黑房梁还在冒着青烟，仿佛在向人们诉说着不久前在这里发生的战事。

一身小商贩打扮的庆虎挎着装着黏豆包的柳条筐箩，透过破毡帽开裂的帽檐看着眼前这座残破的宅院。这座宅院在一个月前还是整个依兰县城中最高大辉煌的宅院。也正是在这里，秀娴和他举行了简短的婚礼。在炮声中，他和秀娴端着茶水，接受来宾们的祝贺。

忽然一个熟悉的声音响起："这位大哥，你这黏豆包怎么卖？"

庆虎兴奋地喊道："秀娴！"

站在他面前一身村妇打扮的秀娴道："庆虎！"

二人激动地彼此望着，如果不是身处日军占领的依兰城，他们一定会用力地拥抱彼此。

秀娴努力让自己平静下来，对庆虎小声道："庆虎哥，跟我走！"

在一处幽暗的地窖中，秀娴拎着马灯，引庆虎查看着地窖中的情况。狭小的地窖中，半躺着吉林自卫军的五名伤员。

秀娴道："他们都是城破时来不及撤退的伤员。城里像这样的地窖还有四处。"

庆虎："你是为了照顾他们才没走？"

秀娴点头道："对。而且我知道，你一定会回来找我！"

庆虎心头一热，握住了秀娴的手。秀娴羞红了脸，却没有抽回手，任由庆虎握住。

地窖里忽然传出了伤员的呻吟声，庆虎忙松开秀娴的手。

庆虎走上前，看到一名陷入昏迷的伤员正在呻吟着。他低头查看着一名伤员胳膊上的伤口，翻开被脓水浸透的绷带，一股腐臭味扑鼻而来。

庆虎皱眉道："这怎么行？再烂下去他的胳膊就保不住了！"

秀娴道："所以我和安娜计划今晚将他们送出城，疏散到乡下安置。"

庆虎："安娜？她没和李杜将军一起走吗？"

秀娴摇头道："没有，她坚持要留下来，说是要替你保护我。"

庆虎一时百感交集，不知该说些什么。

庆虎平静了一下自己的心绪，对秀娴道："伤员出城后，不必去乡下了，直接去张坤沟。"

秀娴疑惑道："张坤沟？"

庆虎道："对，上帝自卫军的兄弟们就驻扎在那。"

秀娴兴奋地："那太好了，等晚上见了安娜，我会把这个好消息告诉她的。到时候她的索伦游击队就可以和上帝自卫军并肩作战了。"

当天夜里，依兰城内枪声大作，驻守依兰的日军全部出动，在城外和前来接应伤员出城的索伦游击队发生激战。在战斗爆发后半个小时，贺文魁带领着一百多名自卫军战士赶到，发现索伦游击队的战士大部阵亡，他在横七竖八的尸体中，找到了身负重伤的安娜，却不见庆虎、秀娴和伤员们。贺文魁带着安娜和几名重伤员，返回了张坤沟。

第二天十二点，自卫军战士们列队，等待着他们的队长杜庆虎。贺文魁和何神甫则焦急地来回踱步。

贺文魁问道："何神甫，要不咱们再等等？"

何神甫看着怀表，摇头道："文魁，不能再等了！昨晚的战斗已经捅了马蜂窝。刚才有哨兵报告，鬼子正在山下集结，准备搜山。我们如果再不走的话，就容易被小鬼子给一锅端了！"

贺文魁咬牙："再等五分钟！就五分钟！"

山下响起了枪声，何神甫："文魁，不能再等了！"

正在这时，秀娴搀扶着庆虎从山林中跑了出来，他们身后，还零零散散地跟着一些轻伤员。

贺文魁忙迎上去，扶住庆虎。庆虎脸色苍白，捂着小腹，衣服上满是血迹。

秀娴带着哭腔喊道："庆虎，你要挺住啊！"

庆虎拉住秀娴的手，笑道："秀娴，我死不了。我们才见面，我哪能舍得你死了呢。"

庆虎转头对贺文魁道："师傅，快组织人救护伤员转移，不能让掩护我们出来的索伦游击队白流了血！"

贺文魁含泪点头道："庆虎，你放心，交给我吧！"

庆虎虚弱道："一定要把队伍拉到南满去，我们在那里招兵买马，和小鬼子血战到底！"

庆虎说着，只觉得眼前一片黑暗，他倒在了秀娴的怀中。

85

其格勒走出了用白桦树皮和獐子皮搭建的简易的撮罗子，深深吸了一口气，清新的空气中，满是山花的清香。她望着眼前的这片土地，已经开满了山花，高大的白桦树上，枝头也抽出了嫩绿的叶芽，春天来了。

其格勒走过开满山花的土地，走到了一片坟茔前。她轻车熟路地找到了其中一个坟包，那个坟包前树立着一个简陋的，用松木板制成的墓碑，上面用黑色墨汁写着两行字，其中一行是"罗兴利之墓"，而另一行则写着"鲍里斯·罗曼诺夫之墓"。

其格勒坐在墓碑前，伸手抚摸着那个墓碑，像是在抚摸一个小伙子的面庞。她轻轻地唱起了歌：

啊，还没到夜里，还没到夜里呢……

我已微微小憩了片刻

我已微微小憩了片刻

我做了一个梦

我已微微小憩了片刻

我做了一个梦……

那聪明的大厨

他最善于解梦：

"啊，将会掉落，"他说

"你那勇猛的头颅！"

"啊，将会掉落，"他说

"你那勇猛的头颅！"

那阵阵怪异的风

从东方吹来

它掀掉了我黑色的帽子

从我勇猛的头颅

它掀掉了我黑色的帽子

从我勇猛的头颅

其格勒并不明白这首歌到底唱的是什么，她只知道，这是罗兴利生前最爱听的一首歌。罗兴利只要一听起那忧郁低沉的曲调，总能跟着一起哼唱。所以，她愿意在罗兴利的墓前，在鲍里斯·罗曼诺夫的墓前，为他一次次地唱起这首歌。

其格勒还想摸摸墓碑，却发现自己枯瘦干瘪的胳膊已经再没有了力气，而那个墓碑，也已经干裂，和她的皮肤一样，爬满了皲裂的纹路。而墓碑上的墨迹，早已湮灭不见。

其格勒叹了一口气，心想自己恐怕是最后一次为罗兴利唱起这首歌了。她唱了 60 年，真的觉得有些累了。她不知道那个罗家英俊的少爷，会不会满意她已经变得沙哑的嗓音。不过她想，无论自己唱的是不是动听，罗兴利终究有她陪伴，应该不会觉得孤单吧。

其格勒想到这一层，笑了，心满意足地向后躺倒在山花中。她仿佛回到了75 年前，1917 年的哈尔滨火车站，她守着母亲的尸体，第一次遇到了那个她注定要相守一生的人，九岁的英俊少年罗兴利。

86

"杜庆虎、杜崇武、杜红兵……"日记本上，钢笔由上至下写出了这三个蓝黑色的名字。笔尖停在了杜红兵下面，在兵字的右下角点了一个硕大的墨点。

"玉华，你什么时候都忘不了抄抄写写。快过来帮我一把！"杜红兵的声音传来，罗玉华慌忙给钢笔盖上笔帽。就在她要合上日记本的时候，杜红兵却看到了上面的字，一把抢了过来。

杜红兵看着页面上的那三个名字，大笑："嚯，我爷爷杜庆虎，我爹杜崇武，还有我。我们杜家祖孙三代都让你列上了。你这是要对我内查外调啊？"

罗玉华红着脸抢过日记本，揣进了衣兜。

罗玉华低头小声道："这是我社会实践的作业。"

杜红兵笑道："还作业呢？你都已经大学毕业了，哪还有什么作业？"

罗玉华被杜红兵戳穿，脸更加红了，她推了推眼镜道："这是孙教授布置的作业，要我们进行社会调查后写下自己的家族史，上个学期我只做完了一部分。虽然这个作业不计入学分，但我想做完它。"

"玉华，你真是个书呆子。既然不计入学分，还做它干吗？再说，你写你们罗家的家族史，把我们老杜家调查个底儿掉，这是怎么话儿说的。"

"杜大哥，我发现我们罗家和你们杜家几代人关系盘根错节，牵扯很大。如果不了解杜家，也就不了解我们罗家。正是因为这个，我的作业才迟迟没有完成。"

杜红兵道："那是，不光我们两家，还有老姚家，老何家，老贺家，全都跟你们老罗家有关系。这也没办法，谁让你们罗家是大家族呢，不光人口多，还人才辈出。我看啊，你要真一家一家地查，起码得十年八年的，只有到了那个时候，你们老罗家的事才算能说清。"

一名穿着铁路警察制服的中年人走过来，对杜红兵道："红兵，你磨蹭什么呢？眼看着就要检票了。你这大包小裹的，还不提前准备着？"

杜红兵对罗玉华道："你看，我说什么来着？说曹操，曹操到。正说着呢，贺家的国庆大哥就来了，你赶紧采访采访他。当初他爷爷贺文魁和我爷爷奶奶是战友，一起战斗在白山黑水……"

贺国庆拍了一下杜红兵的后脑勺："你小子少跟我这臭贫，赶紧倒腾你的货去吧。"

贺国庆又对罗玉华道："玉华，怎么罗叔罗婶没来送送你？"

罗玉华道："国庆大哥，我爹身体不好，我怕他来了太激动，就让我妈在家陪他。而且有杜大哥和你一路照顾我，他们也放心。"

贺国庆点头道："按规定，我们铁路警察到中蒙边境的二连浩特就得下车，从那到莫斯科，这一路上就得靠红兵照顾你了。他是老江湖，在这条线上常来常往，见多识广。有他护着你，我也放心。我们胡同这几大家子，就数你最出息，不但考上了大学，还拿到了到莫斯科大学留学的名额。要是你这个大宝贝出了什么事，不但罗叔罗婶，就连我爹我妈，也定然饶不了我。"

罗玉华听贺国庆如是说，眼圈红润，连声说："谢谢红兵大哥，也谢谢国庆大哥。"

杜红兵在一旁笑道："你啊，光谢谢就完了？也不说表示表示。"

罗玉华听了杜红兵的话，脸更红了，道："国庆大哥，你等等，我去趟卫生间。"

"去卫生间？"贺国庆恍然大悟，忙摆手："你可别，都是老街坊，你要是这么弄，我可就犯纪律了。"

贺国庆看了看周围，小声对罗玉华道："你可别给我掏票子。你那点美元是上学用的，贴身藏好了，别轻易露出来。"

贺国庆转身对杜红兵道："你啊，没事就拿玉华寻开心。"

罗玉华却道："贺大哥，我也是真心要感谢你的！"

杜红兵笑着阻拦道："得了得了，看你们这一本正经的样子。要我说，你俩一个是老古板，一个是小书呆子，不是兄妹，胜似兄妹。"

贺国庆还要数落杜红兵，杜红兵却嬉皮笑脸地掏出了一盒香烟，塞进了贺国庆的衣兜："国庆大哥，看在咱们是父一辈子一辈的交情上，上了车你得罩着我。"

"红兵，瞧你这话说的。往常你来来往往的，我可没少照应你啊。"贺国庆说着，从兜里拿出香烟，看了一眼烟盒："呦呵，万宝路！红兵，行啊你，都拿洋烟贿赂铁路公安了啊？"

杜红兵忙道："国庆大哥，咱俩之间怎么能叫贿赂呢？"

贺国庆把烟塞给了杜红兵，杜红兵指着检票口道："贺大哥，马上就要检票了，你还不回去？"

贺国庆埋怨道："净顾着和你们侃大山了，差点耽误正事。"

杜红兵趁机又把烟塞进了贺国庆的衣兜。

贺国庆忙转身向检票口走，杜红兵望着他的背影坏笑着。贺国庆忽然发觉到了异样，从兜中翻出了那盒烟，扔给了杜红兵："你小子！赶紧搬你的货吧！"

杜红兵接住了烟，还想扔回去，见贺国庆已经急匆匆跑进了检票口。

杜红兵将烟揣回兜里，摇头道："这个老贺。"

杜红兵忙招呼罗玉华帮他拎着几个大行李包，叼着硬纸板车票，向检票口挤去。

不远处，一个倒爷打扮的男青年盯着杜红兵，对坐在座椅上的一个背影道："四哥，这家伙看意思挺有钱，一出手就是万宝路。"

那个叫作四哥的背影道："一个倒爷而已，充其量不过是小鱼小虾。方老二，你得多盯着点大鱼才行。要知道我们这趟可是奔着大买卖来的！"

方老二点头哈腰道："您批评的是。不过论眼光，兄弟们哪个比得上您呢，这趟车最大的一条鱼，让您一眼就叼着了。"

方老二说罢，将一张车票递给了四哥："这是我专门托人出高价换的车票，就在 903 包厢的隔壁。不过四哥，按道上的规矩，咱们是不能对外国人下手的……"

四哥接过车票，冷哼道："道上？现如今这道上的还剩谁了？全都到外地避风头了。咱们还有必要守这么个破规矩吗？再说那是个小日本，保不齐祖上还出过鬼子。咱们对小日本下手，天经地义！"

方老二连连点头："四哥您说的是！"

四哥道："把我的意思跟其他兄弟们都说说，让他们上车以后机灵着点。"

方老二道："是！一定按您的吩咐办。"

四哥摆摆手："方老二，车已经进站了，赶紧带着你的货上车吧。"

方老二答应着，拎起地上的几个包裹，对四哥问道："四哥，您不上车吗？"

四哥从随身的小皮包中掏出一个精致的镀金小盒，打开，从里面拿出烟叶和卷烟纸，给自己卷了一支旱烟。

四哥拿着旱烟道："好饭不怕晚。我再等等，你去吧。"

方老二答应了一声，急匆匆地向检票口跑去。

四哥又掏出煤油打火机，点燃了烟卷，然后一甩手，啪的一声合上了打火机盖，吸起了烟。

四哥吸烟的速度极快，三口两口就吸完了。掐灭烟头，四哥将镀金小盒和打火机放回了小皮包里。此时聚在检票口前的倒爷们也进得差不多了，他这才拎着小皮包，走了过去。

87

车厢内，原本就拥挤的过道，被旅客们携带的大包小裹塞得满满当当。杜红兵后背背着一个特大号的背包，左手拎着个大旅行袋，右手还和罗玉华共提着一个大编织袋，艰难地在过道中行进着。不时有人和杜红兵打着招呼，看样子，杜红兵是这趟列车上的常客。

一名矮胖的倒爷凑上来，对杜红兵小声道："我说杜哥，你在俄罗斯勾搭上了个洋妞还不算，又在国内找了个女大学生？可真有你的！"

杜红兵笑骂道："钱进，你那双贼眼给我盯紧了货，少往别地方蹓摸。这是我妹妹！"

钱进笑道："对，妹妹！妹——妹——"

杜红兵把钱进推到一边，拉着编织袋继续向前走。

这趟 K3 次国际列车，始发站北京，终点站是莫斯科，途经中国、蒙古国和俄罗斯三个国家。这趟列车原本并没有多少人乘坐，可随着改革开放和中苏贸易的回暖，线路逐渐热了起来。两年前，苏联解体，乘坐这趟列车前往俄罗斯淘金的中国商人更是成倍地激增，于是原本是客车的 K3 次国际列车变身为货车，将中国商人大包小裹带上车的衣服和各种轻工小商品沿途抛售给俄罗斯小商人们，再赚取大把的卢布和美元。从西南边陲退役归来的杜红兵，也正是凭借这个契机，成了来往中俄的小商人。或许是因为他当过兵胆子大，也或许是因为他为人仗义，愿意结交朋友，更或许是他身上原本就有杜家善于经商的基因，所以这两年他赚得盆满钵满，日子过得很滋润。因为他频繁往来于中俄两国，还有一定的人脉关系，这一次罗叔罗婶才特意上门求他，一路照顾玉华。

其实即便罗叔罗婶不去求杜红兵，他也愿意帮助照看玉华。他和玉华从小在一个胡同长大，情同兄妹。玉华喜欢读书，但家里成分不好，总是受欺负，而替她出头的，永远是杜红兵。等他们长大成人后，杜红兵入伍去了西南边陲轮战，玉华一封接一封的来信，成了他驻守猫耳洞时最大的精神支柱。于理，杜红兵得帮她这个忙。于情杜红兵也得帮这个忙——但杜红兵从不敢在情这个字上多想，如今他也不必想了，因为罗玉华要去俄罗斯留学了，说不定等学成归来，就会领回个又高又帅的俄罗斯小伙，哪会看得上他这么个没有正式工作的倒爷呢？

杜红兵和罗玉华终于挤到了自己的包厢门前，杜红兵也不再胡思乱想，他拉开包厢的门，见下铺和中铺上都塞满了货，只留下窄窄的一条，四个倒爷正在往上铺上码放着货物。整个包厢里烟雾弥漫，罗玉华还没进去，就被呛得直咳嗽。

杜红兵瞥了一眼凌乱的包厢，对正在往上铺码货的方老二道："我说哥们，你这货都码在上铺了，咱们怎么住啊。"

方老二一见是刚刚拿万宝路那人，马上跳下来道："这位大哥，对不住了啊。我们哥们这趟带的货有点多，大家都是出门做生意的，您就多担待担待吧。"

杜红兵打量着包厢中的四个男人，也就眼前的这位方老二还算说得过去，剩下三位，一个个蓬头垢面，叼着烟卷，直勾勾地盯着他身后的罗玉华。更有甚者，不知是谁脱了鞋子，除了呛人的烟味外，还有一股酸臭味。

杜红兵回头看了一眼满脸畏惧的罗玉华，轻轻叹气，对方老二道："得了，我们去找个软卧吧。"

罗玉华拉了拉杜红兵的衣角，小声道："杜大哥，软卧得不少钱呢……"

杜红兵道："玉华，你可想好了，咱们这一趟车可得走一星期，你能忍得了吗？"

玉华点点头，为了证明自己能行，她向门口走了两步，可还没等走到门口，就被呛得又是一阵咳嗽。

杜红兵道："你啊，就别硬撑了。你甭担心，软卧的钱我出，咱们走吧。"

方老二递上一盒香烟，抱歉地说："大哥，对不住了，害您多花了钱。不过这包厢里都是大老爷们，让这位妹妹进去住，也的确不合适。"

杜红兵瞥了一眼香烟，推辞道："出门在外都不容易，与人方便自己方便，这都是小事，别这么客气。"

方老二不依不饶，非要把烟递给杜红兵，杜红兵没办法，只好接了顺手揣在了上衣兜里。

二人拎着包裹转身离去，方老二盯着杜红兵的背影，摸着下巴笑着。

餐车上，杜红兵对守着行李的罗玉华道："玉华，你在这看着货，我去找贺大哥商量商量，让他想想办法。"

杜红兵说着，将兜里的香烟拿出来，顺手扔进了垃圾桶里。

罗玉华诧异地问："杜大哥，人家好心给你的烟，你怎么还给扔了？"

杜红兵道："烟太冲了，我抽不习惯。"

罗玉华道："可我看到这个烟盒，和你给国庆大哥的一样，都是万宝路啊。"

杜红兵笑了："你这丫头，不但眼尖，学东西也快。只看过一眼，就记住万宝路长什么样了？"

罗玉华点点头。

杜红兵低声道："他给我的万宝路是假的，萍水相逢，谁也不认识谁，他是大款啊，一出手就是一盒万宝路？傻丫头。"

罗玉华似懂非懂地哦了一声。

杜红兵转身离去。

不一会儿，杜红兵带着贺国庆回来了。

贺国庆道："红兵，全车的软卧都有人了，就剩一个软卧，里边住着个日本旅客。可他只懂日语，不管我们跟他怎么说，他就是摇头。我看不行你就回硬卧吧。让玉华到我的值班室忍忍。"

杜红兵："国庆大哥，我会几句英语，让我跟这哥们侃侃。"

贺国庆斜了一眼杜红兵："就你那三句半英语？再说人家是小日本，英语也不好使啊。"

"国庆大哥，英语可是世界语言，走南闯北的都得会两句。我当初一句俄语不会，一样把皮夹克卖给俄罗斯老大娘，这事包在我身上。"

罗玉华听了杜红兵的话，说："杜大哥，我跟你一起去。"

杜红兵一拍脑袋："对！带着玉华去，我怎么把她给忘了。玉华是大学生，那英语比我强。"

玉华脸一红："杜大哥，我英语不行，我是俄语专业的。"

杜红兵道："别管是啥语，一样给他来点，我就不信说服不了这个小日本，走走走，都去。"

贺国庆刚要走，却被杜红兵按住："国庆大哥，咱们都去了，货怎么办？你得待在这，替我们看会儿货。"

"唉，红兵，我堂堂乘警给你看货，你是怎么想的？"还没等贺国庆说完，杜红兵已经拉着玉华走出了餐车。

坐在餐车另一头，一边喝着咖啡一边读着报纸的四哥抬头看了一眼看货的贺国庆和离去的杜红兵，又低头沉浸在报纸的社会版新闻中。

88

在 903 包厢门口，杜红兵掏出了随身戴着的古旧十字架，跟站在面前的日本旅客连比划带说，中文当中不时蹦出几个不知所谓的英文单词。那名二十多岁的日本游客一脸茫然，却盯着杜红兵的十字架发呆。

罗玉华将杜红兵拉到一边道："杜大哥，日本人不信天主教，你给他看十字架没用。"

杜红兵道："这是我从我奶奶那偷拿出来的，据说是东正教十字架，他往老毛子地界去，万一他信东正教呢？"

罗玉华一时无语，但她无意中瞥见包厢内的床铺上，摊放着一本书，书的封面上虽然有日文字母，但一排硕大的繁体字："中华美食料理大赏"却历历在目。

罗玉华眼前一亮，对杜红兵道："杜大哥，我有办法了，让我试试。"

杜红兵退到一边，诧异地看着罗玉华掏出了日记本和钢笔。

罗玉华用笔在日记本上写下了一行字，递给日本旅客。日本旅客看了罗玉华写的字，眼前一亮，嘟囔了一句日语。

罗玉华连忙递上钢笔，做了一个请的动作。

日本旅客接过钢笔，在本子上一笔一画地写起来，然后递还给罗玉华。

罗玉华看了，皱了皱眉眉头，又写了一行字，递给日本旅客。

日本旅客看了看那一行字，又看了看罗玉华和还在拿着十字架比划的杜红兵，最终点了点头。

杜红兵激动地上前给日本旅客一个拥抱："谢谢你，哥们！要不说咱们是一衣带水呢，果然是好兄弟！"

903 隔壁的 904 包厢。四哥站在盥洗室中，耳朵贴在拉门上，静静听着另一侧的动静。当他听见杜红兵对日本旅客说完谢谢，又招呼着罗玉华将大包小裹搬进包厢后，脸上浮现出恼怒的神情。

四哥退出了盥洗室，将自己这一侧的拉门轻轻拉好，拿出那个镀金小盒，给自己卷了一支旱烟，点燃后大口吸了起来。他几口就吸完了卷烟，将烟头狠狠地拧在烟灰缸里。

四哥盯着拉门，陷入沉思。这一对男女入住了日本旅客的软卧包厢，破坏了他已经做好的计划。四哥是个行事缜密的人。这都源于他少年时遭遇的一次毒打。那次毒打后，他处心积虑，熬过了大半年。在这大半年中，他不断地做出各种各样的复仇计划并加以修订。而他最后终于找到了机会，大仇得报。从那时起，四哥就明白了一个道理——要做大事，第一要细心，第二要耐心。

四哥最终还是决定不放过这条大鱼，站了起来，轻轻拉开了自己这边的拉门，走进盥洗室，将耳朵贴在了对面一侧的拉门上。他决定先听听这对青年男女的来历，然后再修改计划，相机行事。

这位日本好兄弟正坐在上铺，看着地上满满当当的大包小裹，愁眉不展。

下铺刚收拾完货的杜红兵递上一支香烟，那名旅客忙摆摆手，把头埋在了那本《中华美食料理大赏》里。

杜红兵见他不吸烟，讪讪地将烟夹在耳朵上，坐在下铺对罗玉华轻声道："玉华，你说上面那位到底懂不懂中国话？"

罗玉华摇头道："应该是不懂吧。"

"那他怎么能看得懂你写的繁体字呢？"

"我这也是在写论文翻阅资料的时候知道的。日本人受中国传统文化的影响很深。很多日本人不会说中国话，也听不懂中国话，却能读懂中文，也会写中文，能跟中国人用中文交流。他们管这个叫'笔谈'。据说当初孙中山先生在日本酝酿革命，和日本朋友宫崎滔天先生讨论建党大业和建国大业，也是用汉语进行笔谈的。"

杜红兵看着罗玉华，发出啧啧的赞叹声："不愧是大学生，说什么都是一套一套的。"

杜红兵向上瞥了一眼："他不懂中国话更好，咱们就可以天南地北地侃大山，不怕他偷听了。"

罗玉华道:"杜大哥,我看他可不是会偷听别人的那种人。人家好心让我们进来住,还愿意把下铺让给我,人还是挺好的。"

杜红兵哼了一声:"他不愿意也得愿意!他住下铺,你也住下铺,我可不放心。你一个女孩家上上下下的不方便,你就踏踏实实在下铺住着,我睡上铺,帮你看着他。"

罗玉华的心头不禁腾起一股暖意。她没想到,杜红兵粗中有细,考虑得这么周全。

敲门声响起,杜红兵打开门,见是贺国庆。

贺国庆笑道:"真没想到,这个包厢还真让你们住进来了。"

杜红兵道:"主要是咱们玉华学问大,就在笔记本上那么随便划拉几个字,就说动了小鬼子……"

忽然咣当一声,日本旅客的书掉了下来,玉华忙捡起,递给了他。

杜红兵瞥了日本旅客一眼,嘟囔道:"他真不懂中国话?"

日本旅客接过书,忙不住地向玉华欠身,嘴里嘀咕着日本话。嘀咕完,就又把头埋进了书里。

杜红兵把贺国庆拽出了包厢,关上门,小声问道:"国庆大哥,这小日本什么来历?"

贺国庆摇头道:"不是特别清楚,我问过列车长,列车长就说他叫松下清,是来旅游的。"

"哎哟喂,姓松下啊,感情松下电器是他们家的。"

贺国庆拍了一下杜红兵的头:"别满嘴跑火车,松下在日本是大姓,就跟我们的张王李赵遍地刘似的。"

杜红兵嘿嘿一笑,然后正色道:"国庆大哥,有个事我得跟你打听打听。"

贺国庆看杜红兵难得一脸正经,点头道:"你说。"

杜红兵道:"上个月这趟 K3 列车发生了一场大劫案,听说到现在劫匪还没抓着。如今这趟 K3 还安全吗?"

贺国庆道:"那次大劫案是挺严重的,据说都已经通天了。不过我们和俄罗斯警方都在调查,而且现在俄罗斯段也都配了警察,没有谁敢这么大胆,顶风作案吧。"

杜红兵点头道："要是这么说，我就放心了。我那点货损失了没什么，可玉华要是有个好歹，我可没法跟她爹妈交代。"

"你小子这趟有点不对啊，三句不离人家玉华，还为她换了软卧……"

"国庆大哥，这话你在车上说说行，回家了可别瞎说。这事要是在咱们胡同传开了，我可解释不清。我解释不清倒也没啥，可人家玉华就麻烦了，我配不上人家……唉，等等，国庆大哥，你刚才说俄罗斯段配了警察？"

贺国庆一愣："对啊，怎么了。"

杜红兵："这趟车在到俄罗斯之前，可还要在蒙古国走一天呢，这一段怎么办？"

贺国庆摇头："这一段没听说要配警察。"

杜红兵道："那要是有人在这段抢劫呢？"

贺国庆笑道："我都跟你说了，没人有那么大胆子敢顶风作案。我看你小子还是喜欢上玉华了，关心则乱。"

杜红兵："国庆大哥，话不能这么说。我可是一直把玉华当成自己妹妹。我照顾她，也是发自本心。玉华因为家里成分不好，从小就被人欺负。咱们胡同里那几个姓姚的浑小子就不说了，学校里还有一帮自以为出身好的小混蛋，没事就追着她薅辫子玩。因为这事，从小我就没少跟人打架，你不也为玉华出过头吗？她爷爷罗兴邦当年可是老八路，响当当的抗日英雄，就因为点所谓的历史问题就被来回来去地整。玉华她爹被吓得一病不起，她娘除了应付没完没了的抄家、批斗和检查，还得照顾她爹，根本顾不上玉华。我们这些老街坊照顾她，这不是分内的事吗？"

贺国庆见杜红兵如是说，也不禁感慨道："玉华从小受了这么多委屈，如今还能考上大学，真是不容易。而且她们罗家这个成分问题，也是太冤了。"

杜红兵："国庆大哥，我听说玉华的爷爷当过鬼子的俘虏，这是不是真的？"

贺国庆叹了一口气："红兵，这事可就说起来话长了。我像你这个岁数的时候，也是天不怕地不怕，压根不信命。可自打我帮着罗婶找有关部门落实政策，知道了玉华她爷爷的经历后，不得不相信，人的命，天注定啊。"

　　杜红兵听了贺国庆的话，递上一支香烟："国庆大哥，罗老爷子的命运真这么玄乎？我今天就刨根问底，请你给我说说，这到底是怎么回事。我听说玉华她爷爷最近给落实政策了，可还是个老农民。"

　　贺国庆接过香烟，杜红兵将香烟点燃，他深吸了一口，悠悠道："要说起来，罗兴邦老爷子也真是冤。他原本是燕京大学法学院的高才生，1933年投笔从戎，加入二十九军参加长城抗战。长城抗战失败后，二十九军驻守北平，过了几年太平日子。可1937年，小日本又制造事端强占北平。二十九军虽然在北平和小日本干了一仗，但既没能保住北平，也没能保住华北，一路溃败。

　　"那时候罗老爷子是二十九军的少尉排长，他没跟大队伍撤退，而是背着两支驳壳枪孤身回到了北平，愣是招来了百十号罗家的子弟。他就靠这百十号人拉起了队伍，在冀中和小鬼子打起了游击。后来他见吕正操带着东北军留在冀中坚持打鬼子，是条汉子，就带队去投了他的人民自卫军。从那以后，老爷子就算是咱们正经八百的八路军了。

　　"如果老爷子就这么一路干下去，能活到建国后，怎么也是高干了，即便是半路牺牲了，那也是光荣的烈士。可偏偏天不遂人愿，在1942的五一大扫荡中，他带着两个连当后卫，掩护老乡和伤员撤退，被小日本包了饺子。突围的时候他身负重伤，被小鬼子给俘虏了。幸好八路军讲究官兵平等，他穿着普通的战士制服，小鬼子没认出来他是个军官，把他和其他俘虏一起送到了抚顺，下煤窑当苦力。老爷子心不甘，养好了伤以后秘密串联矿工发动暴动，是从煤矿里逃了出来。

　　"逃出来后的罗老爷子自认当过俘虏，没脸去找大队伍，就隐姓埋名回到北平郊区他祖上的老家当了农民。谁知道他的这段历史在66年被那帮红卫兵给挖了出来，他也被红卫兵揪回了北京，当成叛徒和日本潜伏特务批斗。就这么着，一个老八路，一个抗日英雄，变成了牛鬼蛇神。红兵，每次想到罗老爷子这命啊，我都觉得心酸。"

　　杜红兵听了罗兴邦的这段经历，皱紧了眉头，静静地吸烟。

　　贺国庆见杜红兵沉默不语，拍了拍他的肩膀："红兵，落实政策后，我陪着罗婶去大兴见了罗老爷子，他倒是挺看得开，说当初打鬼子，也不是为了日后得个仨瓜俩枣享清福，如今恢复了名誉，能清白做人了就挺好。"

杜红兵听了贺国庆的话，点了点头："罗老爷子这风骨，一般人比不了。"

贺国庆笑道："所以啊，红兵，你以后得对玉华好点。"

杜红兵怒道："老贺，你再跟我提这个，别说我跟你急！"

贺国庆笑而不语，转身离开。

杜红兵嘟囔着："这个老贺！"

杜红兵忽然感觉身后有些异样，他猛地转身，看见方老二正站在他身后。

方老二被杜红兵猛的这么一回头吓了一跳，手中的计算器掉在了地上。

杜红兵见状，拾起了计算器，递给方老二："怎么着兄弟，生意都做到软卧来了？"

方老二满面堆笑："都是讨生活。住得起软卧的都是有钱的主儿，兴许能做成几单生意呢。"

杜红兵拍了拍方老二的肩膀："也对，祝你老兄早日发财。"

杜红兵说罢走进了包厢，但并没有关严包厢门，留了个缝隙对外张望着。

那方老二走到 904 包厢，敲门道："计算器，日本进口的计算器！"

四哥打开了包厢门，方老二闪身进了包厢。

杜红兵关上了包厢门，皱眉思索着。

89

列车飞驰，903 包厢里一阵沉默。上铺的松下清还在翻着他那本书。下铺的罗玉华一脸震惊，坐在她对面的杜红兵则捏着一根香烟。

杜红兵沉声道："我就跟你说，别瞎打听，你非得刨根问底。这下好了，我把真相跟你说了，你反倒吓成这样，何苦呢！"

罗玉华喃喃自语道："我没想到我的远房叔叔，罗家的族长罗国仁是这么个人。"

杜红兵道："这些都是我当初要上战场了，我奶奶才跟我说的。我奶奶说，罗家和杜家这几百年来的恩恩怨怨，都是老辈人的事。之所以不跟我们这一辈说，就是希望我们能没有成见地和睦相处。当初罗国仁和罗兴利就是因为对杜家有成见，还误听了传言，最后才行差走错，变成了汉奸。所以我奶奶一直对过去的事闭口不谈，就怕后辈重蹈覆辙。"

杜红兵见罗玉华神色伤感，便安慰道："你也别太往心里去了。你爷爷当年带着罗家子弟兵打鬼子，已经用实际行动证明，你们罗家都是好样的。再说罗国仁他们早年间就迁到哈尔滨去了，和你们这支罗家没啥关系。"

罗玉华对杜红兵点头道："杜大哥，多谢你今天告诉我这么多。看来我的作业可以完成了。"

杜红兵摇头道："你离完成还差得远呢。咱们几家还有个共同的大秘密，一直没搞清。"

罗玉华道："你是说那个阿尔巴津人的宝藏？"

杜红兵点头道："对，就是那个宝藏。我曾经问过我奶奶，我奶奶怎么也不肯吐口，一直说压根没有什么宝藏，那都是祖上的人瞎编的。我没办法，就去找贺文魁老爷子了。贺老爷子也不愿意说，但通过他的只言片语，我觉得这事很可能是真的，而且我知道这笔宝藏和几样东西有关。这几样东西，破四旧那年让我奶奶给埋到学校花池子里了。后来都让我偷摸给挖出来了，其中之一，就是我脖子上的这个橡木十字架……"

咣当一声，松下清的书又掉了下来，这一次捡起书的是杜红兵。

杜红兵将书递给松下清，随口道："哥们，你可小心点，这书皮上都沾了我吐的痰了。"

松下清忽然缩回了手，脸上满是厌恶之情。

杜红兵一把抓住松下清的手道："我就知道，你小子懂中文！你是一直跟我们揣着明白装糊涂呢！"

松下清忙用磕磕绊绊的中文解释道："杜先生，我不是有意这样的。我只想不被人打扰，安安静静地旅行而已。"

罗玉华忙上前劝解："杜大哥，你别这样，松下先生没有恶意。"

杜红兵冷哼一声："鬼鬼祟祟的，保不齐是个特务。"

松下清听了杜红兵的话，下了铺位，从自己的背包中翻出两本书，双手递给了杜红兵。

杜红兵接过，打开翻看着，虽然看不懂上面的日文，但能看懂是两本旅游指南，上面印着中国北方的山川、冰雪和树木。扉页上，则是松下清的照片。

松下清道："我是一名探险家，非常喜欢中国北方广袤的原野，所以经常到这里来旅行，并且将自己一路上的所见所感写成笔记，结集成册出版，希望能有更多的日本人能够认识到中国的美。"

杜红兵看到松下清的书，脸色缓和了许多："这么说你是中国人民的老朋友喽？真看不出，你年纪轻轻还挺厉害，都出了两本书了。"

松下清略一欠身："这两册是将要出版的样书，我系列游记中的两册。"

杜红兵问道："系列游记？这一系列是多少本？"

松下清又一欠身："不算这两册，之前一共出版了十二册。"

杜红兵惊讶地："我的老天爷，这么多本，那你得赚多少钱。"

罗玉华摩挲着印刷精美的样书，扑哧一声笑了："杜大哥，你就认识钱。"

杜红兵不好意思地笑了："这么说，松下先生真是个探险家？"

松下连连点头："探险家，探险家。"

杜红兵将书还给松下："既然这样的话，咱们也算是有缘结识一场，回头我要弄点日本电子表，还得拜托你松下先生给疏通疏通。"

松下欠身："那个，杜先生，我有个不情之请。"

杜红兵道："哎呀，我说你就别老鞠躬了，你们日本人这礼节太频了，差不多就得了，有话就说。"

松下又要习惯性地欠身，杜红兵摆了摆手，松下僵在那里，不知所措。

杜红兵道："得了，你还是鞠躬吧。"

松下欠身道："我想和杜先生一起去寻找这个传说中的宝藏。"

杜红兵和罗玉华面面相觑。

杜红兵忙摆手："那可不行。这是我们几家子的事，你们小日本可别跟着掺和。尽管你松下是中国人民的朋友，但你这个要求，我恕难从命。"

松下解释："本人对宝藏并无觊觎之心……"

杜红兵又摆手："你少跟我扯淡，钱谁不喜欢！"

松下又道："我只是对解谜和探险感兴趣。我在日本小有名气，因为出售拙作，也积蓄颇丰。宝藏什么的，我并不是很在意。"

罗玉华对杜红兵道："杜大哥，我觉得那宝藏就是真有也不见得就多么值钱。但因为写这个家族史，我倒是特别感兴趣，说不定那里还能发现我们这几家家族里没人知道的事情。"

松下接过话茬："杜先生，即便找到了宝藏，也不是你我想拿走就能拿走的。"

杜红兵问："这话怎么说？"

松下回答道："无论这笔宝藏是藏在俄罗斯，还是藏在中国，根据这两个国家的法律，宝藏都是属于政府的，个人无权占有。"

杜红兵听了松下的话，沉默不语。

松下道："寻宝是需要费用的，如果杜先生有兴趣寻宝，我可以提供全部费用。"

杜红兵还未回答，忽然听见一阵腹鸣之声。

罗玉华满脸通红，对杜红兵小声道："杜大哥，对不起，我从上车就没吃东西……"

松下忙道："一起去餐车吧，我请客。"

杜红兵忽然笑了，拍了拍松下的肩膀道："小松，咱们到底能不能搭伙去寻宝，就看你接下来的表现了。"

松下欠身："二位请。"

904 包厢，四哥从盥洗室中走出，卷了一支旱烟点燃，看着包厢中三个倒爷打扮的人。

三人中的方老二道："四哥，整列火车的情况，我都已经摸清了。"

四哥点头道："今天午夜车就到二连浩特了，方老二，你一会儿就着手准备吧。"

方老二点头道："一会儿我就给那几条大鱼上上记号。"

四哥又对余下二人道："你们两个到时候听方老二招呼，动作一定要快，专挑大鱼下手。小鱼小虾不要管，捞不着油水不说，还容易惹了众怒，得不偿失。"

二人听了连忙点头，方老二听说他忽然变成了最见油水的带队者，不禁双眼放光。但他摸不准四哥今天为何要如此安排，还是决定先和四哥谦让一番，免得招来四哥的猜忌。

方老二："四哥，我哪干得了带队的活儿，还得您来才能镇得住场！"

四哥冷笑道："方老二，别跟我玩欲擒故纵。我要你带队，是因为我有我的安排。你们三个记住，今天晚上一定要去903下手。到时候，我会在903出面阻止你们，你们对我千万别手下留情，万不得已，见点血也行。"

三人面面相觑，方老二道："四哥，我不懂您这是什么意思。"

四哥望着盥洗室的折门道："方老二，你这直觉挺准。你在车站盯上的那个家伙，是比隔壁小日本还大的大鱼。他掌握着一笔财富。只要把这笔财富搞到手，咱们哥儿几个就再也不用提心吊胆地当这个'铁道游击队'了，足够在外国享一辈子福。"

三人听了四哥的话，脸上浮现出惊喜之情，眼中透出的贪婪的光，愈加炽热。

方老二恍然大悟："所以四哥您要唱一出苦肉计，先让他们相信您……"

四哥冷笑道："越大的鱼就越难搞，不过越难搞的大鱼就越美味。"

方老二担忧地说："四哥，这么难搞，用不用我们几个兄弟帮忙？"

四哥："用不着，只要你们今晚动手的时候做足戏就行了。那个男的我认识，有点棘手。不过那个女的挺好对付，我一会儿去摸摸他们的底。"

杜红兵刚要走出包厢，忽然挥手示意罗玉华和松下停住。

他轻轻拉开门，看到三个倒爷打扮的人走出了904包厢，其中一人正是方老二，他向后腰掖了掖，又撩起外套盖住后腰，左右张望了一下，才匆匆离开。

杜红兵回头对松下清问道："松下先生，904住的是什么人？"

松下道："不清楚，但他上车只带了个小皮包，看样子不是小商人，倒像是和我一样的旅行者。"

杜红兵摇头道："旅行者？我看没那么简单。你俩先去餐车吧，我随后就到。"

杜红兵说罢，忽然抽了抽鼻子，皱着眉嘟囔了一句："穆棱晒"，然后尾随方老二而去。

过了一小会儿，904包厢的门打开，四哥向左右望了望，看见松下清陪着罗玉华向餐车的方向走去，杜红兵已经不知所踪。他满意地点了点头，关好包厢门，向餐车方向走去。

90

杜红兵远远地跟着方老二，见他不时停下，在某个包厢对面的栏杆上搭上一双红色的尼龙丝袜子，又打上个活结，然后离开。

在栏杆上拴上商品，准备停车时候售卖，这原本是K3国际列车上倒爷们常干的事，所以谁也不在意。但杜红兵注意到，方老二拴袜子的地方正对的包厢里，住的都是往来中俄生意做得比较大的商家。杜红兵暗自有了计较。

方老二又停下来，仍是在栏杆上拴着袜子。杜红兵猛地快步走近，然后假装不稳，一个趔趄摔在方老二身上。方老二也重心不稳，扑倒在地上。

杜红兵猛地用膝盖顶住方老二的腰眼，一只手按住他正在挣扎的右手，另一只手在他背后抽出了一把砍刀。

杜红兵用刀背拍了拍方老二的脖子："方老二，跟我走一趟吧！"

杜红兵走进了餐车，忽然发现罗玉华、松下清和904包厢的神秘旅客坐在一起，愉快地聊着天。

杜红兵心头一惊，但佯装镇定，走过去，坐在了那名旅客对面的座位上，笑道："你们聊什么呢，这么开心？"

罗玉华道："杜大哥，这位林先生是我们隔壁904的邻居。他听说松下先生要去大兴安岭的中俄边境探险，就讲起了那里的风土人情和鬼怪传说。刚才他就给我和松下先生讲了一个，说是跟他一起在那里插队的几个知青被山鬼迷住，走进山林以后就再也没回来。"

松下在一旁附和道："杜先生，我觉得我们可以邀请这位林先生加入我们的探险队，充当向导，有了他的帮助，我们一定会找到……"

杜红兵大声道："我说小松啊，你不就是要去大兴安岭找傻狍子吗？要找傻狍子不用那么费劲，随便找个当地老乡就行，你又何必麻烦林老板呢？"

杜红兵的话让松下和罗玉华俱是一愣。

松下问："傻狍子？"

杜红兵答道："对啊，我听我奶奶说过，那玩意傻得要命，冬天的时候你端着枪走近它，它一听动静就吓跑了，可过不了一会儿，它又跑回来了，非得看个究竟，你说这玩意傻不傻。"

杜红兵盯着林先生，仿佛他就是那个傻狍子。

林先生道："很多人都认为狍子傻，但不明白它是想杀个回马枪。大多数人都意识不到，有时候最危险的地方也是最安全的地方。"

杜红兵看到林先上手边的烟灰缸里的一截旱烟烟蒂，冷笑道："林先生，看您的衣着打扮，应该是个大老板，可怎么还喜欢抽旱烟呢？这种穆棱晒这么冲，只有我奶奶那种东北老太太才抽。"

林先生道："哦？您的祖母也喜欢这口儿？待会儿回去杜先生给我留个地址，回头我给您祖母邮点上好的穆棱晒。"

杜红兵冷笑："得了，林先生，我奶奶住哪，您还不知道吗？66年就是您带着红卫兵去抄的我奶奶家！"

坐在林先生旁边的罗玉华惊呆了，看着林杜二人说不出话来。

杜红兵指着林先生道："他本名叫林跃进，是我奶奶学校的学生，初三那年偷我奶奶的旱烟，被我奶奶抓个正着。我奶奶看他马上就要毕业了，怕耽误他的前程就没报告学校，只是把他家长找来批评了一顿。谁知道他反而怀恨在心，恩将仇报。正赶上66年搞运动，他就带着红卫兵抄了我们家，还带头批斗我奶奶，说她是前清的格格，混进抗联的特务！今天要不是这穆棱晒，我还认不出他来。他76年回家探亲，我见过他一面，他当时抽的就是这个！"

林跃进道："红兵，刚才我只是看你眼熟，你这么一说我才想起来，原来你是赵校长的孙子。这些陈芝麻烂谷子你还提起来干吗？赵校长已经平反了，我在大兴安岭插队，苦熬了十年，到最后也没回到北京，现在还是个农村户口。如今已经改革开放了，咱们都得向前看。我当年年少无知，干下了错事。如果你想替赵校长出气，你说怎么办都行。"

杜红兵道："好啊，那咱们就出去唠唠吧。"

林跃进听了杜红兵的话，笑着站起身，杜红兵也站了起来。

罗玉华起身道："杜大哥，过去的事就过去了，不要因为那些再起什么冲突，赵奶奶要是知道你这么干，肯定得骂你。"

杜红兵指着罗玉华厉声道："你个小丫头片子懂什么，给我老实待着！"

杜红兵的神态冷峻但是透着胸有成竹的样子，罗玉华不敢再多说什么。

正当林跃进和杜红兵要走出餐车时，忽然一名中年男人跑进来大喊："四哥，快跑！这小子向雷子泄了我们的底……"

那个男人话还没说完，就被随后赶到的贺国庆带着乘警扑倒。

贺国庆大喊："红兵，林跃进是这伙劫匪的头头！"

林跃进闻言大惊，一把扯过身旁的罗玉华，挡在身前，举枪顶住了罗玉华的脑袋。罗玉华吓得大哭。

杜红兵骂道："到底没稳住！"

林跃进大喊："谁敢过来我就打死她！"

一时间整个餐车鸦雀无声，贺国庆见林跃进挟持了人质，也只好待在原地，不敢轻举妄动。

林跃进对杜红兵道："杜红兵，你奶奶就因为我偷了她二两烟叶，把我爸叫到学校好一顿羞辱。回到家，我爸把我打了个半死，骂我不成器，说我们林家前清时候出过公侯，到我这一代居然去偷东西，说我给林家丢人现眼了。就为了二两烟叶，我在床上躺了小半年。从那时候起，我就一心想要报仇！到了66年，我终于有机会了。从那时候起，我就喜欢上了穆棱晒，因为只要我一闻到它的味道，就能想起来你奶奶这个堂堂的中学校长，被我们几个学生轮流用皮带抽的情景！"

杜红兵听了林跃进的话，怒目圆睁，想要冲上去，可林跃进却一直用枪指着罗玉华，道："杜红兵，你今天坏了我的好事，你和你奶奶一样该死！"

正当这时，松下清猛地站起，趁林跃进愣神，松下清用手中的烟灰缸朝林跃进的头使劲扔去。林跃进下意识地伸手去挡，杜红兵趁着这个机会一脚踢倒了林跃进，把罗玉华拽到了身后。

等杜红兵再要上前去抓住林跃进，林跃进已经爬起，抓起手枪瞄准了杜红兵。杜红兵猛一伸手，抓住了手枪的套筒，把拇指伸进了手枪的抛壳窗。林跃进试了几次，都无法扣动扳机。他见贺国庆等人向他扑来，不得不撒手丢下手枪，将愣在一边的钱进推向杜红兵。杜红兵被钱进带倒，等他站起时，林跃进打开了车门，飞身跃进了黑暗中。

餐车上，旅客们还在谈论着刚才的惊险一幕。

贺国庆坐到了杜红兵这桌："红兵，今天多亏你看破了那个方老二是劫匪的探子，才让我们顺藤摸瓜，抓住了其余分散在硬卧车厢的几名劫匪，破获了这个抢劫团伙。那个方老二利用到各个包厢推销计算器的机会，探听情况，然后用红色尼龙袜子做记号。等到了二连浩特，我们乘警下车后，他们就会依照记号实施抢劫，然后在蒙古国境内的最后一站苏赫巴托尔下车。林跃进这招可真黑啊，国际列车大劫案后还敢顶风作案，只可惜让他给跑了。"

杜红兵道："我把方老二交给你们后，原想在餐车旧事重提，利用他不愿惹事引人注意的心理，把他引出去制服他，没想到最后还是让他给跑了。"

惊魂未定的罗玉华抹着眼泪道："对不起，都是因为我，才让那个林跃进跑掉的。"

杜红兵安慰道："得了，这事不怪你，当初这个林跃进让你坐在里边，他坐在外边，和你并排，就有挟持你当人质的准备。"

贺国庆赞许地点头："红兵，你不当警察真是可惜了。"

杜红兵忙摆手："可别！当初我退伍的时候，就要分到派出所，我爹死活不让，说是不能再让我奶奶担惊受怕了。"

杜红兵这是注意到斜对面的松下清脸色惨白，瑟瑟发抖，问道："小松，你这是怎么了？"

松下清抬起手，手不受控制地抖动着："我还在后怕……"

杜红兵打断道："事都过去了，你就别后怕了。不过刚才你那一下子，可真够爷们的。小松，算你通过测试了。"

松下清惊喜地："真的？"

杜红兵道："你别高兴得太早，这只是第一次测试，后边还有呢。"

松下清有些失望，但还是欠身道："我会通过测试，赢得杜先生的信任的。"

杜红兵挥了挥手，问道："小松，你这手是在哪学的？"

松下清有些羞涩地说："这是我和安迪玩的时候学会的。"

"安迪？美国的武术师傅？"

"不，安迪是我养的一只小狗。"

"小狗？"

"对，每天我都要陪它玩。"松下清说着，做了个飞飞盘的动作。杜红兵和贺国庆哈哈大笑，连还在流眼泪的罗玉华也破涕为笑了。

91

杜红兵坐在座位上，严肃地对松下清道："小松，接下来是第二次测试。这次测试很重要，希望你能认真对待。"

松下清听了杜红兵的话，也神色紧张地挺直了上身道："杜先生，您请说，我一定会努力的。"

杜红兵忽然露出一脸坏笑："你不是说请我们吃饭吗？你可不能说话不算！"

一旁的罗玉华被逗笑了："杜大哥，你可真会戏弄人。"

杜红兵一本正经地说："你可别小看请客吃饭。我奶奶说过，看人品，不必大事，在酒桌，在牌桌，就能把一个人的人品看得一清二楚。"

松下清点点头，认真道："您祖母说得很有见地，任何一件小事，都蕴藏着这世间的大道理，也就是你们中国人说的道。"

杜红兵道："玉华，你看看，人家小松，一点就通，一学就会，你得跟人家多学习学习。"

松下清欠身道："杜先生真是过奖了。"

杜红兵道："小松，这我就得批评你了，光知道鞠躬，你倒是喊服务员上菜啊。"

松下清这才恍然大悟，去找服务员要菜单。

罗玉华羡慕地说："杜大哥，你奶奶对你真好。"

杜红兵点头道："我爷爷走得早，40年就在白山牺牲了，我爸爸从小寄养在老乡家，成天饿肚子，还担惊受怕，所以我奶奶总觉得要把亏欠的补偿在我身上。其实这些都不怨我奶奶，他们那一辈人，把脑袋掖在裤腰带上打鬼子，哪还顾得上别的呢。"

杜红兵说到这，眼圈有些潮红，罗玉华握住了他的手，道："杜大哥，我特别羡慕你，我的姥姥姥爷去世得早，爷爷奶奶还住在乡下，妈妈要照顾多病的爸爸，我从小可没人疼。"

杜红兵也有些激动地："等你啥时候放假回来，你也认她做奶奶吧。"

罗玉华脸红了："杜大哥，这奶奶可不是乱叫的。"

杜红兵意识到自己失言了，他带罗玉华回家，跟自己的奶奶叫奶奶，那岂不是成了小两口拜见祖辈？想到这一层，一向不拘小节的杜红兵也脸红了，忙缩回了手。

松下清回来了，并没有意识到两个人的尴尬，欠身道："真是抱歉，服务员说现在太晚了，餐车上只剩下盒饭了。"

杜红兵叹气道："得了得了，咱们回包厢吧，我带着面包方便面和火腿肠，凑合一口得了。"

松下清有些激动地说："杜先生，我说了要请客的，说到就要做到。即便是盒饭，也比吃冷面包要好得多，就请二位屈就一下吧。"

杜红兵道："小松，不是我不给你面子，我跟你说，这盒饭……"

松下清一欠身，倔强地说："请您一定赏光！"

杜红兵道："我说你这个小日本，怎么这么轴呢？"

松下清不说话，又是一欠身，二人僵持在那里。

罗玉华忙出言劝解："杜大哥，要不然咱们就吃盒饭吧，而且……而且我也没吃过盒饭。"

杜红兵看了看一脸认真的松下清，和带有些许期待的罗玉华，被气乐了："行行行，盒饭就盒饭，你们吃完了可不许哭。"

松下清见杜红兵答应了，忙要去找服务员。

杜红兵叫住了松下清："小松，要两份盒饭就行，你和玉华一人一份，给我来一份白米饭就得了。"

松下清道："杜先生，您只吃白饭怎么行……"

杜红兵不耐烦地挥手道："去吧去吧，就照我说的点。"

不一会儿，盒饭来了，松下清揭开菜盒白色的泡沫塑料盒盖，看见里面有木耳鸡蛋、蘑菇炖鸡肉和回锅肉，不禁大喜。松下清深深吸了一口气，赞叹道："果然是中华料理，闻起来都这么诱人。"

杜红兵听松下清这么说，忍不住窃笑。他从兜里掏出了一瓶二锅头，拧开盖，把酒倒进了白饭里，用筷子搅了搅。

罗玉华惊奇道："杜大哥，你这么吃哪行啊。"

杜红兵苦笑道："我要回去吃面包香肠，你们不肯，那我只好和你们同甘共苦了。"

松下清凑过来道："杜先生，您这样的吃法，我倒是第一次见到。"

"这是我奶奶教我的，说这么吃不但抗饿，而且吃完了暖和精神，这是她在东北打游击的时候学会的。"杜红兵看着一脸似懂非懂的松下清，笑道："小松，你可别吃着锅里的还惦记着盆里的，吃你自己的那份去。"

松下清拿起方便筷子，掰开，双手合十，用两个拇指夹住筷子，对着盒饭闭目念念有词。

杜红兵笑道："这日本人就是讲究，下嘴前还得给饭菜超度一下子。"

松下清念叨完，抄起筷子夹了一块鸡肉放在嘴里，闭起眼睛轻轻地咀嚼着，不时发出赞叹声。

罗玉华看他这副样子，也馋了，打开盒饭，刚要吃，却被杜红兵拦住。杜红兵扔给她一袋榨菜，罗玉华不解其意。这时松下清又夹起了一块回锅肉，津津有味地吃了起来。

杜红兵问道："小松，这盒饭好吃吗？"

松下清急忙把嘴里的回锅肉咽了下去，竖起拇指道："中华料理果然名不虚传。"

杜红兵点头道："你吃的小鸡炖蘑菇和回锅肉，还有另外一种别称。"

"别称？"

"对，别称折箩。"

罗玉华道："杜大哥，折箩不是剩菜吗？"

杜红兵一本正经地点头道："对啊。你们也不想想。深更半夜的，餐车都不供应热菜了，却供应盒饭，这盒饭里的菜是哪来的？"

松下清听了杜红兵的话，表情怪异，忙起身道："我要去趟洗手间。"然后捂着嘴向洗手间跑去。

罗玉华嗔怪道："杜大哥，盒饭是用剩菜装的，你怎么不早说？"

杜红兵终于憋不住了，大笑不止："我想说，可你俩让吗？"

杜红兵笑够了，向榨菜一努嘴："吃吧，这保证不是剩的。"

罗玉华无奈地拿起榨菜，撕开包装袋。

松下清走了回来，望着面前的盒饭发呆。杜红兵笑着又掏出一袋榨菜，拍在桌上："小松，吃吧，这也是中华料理。"

午夜，列车停靠在了二连浩特站。一些还没有睡的旅客纷纷下车松快身体，顺便去买些吃的。一脸郁闷的松下清也独自下车去散步了。

贺国庆来到 903 包厢，对杜红兵道："红兵，在这我就下车了。我们准备连夜突击审问这几个劫匪，争取尽快将潜逃的林跃进抓捕归案。"

杜红兵点头道："国庆大哥，等逮到那孙子，替我给他几个大耳刮子！"

贺国庆正色道："又让我犯纪律。"

贺国庆拍了拍杜红兵的肩膀道："不过红兵，这次我得谢谢你。要不是你，这一车的旅客就要遭殃了。你的担忧我们也考虑了。我已经让人通过旅客们传话出去，说这车上还有我们的便衣。我估计这个消息现在已经传得整个 K3 都知道了，即便这车上还有潜伏的劫匪，谅他们也不敢轻举妄动。"

杜红兵道："国庆大哥，这样我就放心了。您也别总表扬我，我这么干不也是为了我和玉华的安全吗。"

贺国庆笑道："知道，知道你在意玉华。"

贺国庆转身离去，杜红兵不忘嘱咐道："老贺，回到胡同你可别到处瞎传！"

一处小旅馆内，林跃进见值班的两个服务员正在专心一意地打扑克，压根没在意前台，便拿起了电话，拨通。

林跃进悄声道："我是四哥，你演得不错，那个杜红兵应该不会怀疑你。这趟买卖虽然赔了，可我们摸了条大鱼，给我盯紧杜红兵。到了莫斯科可以给他使点手段，把他留住，我随后就到。"

92

列车用了几乎一天的时间穿越蒙古国境内，在午夜时分抵达了苏赫巴托站。

全程都在紧张戒备的杜红兵终于松了一口气。他知道，下一站就是俄罗斯贝加尔湖畔的斯柳笛扬卡站，这趟旅程中，最危险的一段已经过去。

杜红兵恢复了他倒爷的面目，第一时间占据了他们包厢正对着的窗口，并招呼着罗玉华，把他背包里的小商品都挂在窗口栏杆上。一时间计算器、防风打火机、袜子、围脖，甚至胸罩，都挂在了窗户上，仿佛那不是透气窗，而是一个小小的售货窗口。

松下清被震惊了，不住地感叹："还可以这样……"

杜红兵一边将背包分门别类，一边道："小松，你是第一次坐 K3 吧？这趟车上的人大多靠这种方式讨生活。你去硬卧车厢看看，比我这邪乎多了。等会儿进了俄罗斯国界，只要是车站，就有成群的俄国小商贩围过来买货，那才真叫壮观呢。"

罗玉华捧着几瓶二锅头走过来，对杜红兵道："杜大哥，这酒往哪里挂？"

杜红兵拦住玉华道："这是我给爷爷们准备的，你可别往外拿，装回去。"

罗玉华一愣:"杜大哥,你的爷爷不是早就去世了吗?"

松下清也是一愣:"爷爷们?"

杜红兵道:"跟你们一时解释不明白,等到了伊尔库茨克你们就知道了。"

事实证明,杜红兵关于售货的描述还是太保守了。列车到了斯柳笛扬卡站,还没等停稳,站台上的男女老少们就蜂拥而至,挤在各个透气窗前,举着卢布或者美钞,大声地和车上的中国小贩讨价还价。

杜红兵将身上佩戴的十字架露了出来,一边大声地跟俄国买家讨价还价,一边收钱把商品顺着窗子上沿的缝隙塞出去。

由于杜红兵的商品价格公道,而且质量过硬,所以有不少回头客,也吸引了许多新买家前来抢货,搞得杜红兵一时间狼狈不堪,不得不叫出罗玉华和松下清来帮忙。一开始松下清还不肯,杜红兵声称将这列入了他的测试项目,松下清无奈,只能出来帮忙。于是杜红兵负责议价,罗玉华负责收钱,松下清负责出货,三人分工协作,慢慢井然有序起来,杜红兵轻松了许多。

罗玉华见很多卖家都亲昵地称杜红兵瓦西里,不禁奇怪地问道:"杜大哥,他们怎么叫你瓦西里?"

杜红兵笑道:"俄国人舌头硬,你跟他们说我叫杜红兵,他们记不住也叫不出来。我奶奶说,我爷爷当年是信正教的,教名瓦西里。我觉得这个名字不错,响亮,而且在电影里,列宁身边不也有个挺能干的瓦西里吗?我就拿来用了。还有这个十字架,他们一看我戴着十字架,名叫瓦西里,就都爱往我这凑。"

松下清好不容易抽回被买家拽得通红的胳膊,感叹道:"杜先生,你可真是个天生的商人。"

杜红兵笑道:"小松,你不知道吧?这算是家学渊源,我们杜家祖上就是大商人,京城里也是开过绸缎庄和茶庄的,我这点小生意算什么?"

杜红兵说完,又催促玉华赶快收钱,让松下清扔一沓袜子下去。

就这样,一路停车一路售卖,杜红兵的货出得很快。负责收款的罗玉华见到手中花花绿绿,带着若干个零的钞票,啧啧称奇。杜红兵却笑她没见过世面,说这些卢布别看面额大，却买不了什么东西，天天贬值，保不齐到了莫斯科就变成了手纸。而且他卖货的这点钱，只够来往的路费和住宿开销，真正的大生意，可不是在列车上做成的。

上午，列车停靠在了伊尔库茨克，杜红兵带的小商品已经售罄，他不慌不忙地背上了装满二锅头的背包，又塞给罗玉华一个傻瓜相机，塞给松下清一个大背包，要他们和他一起下车。按杜红兵的话讲，是要带着他们见见他的爷爷们。

站台内，一名穿着二战时准尉军官制服，挂着满身勋章，长着东方人面孔的老人，带着一群俄罗斯老大爷老大妈，还有一对脸上带羞涩的少男少女正在等待观望着。那名穿着制服的老人看见杜红兵，兴奋地迎上前。

老人张开双臂大喊："瓦西里！"

杜红兵也张开双臂大喊："瓦西里！"

两个人热情地拥抱在了一起。

杜红兵向跟在后面的罗玉华和松下清介绍道："这就是我的瓦西里爷爷，这两个是我的朋友。"

瓦西里爷爷上前，热情地拥抱了松下清，又拥抱了罗玉华。他指着罗玉华对杜红兵道："这个姑娘不只是你的朋友吧？"

杜红兵道："瓦西里爷爷，您这样开玩笑可不好。"

瓦西里笑着拍了拍杜红兵的肩膀，向他介绍道："我特意按你的要求，找来了几个兄弟。"

杜红兵端详着几位俄罗斯老大爷，见他们身材和瓦西里差不多，也都是高鼻子蓝眼睛金色头发，点头道："不错，一看就是老红军，咱们这就开始吧。"

瓦西里脱下制服上衣，摘下帽子，又将那一大把勋章摘下，选了一个挂上，交给了一位老人。老人穿上军装，戴上帽子。杜红兵上前，老人搂住了他的肩膀。

杜红兵对罗玉华道："玉华，给咱俩拍照。"

罗玉华摆弄着相机，有些尴尬地说："杜大哥，我可不会拍。"

杜红兵叹道："得了，你让小松给照吧，他不是老爱拍那些风景照吗？再说那个相机就是松下牌的，他们家的相机他应该使得顺。"

于是松下清接过相机，给杜红兵和其他几名陆陆续续换上军装，戴上不同勋章的老人分别拍照。

拍完了照，杜红兵从背包中拿出二锅头和几打袜子，分给了老人们。

老人们对杜红兵纷纷道谢。

杜红兵将一沓钞票交给瓦西里，瓦西里将摘下来的那些奖章递给了杜红兵。

瓦西里又把老大妈们叫来，她们将自己做的装在各种罐头瓶里的鱼子酱塞给杜红兵，杜红兵全部照单全收，还特意嘱咐罗玉华付钱的时候多加几张钞票。

最后轮到那对俄罗斯青年了，杜红兵拿出两件皮衣，让他俩穿上，然后教他们摆好姿势，要松下清给他们拍照。拍完了整整一卷彩色胶卷后，杜红兵给这对男女揣了几打袜子，又对他们说皮衣归他们了。这对青年兴奋地连声说谢谢，那个女孩还在杜红兵脸上亲了一下。

车站的广播声响起，杜红兵也忙完了，瓦西里握着杜红兵的手不肯松开："瓦西里，谢谢你。不光是我，他们也指望你下次能再来。"

杜红兵道："瓦西里爷爷，我该感谢您。等下次我来看您，您还得帮我张罗。"

瓦西里："一定，一定。"

杜红兵带着罗玉华和松下清，挥别了老人们，匆匆登上了列车。

93

回到列车上，杜红兵忙着收拾装着鱼子酱的瓶瓶罐罐，还有那一布口袋勋章。

松下清望着那些勋章，有些伤感地说："曾几何时，这个国家那么强大，可如今老人们得出卖他们的荣誉过活了。"

杜红兵听了松下清的话，扑哧一声笑了："小松，没看出来，你还是个挺爱伤感的青年。"

松下清欠身道："杜先生，可能你经常来往这里，见惯了这种现象，可今天我第一次看到，非常震撼。"

杜红兵道："小松，你别激动，这些奖章都是假的。"

松下清瞪圆了眼睛："假的？"

杜红兵点头道："对，假的。我第一次来伊尔库茨克站的时候，遇到了瓦西里爷爷，他的确要把自己的勋章卖给我。可我没收，我跟他说，他出生入死才换来这些荣誉，不应该卖掉。不过他可以弄点假的勋章卖给我，然后我转卖到国内去。不过有个条件，那就是勋章得配上一张勋章所有者的照片……"

松下清："杜先生，您这是在骗人！"

杜红兵正色道："首先，我在出卖勋章之前，都会明确告诉买家，这些勋章比行价低很多，我不保证真假。其次，这笔钱我都捐给了这些穷困的老人，给他们保留最后的体面！"

松下清听了杜红兵的话，脸色缓和了许多，问道："那你为什么不直接拍瓦西里爷爷的照片？"

杜红兵笑了："瓦西里爷爷是如假包换的红军老战士，二战的时候一直驻守中苏边境，1945 年还跟着大部队出兵东北打垮了关东军，立下赫赫战功。可因为他长了个中国人的脸，很多人都认为他不是俄罗斯人，我没办法，只好拜托他叫来他的兄弟们拍照。"

罗玉华在一旁接口道："杜大哥，你花高价收购那些鱼子酱，也是为了帮助那些老大娘？"

杜红兵点头道："对，她们这么一把年纪了，还靠卖鱼子酱维持生计，实在是可怜，所以我每次来都是有多少收多少，从来不跟她们砍价，而且还要加钱。我也跟你说了，现在卢布贬值得厉害，我不想让这帮老大妈太吃亏。"

杜红兵又道："而且这种散装的鱼子酱，分量足，不掺假，在国内卖得特别好，根本供不应求！"

松下清惦着相机："那对俄罗斯青年呢？"

杜红兵笑道："我跟一个哥们在南方找了个皮衣厂，准备拿这些照片做广告。我不跟你说，你知道这俩模特是俄罗斯的还是美国的？等这一卷胶卷洗出来，做成海报往外一贴，再给这皮衣起个洋气点的牌子，保证好卖。"

松下清听完了杜红兵的话，喃喃自语道："杜先生，您的生意经可太厉害了。"

罗玉华看着那装着鱼子酱的瓶瓶罐罐道："杜大哥，我觉得你这不像是在做生意，倒像是在……"

杜红兵接茬道："在什么？在学雷锋？"

罗玉华点了点头。

杜红兵望着窗外飞驰而过的森林，悠悠道："我不过是个小商人，做的这点事实在微不足道。有时候我也说不清，我这么做到底是为什么。这个国家曾经强大过，曾经侵略过我们，也帮助过我们。可如今它衰落了，它的人民在受苦，我身上多多少少流着哥萨克的血，没法对这些苦难视而不见。毕竟我也佩戴着我的祖先的十字架，我也用着瓦西里这个名字。"

松下清欠身道："杜先生，我错怪你了。"

罗玉华走上前，想要安慰杜红兵："杜大哥……"

杜红兵却已经收起了伤感的表情，笑道："我这一趟带的货都卖得差不多了，接下来就能轻松两天了。"

果然如杜红兵所说，接下来几天旅程里，杜红兵优哉游哉地和罗玉华、松下清说起沿途的风土人情。借着停车的机会，他又带着松下清去品尝了地道的鱼子酱和罗宋汤，让松下清赞不绝口。在经过了伊尔库茨克站后，原本只是对杜红兵敬佩的罗玉华，又对他生出一丝别样的感情来。她从小和杜红兵玩在一起，只把杜红兵当成了可以依靠的大哥，可这一次，她忽然发现，杜红兵不只是一个可以托付的大哥，更是一个可以托付的男人，她怕自己的感情被杜红兵发现，只能努力克制自己不关注杜红兵，甚至刻意和他保持疏远。杜红兵仿佛也意识到了罗玉华的不对劲，便时不时地跑到硬卧车厢跟钱进他们打扑克。

于是，原本欢声笑语的903包厢，在接下来的旅程中，常常陷入尴尬的沉默中。所幸，不久列车就抵达了终点，莫斯科站。

下车后，已经双手空空的杜红兵替罗玉华拎着行李，和松下清分别。杜红兵和松下清说，他和罗玉华会暂住在四海旅社，他可以随时来找他们。松下清也想入住四海旅社，可杜红兵却说，四海旅社是中国倒爷的大本营，那里住的都是中国来做生意的小商人，他一个日本人住进来，恐怕不太方便。松下清无奈，只得独自离去。

松下清离开后，杜红兵和罗玉华二人独处，两个人突然都有点不知所措。

忽然杜红兵放下行李，大喊："小松，你等等！"

杜红兵跑向一辆破旧的红色拉达轿车，一把把松下清拽了下来。

杜红兵向车主解释了两句，车主恼怒地咒骂了几句，开着车疾驰而去。

松下清对杜红兵道："杜先生，怎么了？"

杜红兵道："怎么了？那是一辆私家车，你也不问清楚就往上上！"

松下清道："我只是向他问路，他知道我要住的那家酒店，说是可以让我搭顺风车。"

杜红兵道："搭顺风车？你可真是天真。在这里搭顺风车是要付钱的，而且你住的那个酒店是专门招待外国游客的五星级酒店。他看你是个肥羊，不坑你才怪。"

松下清愁眉苦脸地说："可莫斯科的出租车实在太少了。"

杜红兵摇头道："真拿你没办法，跟我们走吧，我送你去。"

松下清兴奋地说："杜先生，你能找到出租车？"

杜红兵道："什么出租车，坐有轨电车去！"

94

杜红兵把松下清送到酒店，又带着罗玉华入住了四海旅社。旅社前台的服务员显然和杜红兵很熟，交给他两把钥匙，小声道："杜哥，特意给你留了个双人间，也就是看了你的面子，换了旁人，那就一律客满。"

服务员瞥了一眼罗玉华，罗玉华听说是双人间，脸腾地红了。

杜红兵抽出几张钞票递给服务员。服务员一看钞票的面额，不禁喜笑颜开。

杜红兵带着罗玉华走进了房间，向她交代了注意事项，便拎着行李走了出去。

罗玉华一愣，问道："杜大哥，你要上哪去？"

杜红兵道："隔壁是我存货的房间，我去那里睡。我怎么能和你一个大姑娘睡一个房间。"

罗玉华感动地说："杜大哥，谢谢你。"

杜红兵："什么谢不谢的，你我是……是老街坊，我得替罗叔罗婶多照应你。"

罗玉华走上前，打开了房门。

杜红兵疑惑道："玉华，你这是要干什么？"

罗玉华道："杜大哥，我去帮你收拾货。"

杜红兵道："不用，有钱进他们帮我，你歇着吧。"

罗玉华道："这一路上我和松下清不是一直在帮忙吗？反正离报到还有些日子，我闲着也是闲着。杜大哥，你要是再跟我客气，那就显着生分了。"

罗玉华在说生分两个字的时候，声音很低，脸又红了。

杜红兵点头道："那你跟我来吧。"

隔壁的门被杜红兵推开，里面满满当当地堆着麻袋，只有一个床铺上，留下窄窄的一条。

罗玉华看见密不透风的房间，和那窄窄的一条，又想起隔壁那个通风透光，宽敞明亮的双人间，鼻子一酸："杜大哥，你就睡这？"

杜红兵见罗玉华眼圈红了，忙道："玉华，这挺好的，比这难受的地方我都睡过。"

杜红兵见罗玉华这么关心他，心头一暖。他没有打扰玉华，自己开始逐一拆开麻袋，对里面的羽绒服检查起来。

罗玉华抹干了眼泪，也和杜红兵清点起来。两个人虽然谁也不说话，但一个拆包，一个清点，配合得很默契。

忙了一个下午，麻袋里的羽绒服都清点检查过了，罗玉华抹了抹脸上的汗水，见杜红兵看着她笑着，她也笑了起来。

杜红兵对罗玉华道："玉华，你知道我为什么笑吗？"

罗玉华脸一红，摇头。

杜红兵忽然大笑："你脸上抹得一道一道，跟大花猫似的。"

罗玉华伸手抹了一把，这才发现，自己脸上除了汗水还有尘土，她气恼地嗔道："那你一直不提醒我！"

杜红兵笑岔了气，掏出一个手绢递给罗玉华。杜红兵举着手绢，努力控制自己的笑容，可没绷住，又笑出了声。罗玉华一把抢过手绢，背过去擦脸。

晚上，钱进来了，对杜红兵道："还是你红兵脑子灵活，集合我们这些散兵游勇往这带货，然后再集中起来跟大客户谈。这么一弄，我们就成了大批发商了。"

杜红兵道："不，主要是因为兄弟们都信得过我，愿意合伙集资带货。否则我也没有资本跟俄国商人谈这么大一桩买卖。"

钱进道："红兵，既然货的数目没问题，你就赶紧联系那个季连娜吧。"

坐在一旁往麻袋上写标签的罗玉华忽然插嘴道："季连娜？"

钱进忙道："对啊，季连娜是莫斯科有名的女商人，为人豪爽，手眼通天。当初红兵在酒桌上把季连娜喝高兴了，她看杜哥这人不错，还聪明，才给了这么个大单子。这个季连娜，不但人脉广，而且长得还漂亮，要说和红兵那可是郎才女貌……"

杜红兵在一旁尴尬地咳嗽了一下，钱进忽然意识到自己失言了，不再说话。

罗玉华一声不吭地走出了仓库，重重地摔上了门，留下了杜红兵和钱进面面相觑。

杜红兵走进了一家餐厅，一眼认出了坐在桌后的一名俄罗斯女子，虽然她一头金发，皮肤白皙，但却有一双黑色的眸子，脸型也略带一些亚洲人的特征。

杜红兵笑着伸出手："好久不见，季连娜。"

季连娜夹着细长的香烟，盯着杜红兵，伸出手，将桌上的一瓶伏特加推到了杜红兵面前。

杜红兵皱眉道："咱们今天是来谈生意的，不喝不行吗？"

季连娜摇了摇头。

杜红兵无奈地拧开瓶盖，要把酒倒进杯子，季连娜却把他面前的杯子拿走了。

杜红兵道："今天非要让我喝醉了？"

季连娜微笑着。

杜红兵无奈地深吸了一口气，举起酒瓶喝了一大口。

杜红兵喝到一半，忽然把酒瓶放下，把酒吐了出来，问道："这怎么是水？"

季连娜微笑道："我是来做生意的，不是来喝酒的。"

季连娜向对面的椅子点了点头，杜红兵坐在了她对面。

季连娜道："我的同行劝我，不要和中国人做生意，说你们中国商人很狡诈，专爱坑自己的合作伙伴。可经过我的测试，杜先生不是这样的人。"

杜红兵道："上次我没跟你说，我有哥萨克的血统？"

季连娜摇头道："中国人加上哥萨克，那就更糟糕了。"

杜红兵也摇头道："季连娜小姐，真正的商人只认货物和钱财，是不会看脸交易的。"

季连娜笑道："所以我愿意和你做成这单生意。你的报价是最低的。"

杜红兵笑道："事实证明，中国人加哥萨克，可能更靠谱一点。"

这时电话铃声响起，季连娜身后一名保镖接听了手提电话，然后在她耳边小声道："季连娜小姐，货物已经清点完毕，没有问题。"

季连娜点了点头，那名保镖又拎来一个手提袋，在杜红兵面前打开，露出了里面一卷一卷的钞票。

杜红兵点了点头，接过手提袋，拉上拉链，起身道："季连娜小姐，合作愉快。"

季连娜问："你不点点数目？"

杜红兵答道："我觉得季连娜小姐是个守信誉的商人。"

季连娜微笑道："我觉得瓦西里先生是个很有魅力的男人。"

杜红兵笑了笑，转身离去。

95

杜红兵做成了生意，将钱存入银行，又带着存单回来。看到罗玉华一个人躲在房间里闷闷不乐。

杜红兵主动提出要带罗玉华出去，到她未来就学的莫斯科大学去转转。原本罗玉华对杜红兵并不理睬，但见到杜红兵态度诚恳，而且他一做完了生意就赶回来，没有和那个什么季连娜纠缠在一起，加上她对莫斯科大学这个神圣学府的憧憬，最终答应了杜红兵。可罗玉华却提出了个条件，要带上松下清。

杜红兵无奈，只得先让钱进通知大家晚上来分钱，又雇车带着罗玉华，接上松下清，赶往莫斯科大学。

在莫斯科城西南的列宁山，杜红兵一行三人下了车。罗玉华看见远处湖畔边上那座带有高高尖塔的白色主楼，不由得发出一声赞叹。

杜红兵也跟着赞叹道："我来了这么多趟莫斯科，这是第一次来莫斯科大学。这规模，哪是大学啊，简直就是一座城市。"

松下清道："没想到在麻雀山上，居然有这么一大片斯大林风格的建筑群，据说它是著名的斯大林七姐妹建筑之一……"

杜红兵打断了松下清的话："什么麻雀山，这叫列宁山！"

松下清正要和杜红兵争辩，忽然两辆警车呼啸而来。警车停下，下来几名警察将杜红兵铐住。

罗玉华和松下清忙上前阻止，罗玉华问道："你们为什么要抓人，他犯了什么罪？"

警察冷冷道："他是一名诈骗犯。"

罗玉华抓住警察，想要和警察理论，却被杜红兵厉声制止："玉华，放手！你这样算是袭警，他们得连你一起抓走！"

杜红兵又对松下清道："小松，带玉华回去，别让她跟警察纠缠，到四海旅社找钱进想办法！"

松下清听了杜红兵的话，将罗玉华拉开。

罗玉华哭着看到警察们将杜红兵塞进了警车。

松下清安慰道："罗小姐，我们还是回去想想办法吧。"

四海旅社中，钱进和中国商人们原本等着杜红兵回来发钱，却没想到等回来的是罗玉华和松下清。

钱进问罗玉华是怎么回事，罗玉华刚张口没说两句，就大哭起来。最后还是松下清操着不甚流利的汉语说清楚了来龙去脉。罗玉华哭着恳求钱进想想办法，钱进安慰了罗玉华后，答应出去打听打听。

深夜，钱进回到旅社，对焦急等在那里的罗玉华等人道："我打听过了，红兵被抓，是因为季连娜。季连娜在那批羽绒服里发现了五包问题货。那五包羽绒服里填充的羽绒中掺了棉花。季连娜一怒之下通知了戈洛文，是他抓了红兵。"

商人们听了钱进的话，议论纷纷，都说自己带货的时候检查过，羽绒服没问题，就是戈洛文在敲竹杠。

人们争吵不休，一时没有头绪。钱进打断了人们的争论道："要我看，当务之急，是大家凑钱先把红兵保释出来。"

商人们听了钱进的话，又争吵起来，纷纷说自己的全部身家都押在了这批货上，现在哪还有钱去保杜红兵。而那个戈洛文，是出了名的腐败警察，胃口大得很，是个无底洞。这次杜红兵犯到他手里，也不知道得多少钱才能保出来。

罗玉华见众人就知道争吵推诿，没有要凑钱救杜红兵的意思，不禁哭着喊道："我有钱！"

钱进问道："玉华，你有钱？"

罗玉华哭着点头道："我贴身藏着四百美金，是我临走的时候我妈给我的，我这就拿给你。"

众人听了罗玉华的话，纷纷叹息。

钱进道："四百美金哪够啊！"

一直在一旁沉默的松下清道："钱先生，你带我去见戈洛文吧。保释杜先生的钱我愿意出。"

钱进上下打量着松下清道："你有那么多钱吗？"

松下清略一欠身："我想应该够吧。"

六个小时后，罗玉华搀着满脸淤青的松下清在莫斯科的街道上。罗玉华已经哭红了眼睛："这个戈洛文哪里是警察，分明是流氓和小偷！"

罗玉华看着松下清脸上的淤青，痛心道："松下先生，你没事吧？"

松下清若无其事地摇摇头："我没事，我不能让那个混蛋玷污了罗小姐的清白。"

罗玉华哭着说："松下先生，要不然咱们再去找钱大哥想想办法吧。"

松下清摇头道："罗小姐，我觉得这里面有问题。"

罗玉华道："当然有问题。那个戈洛文言而无信，拿走了你身上所有钱，却说什么杜大哥被转到了别的警局，还要对我动手动脚……"

松下清摆手道："我说的不是这个。我是说，作为中间人，钱先生没有跟我们一起来。而且他作为杜先生的合作伙伴，应该是认识季连娜的，他不应该去找季连娜解释一下，让她先撤诉吗？"

罗玉华恍然大悟："对啊，出了事不找事主，明知道那个戈洛文腐败，却带着钱找他谈判，不合常理。"

松下清道："昨晚为了救杜先生，我没来得及细想。今天想起来，如果季连娜不点头，无论我们拿多少钱，戈洛文都不会同意保释杜先生的。"

罗玉华道："难道是钱进故意陷害杜大哥？"

松下清道："罗小姐，如今别想这么多了。我建议先去找到季连娜，向她解释杜先生不是骗子，会赔偿她的损失。然后再去四海旅社找出被调包的货物。"

罗玉华问："被调包的货物？"

松下清点头道："你说过，货物是你和杜先生亲自清点检查的。"

罗玉华点头道："对，杜大哥非常认真，当时都是我俩一起挨包检查的，标签还是我写的呢。"

松下清继续道："可货运到季连娜那里，就出了五包假货。只有一种可能，那就是有人在交易前把货掉了包。"

罗玉华震惊地说："货仓的钥匙，只有杜大哥和钱进有。"

松下清点点头："那么那五包没有问题的货，一定是被钱进藏起来了。"

罗玉华咬了咬嘴唇道："松下先生，如果这事真的是钱进做的，那我们要抓紧时间了。我建议我们分头行动。你去找货物，我去找季连娜。"

松下清问："你去找季连娜？"

罗玉华道："为了救杜大哥，我愿意冒这个险！"

"可你知道去哪里找季连娜吗？"罗玉华听他这么一问，茫然地摇了摇头。

松下清叹了一口气："这附近就有我父亲商社的莫斯科分部，我去那里求助吧。"

罗玉华震惊道："你父亲有商社，还在莫斯科有分部？那你还和我们一起挤有轨电车。"

松下清摇头道："我实在不想和他扯上关系。可事到如今也没有其他办法了，我们走吧。"

96

餐厅里，季连娜饶有兴致地看着坐在对面的罗玉华，不由得赞叹，罗玉华虽然衣着朴素，没怎么打扮，却身材匀称，样貌漂亮，有种自然的美。罗玉华从小到大从未被人如此肆无忌惮地打量过，心中有些发毛，不自然地侧过了身子。

季连娜笑道："还是个不经事的小女孩呢，这个瓦西里可真是什么人都骗。"

罗玉华听季连娜这么说，转过身来，挺直了身子："你不能这么说杜大哥，他是个好人。"

季连娜道："好人？好人会在真货里掺入假货吗？难道你们中国人对好人的定义都是这样的？在我决定和中国人做这笔生意前，我的很多同行都劝我不要相信中国人。我本以为瓦西里值得信任，没想到他和别的中国商人一样，也是骗子！"

罗玉华愤怒地站起:"季连娜,你也有中国人的血统,凭什么这么看不起中国人?!"

季连娜被罗玉华问得呆住了,她身旁侍立的保镖要上前,被她挥手制止。餐厅里的顾客都望向这边,窃窃私语。

罗玉华有些不好意思地坐下,降低了声音,但语气却很坚决:"季连娜,你的祖母,名叫安娜,她的母亲叫贺春,是阿尔巴津人,和杜大哥祖上交情很深,你身上也有中国人的血。"

季连娜道:"这不可能!"

罗玉华从衣兜中拿出一个信封递给了季连娜,季连娜接过,从里面抽出一摞纸,那是安娜的档案和证件复印件,第一张就是一张士兵证的复印件,上面有名叫安娜的红军女兵的照片,季连娜见安娜和她家中所藏的祖母年轻时的照片长得一模一样,不由得惊呼:"天呐!"

罗玉华看着吃惊的季连娜,不由得暗暗称赞松下商社的缜密和高效。

罗玉华和松下清到达松下商社莫斯科分部后,松下清和莫斯科分部的经理亮明身份,经理立刻答应帮忙。他不但找来了季连娜的联络方式和经常活动的区域,居然连季连娜的社会关系这种背景资料也一并拿了出来。经理解释说,苏联解体后,俄罗斯经济滑坡,社会秩序混乱,很多地方的党政官员已经靠边,要做生意,就得依靠季连娜这样黑白通吃的商人。所以他们对于季连娜这样的商人,都会第一时间派人做调查,将资料归档。

当罗玉华看到安娜的照片,和她档案中的自传时,忽然意识到,季连娜的祖母安娜,就是贺春的女儿,那个曾经和杜红兵的爷爷杜庆虎并肩作战的游击战士。罗玉华匆匆浏览过安娜的档案,更加证实了自己的想法。安娜在张坤沟身负重伤后,被留在当地养伤。伤愈后她找到了李杜的吉林自卫军残部,并跟着他们退进苏联境内。在那里,安娜脱离了吉林自卫军,没有和他们一同转移到新疆,而是留在了当地,加入了红军。二战后,安娜退役,嫁给了她的战友,并随丈夫搬到莫斯科,成为了一名普通的电车售票员,从此对自己在中国时的那段经历闭口不谈。

罗玉华将安娜的经历,和杜庆虎、贺文魁等阿尔巴津人的事迹向季连娜娓娓道来，心中却焦急地等待着松下清的电话。

四海旅社，钱进接过前台服务员递过的电话，支开了服务员，沉声道："四哥，我把杜红兵的货给换了，他现在被事主派人扣在了警察局。对了，还有两个小雏儿想救他，但被我使手段给岔过去了。您赶紧来，货就藏在我房间，到时候您带着货去见事主，再出钱保出杜红兵，他就得任由你摆布，咱这大鱼就算上钩了……"

坐在大堂里一名戴着遮阳帽和墨镜，正在翻阅旅游手册的青年旅客放下了手册，起身走出了大堂。

那旅客出了四海旅社的大门后，急忙快走，走进临近的胡同中，摘下遮阳帽和墨镜，正是松下清。松下清从衣兜中拿出移动电话，拨通号码后向四周张望着，小声道："我找季连娜小姐，我找到被掉包的货了。"

餐厅内，穿着一身便装的戈洛文带着杜红兵走进餐厅，一把把杜红兵按在了侧面的座位上。

坐在他左手边的罗玉华关切地问："杜大哥，你没事吧？"

杜红兵笑道："没事。"

戈洛文的手紧紧捏在杜红兵的双肩上，杜红兵被捏得一皱眉，罗玉华狠狠地瞪了他一眼，戈洛文的手上又加重了力气。

坐在杜红兵右手边的季连娜道："戈洛文，够了。"

戈洛文悻悻地放开双手。

杜红兵对季连娜笑道："季连娜，既然被调包的货物已经找到，小松和玉华也证明了我的清白，该把钱还给我们，放我们走了吧？"

季连娜瞥了一眼戈洛文，戈洛文小声咒骂着，掏出了存单，拍在杜红兵面前。

杜红兵道："还有小松的那五千美金。"

戈洛文的咒骂声变得响亮起来。

季连娜怒道："戈洛文！"

戈洛文瞪着季连娜。

季连娜道："假如你不愿意和我合作，我可以和奥库涅夫局长说说，换一位警官负责这个区。"

戈洛文无奈，从兜里掏出了一沓美金，扔在了杜红兵面前。

杜红兵刚要把存单和钱拿走，却被季连娜按住。

季连娜看着杜红兵道："瓦西里，要拿走这些钱，你得吻我一下才行，这还是你们杜家欠我奶奶的。"

杜红兵看了一眼身边的罗玉华，摇头道："季连娜，我做不到。"

季连娜挑衅般地："那好吧，我们更改一下条件，你吻她一下也可以。"

杜红兵看见罗玉华的脸一片绯红。

杜红兵摇头道："季连娜，这我也做不到。"

忽然罗玉华站起，深深地吻了杜红兵。杜红兵一时间有些手足无措。

季连娜忽然笑了，她站起身向狼狈的杜红兵道："再见，瓦西里，祝你们幸福。"

季连娜说罢，带着保镖和戈洛文离开了餐厅。

杜红兵这才意识到，季连娜是有意促成他和罗玉华。当季连娜走出餐厅后，杜红兵不再顾忌，抱住了玉华，深情地吻了她。

杜红兵拉着罗玉华的手回到四海旅社，钱进早已不知所踪。杜红兵把货款分给了商人们。商人们有些羞愧地接过钱，纷纷表示下次还要和杜红兵合作，杜红兵大度地笑着说没问题，仿佛什么都没发生。

分完了钱，商人们散去。在罗玉华的房间，杜红兵将那五千美金还给了松下清，并紧紧地拥抱了松下清，说他已经通过了最终的测试。

松下清欠身道："那么，杜先生，我也要向你坦白一件事。"

杜红兵道："别杜先生了，叫杜大哥吧。杜先生太生分了。小松，有话你就说。"

松下清从背包中拿出了一个精致的木盒，他打开木盒，杜红兵和罗玉华俱是眼前一亮，木盒里，是一颗散发着幽暗光芒的红宝石，那红宝石上还有一道深深的裂缝。

杜红兵惊讶道："这是姚家的红宝石，怎么会在你手里？"

松下清欠身道："杜大哥，抱歉，我一直向你隐瞒了真实的身份，其实我姓木下，是木下一郎的孙子。"

杜红兵和罗玉华面面相觑："木下一郎不是死了吗？"

松下清一欠身，向杜红兵和罗玉华讲起了他的身世。木下一郎当初被杜庆虎开枪击中，却没有死。重伤的他被边防军救回，养好伤后为了保命，向苏联方面提供了大量关东军的情报，并随苏军进入东北，充当翻译。就这样，木下一郎从一名日本军官摇身一变成了占领军翻译。他后来被遣送回国，与妻儿团聚。当他的儿子得知自己的父亲是叛国者时，一气之下改木下为松下，离家出走，前往东京发展，并在那里拥有了自己的商社，后娶妻生子，有了松下清。松下清很好奇爷爷在东北的那段经历，上大学后不断回到九州老家探访爷爷，得知了关于阿尔巴津宝藏的种种传说。而他的父亲对他这种行为非常愤怒，父子二人无法沟通，几乎不再联系。松下清可不在乎，他出版游记赚得的稿费，足以养活自己。于是在木下一郎病逝后，松下清便开始了他在中国北方的游历探险之旅。

松下清说完了，房间中陷入了沉默。

松下清见杜红兵不作声，鞠了九十度的躬，然后将红宝石留在桌上，起身道："我知道我向你们隐瞒了身世，这样不好。但我不是有意的，只是我们的祖辈有这样的恩怨，我怕你们会拒绝我一起探宝的请求。既然杜大哥不肯原谅我，那我就只好将宝石留给你们，由你们自己去找到宝藏吧。抱歉！"

杜红兵起身按着松下清坐下："小松，我理解你的顾忌，这些天来，我也了解了你的人品。我说了，你已经通过了最终的测试。我不会因为你是木下一郎的孙子，就改变对你的看法。"

杜红兵叹了一口气道："我爷爷曾经说过，这笔宝藏是我们阿尔巴津人的诅咒，而对于你们木下家而言，何尝不是诅咒。"

松下清欠身道："我对我们木下家给阿尔巴津人带来的灾难，向您道歉。"

杜红兵忙摆手："你道什么歉，那些事也不是你做的。"

松下清很意外，又欠身道："杜大哥，十分感谢您的大度，能够原谅我们。"

杜红兵正色道："我没有权利代替我爷爷奶奶那辈人原谅谁。不过这些事都过去了，我们的交情才开始。你松下清是值得信赖的朋友，我杜红兵信得过你。你，我，还有玉华，咱们一起去了结这个诅咒吧。"

松下清欣喜地说："很好，我已经找到了那笔宝藏的大概位置，就在大兴安岭的大雷子山……"

杜红兵忽然做了一个收声的手势，然后猛地打开房门，门外却空无一人。

罗玉华问道："杜大哥，怎么了？"

杜红兵道："我刚才听见门外有响动，怕是有人偷听。"

松下清道："那我们……"

杜红兵道："我们事不宜迟，马上出发。"

四海旅社的大堂，前台服务员热情地送杜红兵等三人离开，还不忘嘱咐道："杜哥，再来的时候提前打电话，我还给你留个双人间。"

服务员特意在双人间三个字上加重了字眼，罗玉华听了，脸又红了。

等三人走出了大厅，服务员拨通了电话，小声道："四哥，他们回国了，我听他们提起了大雷子山。钱进？自从季连娜的人来了以后，我就再也没见过他。"

服务员放下电话，钱进从值班室中走去，向服务员点点头，拿出几张钞票，放在了电话旁。

服务员笑着收起钱道："多谢钱哥。钱哥你要是发了财，可别忘了咱们兄弟。"

钱进点点头，转身离去。

97

经过一番旅途颠簸，杜红兵带着罗玉华和松下清终于到达了兴安镇。兴安镇隶属中国最北端的漠河县。虽然已经是六月末，但这里清晨的室外温度，仍让穿着单衣的三个人感到了丝丝凉意。

三人吃过了早饭，杜红兵去找前往大雷子山的车，而松下清则要去江边走走，罗玉华也决定跟他去看看慕名已久的黑龙江。

松下清和罗玉华走到江边，江边停泊着几艘游艇，导游们见到二人，上前兜售游江看雅克萨，还有雅克萨古战场参观的项目，罗玉华这才发现，让他们祖先来到中国的那座雅克萨城，和她只隔了一条江水。

导游们的热情有些让二人无法招架，松下清拉着罗玉华落荒而逃。二人找了一处距离稍远的江岸，这里没有游船，游人罕至。松下清指着东方道："罗小姐，那就是著名的雅克萨城，不过它现在的名称叫作阿尔巴津诺了。"

罗玉华顺着松下清手指的方向看过去，江水上晨雾弥漫，远远地只能隐隐约约望见一座小城。可不知怎么，罗玉华却真切地看到，那座城市是用松木搭建的，松木下用泥土夯实，在城墙的四角，是四个棱堡，在城市中，还有一座高耸的塔楼，塔楼上矗立着一个十字架。罗玉华还看见，一个身穿红色哥萨克长袍，脸色苍白，嘴角微微上翘的少年，正在默默地望着这个城市。

"玉华，看什么呢？"杜红兵的声音将罗玉华拉回了现实。联系车辆出奇的顺利，杜红兵来到这里跟玉华和松下汇合。玉华朝杜红兵笑了笑，又扭回头，发现雅克萨又变成了远处一个模模糊糊的黑点。

罗玉华指着远处对杜红兵说："杜大哥，远处就是雅克萨。当初我们的先祖叶梅连·罗曼诺夫和瓦西里·杜比宁，就是从这里出发，带着族人迁徙到中国的。"

杜红兵望着远处的那个黑点，点头道："没想到过了几百年，我们兜兜转转一个大圈，最终还是回到了这里。不过如今罗曼诺夫和杜比宁已经变成罗和杜了。时间能改变很多东西，它改变了我们这五个哥萨克家族的命运，把我们变成了现在的样子。当初贺老爷子曾经跟我说，我们阿尔巴津人自从雅克萨之战后，南迁以来，就一直活在夜幕之下。这夜幕既是难向外人言说的家族历史，也是如同诅咒一般的家族宝藏，更是我们杜家和你们罗家绵延百年的恩恩怨怨。玉华，现在我们距离起点雅克萨和终点大雷子山如此之近，离走出夜幕只有一步之遥了。只要我们能够找出这笔宝藏，将它们献给国家，就能终结这个诅咒，了结这段恩怨。"

罗玉华听了杜红兵的话，轻轻点头了点头。

松下清在一旁道："化干戈为玉帛，共结秦晋之好。"

罗玉华听了秦晋之好四个字，制止道："小松！"

杜红兵一把搂住了松下清的肩膀："要我说，小松说得没错。玉华，你我肩负着两家和解的大任。这件事你一定要重视，千万不可半途而废，更不能去找什么俄罗斯帅小伙。"

罗玉华红着脸轻声道："我只能一条路走到黑了。"

杜红兵三人雇了辆面包车，从兴安镇出发，走了四十里，终于到了大雷子山的山脚下。

松下清望着茫茫大山道："我们现在已经有了宝石、权杖、号角和十字架，但还缺少罗家那幅至关重要的地图，还是没法确定藏宝洞的确切位置啊。"

罗玉华思考片刻，道："我听杜大哥说过，在1932年冬天，杜爷爷带着上帝自卫军曾经在这里和木下部队，还有松岗中队发生激战。我想，如果我们能够找到当年的战场，就应该离藏宝洞不远了。杜大哥，你说呢？"

杜红兵道："玉华，你还跟我叫杜大哥？"

玉华一愣，轻声道："红兵……"

杜红兵满意地点头："玉华说得不错，地图是定位用的。没有地图，我们一样可以通过其他线索找到宝藏。"

松下清茫然道："在这深山里，要找到一处六十多年前的旧战场，恐怕没那么容易。"

杜红兵拍了拍松下清的肩膀道："鼻子底下一张嘴，我们可以打听嘛。"

松下清问："打听？跟谁打听？"

杜红兵指了指远处道："你仔细看，那里有个撮罗子，还冒着炊烟，肯定是有人住的，我们这就去问问。"

松下清顺着杜红兵手指的方向望去，果然在密林中隐约有个正在飘着炊烟的撮罗子。

松下清钦佩道："红兵，这撮罗子居然一眼就被你发现了。"

杜红兵笑道："这算什么，当初我在老山前线，一眼就能认出潜伏的越南特工。"

三人果然在撮罗子中找到了一位老人。老人见到三人，非常高兴，热情地为他们准备了饭食。

松下清吃着老人端上来的图胡烈，赞不绝口。杜红兵问起老人旧战场的位置，老人却轻声叹气："那是大雷子山东麓的一处缓坡，我年轻时听老人们说起，有一支游击队在这里伏击了日军，自己也死伤惨重。游击队临撤走时，把战死的战友和日本人都埋在那里了。起初还有一些人想去看看，是不是能捡到点东西。但他们全都被那山里的妖怪吓了回来。这山里有妖怪的传说越传越神，有些人不信邪，刚走到山口就退了回来，说真听见妖怪在唱歌。八几年的时候，还有几个北京来插队的知青不信邪，非要去捉什么牛鬼蛇神，结果走入山林后就再也没回来。到后来，就没人敢进山了。"

松下清听到这里，忙放下木勺，双手合十，闭眼默念着。

罗玉华也紧张地问道："红兵，这世上难道真有妖怪吗？"

杜红兵摇头道："我倒是不相信有什么妖怪。但世界之大，无奇不有。到底是什么，恐怕进山一看究竟才能知道。"

老人听说杜红兵要进山，摇了摇头："年轻人，别不信邪，我没有骗你们。我有一次追一只野鹿，不小心走进了东麓的林子，就亲耳听见过那妖怪唱歌，那歌的音调很怪，歌里的话也很古怪，我从来都没听说过。我听了一会儿，那歌声停住了。我见妖怪没有要找上我的意思，吓得连忙转头跑了回来。从那以后，我就再也不敢进那片林子了。"

杜红兵眼前一亮："老大爷，您听过那首歌？"

老人点头道："不但听过，我现在还能哼上两句呢。"

杜红兵道："那请您给我们唱一唱，如果我们在林子里听到了，也好赶紧跑出来。"

老人喝了一口烧酒，清了清嗓子，轻声哼唱了起来。

老人还没哼唱完，忽然罗玉华跟着曲调唱了起来。

老人惊奇地望着她："姑娘，你怎么会唱这妖怪的歌？"

罗玉华停了下来，对同样惊奇的松下清和杜红兵道："这不是妖怪的歌，这是《斯捷潘·拉辛之梦》啊！"

杜红兵恍然大悟："这么说，唱歌的也不是什么妖怪。"他转头看向罗玉华继续道："我猜那应该是罗国仁的贴身女仆其格勒！"

98

下午，三人辞别了老人，准备向东麓进发。临行前，杜红兵给老人留下了一些钱，老人却拒绝了，他说自己孤身生活在山林中，钱对他而言就如同废纸一样。杜红兵收起钱，拿出了两瓶二锅头递给老人。老人打开瓶盖喝了一口，大为赞赏，欣然收下。老人为三人拿出了一些干粮，要三人一定要收下，还交给松下清一个小布包，布包里是一小块腊肉，两份黏米糕，还有一塑料袋白桦汁。老人说难得松下清喜欢他做的图胡烈，所以又特别给他准备了一份干粮，这让松下清感激不尽。

三人按照老人指引的方向，穿过密林，向大雷子山的东麓进发。一路上，松下清不住赞叹着林中的美景。

忽然，杜红兵蹲下，仔细观察着山路一侧的野草。

松下清蹲下问道："杜大哥，怎么了？"

杜红兵指着一株野草道："看到了吗，那株草有几片叶子偏了，在它旁边还能看出脚印，那是人走过之后碰偏的。在我们之前，已经有人进山了。"

罗玉华问道："会是谁？"

杜红兵站起，冷冷道："不管是谁，我们都得加快速度了。"

三人加快脚步，终于来到了东麓缓坡的草棚前。草棚前的情景令三人震惊：罗兴利等人的坟墓被掘开，他们的尸骨被扔在一边。其格勒的尸体俯卧在坟前，背后血肉模糊，那块带着刺青的皮肤已经被人割去。

杜红兵在其格勒的身边找到了一截旱烟的烟头，他将烟头凑在鼻下嗅了嗅，皱眉道："穆棱晒，是林跃进！"

忽然掌声响起，林跃进叼着烟卷从密林中走出："不愧是在西南边境丛林里打过仗的，我们这么快就被你发现行踪了。"

杜红兵扔掉烟头，抽出了开山的砍刀，把罗玉华和松下清拉到了身后。

林跃进冷冷道："杜红兵，我们怎么也算是老相识了，一见面就动刀动枪的，这可不好。"

林跃进话音刚落，枪声响起，四名手持猎枪的男人从密林中走出，将三人团团围住。林跃进向罗玉华指了指，四人的枪口都对准了罗玉华。

杜红兵面无表情，扔下了砍刀："林跃进，咱们的事，别牵扯别人。"

林跃进深吸了两口，将烟头吐在地上道："杜红兵，你太小瞧我林跃进了。你我这点小恩怨，我根本不放在眼里。我是个生意人，我的眼里只有生意。"

林跃进从兜里掏出了那张血淋淋的人皮地图，冷笑道："地图在我这，其他的东西你也交出来吧。"

林跃进一挥手，一名男人走上前，将松下清拉走，用枪顶住了他的头。

杜红兵打开随身的背包，将号角、权杖和宝石掏出，放在了面前的地上，道："林跃进，你把人放了，东西可以给你。"

林跃进道："还有一样呢！"

杜红兵摘下了戴在胸前的十字架，也一并放在了地上。

林跃进打量着身边的松下清道："杜红兵，你还真够朋友，为了个小日本就这么痛快地把东西交出来了。"

杜红兵道："他是我兄弟。"

林跃进挥手，一名男人上前，弯腰要捡拾地上的东西。

杜红兵道："东西我给你了，你把小松放开。"

林跃进笑道："我可没答应要放人，再说，他是找到宝藏的活地图，我怎么舍得放了呢。"

杜红兵忽然大喊："趴下！"

罗玉华和松下清当即趴倒在地。

杜红兵抬脚，红宝石被踢起，撞到了那男人头上，男人倒地不起。杜红兵拿起他背在背后的猎枪，对准了林跃进，大声喊道："把枪都放下！"

剩下的三名男人迟疑着。

林跃进冷笑道："杜红兵，你不敢！"

林跃进话音刚落，枪声从旁边的密林中响起，他应声倒下，接着又是几声枪响，那三名持枪的男人也倒了下去。

杜红兵恍然发觉身后有人，当他转身举枪时，钱进已经用枪逼住了罗玉华。

杜红兵惊讶道："老钱，是你！"

钱进狞笑着说："是我，多亏了四哥，帮我凑齐了这五样宝贝，而你杜红兵则把那个能找到宝藏的小日本送到了我眼前。"

钱进向地上的几具尸体努努嘴道："杜红兵，把枪给我放下，我已经杀了三个了，不在乎再杀几个。"

杜红兵望着面目狰狞的钱进，和吓得瑟瑟发抖的罗玉华，丢下了手里的猎枪。

钱进对趴在地上的松下清道："把东西捡起来，跟我走！"

松下清爬起来，迟疑着。

地上的林跃进挣扎着要去抓起身前的猎枪，钱进抬手一枪，将他击毙，又将枪口对准了罗玉华，道："别逼我把这小妞的脸打开花！"

杜红兵冷静地说："小松，按他说的做吧。"

松下清无奈，上前将几样东西捡起，装进了一个背包中，将背包递给钱进。

钱进却一把推开罗玉华，拉过了松下清。

钱进拉着松下清道："你们在这老实待着，要是让我发现你们跟着我，我就毙了他！"

钱进说罢，又命令松下清拾起地上的几把猎枪背在背上，拉着他消失在密林里。

罗玉华惊魂未定，紧紧抱住了杜红兵："红兵，我们该怎么办？"

杜红兵道："天色已晚，钱进要找宝藏，也得明天一早，我们还有时间救出小松。"

99

第二天清晨，在简易的宿营地，钱进用枪顶着松下清的脑袋。

钱进恶狠狠地道："小日本，你研究了一晚上，应该能找到宝藏在哪了吧？"

松下清脸色苍白，但努力保持着镇静："是的，我已经明白了这五样东西的秘密，应该能找到宝藏的位置。"

钱进用枪口杵了一下松下清的头："那你还不快说！"

松下清道："我不能说。"

钱进面目狰狞："你说什么？"

松下清咽了一口唾沫："我不能说，宝藏不是你的，也不是我的，我没有权利把它交给你这个杀人犯。"

钱进怒道："我看你是不想活了！"

松下清吓得浑身发抖："我想活着，但我不想辜负了朋友的信任。"

钱进一脚将松下清踢倒，用枪对准了他："小日本，你别狂！没有你，老子照样能找到宝藏！"

钱进双眼血红，即将扣动扳机。一支木箭飞来，射中了他的手，猎枪掉在了地上。

丛林中杜红兵跃出，抬脚将钱进踢晕。

杜红兵扔掉手中的木弓，拉起松下清："小松，你没事吧？"

松下清点头道："杜大哥，我没事。你收到我的消息了？"

杜红兵从兜里掏出几块黄米做成的黏米糕碎块，点头道："收到了。这玩意有股特殊的气味，我顺着你留下的碎块一路追到了这里。"

松下清欠身道："杜大哥，多谢你救了我。"

杜红兵拍了拍松下清的肩膀道："小松，也谢谢你信守了你的承诺。"

在东麓的缓坡，松下清坐在草地上，将他依照人皮地图绘制的一幅地图铺开。

杜红兵端详着地图："小松，这地图我能看得出，是大雷子山周边的地势，可上面也没有具体的标识，咱们对藏宝洞在哪，还是一无所知啊。"

松下清笑道："杜大哥，别急。"

松下清拿出红宝石，端详着红宝石上的那个裂纹，然后将带有裂纹的一侧按在地图上，刚好和地图上的一条山脊线重合。

松下清又拿出权杖，将基座下不规则的菱形固定针对齐了红宝石下的菱形孔，插了上去，红宝石被固定在了权杖上。权杖的尾端和地图上的另一条线重合了。

松下清指着那个重合点道："杜大哥，你看这是哪。"

杜红兵看了看地图，又望了望周边的地势道："这不就是我们现在待的地方吗，可藏宝洞在哪？"

松下清站起，接过罗玉华递过来的号角和十字架，将十字架平放入号口，略一用力，十字架的四端卡在了号口壁上，十字架被固定在了号口。他又拔下了号嘴上的哨口，放在眼前，透过号嘴这端向远处张望着。

杜红兵愣愣地看着他，不知他葫芦里卖得什么药。

松下清掏出了指南针，对罗玉华道："罗小姐，请唱起《斯捷潘·拉辛之梦》吧。"

罗玉华虽然不解其意，却唱了起来。

当她唱到"那阵阵怪异的风，从东方吹来。它掀掉了我黑色的帽子，从我勇猛的头颅"时，松下清用指南针对准了正东方，托起了号角望向远方："风从东方吹来，那就面向东方仔细看看吧。"

松下清显然是有所发现，他示意杜红兵也看过来。

杜红兵半信半疑地将眼睛凑近了号嘴，他看到十字架的交汇处，有一片闪闪发光的水光。

松下清兴奋地说："藏宝洞，就在那片水光的后面。"

东麓的半山腰，松下清忽然停下了脚步，四下张望着，他看到有一处倒伏的枯木，兴奋地走了过去，坐在枯木旁。

杜红兵回身，诧异地望着松下清："小松，走啊，眼看着就到了。"

松下清笑着说："杜大哥，你和罗小姐继续前进吧，我的终点已经到了。"

罗玉华问："怎么，你不和我们一起去藏宝洞？"

松下清道："这笔宝藏终可归于它真正的主人，我们木下家和这笔宝藏的羁绊，也就从此终结了。我也享受到了寻找宝藏过程中的乐趣。我接下来要做的，就是在个风景优美的地方享用我的午餐。"

杜红兵忽然笑了，点了点头："小松，我没看错你。"

松下清略一欠身："祝你们能够顺利找到宝藏。"

杜红兵拉着罗玉华向上走去。

松下清长出一口气，他拿出布袋，将其中所剩的一块黏米糕，一块腊肉和那袋白桦汁整齐地摆放在面前，双手合十，闭目道："美景与美食，不可辜负，感谢上苍的眷顾。"

松下清说罢，略一欠身，捧起黏米糕和腊肉，心满意足地吃了起来。

杜红兵拉着罗玉华，走上了那片溪水所在的山坡，见溪水后有一个山洞，洞口用几块木板封住。杜红兵拉着罗玉华兴奋地涉过溪水，走到山坡旁。

杜红用力抬起木板，将木板放在一边，里面是一个宽敞的山洞。

杜红兵打开手电，兴奋地和罗玉华走进山洞，却发现山洞里空空荡荡。

杜红兵看见，山洞中放着一个破旧的马鞍，还有一把已经锈蚀得看不出本来面目的马刀，而他忽然看到洞壁有一抹红色。他忙走上去，看见那是一面红色的旗帜。

他扯起旗子，看见上面写着几个大字："东北抗日联军"。

杜红兵恍然大悟，对罗玉华惊喜道："原来宝藏早就被人取走了。"

罗玉华问道："是谁？"

杜红兵答："我爷爷，还有我奶奶。"

罗玉华忽然弯下腰，捡起一样东西，她望着那东西道："杜大哥，来过这里的，可不止你的爷爷和奶奶。"

罗玉华将手中那本红色塑料封皮上沾满尘土的《毛主席语录》递给了杜红兵。

杜红兵皱着眉接过了那本《毛主席语录》："难道我们真的走不出这夜幕了吗？"

后记：苦寻三百多年的穿越线索

1972 年的冬天比任何一年都要冷，在吉林延边一个小山村里，父亲从"五七"干校匆匆赶回家。

那夜，母亲把家里唯有的一点小黄米拿出来，蒸了一碗极香的米饭。

我们姐弟仨用饥饿的眼神望着父亲，父亲在冒着热气的圆顶米饭上用水果糖摆出个十字，中间插上了蜡烛，父亲告诉我们："今天是圣诞节！"

这是我第一次近距离接触阿尔巴津的故事。

故事发生在公元 1685 年，瓦西里·杜比宁奉沙皇之命，带着沙皇二世亲赐的巨额财富和他的哥萨克族人一起来到雅克萨收购土地建立农场，到达边境之时却发现雅克萨阿尔巴津堡正被清军围攻。瓦西里记挂着镇守阿尔巴津堡的结拜兄弟迪米特里的安危，带人偷偷将财宝掩埋后轻装前去解救迪米特里。谁知迪米特里为自保竟谎称瓦西里是沙皇派来的特使，被误导的清军扣留了瓦西里等人并向京师报捷，而迪米特里则带残兵逃出了阿尔巴津堡。瓦西里被义兄抛弃，只得归顺清军，为了保护同胞不被斩杀，瓦西里建议将俘虏献给大清国皇帝陛下，清军将领也想拿这些黄发蓝眼的外邦人向皇上献媚，见其主动配合，遂大喜同意。

启程之前，瓦西里偷偷召集罗曼诺夫（后改为罗姓）、哈巴罗夫（后改为何姓）、雅克甫列夫（后改成姚姓）、贺洛斯托夫（后改为贺姓），包括自己的杜比宁（后改为杜姓）这五大家族的武士首领，将埋藏财富的地点写成谜语，编入哥萨克歌谣，并将解谜线索分别标记在一张羊皮地图、一个小十字架、一个牛角号角、一块红宝石和一支权杖上，每人分别掌管一样，期待日后有机会可以回到此地取回宝藏。五人各自领命并在瓦西里的带领下，对着松木十字架起誓——守护秘密，代代相传。

瓦西里背起巨大的松木十字架踏上了去往京师的漫漫征程，哥萨克人虔诚的宗教信仰感染了很多清军士兵，清军将领也对瓦西里产生了敬佩之情。押解途中，队伍偶遇大股土匪，在瓦西里的劝说下，清军将领放弃置之不理的想法，和战俘合力击退了土匪。这场大战令清兵损失惨重，将领战死，战俘中除瓦西里外，其余四名武士首领全部牺牲。为休养生息，瓦西里只得将难民、伤兵和战俘一起带到宁古塔。途中，土匪不断袭扰队伍，一名难民死去，瓦西里为了保护他的妻子和儿子，被土匪射伤。难民妻子悉心照顾瓦西里，两人产生了爱情。

瓦西里将众人带到宁古塔城外，本想和自己的哥萨克族人离开回到雅克萨，却被当地驻守的清军包围。原来一名日本通译意外得知了这一群哥萨克手中握有宝藏的秘密，为得到宝藏，日本通译向清军告了密，再次被俘获的瓦西里只好带着族人继续南行。南行路上，日本通译不断试探哥萨克们，但始终没有得到宝藏的线索。

众人抵达北京，康熙听说了瓦西里等人的故事，不但赦免了他们，还将他们编入八旗，并将难民的妻子赐给瓦西里成婚。

第二年，迪米特里率领大军重新占领雅克萨城。康熙震怒，派兵围攻。觊觎哥萨克财富，私自留在北京的日本通译认为时机来临，买通大臣上奏谎称瓦西里等人是俄罗斯的暗探，康熙为试探瓦西里，以其族人性命为要挟，命其率人去雅克萨劝降，瓦西里只得和日本通译结伴前往。日本通译以为瓦西里洗脱暗探罪名为条件，引诱瓦西里说出宝藏的秘密，被瓦西里一口回绝。

在雅克萨，瓦西里只身进城劝降，迪米特里却坚决不降，瓦西里与迪米特里决斗并将其打败，但自己也身负重伤。清军攻破雅克萨，瓦西里死去，日本通译从他身上搜出十字架离去。

康熙感慨瓦西里的仁义忠勇，将京城东北角的一处关帝庙赠给八旗中的阿尔巴津人（哥萨克战俘），阿尔巴津人将关帝庙改建为东正教教堂，称为北馆。

从此，阿尔巴津人以旗人的身份在京师繁衍生息。而关于阿尔巴津人宝藏的秘密也在岁月中不断流传，越传越神，变成了一笔巨大财富。

清末，阿尔巴津人在北京繁衍生息，已达千人，他们除了东正教信仰，和一些不甚显著的外貌特征外，已经和汉人无异。

1900年，义和团兴起。其中一支在穆师兄的率领下，包围了正在北馆中做礼拜的阿尔巴津人，穆师兄拿出一个小十字架，并吟诵了一段哥萨克歌谣，虽然发音不很准确，但杜喜礼（杜喜礼之名源自杜瓦西里的教名与他的姓氏杜比宁）却听出，这是他们家族祖传的歌谣。穆师兄威胁杜喜礼交出宝藏，不然就要斩杀北馆中所有的阿尔巴津人。杜喜礼解释他们是旗人，并非洋人，而且他也不知道有什么宝藏。穆师兄找来罗、何、姚、贺四家的长子长孙，逐一逼迫，除了罗家的长子罗必信外，其余三人交出了宝石、权杖和号角。穆师兄得到了想要的东西，却背信弃义杀死众人并纵火焚烧了北馆教堂，只挟持罗必信离去。

重伤的杜喜礼在同胞的掩护下得以幸存，带领剩余的族人逃出京师，在牛各庄（今杜家坎）被一户养牛的农户所救。养好伤的杜喜礼经过多方打探，得知穆师兄带着罗必信去了东北，他召集姚家长子姚承宗率领族人，一路追赶。

在雅克萨城外，杜喜礼终于追上了穆师兄等人，一场混战之后，穆师兄被罗必信设计杀死，罗必信也被穆师兄砍伤，奄奄一息。罗必信告知杜喜礼、姚承宗，这穆师兄本不是中国人，而是日本人木下。他从祖上继承了一个传说，说是集齐五样东西，再辅以哥萨克歌谣，就能在雅克萨城找到阿尔巴津人埋藏的宝藏。木下因此隐姓埋名来到中国，并改姓穆，混入义和团，挑唆义和团信众围攻北馆。罗必信死去，杜喜礼悲痛欲绝，将他的尸骨送回北馆，以东正教习俗将他安葬。经过这一切，姚承宗心灰意冷，决意退出旗籍，并将家传的宝石交给杜喜礼保管，从此做一名东正教牧师，潜心传教。二人搜索木下的尸身，只找到了号角和权杖，杜家的小十字架却随着木下的一名手下一起不知所踪。杜喜礼与姚承宗二人对天发誓，从此不再向他人再提起阿尔巴津人宝藏，让这笔受到诅咒的财富从此消失在东北的雪原中。

回到北京后，杜喜礼将权杖还了贺家，号角还给何家，还将罗必信拼死保存下来的地图交给其弟罗国仁，但因为杜喜礼和姚承宗的语焉不详，隐瞒甚多，罗国仁怀疑二人将父亲暗害，决心长大成人后，要查出真相。

　　1931 年 12 月，中日激战中的哈尔滨，罗国仁已经成为商会会长，罗国仁之子罗兴利来到索菲亚大教堂，找到了正在做礼拜的杜喜礼，希望杜喜礼能够说服担任城防军营长的杜庆龙放下武器，引围城的日军进城。日军可以保证杜家和罗家的安全。杜喜礼大怒，说决不可投降日寇做汉奸，罗兴利却称杜喜礼是数典忘祖，他们本来就不是中国人，和日本人合作又有何不可。更何况当年他大伯罗必信和其他阿尔巴津人都是死在了汉人穆师兄等人之手，他们阿尔巴津人可以和满人合作建立一个满洲国，却决不能和汉人合作。杜喜礼被罗兴利的言论所震惊。

　　杜喜礼找到罗国仁，质问他是如何管教罗兴利的，却被罗国仁绑架。约定时间将近，罗国仁见杜庆龙并无投降的迹象，亲自带人押解杜喜礼前往杜庆龙驻地。罗国仁以杜喜礼为人质，要挟杜庆龙配合日军，杜庆龙不从，被罗兴利放冷枪杀害。一时间，守军大乱，罗国仁假传命令打开了城门，杜喜礼悲痛欲绝，拼死抵抗，被罗国仁打成重伤。罗国仁认为，当年他杜喜礼和姚承宗联手害死了父亲罗必信，他发誓要血洗杜姚两家，为父亲复仇，还要和日本人联手，重新在雅克萨恢复祖上的荣光。杜喜礼在悲愤中死去。

　　日军占领哈尔滨，木下一郎鼓励罗国仁召集族人复仇，并将一支白俄雇佣军（真实存在，日方编号浅野部队，由流亡东北的白俄组成，专门针对苏联从事特种作战）交给他指挥。罗国仁发誓效忠日本，并将自己和儿子的姓氏改回罗曼诺夫。带人大肆捕杀杜家和姚家后裔。

　　杜庆虎带着赵秀娴一边躲避追捕，一边带领族人和教众自编义勇军（真实存在，东北义勇军中，有一支教众组织的上帝抗日自卫军），前往依兰投奔李杜的自卫军。

　　依兰城外，杜庆虎率众与罗国仁父子的雇佣军激战，掩护李杜等主力部队撤退。白俄雇佣军被击溃，木下一郎以及罗国仁父子逃走。李杜派人要求杜庆虎随他们一同撤往苏联，杜庆虎却决定追击罗国仁父子，并声称，自己是阿尔巴津人，也是中国人，李杜含泪为杜庆虎和赵秀娴举行婚礼。新婚之夜后，杜庆虎送走赵秀娴，要她随着李杜等人撤退，自己则率众追击罗国仁残部。

　　中俄边境，雅克萨旧址不远处，杜庆虎截住了罗国仁残部，最终将其击溃。

木下一郎为了自保，推出罗国仁父子，自己逃走。罗兴利战死。杜庆虎包围了罗国仁，并说出父亲杜喜礼隐藏多年的秘密，得知整个真相的罗国仁意识到自己这些年来被仇恨所驱动，被日本人木下一郎所利用，害死了自己的恩人杜喜礼。将自己的贴身蒙古族女仆其格勒（意为深渊）交付给杜庆虎，并要杜庆虎在他的墓碑上刻上罗国仁的名字，罗国仁开枪自杀。

杜庆虎埋葬了罗国仁和罗兴利，其格勒在坟前唱起了哥萨克歌谣，并脱下了皮袍。杜远山这才发现其格勒赤裸的背上，是一副纹身地图，杜庆虎这才意识到，罗国仁在临死前，将阿尔巴津人的财宝线索交给了她。

1992 年，开往满洲里的列车上，刚刚大学毕业的罗玉华随青梅竹马的朋友杜红兵去往俄罗斯。杜红兵守着大包小裹准备销往俄罗斯的羽绒服百无聊赖，他缠着罗玉华讲讲阿尔巴津族人的历史，罗玉华向他讲起了瓦西里的族人，在历史上有显赫事迹的杜氏先祖，却让杜红兵哈欠连连。杜红兵埋怨罗玉华只会讲这些陈芝麻烂谷子，要罗玉华挑点惊险的故事说说，罗玉华无奈，说起了1900 年的一则陈年往事，和阿尔巴津人财宝的传说。

讲述完了杜家与罗家的恩怨，杜红兵和罗玉华陷入沉默。杜红兵对罗玉华道，他这一次除了要去满洲里做生意，还准备去雅克萨城凭吊一下罗家故人，这也是他奶奶赵秀娴的意思。罗玉华感慨，没想到一向沉默寡言的赵奶奶原来还是一名抗联战士，而杜红兵早已去世的爷爷居然是抗联的将领。罗玉华又询问杜红兵那笔阿尔巴津人财宝的下落。杜红兵却说，这个问题他小时候曾经问过奶奶，奶奶却说，那不过是个荒诞不经的传说罢了。

邻座的旅客请求与二人同行，说自己本名松下清，是一名日本旅行家，着迷于远东的河流山川，经常在西伯利亚各处旅行，他想去看一看雅克萨这座充满了传奇的古城。

杜红兵等三人结伴而行，途中几次遭遇季连娜手下的阻拦，杜红兵等人误以为他们是土匪，全凭松下清对地形的熟悉，以及杜红兵的胆大心细，几次甩掉了追兵。三人经过历险，终于来到雅克萨城下，在几近无法辨认的罗国仁父子的墓地，杜红兵拿出一个小木匣，一面唱着哥萨克歌谣，一面准备将它埋在墓中。松下清听了杜红兵吟唱的歌谣，忽然拦住了他，交给他一个小十字架，并唱起了哥萨克歌谣的后一段。松下清向杜红兵说出真相。原来他本名木下，就是当年那个木下一郎的后人。木下清从小痴迷于解谜，这些年来一直希望能够通过木下一郎的线索，寻访阿尔巴津人的后裔，解读出宝藏之谜，找到传说中阿尔巴津人的宝藏。

罗玉华打开木匣，发现里面是牛角号、权杖、红宝石，还有一张手绘的地图，结合木下清送给他们的十字架，以及前后两段哥萨克歌谣，终于解开谜团，锁定了宝藏所在的位置。罗玉华刚要说出地点，却被木下阻止。木下清说他们木下家族深受这笔财富的诅咒，近百年来和阿尔巴津人的命运纠缠在一起，他对宝藏没有兴趣，只希望帮助阿尔巴津人的后代找到宝藏，用这种赎罪方式来让他们木下家得到解脱。

三人回到中国，并按照线索来到来到离雅克萨不远的阿木尔河北岸的阿尔巴津堡，掘开藏宝洞后，赫然发现藏宝洞中已经空无一物，只留下一面残破的东北抗联军旗。杜红兵震惊，跪在军旗前喃喃自语道，原来自己的爷爷和奶奶早就找出了宝藏……

大概十年前，我把阿尔巴津的故事讲给了朋友，许多朋友听后鼓励我把这段传奇写出来，其中就包括《两岸生活时报》的张楠兄弟，十分感谢他的奇思妙想。其实，在这十年中，我一直珍惜着每一次和我三伯（杜恩兴）在一起的机会，老人的每一次讲述都深深烙在我的心中，还有我大哥杜忠廉、三哥杜忠孝、六哥杜忠杰等，是他们为我提供了大量的写作素材。在此，我还要感谢俄罗斯汉学家裴司基先生以及白晔先生、刘洋先生、王婉怡女士、张兆琦和岳晓丹小姐给予此书出版的大力支持和帮助。

其实，隐藏在家族意识深层的《穿越雅克萨》，是时空错杂交织的记忆库，是蕴含过去、现在和未来所有灵魂转换"时光隧道"，一旦破解进入它的密码，我们会发现那些我们现实中无法触达到的另类存在就在眼前。

感谢每一位读者能耐心读到这里。

杜忠齐

公元 2019 年 4 月 29 日于北京广安门